# Héritage de Saveurs

# Du même auteur

Émotions

Sève Noire (Mai 2025)

Renaud Dao

# Héritage de Saveurs

« Tous droits de reproduction, d'adaptation et de traduction, intégrale ou partielle réservés pour tous pays. L'auteur ou l'éditeur est seul propriétaire des droits et responsable du contenu de ce livre. Le Code de la propriété intellectuelle interdit les copies ou reproductions destinées à une utilisation collective. Toute représentation ou reproduction intégrale ou partielle faite par quelque procédé que ce soit, sans le consentement de l'auteur ou de ses ayants droit ou ayants cause, est illicite et constitue une contrefaçon, aux termes des articles L.335-2 et suivants du Code de la propriété intellectuelle. »

© Renaud Dao, 2025

Édition : BoD - Books on Demand, 31 avenue Saint-Rémy, 57600 Forbach, bod@bod.fr
Impression : Libri Plureos GmbH, Friedensallee 273, 22763 Hamburg (Allemagne)

ISBN : **978-2-8106-2856-8**
Dépôt légal : Février 2025

# Table des matières

Chapitre 1 : Les Murmures de la Farine ............................................. 9

Chapitre 2 : La Clef des Saveurs Cachées ........................................ 21

Chapitre 3 : Rimes et Délices ............................................................ 33

Chapitre 4 : L'éveil des Sens ............................................................. 47

Chapitre 5 : Les Échos du Passé ....................................................... 63

Chapitre 6 : L'Héritage Enchanté ...................................................... 75

Chapitre 7 : L'Ombre du Passé ......................................................... 87

Chapitre 8 : Sablés Mouvementés ................................................... 101

Chapitre 9 : Les Sentiers du Destin ................................................. 117

Chapitre 10 : La Danse des Sens ..................................................... 131

Chapitre 11 : Les Pierres du Sommeil ............................................. 149

Chapitre 12 : Dégustation Amère .................................................... 165

Chapitre 13 : Le Goût du Bonheur .................................................. 183

Chapitre 14 : Les murmures du vieux moulin ................................. 197

Chapitre 15 : L'Étreinte du Silence .................................................. 215

Chapitre 16 : La Confrontation des Ombres ................................... 231

Chapitre 17 : L'Héritage Dévoilé ..................................................... 249

Chapitre 18 : Le Goût de l'Espoir ...................................................... 269

Chapitre 19 : Les Griffes de la Vengeance ......................................... 285

Chapitre 20 : L'Aube des Confrontations ........................................... 299

Chapitre 21 : Le Goût Amer de la Vengeance ................................... 313

Chapitre 22 : Catalyseurs d'Âmes ....................................................... 329

Chapitre 23 : À l'Ombre des Décisions ............................................... 345

Chapitre 24 : Quand les Murs s'Effondrent ....................................... 361

Chapitre 25 : Quand les Cœurs Battent à l'Unisson ......................... 377

Chapitre 26 : Le Parfum du Changement .......................................... 391

Épilogue .................................................................................................. 403

# Préface

Dans le village provençal du Castellet, où les ruelles pavées s'entrelacent comme les fils d'un tissu ancien, la boulangerie de Julie Leroy est une mélodie flottant dans l'air matinal. C'est un endroit où le temps semble ralentir son cours, juste assez pour que le pain garde sa chaleur et que les souvenirs restent aussi vifs que l'odeur des viennoiseries fraîchement sorties du four.

Julie, une jeune femme pétillante au regard rempli de passion, a hérité de bien plus qu'une simple affaire familiale. Ses mains, qui parlent le langage délicat de la farine et du sucre, donnent vie à cet héritage mystérieux : les recettes de son arrière-grand-mère, Madeleine. Ces formules ancestrales sont bien plus que de simples instructions culinaires ; ce sont des poèmes cryptés, des chants d'amour et de perte, des énigmes qui attendent patiemment d'être résolues.

Chaque matin, en levant le rideau de sa boutique, Julie invite non seulement les villageois à partager un morceau de gâteau, mais aussi à devenir partie intégrante d'une histoire plus grande qu'eux-mêmes. Les clients viennent et vont, laissant derrière eux bien plus que de simples miettes sur le comptoir en bois poli. Chacun apporte une part de son propre récit, tissant ainsi la toile complexe et colorée de la communauté du Castellet.

Mais, sous la surface chaleureuse et accueillante de la boulangerie, se cache un monde de secrets et de magie.

Cette préface ouvre les portes d'une histoire à laquelle chaque chapitre est comme une tasse de café partagée entre amis, chaque page un pas de danse gracieux entre le passé et le présent. C'est une invitation à s'immerger dans un monde où l'odeur du pain frais se mêle au parfum enivrant du mystère, où chaque mot est un souffle qui réchauffe l'âme et où la magie la plus profonde se trouve peut-être dans les gestes quotidiens et les liens qui unissent les gens.

Bienvenue au Castellet, où les secrets se dissimulent dans la farine et où le destin se dévoile parfois au fond d'une tasse de chocolat chaud.

# 1

## Les Murmures de la Farine

Sur les ailes d'une légère brise matinale, un petit rouge-gorge fend l'air frais de l'aube. Ses yeux perçants balaient l'horizon jusqu'à ce qu'il distingue, niché entre les collines de Provence, le village du Castellet. Alors qu'il descend en spirale, le monde s'éveille sous ses ailes déployées.

Il se pose sur une branche de platane centenaire, observant avec curiosité ce nouveau territoire. Il voit l'aube effleurer le village, non pas simplement en chassant l'obscurité, mais en peignant le monde d'une palette de lumière tendre. Sous son regard attentif, les contours d'un lieu suspendu entre rêve et réalité se révèlent peu à peu.

Les premiers rayons du soleil caressent les pierres anciennes d'une boulangerie. L'oiseau, intrigué, s'envole pour se rapprocher. Il se perche sur le rebord d'une fenêtre et lit l'enseigne : « Les Délices de Julie ». À l'intérieur, il aperçoit une femme s'affairer, sans doute Julie Leroy elle-même, comme si la lumière réveillait son âme endormie d'un doux sommeil.

Le vent, porteur de murmures et de secrets, ébouriffe doucement les plumes du rouge-gorge. Il semble promettre un renouveau, tandis que le ciel, dans son infinie clémence, baigne le village d'une lumière d'espoir.

De son perchoir, l'oiseau contemple Le Castellet comme une fresque vivante. Chaque détail, chaque texture, chaque parfum raconte une histoire que ses sens aiguisés captent avec intensité. Il ressent le temps qui s'écoule avec la grâce d'une rivière tranquille, et observe les traditions, tissées dans le présent, se fondre harmonieusement avec la modernité.

Le rouge-gorge s'élance à nouveau, survolant les rues pavées, bordées de maisons en pierre, telles des veines à travers le cœur du village. Leurs toits de tuiles rouges témoignent des siècles passés sous le soleil. Les façades, ornées de volets en bois peints, arborent des teintes qui chantent sous la lumière matinale, un spectacle qui ravit même les yeux d'un petit oiseau.

Il vole jusqu'à la périphérie, où les vignobles s'étendent comme des rubans délicatement posés sur les collines. Le rouge-gorge observe les viticulteurs, ces poètes de la terre, qui commencent leur journée en cultivant avec fierté les raisins destinés à produire des vins aux arômes de légende.

Revenant au cœur du village, l'oiseau se pose sur la place du marché qui pulse déjà de vie. Les étals se parent de mille trésors : fromages odorants, fruits gorgés de soleil, légumes d'une fraîcheur éclatante et fleurs aux couleurs éblouissantes. Les rires des marchands et les conversations animées des habitants créent une symphonie chaleureuse qui enchante ses oreilles sensibles.

Près de la fontaine, il observe les jets d'eau cristalline danser au rythme des rires des enfants. Sur des bancs de pierre, il voit les anciens partager leurs récits, gardiens des histoires et des souvenirs.

Enfin, le clocher de l'église attire son attention. Fier et élancé, il rythme la vie du village de ses carillons réguliers. L'oiseau se pose sur une gargouille, admire l'édifice de style roman et ses vitraux qui filtrent la lumière divine, créant un ballet de couleurs sur les dalles anciennes.

Alors que le soleil monte dans le ciel, le rouge-gorge comprend qu'il a trouvé un nouveau foyer. C'est un lieu où chaque pierre, chaque arbre, chaque sourire est une invitation à la découverte, à la sérénité, à la communion avec l'instant.

Pour Julie, ce joyau de convivialité et de délices sucrés est bien plus qu'un commerce : c'est le cœur du village, un lieu de rencontres et de partages. À 28 ans, elle incarne la joie de vivre, une pâtissière talentueuse dont les yeux verts étincellent de passion et dont les cheveux châtains, souvent noués en un chignon pratique, sont le symbole d'un esprit créatif et débordant.

Vêtue d'un tablier fleuri qui s'accorde avec sa robe simple, mais élégante, elle représente l'essence même de la pâtisserie : un mélange de tradition et d'innovation. Sa personnalité pétillante et son optimisme inébranlable font d'elle une présence lumineuse, et ses mots gentils sont le glaçage sur le gâteau de la vie des villageois.

Issue d'une lignée de boulangers, elle a grandi bercée par l'odeur enivrante du pain frais et des pâtisseries qui sortaient du four. Ses études à Paris ont affiné son talent, et son retour au village a été une promesse de renouveau pour la boulangerie familiale.

Son objectif est clair : insuffler une nouvelle vie à la boutique héritée de son arrière-grand-mère, lui apporter joie et douceur aux habitants du village. Dans cette quête, Julie peut compter sur le soutien indéfectible de son ami d'enfance, Lucas. À 30 ans, ce libraire passionné est un pilier de la communauté, sa boutique de livres faisait écho à la boulangerie comme un autre gardien des traditions et des rêves du village. C'est un sanctuaire pour les amateurs de littérature, un labyrinthe de connaissances où chaque livre est une porte ouverte sur un autre monde. Intelligent et réfléchi, Lucas a un penchant pour les mots croisés et les jeux de logique, et son regard pensif semble plonger dans les profondeurs de l'âme.

Lucas attire l'attention sans le vouloir. Il a les cheveux bruns en bataille et porte un style décontracté. Sa librairie est un refuge pour les esprits curieux, et sa présence est comme un vieux livre de poche écorné que l'on garde précieusement : rassurante, familière et pleine de promesses d'aventures.

L'amitié entre Julie et Lucas, tissée de souvenirs d'enfance et de confidences, est un pilier solide sur lequel elle s'appuie fréquemment, ajoutant une touche de chaleur humaine à leur petite communauté.

***

Julie, les yeux encore empreints de rêves, s'éveille au son lointain du clocher. Elle s'étire, laissant derrière elle les vestiges de la nuit, et se prépare pour la journée qui l'attend. La boulangerie, héritage de son arrière-grand-mère Madeleine, est plus qu'un lieu de travail ; c'est un sanctuaire avec lequel chaque grain de farine semble imprégné des souvenirs et des sourires des générations passées.

En franchissant le seuil de la porte, elle pénètre dans l'atelier où la magie opère. Les sacs de farine sont alignés comme des gardiens silencieux, et les ustensiles, disposés avec soin, attendent patiemment le ballet des mains de la pâtissière. Julie enfile son tablier, celui avec les petites cerises brodées, un cadeau de sa grand-mère, et se met au travail.

La préparation du pain est pour elle une méditation, un moment suspendu où chaque geste est un hommage à Madeleine. L'eau et la farine se rencontrent, s'unissent sous la pression de ses paumes, et naît alors une pâte souple et vivante. Elle la pétrit avec tendresse, la façonne avec respect, et la regarde lever, comme on observerait un enfant grandir.

Mais ce matin, une surprise attend Julie.

Dans l'atmosphère feutrée de la boulangerie, où chaque tic-tac de l'horloge résonnait comme un écho du passé, Julie laissa son regard s'attarder sur le vieux livre de recettes de Madeleine. Ce volume, relié d'un cuir patiné par les années, reposait sur le comptoir tel un gardien silencieux des secrets familiaux. Ses pages jaunies, couvertes d'une écriture fine et serrée, semblaient vibrées d'une énergie contenue, comme si elles attendaient patiemment d'être redécouvertes.

Alors que Julie prenait doucement le livre entre ses mains, un frisson parcourut sa colonne vertébrale. Soudain, comme animé d'une volonté propre, un papier s'échappa du livre, glissa tel un fantôme avant de se poser avec grâce sur le carrelage froid. Le cœur de Julie manqua un battement.

C'était une note, tracée de la main de son arrière-grand-mère. Les mots dansaient sur le papier, formaient une énigme tissée dans les méandres d'une calligraphie autrefois majestueuse, maintenant adoucie par le passage du temps. Elle se pencha lentement, ses doigts effleurant avec révérence le parchemin vieilli, comme si elle craignait qu'il ne s'effrite à son contact.

Ses yeux, écarquillés par l'anticipation, se mirent à dévorer les mots. Chaque syllabe pulsait d'une urgence latente, chaque phrase semblait chargée d'un secret qui allait non seulement bouleverser le rythme tranquille de sa journée, mais peut-être même redéfinir le cours de son existence.

Elle sentit son cœur s'accélérer, son souffle devenir plus court. Elle avait l'impression que le temps s'était figé, que le monde extérieur s'était estompé, ne laissant que cette connexion tangible avec le passé.

Alors qu'elle continuait à lire, une certitude grandissait en elle : ce message, caché entre les pages écornées du livre, était bien plus qu'une simple note. C'était une clé, une invitation à plonger dans un mystère ancestral qui n'attendait que d'être dévoilé.

Le parfum du pain frais qui emplissait habituellement la boulangerie paraissait s'être mêlé à une fragrance plus ancienne, plus mystérieuse, l'odeur du destin qui se met en marche. Julie prit une profonde inspiration, elle sentait que sa vie ne serait plus jamais la même après ce moment.

*« Ma chère enfant, si tu lis ces mots, c'est que le moment est venu pour toi de dévoiler le secret que j'ai chéri tout au long de ma vie. Une recette, un trésor enfoui dans les entrailles de mes livres n'attend que toi pour être révélé. Suis les indices, prête l'oreille aux révélations de la farine, ressens-les, et tu découvriras le secret de notre héritage. Si tu es digne de cette connaissance, comme je n'en doute pas, tu sauras l'utiliser ».*

Son cœur s'emballa, martelant sa poitrine avec une intensité qui lui coupe le souffle. Un secret ? Une recette abandonnée ? Son esprit s'embrasa, les questions fusant comme des étincelles dans la nuit.

— Ce livre, je l'ai ouvert et refermé des centaines de fois. Comment cette note est-elle revenue du passé et qui l'a placée là ? s'interrogea-t-elle.

Avec une délicatesse infinie, elle replia la note, comme si elle tenait entre ses mains le fragile battement d'ailes d'un papillon.

Julie se tenait là, seule dans la boulangerie baignée de la lumière dorée du matin, face à l'histoire qui se dévoilait devant elle comme un livre ancien s'ouvrait pour la première fois. Le poids du secret nouvellement découvert semblait faire vibrer l'air autour d'elle. Dans un souffle, elle murmura, une déclaration à elle-même et à l'univers qui l'écoutait :

— Je ne veux plus être simplement Julie Leroy, la créatrice de douceurs souriantes, je serai Julie Leroy, la conservatrice de secrets, l'érudite des saveurs d'antan, je veux comprendre, apprendre, je veux savoir.

Un rire doux s'échappa de ses lèvres, résonna dans l'espace vide de la boulangerie. C'était un son pur, presque musical, qui dansait entre les murs anciens, il apporta une nouvelle vie à ce lieu empreint de souvenirs. Elle se moquait de sa propre grandiloquence, mais au fond d'elle, une flamme s'était allumée. Un feu de détermination et de curiosité qui consumait les doutes et éclairait les ombres de l'incertitude.

Le poids de son héritage, qu'elle avait parfois ressenti comme un fardeau, se transformait sous ses yeux. Il devenait une cape d'invincibilité qu'elle portait avec fierté, une armure tissée de rêves et d'espoirs, un bouclier contre les tempêtes du destin. Le manque, cette incompréhension de son passé qu'elle traînait depuis trop longtemps comme une chaîne invisible qui entravait ses pas, commençait à se dissiper.

C'était un lien tissé à travers le temps, un fil d'or qui la reliait à son arrière-grand-mère Madeleine et aux générations de femmes fortes qui l'avaient précédée. Ces femmes dont les mains avaient pétri l'amour et la tradition dans chaque miche de pain, dans chaque volute de crème.

Alors qu'elle caressait doucement le vieux livre de recettes, Julie sentit une connexion profonde avec ces femmes du passé. Leurs rires semblaient résonner dans le tintement des ustensiles, leurs secrets murmuraient dans le bruissement des pages jaunies. Découvrir ce mystère, c'était embrasser son héritage dans toute sa complexité.

Et peut-être, songea-t-elle alors qu'une nouvelle détermination brillait dans ses yeux, peut-être que cette quête lui permettrait de trouver sa propre voie dans l'art ancestral de la pâtisserie. De transformer les recettes héritées en quelque chose de nouveau, de mêler le passé et le présent pour créer un futur unique. Comme pour refléter cette fusion des époques, le temps paraissait se suspendre dans la boulangerie. Le soleil, maintenant plus haut dans le ciel, inondait la pièce d'une lumière dorée, baignant les vieux murs et les ustensiles modernes dans une même lueur chaleureuse, témoin silencieux de cette alchimie entre tradition et innovation. Julie, debout au milieu de ce lieu chargé d'histoire, sentit qu'elle était à l'aube d'une grande aventure. Une aventure qui la mènerait non seulement à travers les secrets de sa famille, mais aussi au cœur d'elle-même.

Alors qu'elle tenait la note de son arrière-grand-mère, un frisson parcourut son échine. Elle avait toujours su que Madeleine était une femme de mystères, mais elle n'aurait jamais imaginé qu'elle lui laisserait un tel héritage. La boulangerie s'était métamorphosée en un ouvrage qui dévoilait des indices dans chaque coin, des messages secrets dans chaque recette.

Julie se tenait devant l'étagère poussiéreuse, ses doigts caressant les reliures anciennes des livres de recettes qui avaient nourri des générations. Avec une révérence presque sacrée, elle saisit le volume le plus ancien, celui de Madeleine, et le posa délicatement sur la table de travail en bois usé par le temps. Elle l'ouvrit avec précaution, page après page, elle chercha un signe, une anomalie, une marque qui pourrait lui souffler où poser son regard curieux.

Avec des mains tremblantes d'excitation, elle ouvrit en grand le livre de recettes, les pages craquèrent doucement. Là, au centre d'une page jaunie par le temps, un symbole mystérieux se révéla : une clé stylisée, dessinée d'une encre sombre qui avait défié les années.

Ce n'était pas un simple dessin, mais le premier indice d'une énigme plus vaste. Un murmure du passé qui n'attendait que Julie pour s'élever en un cri de révélation. La jeune femme sentit son cœur s'accélérer. Ce symbole était bien plus qu'une marque sur le papier ; c'était une invitation, un appel à l'aventure qui faisait vibrer chaque fibre de son être.

Un frisson la parcourut, une onde d'excitation électrisante qui semblait la connecter à travers le temps à son arrière-grand-mère Madeleine, elle sentait sa présence, comme son esprit l'enveloppait, l'encourageait à poursuivre cette quête.

Les premières pensées de Julie se tournèrent vers Lucas, son ami d'enfance. Compagnon de tant de jeux et de rêves, il était le seul à pouvoir comprendre l'importance de ce moment. Qui d'autre que lui pourrait l'aider à déchiffrer le chemin vers ce trésor caché dans les murs de la boulangerie ? Un trésor fait non pas d'or et de bijoux, mais de saveurs oubliées et de souvenirs précieux.

Avec précaution, elle plia soigneusement la note mystérieuse et la glissa dans sa poche. Le contact du papier ancien contre sa peau était comme un talisman, un lien tangible avec le passé. Elle referma doucement le livre, caressa une dernière fois sa couverture usée avant de le remettre à sa place.

Le soleil commençait à poindre à l'horizon, rappelant à Julie ses responsabilités quotidiennes. Elle se prépara à ouvrir la boulangerie, elle savait que, bientôt, les clients commenceraient à arriver, en quête de leur pain quotidien et d'une douceur pour égayer leur matinée.

Mais aujourd'hui, chaque geste familier semblait chargé d'une nouvelle signification. Alors qu'elle déverrouillait la porte, allumait les fours et disposait les viennoiseries fraîches, elle sentait qu'elle se tenait au seuil de deux mondes. D'un côté, le quotidien apaisant de la boulangerie ; de l'autre, la découverte de son histoire.

\*\*\*

À l'intérieur, le sol est recouvert de carreaux de terre cuite, usés par les pas des nombreux visiteurs qui ont traversé les années. Les murs sont ornés de tablettes remplies de pots de confiture maison et de sacs de farine de la région. Au centre, un grand comptoir en bois poli par le temps sert d'écrin aux pâtisseries et aux pains, chacun racontant une histoire de tradition et de passion.

Derrière le comptoir, la zone de préparation est visible, permettant aux clients de voir Julie. Les fours en acier brillent sous la lumière tamisée, et les plans de travail en marbre sont alignés avec précision, couverts d'ustensiles et d'ingrédients que Julie peut transformer en délices.

L'atmosphère de la boulangerie est chaleureuse et accueillante. Des tables en bois dispersées offrent aux visiteurs un endroit pour s'asseoir et savourer une tasse de café accompagnée d'une pâtisserie. Les conversations murmurées se mêlent au son apaisant du pétrissage de la pâte et au tintement des clochettes à chaque ouverture de la porte.

Quelques panneaux en bois patiné par le temps accrochés au mur participent à l'atmosphère chaleureuse de la boulangerie. Les lettres gravées à la main semblent presque vivantes, comme si elles dansaient au rythme des effluves sucrés qui s'échappaient des fours. On peut y lire *« Pétris d'amour, cuit à la perfection »*, *« Des saveurs qui racontent des histoires »*, *« Là où la douceur rencontre la tradition »*, ou encore *« Écoutez les murmures de la farine »*, mais un sort du lot.

*« Une recette parfaite est une recette empreinte d'une certaine magie »*, ce panneau, c'est l'âme de la boulangerie. Il est un rappel constant que chaque pincée de farine et chaque goutte de vanille étaient bien plus que de simples ingrédients. Ils sont les composants d'un sortilège, d'une formule secrète capable de transformer une journée ordinaire en un moment de pur enchantement.

Chaque client qui franchit la porte peut sentir cette magie, un lien invisible tissé entre les mains habiles de Julie et les sourires satisfaits de ceux qui goûtent à ses créations. Ce n'est pas seulement de la nourriture ; c'était de l'art, de l'amour, de la tradition, et oui, de la magie pure, distillée dans chaque miette de gâteau et chaque tranche de pain.

Le panneau est plus qu'une décoration ; c'est une promesse, un engagement, une philosophie que Julie incarne avec chaque battement de son cœur passionné en hommage à sa grand-mère qui l'avait installé.

Elle accueillit chaque client avec son sourire habituel, mais son esprit était ailleurs : tournant et retournant l'énigme de Madeleine.

Alors que les derniers échos des pas du dernier client s'estompaient sur la place, elle tourna la clé dans la serrure. Son cœur palpitait, elle se hâta vers le café de la place, le lieu de rendez-vous qu'elle avait choisi pour partager avec Lucas le mystère qui commençait à se dérouler.

Lorsqu'elle arriva sur la terrasse du café, son souffle court et ses joues teintées de l'excitation de la course, elle aperçut Lucas. Il était là, attablé, son regard empreint d'une question silencieuse. Julie s'approcha, la note serrée dans sa main comme un trésor.

— J'ai quelque chose d'incroyable à te montrer. Un secret de famille, longtemps caché, articula-t-elle d'une voix où perçait l'urgence en sortant la note de sa poche.

Les yeux de Lucas s'illuminèrent de curiosité tandis qu'elle dépliait la note avec une révérence presque religieuse. Penchés sur le message de Madeleine, ils retenaient leur souffle, comme suspendus hors du temps. Les mots, tracés d'une main âgée, mais déterminée, semblaient prendre vie sous leurs yeux, chargés du poids d'une époque révolue.

Un silence enveloppa la terrasse du café, les bruits familiers du village s'estompaient comme par magie.

Alors que la porte du café se refermait doucement, Julie et Lucas se retrouvèrent seuls face à un secret qui allait bouleverser leur existence.

Dans l'air frais du soir, les étoiles semblaient briller d'un nouvel éclat, comme si elles aussi attendaient de voir quel nouveau chapitre s'écrirait sous leur veille bienveillante.

## 2

## La Clé des Saveurs Cachées

Le crépuscule enveloppait le village d'une douce lumière orangée, les derniers murmures du jour s'estompaient peu à peu et les dernières cigales avaient déjà arrêté de chanter. Julie et Lucas, encore sous le choc de leur découverte, quittèrent le café dans un silence complice. Ils marchaient côte à côte, la note précieuse de Madeleine soigneusement repliée et cachée dans la poche de Julie.

Leurs ombres s'allongeaient sur les pavés anciens, comme pour annoncer l'approche d'un moment décisif. Leurs pas, mesurés et déterminés, résonnaient dans le calme naissant. La porte de la boutique s'ouvrit avec un grincement familier, et ils pénétrèrent dans l'obscurité accueillante, ne laissant derrière eux que la lueur vacillante de l'enseigne.

À l'intérieur, l'air était saturé des parfums de vanille et de cannelle, témoins silencieux des heures passées à pétrir et à cuire. Julie alluma une lampe et la lumière douce révéla les contours de la pièce, chaque ombre semblant abriter un mystère.

Elle se dirigea vers l'arrière-boutique, là où les ustensiles luisaient faiblement et où les étagères regorgeaient de farine et de sucre. Lucas la suivit, son regard scrutant chaque recoin, conscient que le moindre détail pourrait mener à la solution.

Dans l'atmosphère dense de la pièce, le silence enveloppait tout, tangible comme une étoffe ancienne et précieuse. Seul le craquement du bois ancien, qui gémissait sous le poids des pas hésitants, osait troubler cette quiétude presque sacrée.

Lucas, le regard intense, la fixait avec une curiosité brûlante.

— Ce symbole, il recèle forcément des mystères insondés, murmura-t-il, sa voix basse se mêlant aux chuchotements de la maison endormie.

Julie acquiesça silencieusement et tendit la note vers la lumière vacillante. La lumière de l'ampoule dansait, projetant des ombres vivantes qui semblaient vouloir s'emparer du secret révélé. Ils se penchèrent ensemble, comme attirés par un aimant, pour scruter le symbole qui se dévoilait sous leurs yeux ébahis, prenant vie sous la caresse de la lumière. Chaque ligne, chaque courbe du dessin paraissait palpiter d'une histoire ancienne, promettant des révélations qui donneraient un nouveau souffle à leur quête.

Le temps s'était arrêté, suspendu à la découverte imminente, tandis que le symbole, tel un trésor longtemps enfoui, attendait patiemment de livrer ses secrets à ceux qui avaient le cœur pur et l'esprit ouvert.

La clé stylisée qu'elle découvrit s'avérait d'une élégance surprenante. Dessinée avec une précision méticuleuse, elle paraissait presque s'animer sur le papier. Sa forme évoquait les anciennes clés de voûte, avec une tige longue et fine qui se terminait par une série de dents délicates et symétriques, comme si les vagues d'une mer tranquille les avaient sculptées. Le panneton, orné d'arabesques et de volutes, formait un labyrinthe miniature où chaque courbe et contre-courbe avait sa place, un puzzle visuel qui invitait à la contemplation.

Deux ailes stylisées, qui évoquaient la liberté et l'envol, encadraient le bow de la clé, conçu pour être tenu entre des doigts fins. Au centre, un arbre de vie d'un blanc pur capturait la lumière, la diffusant en une myriade de couleurs chatoyantes qui paraissaient murmurer les secrets de la pâtisserie. L'encre utilisée pour tracer ce chef-d'œuvre présentait une teinte unique, un noir profond avec des reflets d'ambre, comme si on avait mélangé les épices les plus rares avec elle.

Leurs yeux s'efforçaient de percer l'obscurité qui enveloppait la pièce, mais la pénombre résistait, avalant chaque indice et chaque détail. Julie et Lucas se rendirent à l'évidence : la nuit avait étendu son voile trop épais pour continuer leur quête.

— Nous ferions mieux de rentrer, souffla-t-elle, sa voix trahissait de la déception. Il nous faut plus de lumière pour déchiffrer ces mystères.

Lucas acquiesça, son regard déterminé se perdant un instant dans les ténèbres avant de se poser sur Julie.

— Je reviendrai dès l'aube, promit-il avec une assurance qui réchauffa le cœur de la jeune pâtissière. Nous trouverons les réponses ensemble, je te le jure.

Ils quittèrent la boulangerie, laissant derrière eux le silence et les secrets endormis. La lune, témoin silencieux de leur départ, baignait les rues désertes d'une lumière argentée, comme pour guider leurs pas vers le repos bien mérité.

Chez elle, Julie s'abandonna aux bras de Morphée, son esprit encore agité par les images du symbole et les possibilités infinies qu'il représentait. C'était un signe, un appel silencieux qui résonnait à travers les voiles du sommeil, une énigme enveloppée dans l'obscurité de la nuit. Quelque chose qui ne collait pas dans tout cela, une dissonance subtile dans l'harmonie de son monde planait.

Comment la note était-elle arrivée là, et qui l'avait mise ? La possibilité que quelqu'un puisse entrer si facilement chez elle la remplissait d'inquiétude. Elle avait lutté avec tant d'ardeur pour enfouir son passé, pour le recouvrir des couches de l'oubli. Et voilà qu'il resurgissait, que tout remontait à la surface, comme des bulles d'air s'échappant d'un lac gelé.

Et tandis que les étoiles scintillaient dans le ciel, comme des témoins lointains de son tourment, Lucas, fidèle à sa parole, préparait déjà son retour. Son cœur battait au rythme de l'impatience, une symphonie silencieuse qui l'appelait à reprendre la recherche aux côtés de Julie.

La nuit, dans son infinie sagesse, semblaient chuchoter des vérités cachées, guidant les rêveurs et les amoureux de mystères vers les réponses qu'ils cherchaient. Pour eux, l'aube apporterait non seulement la lumière du jour, mais aussi l'espoir de dévoiler les secrets enfouis sous les strates du temps et de l'histoire.

***

Avec l'aube, un souffle de vie nouvelle parcourt les rues du village. La boulangerie, telle une sentinelle endormie, attend le retour de ses gardiens. Julie et Lucas, portés par l'enthousiasme du matin naissant, franchirent le seuil plein d'entrain.

La première lumière du jour filtrait à travers les vitraux colorés, projetant des motifs chatoyants sur les murs de pierre. Les ombres de la nuit s'estompent, révélant les contours de chaque objet avec une clarté croissante. Le livre de recettes, posé sur le comptoir, semblait les inviter à plonger dans ses secrets.

— Regarde, s'exclame Julie en tournant les pages avec précaution. La lumière du matin donne une tout autre perspective.

Les symboles, autrefois énigmatiques, commençaient à se dévoiler, comme si le soleil lui-même guidait leur quête.

Lucas, à ses côtés, hochait la tête en signe d'accord.

— C'est comme si chaque rayon nous rapprochait de la vérité, ajouta-t-il, son regard scrutant chaque détail.

Ils travaillèrent de concert, leurs esprits synchronisés dans un ballet de déduction et d'intuition.

Les yeux plissés par la concentration, il étudiait le symbole dessiné sur la page.

— Ce symbole doit se trouver autre part dans la boulangerie, murmura-t-il, plus pour lui-même que pour Julie.

Julie inclina la tête, une lueur d'impatience dans les yeux, son regard vif et perçant balayant la pièce avec une urgence perceptible. Chaque seconde qui s'écoulait représentait une éternité perdue ; chaque meuble était un complice silencieux dans le mystère qui entourait son héritage.

— Je vais à la librairie voir si je peux en trouver l'origine, annonça-t-il, sa voix portant l'urgence de leur quête. Cela nous aidera sûrement à savoir où chercher.

— Bonne idée, mais trouve-le vite, s'il te plaît, on doit savoir ce que c'est.

À peine Lucas eût-il franchi le seuil que Julie se mit au travail. La boulangerie s'éveillait lentement, bercée par le ballet des spatules et le cliquetis des bols. Mais même en pétrissant la pâte, même en alignant les viennoiseries encore tièdes sur les étagères, son esprit ne pouvait s'empêcher de vagabonder. Elle scrutait les murs lambrissés, les étagères croulant sous le poids des farines, cherchant ce symbole, cette clé qui pourrait déverrouiller les secrets de son héritage.

Avec chaque geste, elle lançait un regard rapide et scrutateur, interrompant ses tâches pour sonder les boiseries séculaires. Elle était convaincue que, dissimulé dans les nervures du bois et les pierres patinées du sol, se trouvait l'indice crucial qui les guiderait vers la recette suivante, un nouveau fragment de l'histoire de sa famille. Mais la pièce restait muette, dépourvue de réponses, et cette absence de découverte commençait sérieusement à la frustrer.

***

Le temps, insaisissable, s'était écoulé dans la boulangerie où Julie, plongée dans ses propres réflexions, avait perdu toute mesure des heures.

Lorsque Lucas franchit le seuil, l'atmosphère de la pièce changea instantanément. Son regard, d'ordinaire pétillant, se voilait d'une ombre inquiétante. Julie, qui faisait les cent pas, s'immobilisa, sa cuillère en bois suspendue en l'air.

— Alors ? murmura-t-elle, sa voix à peine audible.

Il secoua lentement la tête.

— Des liens par milliers, des interprétations à foison, mais... Il s'interrompit, comme si les mots suivants lui coûtaient trop.

Elle retint son souffle. Le silence s'épaissit presque palpable.

Soudain, Lucas tendit la feuille à Julie, son regard s'attardant sur le dessin. Une lueur étrange traversa ses yeux.

— Trop simple... commença-t-il dans un murmure.

Elle le fixa, intriguée.

— Quoi ?

— L'arbre de vie... poursuivit Lucas, sa voix gagnant en intensité. Et si... et si c'était le bois qui nous parlait ?

Le cœur de Julie s'accéléra.

— Que veux-tu dire ?

Lucas s'approcha d'elle, baissant la voix comme s'il craignait d'être entendu.

— Qu'est-ce qui, en bois, pourrait bien faire battre le cœur de cette boulangerie ?

Une sensation glacée envahit Julie. La question semblait résonner dans l'air, comme si les murs eux-mêmes retenaient leur souffle.

Puis, dans un éclair de compréhension simultanée, leurs yeux s'écarquillèrent.

— Les panneaux de bois ! s'exclamèrent-ils à l'unisson, leur voix mêlant excitation et appréhension.

Ils levèrent les yeux ensemble, leurs regards faisant le tour de la pièce et des panneaux avec une excitation renouvelée. Et soudain, leurs yeux se fixèrent sur le même point, une évidence qui s'imposait à eux : *« Une recette parfaite est une recette empreinte d'une certaine magie. »*

Julie abandonna sa tâche, laissant une cliente perplexe la regardant s'éloigner. Ensemble, ils s'approchèrent du panneau, leurs cœurs battant à l'unisson, espérant qu'ils étaient sur le point de dévoiler un nouveau chapitre de leur aventure.

Dans l'air embaumé de farine et de sucre, Julie et Lucas se tenaient face au panneau qui avait capturé leur imagination. Ensemble, ils se mirent à l'œuvre, leurs gestes harmonieux dans l'effort de décrocher le panneau qui se dressait juste hors de portée. Julie, sur la pointe des pieds, étira son corps, ses mains cherchant à saisir le bord inférieur du bois lisse. Lucas, de son côté, le pencha, offrant un contrepoids. Leurs doigts se rencontrèrent au milieu du panneau, effleurant le bois et l'un l'autre, un frisson parcourant leurs bras à ce contact inattendu.

Ils échangèrent un regard, un sourire, partageant un moment d'une intensité silencieuse. C'était un instant suspendu, où le temps semblait s'arrêter, où le seul monde qui existait était le leur. Ces effleurements, ces contacts peau à peau, avaient toujours eu pour eux une résonance particulière, une force d'attraction magnétique, inexplicable, mais irrésistible, comme s'ils étaient enveloppés dans une bulle d'énergie qui leur était propre.

Le panneau enfin libéré de ses attaches, ils le posèrent délicatement sur une table libre, laissant derrière eux les murmures curieux des clients. Ils se penchèrent sur le bois ancien, leurs yeux scrutant chaque détail, chaque sillon, chaque ombre et lumière, à la recherche des indices cachés dans les fibres mêmes de l'histoire de la boulangerie.

Dans l'atmosphère chaleureuse de la boulangerie, où l'odeur des viennoiseries fraîchement sorties du four se mêlait aux murmures des habitués, Madame Simonati attendait patiemment.

— Julie, je crois que vous m'avez oubliée, lui dit-elle avec une douceur teintée d'amusement, tenant à la main un sachet de gourmandises dorées.

Arrachée à ses pensées par la voix familière, elle se tourna vers la cliente avec un air contrit.

— Pardon, Madame Simonati, mais c'est une question de vie ou de mort, s'exclama-t-elle, les yeux remplis d'un enthousiasme débordant le cadre de la pâtisserie.

Lucas, un sourire espiègle jouant sur ses lèvres, ajouta :

— Tu y vas un peu fort, quand même.

Leur complicité se faisait sentir, leurs sourires partagés en disaient long sur la profondeur de leur amitié.

— Allez-y, Madame Simonati, c'est avec plaisir que je vous les offre, insista Julie, poussée par un élan de générosité spontané.

— Tu es un amour, ma petite répondit la cliente avec affection, mais je te paierai demain.

Et elle s'en alla, le sourire aux lèvres, ajoutant une note de joie à l'ambiance déjà chaleureuse de la boutique.

Tandis que le client suivant s'approchait du comptoir, il se tourna vers le panneau avec détermination.

— Vas-y, je scrute et je te dis si je trouve quelque chose, son regard fixé sur le bois gravé.

— OK, mais tu m'appelles dès que tu as trouvé, l'impatience teintant sa voix d'une note aiguë.

— Oui, vas-y.

Il se plongeait dans l'examen du panneau avec une concentration intense.

À peine Julie eût-elle rejoint le comptoir qu'un cri de joie s'échappa de Lucas.

— Il est là, sous nos yeux depuis le début ! s'exclama-t-il, triomphant. Viens voir, appela-t-il d'une voix où perçait l'excitation.

Mais au même instant, un client, la main levée pour montrer la baguette de son choix, interrompit :

— Je voudrais…

Il n'eut pas le temps de terminer sa phrase que Julie, déjà repartie vers Lucas, s'arrêta brusquement, tiraillée entre le devoir et la curiosité. Elle fit volte-face, l'impulsivité de ses mouvements trahissant son impatience.

— C'est le point à la fin de la phrase, il représente la clé, l'entendit-elle dire.

Julie, tout en servant les clients, bondissait presque sur place, l'envie de voir de ses propres yeux la découverte de Lucas la consumant.

Quant à lui, il avait compris que le symbole représentait plus qu'un simple ornement. Il indiquait quelque chose de bien plus tangible. Il retourna le panneau, révélant l'autre face, mais là, un silence s'installa, lourd de signification.

L'observant du coin de l'œil, elle ne put contenir sa curiosité.

— Qu'est-ce que tu as vu ?

Pas de réponse.

— Lucas ? Lucas ? Qu'est-ce qu'il y a ?

L'inquiétude dans sa voix monta d'un cran, et sans pouvoir se retenir davantage, elle laissa la caisse pour le rejoindre.

Devant le panneau, elle découvrit un tracé qui ressemblait trait pour trait à la forme de la boulangerie gravée dans le bois, avec un X marquant un endroit précis.

— Plus cliché, on peut difficilement faire, commenta-t-il avec un rire léger.

Ils levèrent les yeux, s'orientant par rapport au plan. Le X correspondait à un espace devant eux, où des étagères regorgeaient de produits variés : confitures maison, pots de miel de l'apiculteur du village, paniers de croquants à l'anis.

Julie réalisa qu'ils ne pourraient pas tout démonter avant la fin de la journée, et cette pensée la fit bouillir d'impatience. Lucas posa une main apaisante sur son épaule.

— Tu peux faire ta journée, et je reviens ce soir à la fermeture, lui dit-il, sa voix empreinte d'une promesse de découvertes à venir.

***

Dans l'heure bleue précédant la fermeture, Lucas apparut dans l'embrasure de la porte, un sourire énigmatique ourlant ses lèvres. Sans un mot, il s'approcha du meuble, un vestige du passé, se tenait avec une dignité silencieuse au cœur de la boulangerie. Sa structure en bois massif, teintée par les années, racontait une histoire de tradition et de continuité. Les portes inférieures, ornées de sculptures délicates, évoquaient des motifs floraux et géométriques, un héritage de l'artisanat d'autrefois. Elles s'ouvraient avec un grincement mélodieux, comme si elles chantaient les louanges d'un temps révolu.

Les étagères supérieures, bien que simples dans leur conception, abritaient des trésors culinaires. Elles avaient accueilli, au fil des décennies, des rangées de pots de confitures aux couleurs chatoyantes, des flacons d'essences rares, et des boîtes de biscuits façonnés avec amour. Le bois, lisse au toucher, semblait vibrer d'une chaleur intérieure, comme s'il était imprégné de la douceur des sucreries qu'il avait longtemps gardées.

Ce meuble, suffisamment massif pour attirer le regard, mais tellement élégant qu'il n'écrasait pas l'espace, servait de pièce maîtresse à la boulangerie. Il était le gardien des recettes secrètes, le témoin silencieux des joies et des peines, des succès et des échecs de la pâtissière et de ses prédécesseurs.

Dans le crépuscule naissant, alors que la lumière dorée du soleil déclinant venait caresser ses contours, le meuble paraissait attendre, patient, le moment où il révélerait ses derniers secrets. C'était un compagnon de bois, un confident de l'âme de la boulangerie, qui allait bientôt livrer le dernier chapitre d'une histoire écrite dans les grains de son essence.

Julie, dont les yeux s'étaient illuminés à la vue de Lucas, sentit son cœur s'emballer, l'attente de la journée allait enfin prendre fin.

Elle s'affaira à ranger la boutique, à servir les derniers clients.

Après avoir vidé les étagères, il tenta de déplacer le meuble, sûr de sa force. Mais celui-ci resta immobile, ancré dans le sol comme un vieux chêne.

En ouvrant les portes, il fut saisi par ce qu'il vit, et un silence surpris s'empara de lui. Julie, l'œil pétillant d'un amusement secret, le regarda, un rire prêt à s'échapper.

— Oui, je sais, lui répondit-elle, devinant son étonnement.

Lucas soupira légèrement et afficha une mine renfrognée. Il commença à sortir les pots de confiture, une réserve considérable qui remplissait le placard.

— J'ai pris tout le stock de Liliane, ça lui prenait trop de place, expliqua-t-elle entre deux rires, amusée par l'ironie de la situation.

Lorsqu'il eut fini de vider le meuble, Julie avait également terminé de ranger. Ils se tenaient tous deux devant le meuble, leurs regards se croisant dans une compréhension mutuelle. Sans un mot, ils saisirent un côté et tirèrent de toutes leurs forces. Le meuble céda, glissant aisément sur le sol. Ils répétèrent l'opération pour l'écarter davantage du mur.

Ils passèrent la tête entre le meuble et le mur, Lucas au-dessus de Julie, et là, dans ce recoin sombre et oublié, ils découvrirent une niche dans le mur. À l'intérieur reposait un objet qui semblait défier le temps : un livre de recettes anciennes, aux pages jaunies et à la reliure en cuir usée par les années, un trésor qui attendait patiemment d'être redécouvert.

# 3

## Rimes et Délices

Dans l'obscurité qui emplissait la pièce, Julie, les mains tremblantes d'impatience, saisit délicatement le livre, comme s'il s'agissait d'un objet sacré. Elle l'emporta jusqu'à la table la plus proche, où la lueur vacillante des lampes projetait des ombres dansantes sur la surface usée du bois. Avec une déférence instinctive pour l'objet de tant de mystères, elle effleura la couverture en cuir, sentant sous ses doigts les marques du temps qui s'était écoulé.

Le vieux livre de recettes était un trésor d'antan, relié en cuir qui avait pris la teinte chaude du caramel au fil des ans. Sa couverture était ornée de motifs délicats, des arabesques et des fleurs stylisées qui s'entremêlaient autour d'un titre à peine lisible, effacé par les caresses répétées de mains affectueuses.

Les pages intérieures étaient un mélange de nuances ivoire et miel, le papier ayant imprégné l'essence même du temps. Des taches par endroits attestaient des éclaboussures d'une cuisine animée, des traces d'une utilisation fréquente et passionnée.

Elle ouvrit le livre avec une lenteur cérémonieuse, comme si chaque page tournée était un pas de plus vers un sanctuaire oublié. Les pages jaunies craquèrent légèrement, révélant une odeur de papier ancien et d'encre pâlie, un parfum qui évoquait des souvenirs d'un passé lointain. Les mots, écrits d'une écriture ferme et élégante, presque calligraphique, semblaient attendre patiemment le regard de Julie pour renaître à la vie.

C'était un dialogue silencieux entre elle et son arrière-grand-mère, une conversation à travers les âges où chaque mesure, chaque technique était une bénédiction transmise avec amour.

Le silence dans la boulangerie était comme un sanctuaire, et le livre tenu par Julie servait d'autel. Tandis que la nuit enveloppait le monde extérieur, l'éclairage doux des lampes paraissait préserver ce moment intemporel, où le présent et le passé allaient se rejoindre.

Elle prit une profonde inspiration avant de tourner la première page.

Lucas, debout à ses côtés, scrutait la scène, pleinement conscient de l'importance de chaque mouvement. Il comprenait que ce livre n'était pas seulement un recueil de recettes, mais aussi une histoire brodée en or grâce au partage.

Julie et Lucas feuilletèrent les pages, leurs yeux parcourant des listes d'ingrédients qui paraissaient familières, des instructions pour des pâtisseries et des confiseries, des secrets de cuisine transmis avec une apparente simplicité. Ils lisaient à haute voix, leurs voix s'entremêlant dans l'atmosphère empreinte de passé, mais rien ne paraissait sortir de l'ordinaire. Des recettes pour des éclairs au chocolat, des tartes aux fruits, des biscuits au beurre. Toutes étaient délicieuses, certes, mais aucune ne portait la marque de l'énigme qu'ils cherchaient.

C'était un livre de recettes comme tant d'autres, si ce n'est pour l'aura d'intimité qui s'en dégageait, comme si chaque page était une fenêtre ouverte sur l'âme de son arrière-grand-mère. Pourtant, l'énigme restait cachée, se dérobant à leur compréhension, attendant patiemment que le voile soit levé.

Dans la quiétude de la boulangerie, Julie murmura, une pointe de mélancolie dans la voix :

— Il n'y a rien que je ne sache déjà faire.

Le livre, bien qu'ancien, regorgeait de recettes connues. Lucas, penché sur le livre, proposa d'un ton doux :

— Je peux ?

Elle acquiesça, s'écartant pour lui laisser la place. Malgré la joie de la découverte, une ombre de déception voilait son cœur ; elle avait espéré retrouver un fragment de son arrière-grand-mère dans ces pages.

Lucas, avec une attention presque méditative, commença au début du livre. Il tournait les pages une à une, les scrutant, cherchant ce que les yeux hâtifs de Julie avaient pu manquer. Après seulement cinq recettes, il s'exclama :

— Regarde !

Attirée par l'urgence dans sa voix, elle retrouva son sourire.

— Quoi ?

Là, dans la pliure des pages, se cachait le symbole de la clé, dessiné avec une finesse exquise, quasiment effacé par le temps.

— Il est beaucoup plus petit, et tous les détails ne sont pas visibles, mais c'est bien celui-ci, dit Lucas, sa voix trahissant son excitation.

Julie se pressa contre Lucas pour mieux voir. Ensemble, ils contemplèrent la recette, leurs têtes se touchant presque, leurs souffles mêlés dans l'air chargé d'histoire. Le symbole était là, un pont entre le présent et le passé, un indice laissé par l'arrière-grand-mère, un appel à déchiffrer le langage secret des saveurs anciennes.

Dans la douceur d'un silence partagé, leurs voix s'unirent pour murmurer le nom de la recette, *« Nuage de Douceur »*. Julie, les doigts tremblants, caressa le titre, comme si elle pouvait, par ce simple contact, traverser les voiles du temps et toucher l'esprit de son arrière-grand-mère. Elle s'assit, le dos droit, la chaise craquant sous le poids des émotions, et se pencha sur la recette.

Un grognement s'échappa de ses lèvres, une moue boudeuse se dessinant sur son visage alors qu'elle parcourait la liste des ingrédients.

— Madi, pourquoi fais-tu ça ? murmura-t-elle, un mélange d'agacement et d'affection dans sa voix.

Madi, le surnom tendre de son enfance, résonnait dans la pièce, évoquant des souvenirs de jours insouciants.

Lucas, perdu dans sa contemplation du livre, ne saisissait pas l'ampleur de la déception de Julie.

— Je ne comprends pas, il manque des ingrédients, n'est-ce pas ? demanda-t-il, son attention flottant entre les pages et Julie.

Elle leva les yeux vers lui, un sourire nostalgique effleurant ses lèvres.

— Tu te rappelles les jeux de piste que Madi nous faisait quand on était enfants ? Elle a toujours aimé nous taquiner avec ses énigmes.

Il acquiesça, un éclat de joie dans le regard.

— C'est vrai, et j'aimais beaucoup ça, dit-il. Puis, il ajouta, la voix empreinte de sagesse. Tu te rappelles ce qu'elle disait toujours : « Un problème n'est finalement que la définition de la solution. »

— Ooouuuiii, répondit Julie, sa moue bougonne persistant malgré la révélation.

Lucas la regarda avec tendresse, un sourire aux lèvres.

— Toujours aussi impatiente, toi, taquina-t-il. Il reconnut l'écho de leur enfance commune.

Ils se plongèrent ensemble dans l'énigme où chaque indice était un ingrédient et chaque solution une saveur à découvrir. Leurs esprits s'entrelaçaient autour des mots, comme des pâtissiers autour d'une recette complexe. Leur quête n'était pas vaine ; elle se dissimulait simplement sous des voiles de poésie.

La nuit enveloppait le monde extérieur d'un voile d'ombre, et dans la boulangerie, le temps semblait s'être dissout dans les pages du livre ancien.

— Allons nous coucher, proposa Lucas. Sa voix était à peine perceptible dans l'obscurité grandissante.

Mais Julie, l'âme vibrante d'impatience, répliqua :

— Je veux savoir.

Lucas, la sagesse dans le regard, lui offrit une alternative :

— Retrouvons-nous demain à la librairie. La boulangerie est fermée de toute façon, il faut ranger et tu ne trouveras pas les solutions en trépignant ainsi.

Il parlait avec la douceur de celui qui connaît le cœur de l'autre.

— Nous résoudrons ce mystère, et une fois fait, nous reviendrons ici pour préparer la recette.

Julie, touchée par la compréhension de Lucas, le serra dans ses bras, un geste silencieux d'accord.

Il remit le meuble à sa place pour pouvoir sortir. C'est alors qu'une lueur insolite attira son attention dans la niche désormais vide. Il s'approcha, les sourcils froncés, et découvrit, niché dans un coin sombre, un objet qui semblait hors du temps : une pierre, mais pas n'importe laquelle. C'était un morceau d'ambre, capturant en son cœur une petite créature.

Avec une délicatesse inattendue, Lucas extirpa la pierre de son écrin de poussière et l'examina sous la lumière tamisée. Le temps avait poli la pierre, d'un jaune doré profond, dont les bords étaient doux, comme si les siècles l'avaient caressée. À l'intérieur, le petit insecte, un témoin éternel d'une ère révolue, était suspendu dans une pose gracieuse, ses ailes délicatement étendues comme pour un envol interrompu. La lumière se frayait un chemin à travers l'ambre, illuminant la créature dans un halo, révélant les moindres détails de son exosquelette préservé, figé dans une danse immortelle. Il tendit la pierre à Julie, qui l'accueillit entre ses doigts avec une curiosité mêlée d'appréhension.

Au contact de la pierre, une sensation indéfinissable parcourut la peau de Julie. C'était comme si l'essence même de l'ambre se déversait en elle, étrange, puissante et glaciale à la fois. Elle ne pouvait saisir ni nommer ce qu'elle ressentait ; c'était un frisson qui semblait venir d'une autre époque, un murmure de la terre elle-même.

— Lucas, dit-elle d'une voix ébranlée, quelque chose… quelque chose de très ancien et de très sage se trouve dans cette pierre. C'est comme si elle portait en elle les secrets de la terre.

Il posa une main sur l'épaule de Julie, son regard empreint de détermination et de fatigue.

— Pose ce caillou, dit-il doucement. Je sens que nous touchons quelque chose de bien plus grand que nous, mais je commence à fatiguer. Nous devons reprendre demain, avec des esprits frais.

Elle hocha la tête, à contrecœur, et déposa l'ambre sur la table en bois usé. Elle sentait encore la sensation étrange de la pierre dans ses doigts, comme si elle avait touché un fragment du cosmos lui-même. Demain serait un nouveau jour.

Ensemble, ils quittèrent la boulangerie, un sanctuaire de souvenirs et de promesses. Julie jeta un dernier regard sur le livre, le referma doucement, et murmura avec une pointe de mélancolie :

— Merci, Madi. C'était un adieu pour la nuit, une reconnaissance pour le passé et un murmure d'espoir pour le jour à venir.

***

Le lendemain matin, alors que la première lumière du jour se frayait un chemin à travers les ruelles endormies, Julie, qui était passée avant à la boulangerie récupérer le livre, retrouva Lucas devant la librairie. Son cœur battait d'une anticipation renouvelée. La porte s'ouvrit avec un grincement familier, accueillant les deux amis dans un sanctuaire de papier et d'encre.

Ils s'installèrent à une table, le livre de recettes ancien ouvert entre eux comme un pont entre les époques. Le silence de la librairie était un compagnon de réflexion, et les pages du livre étaient un guide vers des secrets longtemps chuchotés.

Lucas, avec une patience de moine, commença à déchiffrer les devinettes poétiques, sa voix basse résonnant contre les étagères remplies de littérature et de savoir. Julie, les yeux brillants d'une lueur d'espoir, suivait chaque mot, chaque indice, comme si elle pouvait en tirer la sagesse de son arrière-grand-mère.

La recette n'était pas seulement une liste d'ingrédients ; c'était une histoire, un héritage de sensations et de souvenirs. Ils savaient maintenant que chaque mesure, chaque technique, était un hommage à la vie de Madi, une célébration de l'amour transmis à travers les générations.

— Tu veux un café ? lui proposa-t-il avec une douceur presque inaudible, une invitation plus pour lui-même que pour elle. Oui, bien sûr qu'elle en voulait, se dit-il à lui-même, un sourire naissant dans le coin de ses lèvres alors qu'il observait Julie, perdue dans ses pensées. Un monde lointain où seul le murmure des souvenirs pouvait l'atteindre.

Elle énuméra à haute voix les ingrédients, inscrits d'une belle écriture sur le vieux papier parcheminé :

— Vinaigre blanc, fécule de maïs, fraises, framboises, kiwis, mangues, crème liquide, sucre en poudre... Sa voix, claire et mélodieuse, semblait tisser un sortilège culinaire, une incantation qui éveillait les sens.

— Ce que je peux te dire déjà, c'est que ça contient de la chantilly, lui dit-elle, ses yeux pétillants d'une malice enfantine, comme si elle partageait un secret ancestral.

— C'est déjà un début, répondit-il en posant le café fumant devant elle, la vapeur s'élevait comme un fantôme dans l'air du matin.

— Merci, murmura-t-elle, ses doigts effleurant la porcelaine chaude. Ses yeux reflétaient la lumière dorée du breuvage et elle en prit une gorgée, savourant la chaleur qui se répandait en elle.

Il fit de même, leurs regards se croisèrent au-dessus des tasses. Un silence s'installa, un ange passa, un instant suspendu où tout semblait possible.

— Bon, première énigme, dit-il pour revenir au sujet qui les intéressait, rompant le charme avec un clin d'œil complice.

— Essayons de décrypter ce mystère.

— *Dans mon cocon, je sommeille, un secret voilé, une énigme subtile. Je suis la clarté cachée, l'âme cristalline, un souffle d'aurore, une danse clandestine. Je suis l'écume du matin, la neige légère. Mon cœur est une étoile, mon corps un nuage, et pourtant, je me cache, humble et sans égale. Cherchez-moi dans la blancheur.*

La librairie de Lucas était un labyrinthe de connaissances, où chaque étagère paraissait murmurer des histoires oubliées. « Cherchez-moi dans la blancheur, » répétait l'écho de l'énigme. Julie se leva, se fraya un chemin à travers les piles de livres et les reliures usées.

Elle passa ses doigts sur les couvertures, sentait le grain du papier et l'histoire de chaque tome. C'est un endroit où le temps se suspend, où chaque page tournée peut révéler un nouveau mystère.

Soudain, elle s'arrêta, son intuition la guidait vers une collection de livres anciens sur l'alchimie, leurs couvertures parcheminées témoignant d'un temps révolu. Elle en sélectionna un intitulé « *L'Alchimie de la Cuisine* », et le feuilleta avec précaution.

— Nous devrions pouvoir trouver ici notre blanc pur.

Elle découvrit à l'intérieur des illustrations de divers ingrédients, mais une en particulier attira son attention : un œuf, représenté avec une grande précision artistique, son blanc éclatant se détachant sur le papier vieilli.

— Le cocon de simplicité, murmura-t-elle, va bien au-delà d'une simple métaphore. Notre réponse sommeille ici, dans ce symbole de la vie et de la création.

L'œuf, souvent associé à l'écume du matin et à la neige légère, était la clé de l'énigme. Ils échangèrent un regard complice, conscients que cette découverte n'était pas seulement la réponse à leur énigme, mais aussi l'ingrédient manquant de la recette qu'ils cherchaient à reconstituer.

La découverte précédente avait allumé une étincelle dans les yeux de Julie. Une flamme illuminait son visage d'une joie pure. Avec une ardeur contagieuse, elle se pencha sur la prochaine énigme, ses mains tremblant légèrement d'excitation.

— *Je suis la larme noire de l'orchidée, mon parfum est un voyage, une étoile filante, un baiser de la nuit, une promesse vibrante. Un secret de l'île, un murmure de bateau. Cherche-moi dans les desserts.* Lisait-elle à voix haute, sa voix portant la richesse d'un secret ancien.

Lucas, qui lisait par-dessus l'épaule de Julie, s'éclaircit la gorge doucement.

— Ne bouge pas. J'ai un livre très complet sur les fleurs quelque part par là-bas. Ses mots sont comme un fil d'Ariane dans le dédale de leur quête.

Mais, avec un sourire espiègle, Julie l'arrêta d'un geste de la main.

— Ce n'est pas la peine, répliqua-t-elle, sa confiance l'enveloppant d'une aura d'assurance. Celle-ci est plutôt facile, tu m'as habituée à mieux, Madi, ajouta-t-elle dans un souffle, arborant un sourire triomphant.

— Tu sais ce que c'est ? demanda Lucas, un sourcil levé en signe d'interrogation.

— Oui, bien sûr, et tu adores ça, en plus, son regard pétillant de malice. C'est de la vanille, dit-elle, comme si elle venait de découvrir un trésor enfoui depuis longtemps.

Lucas, l'observant se dandiner de fierté, ne put s'empêcher de sourire, très fier d'elle. Son rire était un souffle qui se mêlait à la symphonie des pages tournées autour d'eux, une mélodie qui célébrait leur complicité et leur perspicacité.

Avec une énergie renouvelée et une assurance grandissante, Julie plongea dans les profondeurs du livre. Ses yeux brillaient d'une détermination farouche.

— Plus que deux, annonça-t-elle, sa voix empreinte de l'excitation d'une chasse au trésor sur le point d'aboutir.

*Je suis le souffle de l'Orient, l'épice des songes, un trésor en capsule, un secret qui se prolonge. Mon parfum est un voyage, une brise épicée, un baiser de la terre, une danse en harmonie. Je dors dans les currys, les thés, les desserts. Je suis la chaleur subtile, la saveur offerte. Cherchez-moi dans les gâteaux, les ragoûts, je suis le mystère qui s'épanouit.*

Puis :

*Je suis l'épice qui chante les louanges de l'orient, un rouge éclatant, un goût légèrement piquant. Je parsème les plats de ma poudre acidulée, comme un soleil couchant sur une terre épicée. Je suis le baiser du levant sur les papilles, la caresse d'un vent chaud dans les grillades subtiles. Cherchez-moi là où les saveurs s'embrasent, l'âme d'une cuisine qui ose.*

Dans la bibliothèque, un silence s'installa, un moment d'arrêt où les livres eux-mêmes semblaient retenir leur souffle. Lucas, un sourire un peu moqueur aux lèvres, la taquina doucement :

— Je ne t'entends plus. Tu penses que je peux aller chercher un livre sur les épices ?

Julie, les joues rosies par l'excitation de ses premières trouvailles, lui lança un regard pétillant.

— Oui, parce que, là, je ne vois vraiment pas.

Lucas s'éloigna, s'enfonçant dans le dédale de livres. Chaque pas résonnait dans le sanctuaire du savoir.

— Voici un titre qui devrait nous aider, s'exclama-t-il en tirant un livre intitulé *« Épices du Monde »* de la bibliothèque. Un nuage de poussière se leva, tournoyant dans les rayons de lumière qui filtraient à travers les fenêtres.

Il se dit qu'il devrait nettoyer un peu, une idée qui lui avait souvent effleuré l'esprit, mais qu'il n'avait jamais mise en pratique. En vérité, il aimait cette impression de chasse au trésor à chaque fois qu'il sortait un livre de sa place.

Le livre intitulé « Épices du Monde » s'ouvrit sur un univers de goûts et de mystères. Lucas, avec la persévérance d'un philosophe, feuilleta les pages, imprégnant son esprit des effluves décrits. Julie, à ses côtés, trépignait d'impatience ; chaque tic-tac de l'horloge ancienne résonnait comme un rappel de leur mission.

— La cardamome, annonça Lucas d'une voix posée, ses doigts effleurant une illustration détaillée de la capsule verte. Le souffle de l'Orient, l'épice des songes.

Un sourire de contentement éclaira son visage alors qu'il partageait sa découverte avec Julie. Elle se pencha pour regarder, les yeux brillant d'une lueur de reconnaissance.

— C'est bien elle, acquiesça-t-elle, mais son esprit était déjà tourné vers la prochaine énigme. Son cœur battait au rythme de la chasse.

L'énigme suivante se dressait devant eux, telle une ode à l'Orient mystérieux. Julie, impatiente comme une flamme ardente, ne pouvait contenir sa nervosité. Elle parcourait la pièce de long en large, ses mains s'agitaient, son esprit bouillonnait d'idées.

Lucas, quant à lui, restait pensif, absorbé par les mots de l'énigme. Il savait que la clé se cachait dans ces vers, dans cette évocation des saveurs et des couleurs de l'Orient. Il l'observait, son impatience grandissante, et il comprenait que la solution devait être trouvée avant que son agitation ne se transforme en véritable tempête.

— Julie, calme-toi. Pense aux épices comme si tu regardais un coucher de soleil, dit-il doucement, tentant de canaliser son énergie. Elles sont plus que des saveurs ; ce sont des moments capturés, des émotions en poudre.

— Le sumac, souffla-t-il, ses yeux capturant l'éclat rouge de l'épice sur la page. L'épice qui chante les louanges de l'orient, un rouge éclatant.

Elle s'approcha, retenant sa respiration.

— C'est ça ! un mélange d'admiration et d'étonnement dans sa voix. Lucas hocha la tête, un sourire tranquille flottant sur ses lèvres. Leur regard se croisa, un moment de plénitude partagée. La librairie, avec ses secrets et ses trésors, était le témoin silencieux de leur triomphe. L'impatience de Julie avait laissé place à une joie rayonnante, et la sérénité de Lucas était le socle sur lequel ils bâtissaient leur succès.

— Nous sommes une équipe, dit-elle, sa main trouvant la sienne. Et ensemble, il n'y a pas d'énigme que nous ne puissions résoudre.

Dans le halo de lumière qui filtrait à travers les fenêtres poussiéreuses, elle sentit une présence, comme si l'esprit de son arrière-grand-mère flottait autour d'elle, la guidant à travers les énigmes. Chaque indice déchiffré, chaque épice identifiée, les rapprochait d'elle, tissant un lien invisible, mais perceptible, avec l'histoire familiale qui avait commencé bien avant que Julie ne foule le sol de cette terre.

— Tu es là, n'est-ce pas ? chuchota-t-elle, un sourire tendre éclairant son visage alors qu'elle se tournait vers les étagères croulant sous le poids des livres. Tu nous as laissé ces énigmes pour que je puisse te retrouver, pour que je puisse comprendre.

Lucas, debout à ses côtés, observait la scène, un témoin silencieux de la transformation qui s'opérait en elle. Il savait que ce moment était sacré, un instant de révélation où elle ne se contentait pas de trouver des réponses, mais se découvrait elle-même, se rapprochant de son héritage.

Ils avaient passé la journée entière plongés dans les énigmes, si absorbés par leur recherche qu'ils en avaient oublié de manger. Le temps avait filé, discret et insaisissable, et maintenant, alors que les ombres s'allongeaient et que la lumière du jour faiblissait, ils prenaient conscience de leur faim.

Avec le livre fermé et le mystère dévoilé, ils quittèrent la librairie, le cœur léger et l'esprit plein de promesses. La boulangerie les attendait, prête à être le théâtre de leur création, un hommage à la fois nouveau et ancien, un « Nuage de Douceur » qui allait bientôt prendre vie sous les mains habiles de Julie. Mais il était désormais trop tard pour se lancer dans la pâtisserie pour aujourd'hui.

— Lucas, je t'invite à dîner. Après une journée comme celle-ci, un bon repas est la moindre des choses que nous méritons, proposa Julie avec un sourire fatigué, mais sincère.

Il accepta avec gratitude, reconnaissant que la journée avait été longue et fructueuse. Ensemble, ils se dirigèrent vers le petit restaurant du coin, où ils pourraient enfin se reposer et partager un moment bien mérité, loin des énigmes et des recettes, mais toujours enveloppé dans la douceur de leur amitié.

# 4

## L'éveil des Sens

Le soleil émergeait lentement à l'horizon, imprégnant le village d'une lueur annonciatrice d'un nouveau jour. Julie, les yeux encore remplis des étoiles de la nuit passée, poussait la porte de la boulangerie avec une détermination renouvelée. La clé, insérée dans la serrure, résonnait d'un air mystérieux, révélant des secrets anciens, et, avec un clic satisfaisant, le monde s'ouvrait à de nouvelles perspectives.

La boulangerie, témoin silencieux des générations de mains farineuses et de sourires sucrés, accueillait Julie comme une vieille amie. Les murs semblaient vibrer d'une anticipation joyeuse, comme si eux aussi partageaient l'excitation pour le « Nuage de Douceur » qui allait naître.

Lucas arriva peu de temps après, avec un pas léger et serein.

— Alors, prête à faire de la magie ? demanda-t-il avec un sourire taquin sur les lèvres.

Julie lui rendit son sourire.

— Plus que prête. Aujourd'hui, nous allons créer quelque chose de spécial.

Avec la précision d'une horloge, elle ajustait les derniers détails de sa boulangerie, son sanctuaire de douceurs et de rêves.

— Peux-tu, s'il te plaît, aller à l'épicerie chercher de la cardamome et du sumac ? Sa voix porte l'urgence d'un chef d'orchestre avant le lever de rideau.

— Bien sûr, répondit-il avec un sourire qui trahissait son enthousiasme.

Les premiers clients, tels des acteurs fidèles à leur scène, ne tardèrent pas à franchir le seuil. Carla, dont les années n'avaient entamé ni l'esprit ni l'appétit, s'installa à sa place habituelle, là où les premiers rayons du soleil venaient caresser ses pensées matinales. Un gentleman à la moustache fournie et au chapeau d'un autre temps choisit quant à lui le refuge d'un coin tranquille, vers le fond près de la vitre, observant le monde avec la sagesse de ses années. Et puis, il y avait ce couple de jeunes amoureux, toujours enlacés, savourant leur café comme un prélude à la journée de labeur qui les attendait.

Ainsi passaient les matinées dans ce village où le temps semblait s'écouler avec une douceur particulière. Julie, l'impatience dansant dans ses yeux, préparait les autres ingrédients, réservant un espace sacré sur le plan de travail pour le livre de recettes. Les mots, les mesures, les mystères étaient alignés, prêts à invoquer non pas un sort, mais une expérience transcendante.

Trois heures s'étaient écoulées lorsque Lucas réapparut, son triomphe évident dans le sumac qu'il brandissait tel un trophée.

— J'ai dû descendre au village voisin, mais le voici, annonça-t-il, sa fierté éclatant comme un feu d'artifice.

— Parfait, parfait, répéta-t-elle, sautillant d'excitation, ses pieds à peine touchant le sol.

Les ingrédients furent réunis et Julie contempla son autel de création.

— Tout est en place, souffla-t-elle, emportée par une vague de passion.

Conscient de l'affluence continue, Lucas lui proposa :

— Termine ta matinée. Je reviendrai à 14 h, quand tu fermeras. On sera plus tranquilles.

Julie acquiesça, bien que son cœur battît la chamade à l'idée de retarder leur projet. Un clin d'œil complice fut échangé, un adieu temporaire dans leur quête commune.

\*\*\*

L'horloge de la boulangerie sonna deux heures, et, comme par magie, le tumulte du monde extérieur s'estompa, laissant place à un silence complice. Lucas franchit le seuil avec la délicatesse d'un chat, ses yeux pétillants de malice.

— Prête pour notre ballet culinaire ? lança-t-il à Julie, qui l'attendait, un tablier noué et une balance en main.

— Plus que jamais, dit-elle, son impatience palpable dans l'air chargé d'arômes sucrés.

Ensemble, ils commencèrent à peser chaque ingrédient avec une précision chirurgicale. Leurs gestes harmonieux trahissaient une intimité forgée au fil des ans.

— Tu sais, si tu continues à vérifier le poids de cette farine, elle va finir par s'envoler, taquina Lucas, l'observant qui pesait et repesait le bol de farine comme si sa vie en dépendait.

Elle leva les yeux au ciel.

— Et si tu ne cesses de me distraire, c'est toi qui vas t'envoler, lui lança-t-elle d'un ton sévère.

Il ne dit rien.

Ils se partagèrent les tâches, lui s'occupait des épices tandis qu'elle préparait la pâte.

Chaque geste de Lucas, chaque mouvement de Julie, était une note discordante dans leur partition culinaire.

Les sourcils froncés, il pesait la poudre de sumac avec une minutie presque exaspérante. Julie, les mains enfarinées, pétrissait la pâte avec une intensité qui trahissait sa frustration. Leurs voix se mêlaient, s'entrechoquaient comme des couteaux dans un duel silencieux.

— Tu penses vraiment que le sumac ajoutera une touche de magie ? demanda-t-il, incertain, la poudre rougeâtre glissant entre ses doigts sur le plan de travail.

— Fais attention, si c'est pour faire n'importe quoi, je m'en occupe. Sa voix était sèche, tranchante comme un couteau à pain.

— Calme-toi, je fais de mon mieux.

— La recette vient de Madi. Je ne veux pas qu'elle échoue parce que tu t'en fiches.

Lucas resta silencieux, essuyant le plan de travail avec une exaspération contenue. Il savait qu'il valait mieux ne pas en rajouter. Mais chaque grain de sumac semblait peser sur ses épaules, chaque mot non-dit était un poids insupportable.

Le silence de la boulangerie était un canevas blanc, prêt à être peint avec les couleurs de la création. Julie, les mains délicates et précises, commença par séparer les blancs des jaunes d'œufs, laissant les premiers tomber dans un bol comme des nuages capturés du ciel matinal. Lucas, à ses côtés, broyait les graines de cardamome avec un pilon, libérant un parfum qui évoquait les marchés lointains et les jardins secrets.

— Tu sens ça ? murmura-t-il, un sourire dans la voix, comme pour apaiser la conversation.

Aucune réponse. Enveloppé par la chaleur réconfortante de la boulangerie, Lucas laissa échapper un soupir mélancolique.

Cette odeur me rappelle des souvenirs enfouis, des bribes d'enfance presque effacées.

Julie hocha la tête, mais son regard était ailleurs, perdu dans les méandres du temps.

— Oui, tu as raison, souffla-t-elle. Madi nous avait préparé une myriade de gâteaux avec cette épice, et nous devions tous les goûter. C'était un marchand d'épices qui, séduit par l'un de ses gâteaux, lui avait offert de la cardamome en guise de remerciement pour ce délice. Elle avait dû résoudre une énigme pour la recevoir. En y pensant maintenant, je suis quasiment certaine que c'est la même qu'elle a inscrite dans le livre ; une lueur de certitude dans les yeux.

Les souvenirs affluèrent dans l'esprit de Julie, si vivants et doux qu'ils lui arrachèrent des larmes de bonheur. Lucas la regarda, attendri par cette scène, et lui répondit, avec une pointe de malice :

— C'est vrai, je me souviens à présent. Mais je me rappelle aussi que tous les gâteaux n'étaient pas réussis. Un sourire espiègle ourlait ses lèvres.

Elle éclata de rire, essuyant rapidement une larme récalcitrante.

— J'espère que ce n'est pas l'un de ceux-là que nous allons refaire, dit-elle, l'anticipation pétillante dans sa voix.

Ils échangèrent un regard empreint de complicité, puis leurs rires s'entremêlèrent, formant une mélodie joyeuse qui retentit dans la pâtisserie. Ce rire exprimait l'amour, les souvenirs communs et l'attente d'une création sur le point de ravir les sens.

L'écho de leurs rires résonnait encore, comme si le temps était figé. Un interlude parfait avant que Julie ne se tourne vers la tâche à venir. Avec une aisance qui ne trahissait rien de l'effervescence de son cœur, elle commença à fouetter les blancs, y incorporant délicatement la cardamome. Sous ses gestes sûrs et rythmés, la meringue commença à prendre vie, se teintant d'une couleur vert tendre et lumineuse, évoquant les prairies du matin sous la rosée. Puis, progressivement, elle ajouta du sucre, continuant de fouetter jusqu'à ce que la meringue devienne brillante et ferme, comme la promesse d'un lendemain radieux.

— Regarde, dit-elle, alors qu'elle tenait le bol renversé au-dessus de sa tête, un défi lancé à la gravité elle-même. Pas une goutte.

Lucas rit, son rire se mêlant à la douce mélodie de la cardamome qui s'infusait dans la meringue, un mariage de saveurs et de rires.

Puis ce fut au tour de la chantilly de prendre vie sous les mains de Julie. La crème fouettée s'enrichissait d'une poudre de sumac, rouge comme un coucher de soleil sur leur village.

— C'est comme peindre un tableau, admirant la teinte rosée qui naissait sous ses yeux.

Lucas, avec une délicatesse qui contrastait avec son habituelle maladresse, s'occupait des fruits frais, les tranchant avec une affection presque tendre. De son côté, Julie, les mains plongées dans la crème exotique, laissait son esprit s'évader vers des îles lointaines. Les baies, gorgées de soleil, les tranches de kiwi d'un vert éclatant, et les quartiers d'orange, juteux et sucrés, étaient soigneusement disposés par Lucas sur le plateau, comme des pierres précieuses sur une couronne, prêts à être coiffés de sa crème onctueuse et parfumée.

Alors que la meringue cuisait tranquillement au four, une transformation silencieuse s'opérait. La chaleur douce et constante faisait son œuvre, caressant la surface de la meringue jusqu'à ce qu'elle prenne une couleur lumineuse, quasiment céleste. Une odeur sucrée et épicée se répandit dans la boulangerie, s'insinuant dans chaque recoin et enveloppant les lieux d'un parfum évoquant des souvenirs du passé et des espoirs pour l'avenir.

Julie ferma les paupières, inspira profondément, se laissa emporter par l'odeur prometteuse de délices à venir. Lucas, à ses côtés, ne pouvait s'empêcher de sourire, admirant la sérénité qui avait envahi le visage de Julie. Enfin, elle ouvrit les yeux et vit les fruits coupés. Malgré l'attention qu'il y avait mise, les morceaux étaient grossièrement taillés.

Ses joues prirent une teinte vive de rage. Son souffle devint saccadé, et une vague de frustration et de déception la submergea.

— C'est ça faire attention, Lucas ? Vraiment ? Tu ne peux pas faire mieux ? s'écria-t-elle, la voix tremblante d'émotion.

Il se figea, ses mains tremblantes, alors qu'il déposait le couteau sur le plan de travail. Ses yeux se remplirent de larmes contenues, oscillant entre la rage et le chagrin. Il avait fait de son mieux, mais ce n'était jamais suffisant pour elle.

Julie lui arracha les fruits des mains avec une brusquerie qui le fit reculer d'un pas.

— Je vais le refaire, puisque tu es incapable de faire attention ! vociféra-t-elle. Passe-moi les fruits !

— Arrête de me parler comme ça, je ne suis pas ta chose ! protesta Lucas, les larmes perlant finalement au bord de ses yeux.

Il détestait cette facette de Julie, cette exigence qui écorchait son âme avec des mots acérés. Cela le touchait profondément de recevoir une colère si injuste.

Lucas lui tendit les fruits, mais en réalisant qu'il n'y avait plus de kiwis, son cœur se serra. Il sentit que cela ne ferait qu'aggraver les choses.

— Il n'y a plus de kiwis, murmura-t-il presque inaudiblement.

Elle le fixa, ses yeux brûlant de colère et de désespoir. Elle ne pouvait pas croire qu'il avait gaspillé les précieux fruits. Sa voix déversa une cascade d'émotions, résonnant dans toute la boulangerie comme un orage lointain.

— Pardon ? Tu as gaspillé des fruits ? rugit-elle. Tu veux vraiment que je ne réussisse pas ? Tu ne veux pas que je retrouve Madi ? Pourquoi fais-tu ça ? La voix de Julie était un torrent de colère et de tristesse, emplissant l'espace.

Lucas se sentit accablé, submergé par la tempête qu'il avait déclenchée. Il fit demi-tour, ses pas lourds résonnant sur le sol de la boulangerie.

— Tu sais très bien que je n'ai ni ta force ni ton courage, lança-t-il d'une voix tremblante. Je n'ai jamais quitté le village, tu connais mes peurs, et toi, tu me parles comme à un chien.

Ses mots étaient des éclairs dans l'obscurité. La porte claqua derrière lui, comme un coup de tonnerre.

— C'est ça, va-t'en ! cria Julie dans la boulangerie vide, sa voix se brisant sous le poids de l'émotion.

Elle se laissa glisser le long du meuble de cuisine, venant s'asseoir par terre, ses épaules secouées de sanglots incontrôlables. Les larmes roulaient sur son visage, témoignage silencieux de sa frustration et de son chagrin.

Le silence s'abattit lourdement dans la boulangerie, comme si le monde lui-même retenait son souffle. Elle resta là, assise sur le sol froid, les échos des paroles cruelles à Lucas qui la hantait. La douleur de leur relation mise à l'épreuve était une brèche béante dans son cœur.

La boulangerie, plongée dans un silence lourd, était le témoin silencieux de leur drame. Le parfum des fruits coupés, l'arôme sucré du sucre en poudre, tout était imprégné de tristesse.

Soudain, une vague de détermination la submergea. Julie se redressa lentement, ses jambes vacillantes, le dos courbé sous le poids de la déception. Elle se dirigea vers le comptoir, ses mains cherchant instinctivement les ingrédients familiers. Le toucher du sucre, le glissement de la farine entre ses doigts, tout lui rappela la passion qui l'animait.

Ses mains se mirent à bouger, obéissant à une mémoire profonde. Elles savaient qu'elles trouveraient là la force de continuer.

Elle se lança dans la préparation de la crème, ses gestes brusques trahissant son état d'esprit tourmenté. Le fouet tournoyait dans le bol, mélangeant la crème épaisse avec une intensité presque violente, chaque geste exorcisant une fraction de son angoisse. Le four retentit, sa sonnerie stridente perçant l'atmosphère pesante de la cuisine. Julie sursauta, comme si ce bruit avait mis à nu sa tristesse cloisonnée.

Elle acheva de monter un petit gâteau, chaque couche se superposant dans une symphonie de textures. Ce processus mécanique n'apportait aucun apaisement. Son cœur, lourd, battait au rythme des mots acérés qu'elle avait échangés avec Lucas. Ces sautes d'humeur destructrices, ces vagues de désespoir, paraissaient creuser des ravins dans son âme. La crème coula sur le gâteau, formant des arabesques sombres et quasiment sinistres.

Julie prit une cuillère et goûta. Rien ne se passa. C'était un bon gâteau, certes, mais il manquait cette étincelle de magie, ce baume qui aurait pu apaiser ses blessures invisibles. C'était simplement un dessert dans une boulangerie ordinaire, qui ne différait en rien des autres. Elle s'installa à une table, son regard rivé sur le gâteau devant elle, mais elle les retenait avec une détermination qui témoignait de son caractère indomptable. Julie savait qu'elle avait un rêve à poursuivre, un destin à réaliser.

Peut-être que la réponse se cachait là, enfouie dans la simplicité des choses, dans la routine paisible de la pâtisserie. Elle prit une autre bouchée du gâteau, fouillant chaque miette à la recherche d'une révélation, mais les réponses demeuraient insaisissables, fuyantes comme des ombres dans la nuit. Elle se promit de continuer, de persévérer malgré tout, même si le monde semblait s'écrouler autour d'elle.

Les mains enfouies dans son visage, les coudes posés sur la table, les larmes coulant sans retenue. La boulangerie paraissait rétrécir autour d'elle, comme si l'air lui manquait. Lucas franchit la porte, le visage marqué par les traces de larmes abandonnées à l'air libre, il tenait des kiwis dans ses mains tremblantes.

— Je t'en ai ramené, dit-il d'une voix brisée. Je suis désolé.

Julie leva les yeux vers lui. Ses larmes se mêlaient à son sourire. Elle se leva d'un bond, courut vers Lucas et l'enlaça avec force. L'étreinte était un mélange de soulagement et de douleur, comme si leurs cœurs avaient trouvé refuge l'un dans l'autre.

— Excuse-moi, murmura-t-elle contre son épaule.

Ils demeurèrent ainsi, suspendus dans le temps, deux âmes brisées à la recherche de rédemption. Julie finit par se reculer légèrement, les yeux rougis fixant Lucas.

— J'ai fait le gâteau, mais ça n'a rien donné, avoua-t-elle. Je suis trop nulle.

Il la regarda, les yeux emplis de tendresse et de compréhension. Il prit son visage dans ses mains, essuyant délicatement ses larmes.

— C'est peut-être parce que tu n'avais pas les kiwis, dit-il tendrement.

Julie secoua la tête.

— Non, je ne crois pas.

Lucas se rappela soudain ce qui était écrit sur la première note, celle qu'elle avait trouvée dans le livre : « *Suis les indices, prête l'oreille aux confidences de la farine, ressens.* » Ces mots mystérieux avaient hanté ses pensées depuis qu'il les avait lus.

— Ça veut dire quoi ? demanda Julie, ses yeux cherchant des réponses dans les siens.

— Je ne sais pas. C'est à toi de me le dire.

La boulangerie semblait retenir son souffle, comme si elle attendait que Julie découvre le mystère. Les kiwis reposaient sur la table, leur peau rugueuse et verte, prêts à se transformer en quelque chose de plus que de simples fruits.

Elle inspira profondément, ses doigts effleurant délicatement les kiwis. Peut-être que la magie se nichait dans ces fruits, dans leur acidité et leur douceur combinées. Probablement que c'était là qu'elle trouverait la réponse à sa tristesse, à sa quête de sens.

C'est comme si le temps lui-même s'était arrêté pour savourer l'instant.

Julie se lança dans la préparation de la crème, ses gestes plus déterminés que jamais. Elle avait besoin de se concentrer, de trouver un sens à tout cela. Lucas la regardait, ses yeux remplis de pardon et d'hésitation.

— Je vais refaire la crème, dit-elle d'une voix ferme. Tu peux me couper les fruits ?

Mais il secoua la tête avec une intensité surprenante.

— Oh non, surtout pas, souffla-t-il.

Il semblait terrorisé à l'idée de toucher les fruits, comme s'il craignait de tout gâcher encore une fois.

Julie ne pouvait pas le laisser s'enfoncer dans sa propre détresse. Elle prit Lucas par la taille, l'emmena devant le plan de travail. Elle plaça un couteau dans sa main, un fruit dans l'autre, puis posa sa main sur la sienne. Elle le guida, doucement, mais fermement, sur la façon de découper les fruits.

— J'ai confiance en toi, souffla-t-elle.

— Tu... tu es sûr ? Je ne veux pas te peiner.

Lucas la dévisagea, ses yeux cherchant des réponses dans les siens. Julie posa ses lèvres sur sa joue, un geste tendre et réconfortant. Puis, elle retourna de son côté, refaisant la crème. Les mots de Madi résonnaient dans sa tête : « *Suis les indices, prête l'oreille aux confidences de la farine, ressens* », avait-elle écrit. Julie mélangea les ingrédients, ferma les yeux, vidant son esprit en quête de compréhension. Peut-être que la réponse était là, nichée au plus profond d'elle-même. Quelque chose se déclencha en elle, une connexion mystérieuse entre son âme et les aliments qu'elle manipulait.

Elle ressentait chaque parcelle, chaque nuance. Elle avait l'impression de pouvoir insuffler une énergie supplémentaire. Les fruits, les œufs, la vanille... tout vibrait sous ses doigts. Elle se laissa envahir par cette énergie, comme si elle touchait l'essence même de la création.

— Madi, je ressens…, se murmura-t-elle.

Une larme de joie glissa sur sa joue. Elle avait enfin trouvé la clé, dissimulée dans la simplicité des gestes, dans la confiance qu'elle avait placée en Lucas, dans l'enchantement de la pâtisserie.

La boulangerie semblait s'animer autour d'elle ; les odeurs sucrées dansaient dans l'air, et les murs murmuraient des secrets anciens. Julie ouvrit les yeux ; son cœur battait au rythme de la révélation. Elle allait créer quelque chose de plus que de la nourriture. Elle perçut une lueur d'espoir.

Julie avait terminé sa crème avec une précision d'orfèvre ; sa texture était si légère qu'elle paraissait défier la gravité. D'un geste délicat, elle plongea son doigt dans l'océan de douceur et le porta à ses lèvres. Ses yeux s'illuminèrent, reflétant les étoiles d'un plaisir silencieux.

— C'est vraiment très bon, sa voix portant les échos d'un délice inattendu. Mais, réellement très, très bon, insista-t-elle, comme si ces mots étaient le seul moyen de transmettre l'ampleur de la saveur.

Attiré par l'aura de la crème, Lucas fit un pas en avant. Julie, avec un sourire malicieux, le repoussa doucement.

— Pas touche, tu auras la surprise. Son sourire exprimait une fierté bien méritée.

Le four interrompit leur danse, son bip aigu retentissant comme une voix de raison.

— S'il te plaît, sors les meringues et dépose-les délicatement sur la grille pour qu'elles refroidissent. Recouvre-les d'un papier beurré et sucré. Sa voix mêlait autorité et douceur.

Pendant qu'il s'exécutait, Julie prépara du thé. Les feuilles frémirent dans l'eau chaude, libérant leurs arômes secrets. Ils prirent place sur la terrasse, le thé vaporeux entre leurs mains, le soleil caressant leur peau. Les platanes, tels des gardiens vénérables, dessinaient des arabesques sur les pavés, tandis que l'odeur sucrée s'échappait, s'insinuant dans le nez d'un passant.

— Mademoiselle, je ne sais pas ce que vous préparez, mais pourriez-vous me réserver une part pour ce soir s'il vous plaît ? lança-t-il avec un sourire entendu.

Elle acquiesça, son sourire promettant un futur plaisir.

Assis en silence, ils s'abandonnèrent à la quiétude du moment. Le thé réconfortait leurs esprits, les ombres jouaient une symphonie visuelle. Ils n'avaient pas besoin de mots pour se comprendre, car, dans le silence, ils savaient.

***

Le retour à la boulangerie fut un ballet silencieux, où chaque geste de Julie et Lucas était imprégné d'une intention précise. Les meringues, d'un vert tendre lumineux, attendaient patiemment sur la grille, la surface lisse reflétant la lumière tamisée de l'atelier.

Julie, les mains agiles, commença par déposer délicatement la meringue sur un plat de présentation. Elle semblait aussi légère qu'un nuage, un souffle aurait pu la briser. Puis, avec une cuillère trempée dans la crème de fruits, elle étala une couche généreuse sur ce lit de nuages. La crème, d'un rouge profond, était parsemée de zestes d'orange et de vanille, et son parfum enivrant se mêlait à l'air ambiant.

Quant à Lucas, il disposa ensuite sur la couche de crème de fruit, la chantilly s'étendant comme une couverture de neige, douce et invitante, formant des vagues et des creux où les fruits viendront se nicher.

Pour finir, Julie disposa les fruits en morceaux avec une précision artistique. Des tranches de kiwi, d'un vert émeraude, s'alignent avec une précision géométrique, contrastant avec le rouge passion des fraises découpées en fines lamelles. Des grains de raisin pourpre et des quartiers de pêche apportaient une touche de couleur chaude qui complétait ce tableau vivant. Chaque fruit, soigneusement disposé, semblait raconter sa propre histoire, invitant au voyage gustatif où chaque saveur était une escale, chaque texture, une découverte.

Une fois le dernier fruit déposé, ils reculèrent pour admirer leur création. Le gâteau était une promesse de saveurs, un appel à la gourmandise. Pour finir, Lucas saupoudra délicatement un voile de sumac sur l'ensemble, ses doigts dansant dans l'air et dispersant la poudre épicée comme des pétales de fleurs au vent. Ils échangèrent un regard complice, sachant que chaque bouchée serait un voyage au cœur de la pâtisserie, un moment de pur bonheur à partager.

— Et voilà ! s'exclama Julie, un sourire radieux illuminant son visage. Notre chef-d'œuvre est prêt.

Ils se tenaient là, devant leur création, un sentiment de plénitude les enveloppait. C'était plus qu'un simple dessert ; c'était un voyage, une étreinte, une célébration de la vie elle-même.

# 5

## Les Échos du Passé

Julie trépignait d'impatience, ses yeux brillants fixés sur leur œuvre. Lucas, comprenant le signal silencieux, s'éclipsa un instant et revint avec un couteau dont la lame luisait sous les lumières. Il s'approcha du gâteau et, avec une délicatesse presque cérémoniale, il entama la croûte meringuée. Le son évoquait une promesse tenue, un craquement doux suivi par le silence moelleux de la crème.

Chacun prit une part. Leurs mains se frôlèrent, leurs regards se croisèrent dans une anticipation mutuelle. Julie porta la première bouchée à ses lèvres et un frisson de plaisir parcourut son corps. Lucas la suivit, et, quand il goûta, ses yeux s'agrandirent, reflétant la lumière dorée de la pièce. Ils se regardèrent à nouveau, un sourire complice se dessinant sur leurs visages, un sourire qui exprimait tout sans un mot.

Autour d'eux, la boulangerie semblait retenir son souffle. Les arômes de sumac, de cardamome et de fruits frais se mêlaient pour créer une atmosphère sacrée. Le gâteau, avec son aura de chaleur et de douceur, dépassait la simple pâtisserie. Il représentait le cœur même de leur monde, un lien entre eux et les rêves qu'ils n'osaient pas chuchoter.

Il paraissait détenir un pouvoir ancien et doux. Lucas, déjà d'une nature sereine, ne montra qu'un léger sourire plus profond, ses yeux pétillants d'une tranquillité familière. Mais, pour Julie, l'effet fut révolutionnaire. Son visage, habituellement animé par une impatience vibrante, se transforma sous l'effet de la première bouchée. Une immense paix s'empara d'elle, lissant les lignes de son front, détendant ses épaules tendues. Pour la première fois, une sérénité absolue émanait de son être.

Ils glissèrent jusqu'au sol de la cuisine, s'adossant contre les armoires, épaule contre épaule, sans se soucier de la farine qui parsemait le carrelage. Un silence confortable les enveloppa, brisé seulement par le souffle régulier de leur respiration et le lointain chant d'un rouge-gorge à la fenêtre. C'était comme si le gâteau avait ouvert une porte sur le passé, sur des souvenirs de voyages lointains et de rêves oubliés.

Soudain, ils se mirent à parler, leurs voix s'entremêlant dans un flot de mots et de rires.

— Vas-y, parle, insista Julie avec un sourire dans la voix.

— Non, toi, reprit-il, la gentillesse dans les yeux. Ils réalisèrent qu'ils ressentaient tous les deux le besoin pressant de partager, de se confier, sans comprendre pourquoi. Dans cet échange, ils trouvèrent un bien-être inconnu, une chaleur qui allait bien au-delà de la simple satisfaction d'un dessert partagé.

C'était un moment de pure magie où le temps semblait suspendu, et où chaque souvenir partagé tissait un lien plus fort entre eux. Ils savaient, sans l'ombre d'un doute, que ce gâteau allait bien au-delà d'une réussite culinaire. C'était un catalyseur de bonheur, un créateur de souvenirs, un pont vers une intimité qu'ils n'avaient jamais connue auparavant.

Dans le silence paisible de la cuisine, Julie et Lucas partagent un moment suspendu dans le temps, un instant où le monde extérieur paraissait s'être évanoui, laissant place à une intimité presque sacrée.

Le gâteau a été le témoin silencieux de leur communion d'âmes, un doux catalyseur de confidences et de souvenirs.

Elle se sentit prête à ouvrir les portes de son passé, à dévoiler les chapitres de sa vie que même son ami de toujours, Lucas, ignorait. Elle inspira profondément, cherchant dans le regard de Lucas la force nécessaire pour affronter les fantômes de son histoire.

— Lucas, commença-t-elle, sa voix tremblante trahissant l'émotion qui l'habitait, j'ai des révélations sur ma famille et sur les épreuves que nous avons traversées. Elle marqua une pause, rassemblant ses pensées comme on rassemble des pétales éparpillés par le vent.

Il l'écoutait, son expression empreinte d'une douceur et d'une patience infinie. Il savait que les mots qui allaient suivre résonneraient profondément, des mots qui allaient peindre le tableau d'une vie marquée par l'absence et la résilience.

Avec chaque mot, chaque souvenir partagé, Julie sentait le poids du passé s'alléger. Le regard de Lucas, empli de compassion, était le phare dans la nuit de ses confessions. Ensemble, ils traversaient les eaux troubles de la mémoire, trouvant dans leur amitié un ancrage, une promesse que, malgré les tempêtes, ils resteraient unis.

— Tu ne l'as pas connu, mais mon père, d'après Madi, était un homme qui incarnait la force et la vitalité. Il est tombé malade lorsque j'étais très jeune. Pour ainsi dire, il gisait dans l'obscurité de la chambre de mes parents, une ombre de lui-même. La maladie, telle une bête vorace, avait pris possession de son corps, le dévorant lentement de l'intérieur, le laissant pâle, émacié, et si fragile qu'un simple souffle semblait pouvoir l'emporter. Ses mains, autrefois fermes et sûres, gisaient maintenant impuissantes sur les draps ternis, et son regard, jadis si vif et pétillant, s'était éteint, laissant place à un voile de souffrance et de résignation.

Marie, la lumière de sa vie, ma mère courageuse, rentrait chaque soir de la boulangerie, le cœur serré par l'angoisse. Chaque pas vers la maison était un combat, chaque tour de clé dans la serrure un défi à la cruelle réalité qui l'attendait de l'autre côté de la porte. Elle portait un sourire, un masque si finement ciselé que seuls ceux qui la connaissaient vraiment pouvaient voir les fissures qui s'y dessinaient. Derrière ce voile de bravoure, ses yeux trahissaient la vérité de son âme brisée, une mer de chagrin, contenue par la digue fragile de son espoir vacillant.

Chaque gémissement de douleur que papa poussait, chaque soupir qui résonnait dans notre humble demeure faisait se fissurer un peu plus le masque de maman. Les larmes, qu'elle réprimait avec toute la force de son être, menaçaient de déborder à chaque instant, prêtes à submerger son visage d'une tristesse sans nom. Et pourtant, elle tenait bon, pour moi, pour la promesse d'un lendemain qui, elle l'espérait, apporterait un miracle.

Le jour où j'aurais dû souffler mes six bougies, la maison était enveloppée d'un silence lourd et oppressant, un silence qui pesait sur les épaules comme le fardeau d'un ciel d'orage. Il n'y avait ni rires d'enfants, ni chansons joyeuses, ni l'éclat coloré des ballons. Les fenêtres étaient closes et les rideaux tirés, comme pour dissimuler au monde la peine qui habitait ce foyer. Papa, cet homme qui avait été mon héros, mon protecteur, la maladie l'avait emporté, laissant derrière lui un vide béant, une absence qui résonnait plus fort que n'importe quelle célébration.

Maman semblait marcher dans un brouillard de tristesse. Ses gestes, autrefois pleins d'énergie, étaient devenus lents, presque fantomatiques. Elle qui avait combattu avec la force d'une lionne pour maintenir la flamme de l'espoir, se retrouvait maintenant face à la même ombre qui avait ravi son époux. Impitoyable et sournoise, la maladie s'était insinuée dans sa chair, dans son souffle, la marquant de son sceau cruel. Elle luttait, oh oui, elle luttait de toutes ses forces. Mais chaque jour qui passait la voyait un peu plus fléchir, un peu plus s'effacer, comme une étoile au petit matin.

Et dans cette maison où les murs paraissaient pleurer, où chaque recoin évoquait un souvenir heureux désormais teinté de gris, la malédiction familiale se déployait avec une lenteur calculée, une certitude glaciale. Elle leur refusait tout répit, toute trêve, s'acharnant sur cette famille avec une détermination sombre, comme si elle voulait effacer jusqu'à leur dernier souffle de bonheur.

Six mois s'étaient écoulés depuis le départ de l'âme de papa, et la maladie, telle une voleuse dans la nuit, avait continué son œuvre néfaste. Maman, ma mère aimante et autrefois inébranlable, était devenue l'ombre d'elle-même. Les médecins, avec leurs visages sombres et leurs mots lourds de sens, ne lui laissent plus que quelques mois à vivre. Leurs diagnostics s'abattaient comme un couperet, chaque pronostic résonnant comme le glas d'un avenir volé.

Helena, ma grand-mère, pilier de la famille, avait longtemps été le phare dans la tempête, guidant les siens à travers les épreuves avec une sérénité inégalée. Mais même les phares peuvent vaciller, et les premiers symptômes qui s'emparaient d'elle laissaient présager une tempête encore plus grande. Sa force tranquille, qui servait de refuge, commençait à s'effriter sous les assauts répétés de la maladie.

Face à l'inéluctable, maman et mamie, unies dans un acte de sacrifice déchirant, prirent la décision de quitter le village qui les avait vues naître, grandir et aimer. Elles choisirent de s'éloigner pour m'épargner, leur cher enfant, le fardeau de leurs souffrances. Elles s'en allèrent avec la dignité des grands arbres qui se couchent devant l'orage, laissant derrière elles un silence lourd de non-dits et de larmes contenues.

Pour moi, leur départ fut une énigme douloureuse, un chapitre de ma vie qui se fermait brutalement, sans adieu ni explications. Je restais, petite silhouette perdue au milieu des rues désertes, pour seul héritage les souvenirs d'une famille jadis unie et joyeuse, désormais éparpillée par les caprices d'un destin cruel.

Madeleine, devenue veuve de compagnie dans la maison silencieuse, se tenait dorénavant comme le dernier rempart contre l'adversité pour moi. Dans la cuisine, où les effluves de beurre et de sucre se mêlaient à la chaleur du four, elle me transmettait non seulement les secrets de la pâtisserie, mais aussi les leçons de la vie. Avec chaque mesure de farine et chaque pincée de sel, Madeleine m'enseignait à trouver la lumière dans les interstices de l'obscurité. Elle m'apprenait à faire en sorte qu'un rire fende le voile des larmes, et à embrasser la vie, qui, malgré ses cruautés, pouvait être embrassée avec passion.

J'ai grandi, comme tu le sais, sous l'aile protectrice de mon arrière-grand-mère, appris à voir le monde non pas comme un lieu de perte incessante, mais plutôt comme un tableau parsemé de petites joies. J'ai appris à savourer le rire des clients qui entraient dans la boulangerie, à ressentir la douceur d'un rayon de soleil à travers la vitrine, et à chérir les moments passés avec toi, mon ami d'enfance. Tes histoires et tes rêves étaient comme un baume sur mes cicatrices du passé. Tu m'offrais un refuge dans lequel les souvenirs douloureux se transformaient en espoirs pour l'avenir, et c'est toujours le cas.

Ensemble, Madi et moi, main dans la main, nous affrontions les tempêtes et les éclaircies de la vie. Nous avons tissé un lien indéfectible qui allait bien au-delà du sang ; un lien forgé dans l'amour, la résilience, et le partage d'un art qui nourrissait l'âme autant que le corps. Et dans cette boulangerie, où chaque gâteau était une histoire et chaque pain un poème, j'ai trouvé la force de me construire sur les fondations de son héritage. Je suis maintenant prête à affronter le monde avec la sagesse et la tendresse que Madeleine m'a léguées.

À l'aube de ma majorité, je me suis envolé pour Paris, la ville des lumières, où les rêves de pâtisserie prennent forme sous les mains des maîtres. Dans les cuisines étincelantes d'un chef renommé, j'ai appris à transformer la farine et le sucre en œuvres d'art, à marier les saveurs comme on compose une symphonie. J'y ai gagné non seulement en adresse, mais aussi en assurance. Chaque jour, je perfectionnais mon art ; chaque nuit, je rêvais de gâteaux et de créations qui feraient pâlir les étoiles de leur éclat.

Deux ans s'étaient écoulés dans ce tourbillon de créativité parisienne lorsque le téléphone sonna, brisant le rythme effréné de ma nouvelle vie. C'était toi, ta voix autrefois si pleine de malice et de joie, maintenant chargée d'une tristesse infinie. Madeleine, l'âme de la boulangerie, mon arrière-grand-mère chérie, avait quitté ce monde. Avec elle s'éteignait une ère, un chapitre de l'histoire qui se clôturait dans le plus grand des silences.

Alors, je suis rentrée dans la boulangerie, le cœur lourd, mais l'esprit résolu. Les clés serrées dans ma main semblaient porter le poids des générations qui m'avaient précédée. La porte s'ouvrit dans un craquement familier, dévoilant un monde figé dans le temps.

Ce lieu, auparavant empli de chaleur et de rires, paraissait maintenant enveloppé d'un voile de mélancolie. L'écho de sa voix paraissait encore flotter dans l'air, entre les pétrins et les fours silencieux. Madeleine se trouvait partout : dans chaque recoin, chaque ustensile, chaque grain de farine.

Je me tenais là, immobile au milieu de ces murs qui avaient vu s'épanouir tant de générations. La flamme de la boulangerie ne devait pas s'éteindre avec elle. C'était à moi désormais de la raviver, de pétrir l'avenir avec la même passion que mon arrière-grand-mère avait façonné le passé.

Les souvenirs affluaient doucement : un rire partagé ici, un conseil précieux là. La boulangerie était devenue un sanctuaire où les fantômes bienveillants du passé se mêlaient aux promesses de demain. Dans cette atmosphère chargée d'histoire, je devais trouver ma propre voie.

C'est dans la chaleur réconfortante de ce lieu, au milieu des parfums familiers de beurre et de chocolat, que j'allais tisser les fils de mon avenir. Un avenir ancré dans l'héritage précieux de ceux qui m'avaient précédée, mais résolument tourné vers demain.

Et c'est ainsi que le chapitre suivant commença, un chapitre dans lequel Julie, guidée par la lumière de l'amitié et la chaleur des souvenirs, allait enfin se libérer des chaînes du passé pour écrire l'avenir. Un avenir dans lequel la boulangerie, héritage de sa famille, deviendrait le lieu de nouvelles rencontres, de rires partagés, et, peut-être, de guérison.

Julie fixa Lucas, ses yeux cherchant des réponses dans les siens. Elle avait ouvert une porte vers le passé, et maintenant, elle ne pouvait plus la refermer. Les souvenirs affluaient, comme des fantômes qui attendaient qu'on leur prête attention.

— J'avais oublié tout ça, murmura-t-elle. Enfin, je croyais avoir oublié. Mais, en y repensant aujourd'hui, certaines choses clochent quand même. Pourquoi tous les trois ont-ils été malades et pas moi ou Madi ? Pourquoi sont-ils partis ? Et puis, c'est arrivé d'un coup. C'est tout de même bizarre comme maladie. D'ailleurs, je n'ai jamais su ce qu'ils avaient vraiment. À présent, avec le recul, je me demande même si c'était une maladie.

L'esprit de Julie était en ébullition, mille questions se croisant dans un labyrinthe de mystères. Il lui manquait tant de réponses. Elle avait vécu dans l'ignorance, mais maintenant, elle brûlait d'envie de connaître la vérité. Elle avait besoin de savoir.

Lucas la regarda. Ses yeux sombres reflétaient sa propre confusion.

— Tu veux insinuer quoi par là ? demanda-t-il d'une voix basse.

Elle hésita,

— Je ne sais pas. Mais je sens quelque chose de plus compliqué, de plus profond. Une vérité que nous avons tous ignorée. Elle essuya une larme qui coulait sur sa joue.

— Nous devons trouver des réponses, Lucas. Pour Madi, pour moi, pour tout ce qui a été perdu.

Julie se tenait immobile, les yeux brillants de larmes qui reflétaient la lumière de l'extérieur. Lucas, face à elle, sentait une vague de tristesse l'envahir, une tristesse profonde pour la douleur silencieuse de son amie de toujours. Jamais auparavant elle ne s'était ouverte ainsi, jamais elle n'avait laissé transparaître une telle vulnérabilité.

Doucement, avec une tendresse qui dépassait les mots, Lucas entoura le visage de Julie entre ses mains. Il la regarda, vraiment, comme s'il pouvait traverser les voiles de son âme pour atteindre son cœur meurtri et y déposer des mots de guérison. Il se pencha vers elle et déposa un baiser rempli de compassion sur son front, un geste sacré qui scellait leur lien indéfectible.

Ensuite, dans un élan protecteur, il la serra contre lui, fort, comme pour fusionner leurs peines et les transformer en quelque chose de moins lourd à porter. Leurs cœurs battaient à l'unisson, deux rythmes qui ensemble, composaient une mélodie réconfortante et rassurante.

Assis côte à côte sur le sol froid, ils partageaient le poids du monde en silence. Les larmes coulaient librement, traçant des rivières salées sur leurs joues, mais, dans cet instant de pure connexion, les mots étaient superflus. Tout était dit dans le silence, dans l'échange d'un regard, dans la chaleur d'une étreinte. Et, dans ce silence, ils trouvaient une paix inattendue, un sanctuaire pour leurs âmes fatiguées, un havre où le passé et le présent se fondaient en une promesse silencieuse d'espoir et de guérison.

***

Lucas, les yeux baignés d'une mélancolie douce, leva les yeux et aperçut à travers la vitre embuée la silhouette familière du vieil homme du village. Sa moustache fournie frémissait alors qu'il tentait, avec une curiosité enfantine, de percer le mystère de la boulangerie en plaçant ses mains en visière autour de ses yeux.

Quelle heure est-il ? demanda-t-il, une pointe d'inquiétude perçant dans sa voix.

La question tira Julie de ses pensées. Elle leva les yeux vers l'horloge ancienne accrochée au mur, dont le tic-tac régulier battait la mesure du temps qui s'écoulait sans eux.

— Mince ! Il est déjà plus de 18 h, j'aurais déjà dû ouvrir, une note de surprise dans la voix.

L'après-midi avait été si intense, si remplie d'émotions et de révélations, qu'ils en avaient oublié le monde extérieur, le temps suspendu dans leur cocon d'intimité.

Julie se leva brusquement et se dirigea vers la porte pour accueillir le temps qui avait continué sa course sans eux. Cependant, avant de tourner la clé dans la serrure, elle se tourna vers Lucas, une lueur de regret dans le regard.

— Je ne t'ai pas laissé parler, la voix teintée d'une douce mélancolie.

Lucas lui offrit un sourire, un sourire qui semblait dire que tout était comme il devait l'être.

— Cet immense désir de parler, c'est passé, répondit-il avec une sérénité retrouvée.

— Tu penses que c'est le gâteau qui nous a fait ça ?

Julie acquiesça, une étincelle de compréhension dans les yeux.

— On dirait bien, oui.

Lucas, plongé dans ses souvenirs, ajouta :

— Tu te rappelles, quand on était jeunes et que tu n'étais pas bien ? Madeleine nous faisait un gâteau, et après, on repartait jouer avec le sourire.

— Mais oui, tu as raison, son sourire s'élargissait comme si un poids qu'elle portait depuis toutes ces années s'était enfin dissipé.

— Tu penses que c'était ce gâteau qu'elle nous donnait ?

Lucas haussa les épaules avec un brin de nostalgie dans la voix.

— Je ne crois pas qu'il était comme ça pourtant.

Julie, le visage et le corps détendus d'une manière qu'on ne lui connaissait plus, se dirigea vers la porte, prête à affronter le monde avec une nouvelle assurance. Elle se retourna une dernière fois, un éclat malicieux dans le regard.

— On va bientôt savoir si c'est le gâteau qui nous a mis dans cet état.

Elle ouvrit la porte et accueillit le vieil homme avec un « Entrez ! » chaleureux.

— Votre café comme d'habitude ? proposa-t-elle, reprenant son rôle de pâtissière accueillante qu'elle avait toujours été.

— Oui, avec plaisir ! répondit-il, souriant. J'ai vu que c'était fermé, alors qu'habituellement, vous êtes toujours à l'heure. Tout va bien ?

— Oui, très bien en fait. Une douceur dans la voix qui n'avait d'égal que la tendresse de ses pâtisseries. Je vous apporte votre café et je vous offre une délicatesse que je viens de préparer.

Et dans cet échange simple, dans ce retour à la routine, Julie et Lucas trouvèrent un nouveau commencement. C'était un pas vers un futur où les gâteaux n'étaient plus de simples douceurs. Ils étaient devenus des messagers de bonheur, des créateurs de liens, des guérisseurs d'âmes.

# 6

## L'Héritage Enchanté

Dans la douce lumière, le vieil homme s'installa à sa table favorite, celle qui semblait baigner dans un halo de souvenirs. Julie le regardait, se demandant combien de fois il avait pris place ici, combien de fois il avait disparu pour revenir comme si le temps n'avait pas de prise sur lui. Il était l'élégance incarnée. Ses cheveux argentés et sa barbe soignée contrastaient avec ses vêtements d'un autre âge. Son chapeau stylé était posé nonchalamment à côté de lui, et sa canne sculptée reposait contre la table.

Elle s'avança, un plateau à la main contenant un café fumant et une part de gâteau qui paraissait détenir les mystères de l'univers. Elle le servit avec une délicatesse de geste qui trahissait son impatience.

— C'est nouveau, ça ? Sa voix était celle d'un homme qui avait vu bien des printemps passer, mais qui restait ouvert aux surprises de la vie.

— C'est une création de mon arrière-grand-mère, répondit Julie, son sourire aussi énigmatique que les recettes qu'elle détenait.

Le vieil homme prit une bouchée, et un silence respectueux s'installa, comme si le monde retenait son souffle. Ses yeux se fermèrent, et il se laissa emporter par les saveurs qui dansaient sur sa langue. Lorsqu'il les rouvrit, quelque chose avait changé. Une étincelle de jeunesse, un éclat de sérénité qui semblaient dire que la vie, malgré tout, était douce.

— C'est délicieux ! Il y a de la sérénité dans ce gâteau, s'exclama-t-il, émerveillé.

Julie et Lucas, témoins de cette transformation, échangèrent un regard dans lequel se mêlaient la complicité et l'émerveillement. Ils tenaient là leur première preuve tangible.

La cloche de la porte tinta, la ramenant à la réalité. D'autres clients entrèrent, chacun porteur de son propre monde, de ses propres attentes. Julie les accueillit avec la même curiosité silencieuse : le gâteau aurait-il sur eux le même effet envoûtant ?

Il restait encore trois parts. Trois opportunités de confirmer leur découverte. Julie décida de les réserver pour des habitués, ces personnes dont les habitudes étaient connues, sur qui le changement serait le plus visible.

Carla fit son entrée, sa présence aussi constante que les saisons. Elle prit place sur la terrasse, là où le monde extérieur rencontrait l'univers de la boulangerie. Elle lui apporta son grand café, légèrement dilué selon ses préférences et une part du gâteau mystérieux.

— Vous me direz ce que vous en pensez, c'est une recette de famille, dit-elle, la voix teintée d'une douce curiosité.

— Merci beaucoup, tu es toujours aussi adorable, répondit Carla, son sourire reflétant la bienveillance d'une vie entière.

Tandis que Carla savourait sa pâtisserie, Julie l'observait, espérant que le gâteau révélerait ses secrets, que les mots de son arrière-grand-mère prendraient vie et que la magie opérerait une fois de plus.

Lucas, depuis l'arrière-boutique, observait la scène avec un regard amusé et une affection profonde. Il savait que Julie était sur le point de découvrir quelque chose de grand, quelque chose qui allait au-delà des simples saveurs d'un gâteau.

— Tu me diras si tu as observé des changements, lui lança-t-il avec un clin d'œil complice. Je vais ouvrir la librairie.

Il se leva, son sourire reflétant la douce attente d'un secret partagé. Julie lui rendit son sourire, se sentant soudainement en harmonie avec elle-même, avec le village, avec le monde entier.

En franchissant le seuil de la porte, Lucas croisa Émilie et Maxime, deux piliers de la communauté, leurs voix s'entremêlèrent dans un salut chaleureux. Émilie, la petite brune, vive, au regard perçant, avec sa rigueur de professeure de mathématiques, et Maxime, quant à lui, était l'historien au cœur de conteur, un homme dont les récits semblaient tissés dans la trame même du village. Accessoirement, il était guide touristique des villages voisins. Il connaissait chaque pierre, chaque histoire, chaque secret.

Julie les observait de loin, un sourire tendre naissant sur ses lèvres. Pour elle, Émilie et Maxime n'étaient pas de simples clients, ils étaient le tissu même de ce lieu. Leur présence réchauffait son cœur, comme les effluves sucrés de ses gâteaux tout juste sortis du four.

Deux autres clients passèrent commande : un jeune homme et un homme plus âgé, dont la ressemblance frappante laissait deviner un lien familial. Père et fils peut-être, unis par des souvenirs partagés et des secrets transmis de génération en génération.

Puis, vint le tour du duo. Maxime lança joyeusement :

— Coucou Julie ! Son sourire éclatant témoignait de la joie de retrouver la pâtissière.

Émilie, à ses côtés, ajouta avec douceur :

— Ça me fait plaisir de vous voir tous les deux, ses mots empreints de sincérité.

Leurs sourires, leurs paroles, tout cela était comme une équation résolue, un équilibre fragile, mais précieux, dans le tissu de la vie du village. Julie savait que ces moments étaient les perles qui formaient le collier de son existence, et elle les chérissait comme les ingrédients secrets de ses délicieuses pâtisseries.

— Je suis venu chercher le dessert pour ce soir.

— Moi, je suis venu chercher du pain, mais Lucas nous a dit que l'on devait s'asseoir, prendre un thé et que tu allais nous faire goûter une merveille, ajouta Maxime, son ton empreint d'une curiosité enfantine.

Julie leva les yeux vers l'extérieur. Elle y vit Lucas qui la regardait avec un grand sourire qui disait sans mots : « Tu as les derniers cobayes. »

Ils s'installèrent sur la terrasse et elle leur servit un thé aux arômes exotiques, qu'elle savait s'harmoniser à merveille avec le gâteau. Les deux parts restantes, tels des trésors à découvrir, étaient posées devant eux.

— Régalez-vous, à tout à l'heure, dit Julie, sa voix portant la promesse d'une expérience inoubliable.

En retournant à l'intérieur, elle constata que le vieux monsieur s'était levé et s'était installé à la table de Carla. Ils étaient en grande discussion, leurs yeux brillants du plaisir de partager leurs histoires, comme s'ils étaient seuls au monde. Julie comprit alors que cette recette avait vraiment quelque chose de spécial, qu'elle apportait une sérénité peu commune, qu'elle touchait les cœurs.

Le temps faisait son œuvre dans la quiétude du village. Le soleil commençait à descendre, le ciel se teintait d'une couleur orange. Les gens allaient et venaient, mais Carla et l'homme étaient toujours en grande discussion, tout comme Émilie et Maxime, tous captivés par la magie du gâteau et la chaleur de l'instant partagé.

L'heure de la fermeture enveloppait la boulangerie d'une douce mélancolie, celle des fins de journée où les cœurs se serrent à l'idée de se séparer. Julie finissait de ranger ; ses mouvements étaient empreints d'une tendresse pour ce lieu qui avait vu tant de vies se croiser. Elle rejoignit ses amis, leur présence chaleureuse comme un baume sur l'âme.

Elle remarqua en sortant que le jeune homme qui s'était attablé il y a un certain temps déjà était toujours là. Celui qui devait être son père était reparti. Un jeune homme grand et élancé, aux traits fins qui trahissaient une sensibilité rarement exprimée. Ses cheveux châtains étaient parfaitement coiffés, et son style vestimentaire était un mélange de décontraction et d'élégance. Il écrivait dans son carnet, ses doigts glissant sur le papier comme des danseurs silencieux.

La boulangerie semblait s'être figée autour de lui, comme si le temps avait décidé de faire une pause. Julie ne pouvait s'empêcher de le regarder, intriguée par cette présence mystérieuse. Qui était-il ? Pourquoi écrivait-il ici, en jetant constamment un œil sur les autres tables, dans ce lieu chargé d'émotions et de souvenirs ?

Elle secoua la tête, repoussant ces pensées. Elle avait ses propres mystères à résoudre, ses propres questions à explorer. Le jeune homme n'était qu'un détail dans le tableau plus vaste de sa vie.

Émilie et Maxime, le visage rayonnant d'un bonheur simple, s'adressèrent à elle avec une effusion rare.

— Ton gâteau, c'est une merveille, s'exclama Émilie, ses yeux pétillants de joie.

— On s'est tellement bien sentis, renchérit Maxime, avec une douceur inhabituelle dans la voix.

— On s'est vraiment parlé, ajoutèrent-ils en chœur.

Leurs paroles se mêlaient dans un joyeux tumulte, et, bien que Julie ne saisissait pas chaque mot, le sentiment d'euphorie qui émanait d'eux remplissait son cœur d'une fierté incommensurable. Elle jeta un œil à la table voisine, où le vieux monsieur, figure intemporelle du village, se levait avec une grâce d'antan. Carla le regardait, un sourire paisible sur les lèvres, appréciant ce moment suspendu, où tout était à sa place : le ciel magnifique, la quiétude du village, la perfection de l'instant.

Émilie et Maxime se levèrent, remerciant Julie pour ce moment d'harmonie qu'ils n'avaient pas entièrement compris, mais qui avait touché leurs cœurs. Elle les observa s'éloigner, main dans la main, une révélation douce et surprenante pour elle, qui ignorait la nature de leur relation.

Alors que les derniers échos du jour s'estompaient, Julie, absorbée dans ses tâches, vit le vieil homme se préparer à quitter la boulangerie. Il s'approcha d'elle avec un sourire malicieux, un sourire qui paraissait avoir traversé les années et les histoires non dites.

— Vous m'avez bien eu, dit-il, la voix teintée d'une chaleur inattendue. Je ne savais pas que vous étiez capable de réaliser un tel gâteau. Je vous remercie pour ce moment inattendu.

Ses mots étaient simples, mais ils portaient en eux le poids de la sincérité et de la surprise. Comme si ce gâteau avait réveillé en lui des souvenirs lointains, des joies oubliées.

En sortant, il ajusta son chapeau Fedora non pas par vanité, mais avec la délicatesse d'un gentleman d'un autre temps. Ce geste semblait ralentir le temps autour de lui. Il se pencha légèrement vers Carla et lui adressa des mots de gratitude qui, bien que Julie ne les entendît pas, étaient visiblement imprégnés de respect et de tendresse discrète.

Il s'éloigna ensuite, sa silhouette se découpant contre le crépuscule naissant. Chaque pas était mesuré, chaque mouvement de sa canne sur les pavés résonnait comme une note de musique, une mélodie qui racontait l'histoire d'une époque révolue. Julie, Carla, et les deux amoureux qui traversaient la place restèrent captivés par cette scène, comme si un fragment d'un film classique s'était invité dans leur réalité, apportant avec lui une touche de nostalgie et de beauté intemporelle.

Elle s'avança lentement vers la table désormais vide, où le souvenir du vieux monsieur paraissait encore flotter dans l'air. Posée là, avec une précision qui défiait le temps, une serviette en papier pliée en forme de grue l'attendait. C'était un origami d'une finesse inouïe, d'une beauté qui semblait raconter des histoires d'époques révolues. Elle le prit entre ses doigts, et un sourire se dessina sur ses lèvres, un sourire qui était à la fois une promesse et un mystère.

Elle examina le pliage, ses yeux parcourant les courbes et les angles, jusqu'à ce qu'un détail inattendu attire son attention. Des lettres, des mots étaient inscrits sur le papier, comme si la grue elle-même voulait lui transmettre un message. Poussée par une curiosité qui battait au rythme de son cœur, elle déplia l'origami avec une douceur religieuse. Les mots qui apparurent devant ses yeux la laissèrent sans voix, suspendue dans un moment hors du temps : « *cherche au-delà de la clé* ».

Julie demeura pensive, son esprit tourbillonnant comme une feuille d'automne dans le vent. Une question profonde, surgie des tréfonds de son âme, la taraudait.

Qui était vraiment ce vieil homme, ce mystérieux messager ? Ses pensées s'attardaient sur le mot mystérieux qu'il avait laissé : « *cherche au-delà de la clé* ». La clé de la recette... Ces mots résonnaient en elle, ouvrant la porte à de nouvelles possibilités.

Devait-elle pousser ses recherches plus loin ? Y avait-il un autre secret, une autre recette, que son arrière-grand-mère aurait soigneusement dissimulé ? Cette perspective faisait battre le cœur de Julie plus rapidement.

Et comment ce vieil homme connaissait-il l'existence de la clé du livre ? Une pensée soudaine lui vint à l'esprit :

— Est-il l'auteur du premier message tombé du livre de Madi ?

Les questions s'enchaînaient dans son esprit, comme les maillons d'une chaîne mystérieuse. Julie sentait l'excitation et l'appréhension se mêler en elle face à ces secrets qui se dévoilaient. L'héritage de sa grand-mère cachait visiblement des trésors insoupçonnés, et elle était bien décidée à les découvrir.

Son cœur battait plus fort tandis que son regard parcourait la pièce. Les panneaux en bois, ces témoins silencieux du passé, semblaient la narguer de leur mutisme. Elle les examina un à un, effleurant leur surface du bout des doigts, espérant qu'ils lui livreraient enfin leurs secrets. Mais ils gardaient obstinément le silence.

— Le livre de recettes. Cela devait être dans le livre, se dit-elle.

Avec une hâte fébrile, elle se hâta d'aller le chercher, ce grimoire des saveurs anciennes. Elle le posa sur une table, l'ouvrit et se lança dans une quête frénétique à travers le creux des pages, à la recherche d'un symbole mystérieux, d'un signe qui pourrait la guider vers une autre recette.

Elle était excitée, impatiente, les pages tournant à vive allure sous ses doigts agiles. Mais elle ne trouvait rien. Rien qui ne sautait aux yeux, rien qui ne criait le secret qu'elle espérait découvrir. Avec le livre sous le bras, elle courut vers la librairie pour retrouver Lucas. Ses pas résonnaient sur le sol de la boulangerie. Elle avait besoin de lui, de son regard neuf et de son esprit astucieux pour l'aider à déchiffrer le message caché dans les plis d'une grue de papier et les pages d'un livre ancien.

Julie franchit la porte de la boulangerie et le monde extérieur l'accueillit avec la douceur d'un crépuscule naissant. Le ciel, cette toile majestueuse, se parait de teintes chaudes où l'orange, le rose et le pourpre se mêlaient dans un ballet silencieux. Le soleil, tel un acteur saluant son public avant de quitter la scène, lançait ses derniers rayons qui caressaient les toits des maisons et les pavés de la rue.

La brise du soir était légère, portant avec elle les parfums du jour qui s'endormait. Une touche de jasmin ici, un soupçon de pain chaud là. Elle mélangeait les souvenirs de la journée avec la promesse de la nuit. Les rues, baignées dans cette lumière dorée, semblaient s'étirer paresseusement, invitant Julie à se perdre dans la beauté de l'instant.

Les ombres s'allongeaient, dessinant sur le sol des formes mouvantes qui dansaient au rythme des chuchotements des feuilles des arbres. Les boutiques commençaient à fermer, leurs enseignes s'éteignaient une à une, tandis que les lampadaires s'allumaient, prêts à prendre le relais pour éclairer le chemin des noctambules.

Lucas, toujours entouré de l'aura tranquille de sa librairie, leva les yeux de son livre au moment où Julie fit une entrée fracassante, haletante et les yeux brillants d'une ferveur inhabituelle. Il la regarda, un sourcil légèrement relevé, intrigué par l'urgence qui émanait d'elle.

— Lucas, il faut que tu m'aides, dit-elle, le livre de recettes serré contre elle comme un trésor.

Il se leva, son intérêt piqué au vif, et s'approcha pour mieux voir le visage de Julie, une détermination et une excitation se dégageaient de son attitude.

— Qu'est-ce qui se passe ? demanda-t-il, sa voix calme contrastant avec l'agitation de Julie.

Elle lui raconta rapidement ce qu'elle venait de découvrir : Émilie et Maxime, le vieil homme et Carla, les mots inscrits sur l'origami, et cette impression persistante que quelque chose d'autre était là, quelque chose qui se trouvait « *au-delà de la clé* ».

Il écouta attentivement, son esprit déjà en train de tourner les pages du livre de recettes dans sa tête, à la recherche d'indices, des symboles, de quelque chose qui aurait pu échapper à Julie. Il lui prit le livre délicatement des mains, ses doigts effleurant les pages avec respect. Ses doigts glissaient sur les pages anciennes, à la recherche d'un indice qui pourrait les mener au-delà de la clé énigmatique. Soudain, il s'arrêta, son regard rivé sur une page qui semblait identique aux autres à première vue.

— Regarde ça, dit-il en pointant du doigt.

Elle s'approcha, son cœur battant à l'unisson avec les secondes qui s'égrainaient.

— Qu'est-ce que c'est ? La curiosité teintant sa voix d'une note urgente.

— Ici, les marges… elles sont différentes.

Julie se pencha pour mieux voir. En effet, sur cette page, les marges étaient parsemées de petits points presque imperceptibles. C'était comme si quelqu'un avait utilisé un instrument fin et avait ponctué le papier de minuscules marques.

— Ce sont des points en relief, constata-t-elle, émerveillée. Cela ressemble à un code ou peut-être à un mot ou même à des formes.

Lucas acquiesça, ses yeux brillant d'une lueur d'excitation.

— Exactement. Et si je ne me trompe pas, c'est de la sténographie.

Dans la pénombre de la librairie, Lucas poursuivait sa quête avec une minutie d'horloger. Page après page, il caressait le papier de ses doigts fins, à l'affût de la moindre irrégularité.

— Encore ici... et là..., chaque découverte est un murmure dans le silence.

Julie, suspendue à ses lèvres, observait les pages se dévoiler sous l'attention méticuleuse de Lucas.

— Il y a cinq pages qui contiennent ces points, cinq portes sur le passé, cinq énigmes à résoudre. Sa voix basse vibrante d'importance.

Avec une feuille de papier et un crayon, Lucas entreprit de révéler les points cachés. Il frotta doucement le graphite sur le papier pour que, comme par magie, les points s'impriment sur la feuille blanche.

— Je vais tous les récupérer et voir si ça veut dire quelque chose. Regarde, sur chacune de ces pages, il y a une recette qui contient une énigme, dans le même style que celle qui nous a fait tant d'effet tout à l'heure, je suppose.

Julie, le cœur battant, se plongea dans la première recette marquée de points.

— Oui, effectivement, c'est une énigme, sa voix trahissant son excitation. Puis, elle passa à l'autre, et à l'autre encore. Chaque page qui comportait des points était une énigme, mais toutes étaient distinctes.

Ils se regardèrent, réalisant tous deux qu'ils venaient de découvrir la première clé d'un mystère qui s'annonçait plus profond et plus captivant qu'ils ne l'avaient imaginé. Un secret qui avait attendu patiemment dans l'ombre des pages d'un vieux livre de cuisine.

Julie leva les yeux vers Lucas. Une question brûlante était sur ses lèvres.

— Est-ce facile à déchiffrer ? demanda-t-elle, l'espoir teintant sa voix d'une douce mélodie.

Lucas secoua la tête, un sourire modeste éclairant son visage.

— Je connais le principe de la sténographie, mais je ne sais pas exactement comment cela fonctionne. Cependant, je vais chercher, promit-il, sa détermination se reflétant dans le sérieux de son regard.

La lune s'élevait doucement dans le ciel crépusculaire, baignant les toits du village de sa lueur argentée. Les ombres s'étiraient en silence, enveloppant la librairie d'un voile bleuté et mystérieux.

— Il se fait tard, observa Lucas en regardant par la fenêtre. Nous devrions nous arrêter pour ce soir et réfléchir à tout cela avec des esprits reposés.

Julie acquiesça, refermant lentement le livre ancien.

— Oui, demain est un autre jour, et, avec lui viendront de nouvelles idées, dit-il, optimiste.

Ils rangèrent leurs notes et éteignirent les lumières, laissant la librairie sombrer dans le silence. Dehors, le monde s'endormait, et dans le secret de la nuit, les énigmes attendaient patiemment d'être résolues.

Et alors que les étoiles commençaient à scintiller, promettant des rêves de découvertes et d'aventures, Julie et Lucas s'éloignèrent, leurs cœurs battant à l'unisson avec les mystères du passé.

## 7

## L'Ombre du Passé

Les premiers rayons de l'aube caressaient le village lorsque Julie ouvrit les yeux. La nuit réparatrice avait laissé place à une impatience fébrile dans son esprit. Poussée par le désir de rencontrer le vieil homme, détenteur de réponses cruciales, Julie se hâta vers la boulangerie.

Les préparatifs matinaux s'enchaînèrent avec une fluidité presque chorégraphiée. Les tables et les chaises prirent place sur le trottoir, invitant les premiers rayons du soleil à les réchauffer. Tout était prêt pour accueillir les clients habitués à la recherche de leurs viennoiseries matinales.

Certains s'attardaient, profitant de la douceur du soleil levant, tandis que d'autres, pressés, repartaient, leurs mains enveloppant tendrement les délicieux trésors de la boulangerie. Entre deux ventes, Julie s'immergeait dans son livre de recettes, son regard se fixant sur la première nouvelle énigme.

Elle chuchota les mots, les laissant flotter dans l'air comme une mélodie inachevée :

— Dans les reflets d'un verre biseauté, une fraîcheur s'échappe subtilement voilée. Son créateur, un maître de la lumière, captura l'essence, sans la nommer, sur sa toile éphémère.

Julie se tenait là, les yeux plongés dans l'énigme, comme si elle cherchait à percer le voile d'une brume matinale. La cuisine était son domaine, son sanctuaire de saveurs et d'arômes, mais là, devant elle, se dressait un mystère qui semblait appartenir à un autre monde, celui de la peinture, où les couleurs parlaient plus que les mots.

— Sophie ! son esprit s'écria soudain. Avec son regard de peintre, sa sensibilité aux nuances et aux ombres, elle pourrait certainement apporter un éclairage nouveau sur ces mots cryptés. Sa boutique, un écrin de créativité au cœur du village, était l'endroit où l'art prenait vie, où les toiles murmuraient des histoires en silence.

Le soleil montait dans le ciel, traçant son arc habituel, et la matinée s'écoulait lentement. Julie scrutait chaque visage qui passait devant la vitrine, espérant apercevoir la silhouette familière du vieil homme moustachu. Mais l'embrasure de la porte restait vide de sa présence, et son absence la laissait perplexe, comme une énigme non résolue.

Cette danse des mots cachés l'intriguait. Pourquoi préférer les énigmes à la simplicité d'une rencontre, si le but était de l'aider ? Les pages du livre semblaient vibrer d'une intention, d'un message qu'elle devait déchiffrer, mais le silence du vieux monsieur était aussi épais que le mystère qui enveloppait ses recettes.

Alors qu'elle se penchait sur les autres énigmes, une révélation s'imposa à elle. L'une d'entre elles contenait des équations, certes poétiques, mais des équations tout de même. Une autre était écrite dans un dialecte qui lui était étranger, et pourtant, elle percevait les contours familiers du provençal. La précédente était liée à l'art, et, comme par un coup du destin, chacun de ses amis possédait une compétence clé pour en résoudre une.

Ce ne pouvait être une coïncidence. Son cœur s'emballa, battant au rythme des révélations qui s'entremêlaient devant elle. Plus elle avançait, plus les questions se multipliaient, et néanmoins les réponses restaient insaisissables, comme des ombres fuyantes au coin de sa vision.

Dans le silence de la boulangerie, entre le cliquetis des tasses et le murmure des conversations, Julie sentait l'écho d'une histoire plus grande que la somme de ses parties. Une histoire qui l'appelait, qui l'invitait à plonger dans les profondeurs de son héritage, là où les recettes étaient des clés et les amis, des guides vers la vérité.

Une fois le flot incessant des clients matinaux apaisé, elle prendrait le chemin de la boutique de Sophie. Elle imaginait déjà la conversation, les éclats de rire, les sourcils froncés en signe de concentration, et l'instant magique où la compréhension jaillirait entre elles. Mais avant tout, elle devait voir Lucas. Elle ne l'avait pas croisé ce matin et se demandait pourquoi.

Le village s'étirait paresseusement sous le soleil de midi lorsque Julie, les bras chargés de douceurs, poussa la porte de la librairie. L'air était empli de l'odeur des livres anciens, un parfum qui se mêlait maintenant à celui du pain bagnat fraîchement préparé et des croquants à l'anis.

Lucas était là, absorbé par les notes éparpillées devant lui, son esprit visiblement perdu dans les méandres des énigmes du livre. Julie s'approcha, un sourire tendre ourlant ses lèvres. Elle déposa le repas sur le coin de la table, captant l'attention de Lucas.

— Tu dois te nourrir pour que ces énigmes ne dévorent pas ton esprit, dit-elle avec une douce réprimande.

Lucas leva les yeux. Un sourire de gratitude illuminait son visage fatigué.

— Merci. J'étais tellement plongé dans ce mystère que j'ai perdu la notion du temps, avoua-t-il.

Julie s'assit en face de lui et observa les pages couvertes de symboles. Elle sentait l'urgence de partager sa révélation.

— Lucas, j'ai réalisé quelque chose d'important. Ces énigmes… elles semblent avoir été conçues pour nous, pour notre cercle d'amis. Chacun de nous détient une clé pour en déverrouiller une partie, révéla-t-elle, son regard étincelant d'un nouvel éclat.

Lucas acquiesça, et son regard s'illumina d'une nouvelle étincelle, comme si un voile venait de se lever sur un paysage longtemps caché.

— C'est plus qu'une simple coïncidence, c'est comme si le destin avait tissé ces énigmes spécialement pour nous, pour nous réunir dans une quête commune, dit-il, sa voix vibrante d'une excitation contenue.

— Le destin ou plutôt Madi, répondit-elle en souriant.

— Oui, chaque pièce du puzzle est entre les mains de l'un de nos amis. Bon, je pense que, en cherchant par nous-mêmes, nous arriverions à trouver. C'est quand même déroutant, c'est une symphonie de talents, et nous sommes les chefs d'orchestre, confia-t-elle, ses yeux brillant de détermination. Sophie, c'est les pinceaux. Émilie, ce sont les chiffres. Maxime, c'est son amour pour les mots anciens. Toi, Lucas, c'est ta passion pour l'histoire et les mystères.

— D'ailleurs, en parlant d'eux, tu savais qu'ils étaient ensemble ?

Lucas sourit, mais un nuage assombrit son sourire lorsqu'elle évoqua Émilie et Maxime.

— Depuis quand ? demanda-t-il, sa voix trahissant un mélange d'étonnement et une pointe de jalousie, souvenir d'un amour passé.

— Je les ai vus partir main dans la main hier, répondit Julie d'une voix douce.

— Eh bien, peu importe. Ce qui compte, c'est le moment présent et les énigmes qui nous attendent. Je vais continuer de me concentrer sur la sténographie, rétorqua-t-il, repoussant ses sentiments.

Julie le regarda avec une pointe de mélancolie dans le regard. Lucas, le rêveur, l'homme qui avait tant de fois parlé de quitter le village pour de lointaines aventures, était toujours là, ancré dans les pages d'une histoire qui refusait de le laisser partir.

Les rayons du soleil inondaient la librairie. Ils partagèrent le repas dans un silence complice, leurs esprits tournés vers les défis à venir.

Et tandis que Lucas se perdait dans ses pensées, elle savait que le temps était venu de rassembler leurs amis, de tisser ensemble les fils du passé et du présent.

Elle donna un baiser délicat sur le front de Lucas.

— Je file chez Sophie, murmura-t-elle en sortant.

La chaleur de l'après-midi enveloppait le village d'une étreinte nonchalante, tandis que Julie, d'un pas décidé, quittait la librairie. Elle traversa la place où les cigales chantaient, descendit quelques ruelles pavées, témoins silencieux d'un autre temps, et s'arrêta devant la vieille porte vitrée en bois blanc de la boutique de Sophie.

Un coup léger au carreau, et bientôt, une voix familière résonna de l'intérieur. Sophie était en pause, la boutique fermée, mais pour Julie, elle ouvrirait les portes de son monde de couleurs. Ses yeux glissèrent sur les étagères extérieures remplies de tableaux et de bibelots peints pour les touristes, mais les véritables trésors, les œuvres capturant l'essence de la vie, se trouvaient à l'intérieur.

Sophie émergea soudainement derrière la vitre, essuyant les traces d'un repas improvisé, un sourire sincère accueillant. À côté du visage de Sophie, scotché sur la vitre, un prospectus annonçait un concours de pâtisserie, une guerre amicale entre les villages environnants. Cela déclencha un sourire chez Julie, un mélange de plaisir et de défi.

La porte s'ouvrit sur l'accueil chaleureux de Sophie, qui, remarquant l'intérêt de Julie pour l'affiche, s'exclama avec enthousiasme :

— Tu vas y participer, n'est-ce pas ? Qui d'autre que toi peut représenter notre village ?

Julie secoua la tête, une fausse réticence dans sa voix.

— Arrête, tu sais très bien que je n'aime pas ces concours, répliqua-t-elle.

Mais Sophie n'était pas dupe et, avec un sourire complice, elle la prit dans ses bras pour lui donner un baiser affectueux sur la joue.

— On verra, dit-elle, confiante.

Assises sur des chaises disposées sur les pavés, elles partagèrent l'énigme qui préoccupait tant Julie. Sophie, les yeux plissés par la concentration, lut attentivement les mots mystérieux.

— Effectivement, ça parle bien de peinture, et d'un peintre en particulier, murmura Sophie. Mais lequel ? Je vais chercher et je viens te voir dès que j'en sais plus.

Elles rentrèrent pour déguster une tasse de café, et les conversations glissèrent vers des sujets plus légers. Pour Julie, c'était un moment de répit bienvenu, une occasion de laisser son impatience s'évaporer au gré des éclats de rire et des confidences échangées.

Alors que les ombres s'allongeaient sur les pavés du village, elle sentait que chaque indice, chaque ami, chaque moment partagé la rapprochait d'une vérité qui se dévoilait lentement. C'était comme une toile se révélant sous les coups de pinceau d'un artiste patient.

\*\*\*

La boulangerie de Julie, baignée dans la douce lumière de l'après-midi, était un havre de paix dans le tourbillon de ses pensées. Elle avait envoyé un message à tous, un appel à se rassembler le soir même, sur la terrasse du bar de la place, et maintenant, elle attendait. Elle attendait le vieux monsieur, elle attendait les réponses, elle attendait le crépuscule et la réunion des esprits.

L'après-midi s'étirait paisiblement, presque trop paisiblement pour le cœur impatient de Julie. Elle se déplaçait entre le livre de recettes et le comptoir, chaque mouvement empreint de l'urgence de comprendre, de décrypter et de savoir. Puis, subitement, une vive douleur à la hanche, un choc contre le comptoir, un rappel physique de sa frustration grandissante.

Elle frappa le bois pour dissiper la colère qui la submergeait, une colère qu'elle ne voulait pas et qu'elle ne pouvait pas se permettre.

— Je dois me calmer, se murmura-t-elle, tentant de dompter l'orage intérieur qui menaçait de se déchaîner, cette faiblesse qu'elle traînait depuis si longtemps. Elle se souvint des paroles très dures qu'elle avait adressées à Lucas, et ce n'était pas la première fois.

— Non, je ne veux pas. Ça doit s'arrêter, se dit-elle pour se convaincre.

C'est alors qu'une voix familière la sortit de sa tempête intérieure.

— Bonjour Julie ! s'exclama Carla, une habituée, une amie.

Elle leva les yeux et, dans le regard bienveillant de Carla, elle trouva l'ancre dont elle avait besoin.

— Bonjour ! Voulez-vous votre café allongé comme d'habitude ? demanda Julie, retrouvant son sourire.

— Si tu as encore du gâteau, j'en voudrais bien, répondit-elle, le regard malicieux.

— Non, désolée, il n'en reste plus, dit-elle d'un ton léger, presque taquin.

Elle prit place en face de Carla, mettant de côté le fardeau de l'impatience.

— Je peux ?

— Bien sûr, mon enfant, tu as des problèmes de cœur ? demanda-t-elle, un sourcil levé.

— Non, non ! s'exclama Julie, en élargissant son sourire. Ça concerne le vieux monsieur avec qui vous avez discuté autour du gâteau, justement.

Carla posa sa tasse, manifestant clairement son intérêt.

— Ah, le vieux monsieur... Henri Laroche... Il a des histoires fascinantes à raconter. Je peux te dire déjà qu'il est un homme sage et discret, qu'il a un humour subtil et une mémoire impressionnante. Que désires-tu connaître ?

Julie prit une profonde inspiration, prête à explorer les souvenirs de Carla, dans l'espoir d'y découvrir un indice, une pièce manquante, quelque chose qui l'aiderait à reconstituer le puzzle.

Et pendant qu'elles parlaient, le temps semblait suspendu autour d'elles. La boulangerie était devenue le théâtre d'un passé qui murmurait ses secrets aux oreilles des personnes prêtes à les entendre.

Julie écoutait Carla, suspendue à ses lèvres, espérant une révélation, un indice qui la guiderait vers la prochaine étape de son aventure. Les histoires de Carla au sujet du vieil homme étaient empreintes d'une richesse de détails. Elles peignaient le portrait d'un homme aux mille vies : un voyageur infatigable, un explorateur des temps modernes, un collectionneur d'art dont les yeux ont contemplé des merveilles aux quatre coins du monde.

Mais, malgré l'intérêt de ces récits, elle sentait une pointe de déception s'insinuer en elle. Elle avait espéré une révélation, un signe, une étincelle de magie qui l'aurait guidée vers la résolution des énigmes. Tout ce qu'elle avait maintenant, c'était un nom qui résonnait dans sa tête, un prénom et un visage, mais c'était tout. Cela ne lui ouvrait aucune porte.

Pas de formule secrète, pas de clé cachée. Juste un homme avec une histoire fascinante qui semblait, pour l'instant, ne pas croiser la sienne.

Julie exprima sa gratitude à Carla pour avoir partagé son temps et ses anecdotes. Elle se leva, son esprit encore encombré de questions sans réponse, et retourna à l'intérieur. Là, dans le sanctuaire de son quotidien, elle se promit de continuer à chercher, à explorer chaque possibilité, aussi mince soit-elle.

L'heure de la fermeture avait sonné, marquant la fin d'une longue journée et le début d'une soirée pleine de promesses. Julie, avec une démarche empreinte d'une détermination tranquille, se dirigea vers la terrasse du bar. Émilie et Maxime s'y étaient déjà installés, une bière devant eux, en train d'échanger des paroles qui se perdaient dans le brouhaha ambiant.

— Coucou, vous deux, lança-t-elle avec une chaleur qui n'appartenait qu'à elle.

Ils se levèrent, échangeant des bises et des banalités, mais, derrière chaque sourire sincère, une histoire, un fil invisible qui les liait tous, était là.

Elle observa le couple nouvellement formé, une lueur de curiosité dansait dans ses yeux.

— Depuis combien de temps êtes-vous ensemble ? demanda-t-elle, sa voix douce révélant son intérêt pour leur histoire d'amour inattendue.

Maxime, le regard pétillant d'une émotion à peine contenue, répondit avec une sincérité touchante.

— Non, c'était lorsque nous avons discuté la dernière fois sur ta terrasse, et que tu nous as fait goûter ton gâteau.

Julie vit dans ses yeux un reflet de la magie qui les avait unis.

— Nous ne savons pas ce qui s'est passé, poursuivit-il, un sourire éclairant son visage alors qu'il cherchait les mots appropriés. Une connexion instantanée s'est établie, comme si toutes les pièces du puzzle de nos vies s'étaient soudainement assemblées. C'était simple, fluide… comme si cela avait toujours été destiné à être.

Leur histoire, si spontanée et naturelle, semblait défier les complexités habituelles des relations. Julie, émue, sentit son cœur se réchauffer à l'idée que l'amour pouvait encore surgir de manière aussi pure et inattendue.

Émilie, avec un rire qui se mêlait au crépuscule, ajouta.

— Tu nous as concocté un gâteau enchanté ?

— Tu ne crois pas si bien dire, répondit Julie, un sourire mystérieux jouant sur ses lèvres. Je vais tout vous expliquer, et c'est pour ça que je vous ai demandé de venir et que j'ai apporté ce livre et cette pièce d'ambre. On va juste attendre Sophie et Lucas.

Lucas ne tarda pas à les rejoindre, sous les étoiles naissantes. Son arrivée fut marquée par un instant de flottement lorsqu'il croisa le regard d'Émilie. Elle lui offrit un sourire tendre, comme un baume sur les souvenirs d'une rupture ancienne, due à des rêves divergents et à des décisions jamais prises.

Il s'éclipsa un instant afin d'aller chercher des bières pour Julie et lui.

— Depuis tout ce temps, on dirait que vous êtes toujours en couple, vous deux, murmura Émilie à Julie, une pointe d'approbation dans la voix.

— Non, on n'en a pas envie, ni lui ni moi, mais on se fait du bien mutuellement… même si, parfois, je lui fais du mal, avoua Julie, la tristesse teintant ses mots.

Lucas revint avec les bières, Julie entama une explication, puis le fil de la discussion repartit, animé par un tourbillon de mots et d'éclats de rire, formant ainsi l'étoffe de leur soirée.

Sophie fit son entrée sur la place avec une exubérance qui ne pouvait être contenue, ses bras s'agitant dans les airs comme les ailes d'un oiseau prêt à s'envoler.

— J'ai trouvé… j'ai trouvé !, s'écria-t-elle, sa voix portant à travers le cœur battant du village. Julie ne put s'empêcher de sourire devant tant de passion débridée, se disant qu'elle était une véritable tornade de vie, un peu excentrique.

À peine arrivée, Sophie se lança dans un flot de paroles, ses gestes peignant l'air avec autant de grâce que si elle avait tenu un pinceau.

— Le verre biseauté, c'est la lumière capturée et la fraîcheur, c'est la menthe. Le peintre est le maître de la lumière ! Elle était l'incarnation même de la joie et son enthousiasme était tel qu'il était contagieux, faisant rire tout le monde autour de la table.

— Et c'est qui alors ? demanda Julie, prise dans le tourbillon des révélations de Sophie.

— C'est Cézanne, Paul Cézanne ! s'exclama-t-elle, ses yeux brillant d'admiration. Né en 1839 à Aix-en-Provence, un pilier de l'impressionnisme et un pont vers le postimpressionnisme et le cubisme !

L'énergie de Sophie, qui semblait danser au rythme de ses propres mots, captivait tout le monde.

— D'accord, mais en quoi cela m'aide-t-il ? interrogea Julie, un sourcil haussé.

— Attends, attends ! Je n'ai pas terminé ! Elle débordait d'enthousiasme, animée par une excitation palpable. L'énigme évoquait son tableau « La bouteille de menthe poivrée ». Donc, ton ingrédient est une bouteille de menthe poivrée ! Elle fit un bond théâtral, les bras écartés dans un geste de victoire triomphante.

— Et voilà ! s'exclama-t-elle.

Julie se leva et embrassa Sophie sur la joue, un geste affectueux pour symboliser leur profonde amitié.

— Merci, ma Sophie. Tu es une perle, tu es incroyable.

Elle se rassit. Le reste de la soirée s'écoula dans une atmosphère de bonheur partagé. Chaque énigme du livre devint un jeu, chaque solution un pas de plus dans leur aventure collective. Elle avait enfin en main toutes les clés essentielles.

Et, alors que la nuit enveloppait doucement la place, seulement troublée par la lumière insolite qui semblait émaner de la boulangerie, les rires et les éclats de voix tissaient une mélodie de camaraderie et d'espoir. Ils promettaient de découvrir ensemble les secrets du passé et de forger les souvenirs de demain.

Les adieux se dissipèrent dans l'air frais de la nuit. Chacun s'éloigna vers la sécurité de son foyer, laissant Julie seule, debout sous le voile sombre de la nuit. Elle observa Lucas disparaître dans la ruelle des Glycines, tandis que le couple, accompagné de Sophie, s'engageait vers la place de l'église, leurs silhouettes avalées peu à peu par l'obscurité.

Elle s'apprêtait à rentrer quand un détail étrange attira son attention. Une sensation de froid la traversa. Plus loin, dans l'obscurité de sa boulangerie, une lueur vacillante semblait onduler derrière les vitres. Ses amis, déjà trop loin, n'avaient rien remarqué de cette présence inhabituelle.

Le cœur battant, Julie s'approcha avec précaution. La porte de la boulangerie, entrouverte comme une promesse ou une mise en garde, s'ouvrait sur un silence oppressant. À l'intérieur, le faisceau d'une torche électrique vacillait, une présence vivante dans ce sanctuaire silencieux, dessinant des ombres frénétiques qui paraissaient danser une sarabande nerveuse sur les murs.

Julie, essoufflée, franchit le seuil avec prudence, son cœur battant au rythme saccadé de la lumière erratique. Elle avança, chaque pas résonnant sur le carrelage comme un écho dans une cathédrale déserte, la lumière de la lampe torche dessinant des spectres dansants.

— Qui est là ? Sa voix tremblante, trahissant une peur qu'elle ne pouvait dissimuler, résonna dans l'obscurité qui semblait soudainement tangible, presque vivante.

La lumière vacilla, hésitante, avant de s'immobiliser. Julie sentit son cœur battre à tout rompre, une symphonie d'angoisse qui résonnait dans ses tempes.

Elle saisit un pot de confiture, ses doigts s'enroulant autour du verre froid, cherchant du réconfort dans cette arme improvisée. Son souffle s'emballa, chaque inspiration lui demandant plus d'effort que la précédente, comme si l'air lui-même devenait un luxe rare.

Elle recula d'un pas, puis d'un autre, prête à s'élancer vers la porte au moindre signe de danger. Mais la lumière, telle une bête traquée, s'intensifia soudainement et se rua vers elle. Une silhouette émergea des ténèbres, une ombre parmi les ombres, et, dans un mouvement brusque, bouscula Julie.

Le choc fut brutal et elle tomba, le pot de confiture s'échappa de sa prise pour s'écraser au sol dans un fracas de verre brisé. La confiture de poire se répandit comme un tableau abstrait, une œuvre d'art tragique née de la peur et de la confusion.

Assise sur le carrelage froid, désorientée, elle regarda l'intrus disparaître dans la nuit, une silhouette fantomatique qui s'évanouissait aussi rapidement qu'elle était apparue. Le silence retomba sur la boulangerie, un silence lourd, chargé des questions sans réponse qui tournoyaient dans l'esprit de Julie.

Une fois le calme revenu, elle se releva et observa le chaos laissé par l'inconnu, les livres de recettes éparpillés, les tiroirs ouverts, mais rien de plus.

— Il ne devait pas être là depuis longtemps. Voler quoi, d'ailleurs ? se demanda-t-elle, scrutant les lieux. Apparemment il fouillait les livres, il cherchait un livre. Et soudain, une évidence la frappa comme un éclair : il cherchait le livre.

En se remémorant ce qu'il venait de se passer, elle crut reconnaître la silhouette en fuite. C'était cette personne qui était restée assise sur la terrasse la veille, plongée dans ses notes, celle qui lui avait laissé une impression si étrange.

Dans le silence troublé de la boulangerie, Julie se tenait seule, enveloppée par l'ombre d'une inquiétude grandissante. Chaque battement de son cœur résonnait avec les échos d'un mystère qui s'épaississait encore plus autour d'elle.

# 8

## Sablés Mouvementés

Le jour se leva sur la boulangerie, témoin silencieux de l'agitation de la nuit passée. La porte, toujours entrouverte, semblait inviter Julie à entrer dans un monde où on avait brisé la tranquillité. La veille, submergée par le choc, elle s'était réfugiée dans le sommeil, elle avait évité de troubler Lucas avec ses tourments intérieurs. Cependant, ce matin, reposée, elle se sentait prête à affronter la brutalité de ce qui s'était passé la veille.

Le livre gisait là, sur le sol de l'entrée, exactement au même endroit où elle l'avait laissé tomber dans la précipitation de la fuite nocturne. En le ramassant, une pensée traversa son esprit : elle devait maintenant trouver une cachette sûre, un sanctuaire pour ce trésor inattendu.

Elle se pencha pour ramasser les morceaux de verre, un à un, les doigts glissaient dans la confiture étalée, une métaphore amère de sa situation actuelle. Puis, elle s'occupa de l'arrière-boutique, chaque geste empreint d'une colère sourde et d'une peur qui s'entremêlaient, laissant un goût amer de vulnérabilité.

Après avoir tout rangé et vérifié que rien ne manquait, elle se rendit à l'évidence, l'intrus cherchait le livre, et lui seul. Elle se demandait comment il pouvait connaître son existence, alors qu'elle-même venait juste de le découvrir. C'était une nouvelle énigme, une ombre de plus dans le tableau déjà obscurci de ses récentes découvertes.

Et, tandis que Julie se tenait là, au milieu de sa boulangerie remise en ordre, la frustration de naviguer à tâtons dans l'obscurité de l'inconnu commençait à l'envahir. Décidée à ne plus laisser ses émotions la submerger, elle se concentrait sur sa tâche.

— Réagir, ne pas avoir peur, se répéta-t-elle comme un mantra pour chasser les ombres de la nuit passée. Je vais commencer par ouvrir, puis, je me lancerai dans la recette avec un peu de chance, ça m'aidera à aller de l'avant.

Les premiers clients franchirent le seuil avec leurs salutations matinales, mais aucun signe d'Henri, le vieil homme énigmatique. Chaque visage familier était un rappel de la normalité, un contraste bienvenu avec l'intrusion nocturne qui continuait de hanter son esprit.

Une fois la vague matinale passée, Julie se lança dans la recette. Les ingrédients étaient simples, presque dérisoires face à l'ampleur des événements récents : une vieille bouteille de menthe poivrée, un reliquat du passé qui s'était niché sur une étagère, attendait patiemment son tour. La recette mentionnait l'utilisation de plaques de moules en forme de pièces de puzzle, pour une meilleure assimilation.

— Des pièces de puzzle… répéta-t-elle, une métaphore trop appropriée pour son propre puzzle de vie.

Elle n'eut aucune difficulté à mettre la main sur ces moules, dissimulés parmi d'autres ustensiles qu'elle avait jusque-là qualifiés de ringards. Mais aujourd'hui, ils prenaient un nouveau sens, devenaient les instruments d'une symphonie culinaire qui, peut-être, lui révélerait de nouveaux secrets.

Tout était en place, disposé devant elle comme les notes sur une partition. Tel un chef d'orchestre devant son ensemble, elle leva les mains.

— Et maintenant, l'œuvre commence, dit-elle en souriant.

Dans la lumière tamisée de la cuisine, Julie se tenait devant le plan de travail en bois usé, un nuage de farine flottant autour d'elle, comme une brume matinale. Elle commença à mélanger les ingrédients avec une grâce presque méditative, ses mains dansant au rythme d'une mélodie silencieuse. Les conseils de Lucas résonnaient dans sa tête, lui rappelant de vider son esprit et de se concentrer sur les sensations que lui procurait chaque ingrédient.

— Étonnant, souffla-t-elle, alors que la farine glissait entre ses doigts avec la douceur d'une plume portée par le vent.

Les œufs se mêlaient au sucre en un ballet harmonieux, chaque mouvement plus naturel que le précédent. Ce fut bien plus facile que la première fois. C'était comme si les ingrédients avaient reconnu en elle une amie de longue date, se dévoilant à elle avec une intimité surprenante.

Un sourire illumina son visage, un sourire qui se transforma rapidement en un rire contagieux, remplissant la pièce d'une chaleur humaine. Elle se sentait euphorique, portée par une vague de bien-être qui déferlait en elle avec la force d'une marée montante.

— Waouh ! C'est impressionnant !, s'exclama-t-elle, sa voix haute et claire, comme celle du carillon d'une cloche.

Mais l'écho de ses propres mots la fit vaciller, et, comme un funambule distrait par le vent, elle perdit l'équilibre de sa concentration. La cuillère en bois tomba, heurtant le bol dans un tintement comique, et Julie se figea, une étincelle de compréhension brillant soudainement dans ses yeux.

— OK, je commence à comprendre, se dit-elle, un sourire narquois aux lèvres.

Elle ferma les yeux, cherchait à retrouver le fil de ses sensations, à renouer avec la symphonie des saveurs qui l'avait tant émue. Et là, dans le noir, derrière ses paupières closes, les notes gustatives reprirent leur danse, la guidaient vers la reprise de son œuvre pâtissière.

La cuisine était devenue un havre de paix pour Julie, un sanctuaire auquel le temps et l'espace semblaient se plier à sa volonté. Mais l'irruption de Sophie fut comme une vague déferlante qui brisait la tranquillité d'une plage au petit matin.

— Julie, c'est cet après-midi que se déroule le concours, et je viens de t'inscrire ! J'espère que tu es en train de préparer, cria Sophie en franchissant le seuil de la porte avec l'énergie d'un ouragan en pleine saison.

Elle sursauta ; ses pensées s'éparpillèrent comme des perles d'un collier rompu.

— Euh non… balbutia-t-elle, son esprit encore embrumé par la douce ivresse de sa création.

— Ça va ? Tu as l'air ailleurs, tu as une sale tête, remarqua Sophie, ses yeux la scrutant avec une intensité qui aurait fait fondre le beurre à dix pas.

Elle toucha machinalement son visage, comme pour vérifier l'état de sa « sale tête ». Le tableau de la veille était encore flou dans sa mémoire et le reflet de son apparence désordonnée n'avait pas encore croisé son regard ce matin-là.

— Oui… oui, ne t'inquiète pas, je m'y mets, répondit-elle, sa voix trahissait un mélange de résignation et d'amusement.

Elle considéra le nom de la recette inscrit sur le vieux papier. « Croquant de Joie ». Un titre qui sonnait comme une promesse.

— Ça ne fera pas de mal, on verra ce que ça donne, se dit-elle, un sourire espiègle naissant sur ses lèvres. La simplicité du biscuit ne constituait pas un obstacle, mais une toile vierge sur laquelle elle pourrait peindre avec les couleurs de son talent.

— On se retrouve là-bas cette aprèm, je dois filer, lança Sophie, disparaissant aussi vite qu'elle était apparue.

Julie se tenait là, seule avec ses pensées et la promesse d'un concours imprévu. Elle n'y allait pas pour gagner, mais certainement pour surprendre. Après un dernier regard à la pâte qui reposait, elle décida qu'il était temps de se préparer, non seulement pour le concours, mais pour la journée qui s'annonçait pleine de surprises. Aujourd'hui, elle allait montrer que, même dans la simplicité, la grandeur existe.

Alors qu'elle augmentait les quantités, ses mains plongeaient avec audace dans le sac de farine. Elle sentait la texture granuleuse contre sa peau, un rappel tangible de la terre et de la moisson, des champs de blé balayés par le vent, jusqu'à son humble cuisine.

Avec une assurance grandissante, elle plongea profondément dans l'essence même des ingrédients, comme si elle cherchait à en extraire non seulement les saveurs, mais aussi les souvenirs et les rêves qu'ils contenaient. Une aura se dessina autour d'elle. Chaque coquille d'œuf brisée, chaque grain de sucre versé, c'était une promesse de joie, un secret chuchoté entre les murs de la boulangerie.

Une fois la pâte prête, elle la répartit dans les moules, chaque cavité accueillait le mélange avec la promesse d'une métamorphose dorée. Elle ajusta la température du four avec un soin maternel, puis glissa délicatement les moules à l'intérieur, leur confiant ses espoirs et ses aspirations.

Avant de quitter la boulangerie, elle jeta un dernier coup d'œil sur le livre de recettes, ce compendium de mystères et de merveilles.

— Tu viens avec moi, murmura-t-elle en le prenant sous son bras.

Julie, le livre serré contre elle, s'avança dans la lumière éclatante de l'après-midi, direction la douche.

La porte de chez elle s'ouvrit avec un grincement familier, accueillant la jeune pâtissière dans son sanctuaire personnel. Bien qu'elle ne soit qu'à quelques enjambées de la boulangerie, ces pas symbolisaient le passage de son univers de délices sucrés à son sanctuaire de tranquillité.

— Enfin chez moi, soupira-t-elle, laissant derrière elle le poids des attentes et des responsabilités.

En se déshabillant, ses doigts rencontrèrent l'ambre dans sa poche, un fragment de soleil capturé qui semblait brûler d'une lumière intérieure. Avec une délicatesse presque cérémonielle, elle déposa l'ambre sur le livre de recettes, comme pour y transférer son énergie. Elle réalisa alors qu'un changement s'opérait en elle à mesure qu'elle s'éloignait de la pierre, comme si une partie d'elle-même disparaissait. Le bijou reposait là, un gardien silencieux des secrets et des souvenirs contenus dans les pages jaunies par le passage du temps.

Puis, Julie se dirigea vers la salle de bain, où elle se glissa sous la douche. L'eau chaude enveloppa son corps, une cascade réconfortante qui lavait non seulement la farine et le sucre de sa peau, mais aussi les tensions accumulées durant la journée. Chaque goutte était une caresse, chaque jet de vapeur un murmure apaisant, lui rappelant que, peu importe les épreuves, elle trouverait toujours du réconfort dans ce simple rituel.

L'eau suivait les courbes de son corps, s'écoulait, emportant avec elle les préoccupations et les incertitudes. Julie se sentait revigorée, prête à affronter le concours avec la sérénité d'une artiste qui connaît la valeur de son art. Enveloppée par la chaleur de sa salle de bain, enveloppée dans un nuage de brume apaisante, elle se sentait invincible. Cette sensation de force et de renouveau l'accompagna tandis qu'elle s'habillait, chaque geste empreint d'une détermination renouvelée. Le parfum des produits de douche laissa progressivement place à une autre fragrance familière et réconfortante, celle qui imprégnait son quotidien et son art.

La boulangerie de Julie était un cocon de douceur, où l'air était saturé d'effluves sucrés qui caressaient l'âme. Elle récupéra ses gâteaux, chacun étant un petit monde de délices, et se dirigea vers le concours, le cœur battant au rythme des vagues lointaines.

Devant elle, Saint-Cyr-Sur-Mer s'étendait comme un tableau vivant, où la mer embrassait le ciel. Les stands, éparpillés le long de la promenade, semblaient danser sous le souffle de l'air marin. Après quelques formalités, Julie installa ses biscuits sous une tonnelle, leur nombre impressionnant témoignant de la vigueur qu'elle avait investie dans leur création.

Le livre de recettes, son précieux compagnon, était là, dissimulé sous la table, caché par la nappe, un rempart contre les voleurs d'héritage. Sophie arriva, tel un tourbillon d'énergie, et s'assit à ses côtés.

— Je vais te tenir compagnie, dit-elle en scrutant les biscuits avec une moue taquine. Tes gâteaux ne sont que des biscuits, tu ne trouves pas ? Regarde les autres ! Même ceux de ta boulangerie sont plus attrayants.

Mais Julie souriait intérieurement, imperturbable. Assise face à la mer, bercée par l'ombre rafraîchissante, elle savait qu'elle avait fait le bon choix en écoutant Sophie. Elle était bien, elle se sentait bien. Les badauds défilaient, curieux et impatients, mais les juges n'avaient pas encore donné leur feu vert pour la dégustation.

Julie, quant à elle, était dans ses pensées. Elle se remémorait la veille, fière de la maturité avec laquelle elle avait géré ses émotions. Autrefois, elle aurait couru vers Lucas, les larmes aux yeux, mais aujourd'hui, elle avait trouvé en elle la force de rester maître d'elle-même.

Sophie, les yeux pétillants de malice, s'amusait à assembler les gâteaux-puzzle, créait des formes abstraites sur la table. Son geste espiègle captura l'attention de Julie, la ramenant doucement à la réalité.

— C'est moche, mais c'est trop bon, s'exclama Sophie, un biscuit à la main, le croquant avec délectation. Et ce petit goût de menthe est divin. Tu as fait le gâteau magique, celui de Cézanne ?

Elle hocha la tête et un sourire se dessina sur ses lèvres.

— Oui, j'avais commencé... en fait, j'en ai juste fait plus, son regard suivant les mouvements de Sophie.

— Trop bien ! C'est grâce à moi ! s'écria-t-elle en se levant d'un bond pour entamer une danse de la joie.

Ses pas étaient imprévisibles, une célébration spontanée qui semblait peindre la brise marine d'éclats de rire. La scène était empreinte d'une beauté simple, d'une joie contagieuse qui reflétait profondément l'essence même de leur amitié. Julie regardait, attendrie par la danse de Sophie, se sentant soudainement reconnaissante pour ces moments de bonheur pur, pour ces biscuits qui, bien qu'ils semblaient simples, étaient porteurs d'une magie bien réelle.

La promenade de Saint-Cyr-Sur-Mer était animée, une scène pittoresque où les juges, telles des figures de proue, naviguaient entre les stands. Des baigneurs, émergeant de l'eau salée, se joignaient à la foule, leurs yeux brillants de curiosité. Sophie était un feu d'artifice d'énergie. Elle riait aux éclats, racontait des histoires sur la mer, comment elle l'aurait peinte si elle avait eu ses pinceaux, dessinait des toiles invisibles dans l'air avec ses grands gestes expressifs. Julie, emportée par cette joie contagieuse, ne pouvait s'empêcher de rire avec elle.

Lorsque vint son tour, l'attention se cristallisa autour de ses plateaux de biscuits-puzzle. Les juges, d'abord dubitatifs, se laissèrent prendre au jeu, leurs doigts agiles assemblant les pièces avec une curiosité enfantine.

— Madame Julie Leroy, je trouve vos biscuits amusants, mais je pense qu'ils pourraient être plus élaborés pour un concours, fit l'un d'eux en souriant.

Julie, cependant, flottait dans un état de sérénité. Elle était là pour l'expérience, pour l'évasion, et Sophie, avec son rire contagieux, était la meilleure des compagnies.

— C'est grâce à moi qu'elle les a préparés. Goûtez-les, vous serez surpris, dit-elle en lançant un clin d'œil malicieux.

Un à un, les juges succombèrent à la tentation, croquant dans les biscuits avec une délectation croissante. Julie les observait, son esprit voguant au-delà des attentes, baignées dans la satisfaction simple d'un travail bien fait.

Les visages des juges se détendirent et un sourire se dessina sur leurs lèvres.

— Merci, madame. Vos biscuits sont très agréables à manger. Je reconnais que pour un biscuit aussi simple, on est agréablement surpris. Mais si je peux me permettre, cela reste tout de même trop simple pour un concours, conclut le juge.

— Vous avez pris plaisir à le déguster, cela me suffit. Son sourire rayonnant était comme un après-midi ensoleillé.

Dans ce moment de pure gaieté, elle avait trouvé sa victoire, non pas dans les accolades, mais dans le partage d'un bonheur simple et authentique.

La scène se déroulait sous un soleil éclatant, où la chaleur transfigurait chaque stand en une petite scène de théâtre. Julie observait les juges s'approcher du stand voisin, où un gâteau à la crème semblait défier les lois de la physique, s'affaissant sous le regard amusé des passants.

— Peut-être pas la meilleure idée par cette chaleur, murmura-t-elle avec compassion.

La jeune pâtissière du stand paraissait naviguer entre l'admiration et l'appréhension ; ses excuses se mêlaient à l'air salin.

— Ne vous inquiétez pas, jeune fille, rassura une juge avec un sourire bienveillant. Mais on dirait que votre gâteau ait envie d'explorer de nouveaux horizons.

Sa remarque provoqua un éclat de rire chez sa collègue, tandis que le troisième juge, dos tourné, luttait contre un fou rire naissant.

La jeune pâtissière, rouge de confusion, regardait ses chaussures, cherchant refuge dans l'ombre de sa tonnelle. Les juges, essayant de reprendre leur sérieux, goûtèrent avec précaution au gâteau rebelle, leurs visages trahissaient l'effort de contenir leur hilarité.

Dans les yeux de la jeune fille, Julie lut une profonde tristesse et une déception qui n'avait pas sa place dans ce festival de joie.

— Ce n'est pas juste, murmura-t-elle, son cœur s'alourdissant soudainement d'un sentiment de culpabilité, car elle réalisa que c'étaient ses biscuits qui les avaient mis dans cet état.

— Sophie, prends un plateau de biscuits s'il te plaît et apportes-en à cette jeune fille. Cela devrait lui remonter le moral, dit-elle, une lueur de tristesse dans le regard.

Sophie, saisissant le plateau avec enthousiasme, s'élança vers le stand voisin, prête à partager un peu de magie et beaucoup de réconfort.

Julie, les yeux rivés sur la jeune pâtissière, retint son souffle. Lorsque cette dernière prit un biscuit, ses yeux s'écarquillèrent et un sourire éclatant fleurit sur ses lèvres. Elle enfonça son index dans son gâteau défaillant et, avec un rire cristallin, le montra à Sophie.

— Goûte ! s'exclama-t-elle.

Il n'en fallait pas plus à Sophie pour qu'elle goûte la crème sur l'index. Elles se regardèrent et éclatèrent de rire, son regard s'illumina d'une appréciation sincère, et Sophie, galvanisée par ce succès inattendu, se redressa, prête à conquérir le monde avec un plateau de biscuits.

Elle s'élança vers le stand voisin, distribuait les biscuits avec la grâce d'une ambassadrice de la gourmandise. Stand après stand, elle offrait les pièces de puzzle comestibles, chaque acceptation un triomphe, chaque sourire un trophée.

Puis, telle une héroïne des temps modernes, elle traversa la plage, elle offrait ses trésors aux badauds ébahis. Les rires et les exclamations de joie se mêlaient au bruit des vagues, formant une symphonie estivale de bonheur.

De retour au stand, elle saisit l'autre plateau et repartit, sa démarche rythmée par son enthousiasme.

— Sophie, non ! s'exclama Julie, mais c'était déjà trop tard.

Sophie, sourde aux appels de la raison, continuait sa joyeuse croisade, semait derrière elle des éclats de rire et des miettes de magie.

Julie se précipita, ses pieds nus frappant le sable chaud, dans une course effrénée pour la rattraper. Mais Sophie, dans un élan de générosité « biscuitière », avait déjà vidé son plateau. Elle se tourna vers Julie, les bras levés en triomphe, le plateau vide tendu comme un trophée.

— Regarde, Julie ! J'ai conquis la plage ! s'exclama-t-elle, un sourire de victoire illuminait son visage.

Julie qui reprenait son souffle observa le joyeux désordre qui s'était emparé de la promenade. Les rires fusaient de toutes parts, les juges avaient abandonné toute prétention d'autorité et se déplaçaient d'un stand à l'autre dans une danse improvisée, dégustant les créations sans plus se soucier de les noter.

Un passant, inspiré par l'ambiance, entama une musique entraînante avec sa guitare. Bientôt, d'autres personnes se joignirent à lui, leurs corps s'enflammant au rythme des vagues et des mélodies. La joie et le désordre régnaient en maîtres, et les passants, bien que perplexes, ne pouvaient s'empêcher de rire devant ce spectacle inattendu.

Dans ce tableau vivant, où chaque mouvement était une note de gaieté, Julie comprit que les biscuits avaient créé bien plus qu'un moment de plaisir gustatif. Ils avaient tissé un lien invisible entre tous ces inconnus, transformant la plage en une scène de bonheur partagé.

Le cœur de Julie commença à battre très fort. Chaque pulsation était un écho de l'inquiétude qui l'envahissait. Elle venait de comprendre, avec une clarté soudaine et terrifiante, que les recettes de son arrière-grand-mère n'étaient pas de simples instructions de pâtisserie, mais des formules chargées d'un pouvoir imprévisible.

— Il faut être prudent, se dit-elle en observant la plage, réalisant pourquoi le livre avait été si soigneusement dissimulé et protégé des regards indiscrets et des mains avides.

Sophie, l'œil vif et l'esprit alerte, s'arrêta net. Son regard était fixé sur un point derrière Julie.

— Julie, retourne-toi ! s'écria-t-elle avant de se lancer dans une course effrénée vers le stand.

Julie se retourna brusquement, son regard captant la silhouette du jeune homme de la veille, celui qui avait osé pénétrer dans son sanctuaire. Il venait de saisir le livre, ce grimoire de douceurs et de mystères, et s'élançait à présent dans la foule, aussi insaisissable que le vent. Sophie, dans un élan désespéré, envoya le plateau vide vers lui, un frisbee improvisé lancé avec l'espoir fou de le faire trébucher.

— Voleur ! Arrête-toi ! Elle hurlait, sa voix perçant l'air, mais ses cris désespérés se perdirent dans l'ambiance de fête, étouffés par les éclats de rire et les mélodies entraînantes. Elle poursuivait la silhouette fuyante qui disparaissait dans la foule, se dérobant à sa vue, tel un fantôme insaisissable.

Les larmes dévalaient les joues de Julie, chaque goutte était le reflet de la détresse qui submergeait son cœur.

— Non… non… répétait-elle, la voix brisée par l'émotion, pendant qu'elle courait, aveuglée par le chagrin, sans plus apercevoir celui qui s'était emparé de son précieux héritage.

Soudain, un rayon d'espoir illumina le cœur de Julie : le jeune homme, dans une volte-face spectaculaire, fut projeté hors de la promenade et s'écrasa sur la plage comme une marionnette désarticulée. Il se releva précipitamment et s'enfuit, laissant derrière lui le livre échoué sur le sable. Avec une énergie renouvelée, Julie se précipita vers le livre éparpillé, son cœur débordant d'un espoir lumineux. Elle saisit l'ouvrage avec un profond soupir, mélange de joie et de soulagement, comme si elle venait de retrouver un trésor longtemps perdu.

En levant les yeux, elle aperçut Lucas au milieu de la foule.

— C'est toi qui as fait ça ? s'exclama-t-elle, surprise et remplie de gratitude.

— J'ai essayé de l'arrêter en le voyant et en entendant tes cris, répondit-il en souriant. J'ai raté mon coup, mais Gabriel a réussi.

Julie tourna son regard vers l'homme, dont le charme naturel n'avait d'égal que sa réactivité. Il portait en lui la beauté rustique héritée de ses parents, vignerons. Des traits ciselés par le soleil de Provence, des mains robustes, façonnées par le travail de la terre. Ses yeux d'un vert profond étincelaient de l'éclat des vignobles de son enfance et de la détermination ardente de ceux qui ont traversé l'adversité.

Julie, les yeux brillants d'une gratitude intense, s'adressa à Gabriel.

— Merci beaucoup, vraiment merci. Comment as-tu su que tu devais l'arrêter ? Sa voix tremblait d'émotion, chaque mot portant le poids de sa reconnaissance.

Gabriel, un sourire radieux illuminant son visage, haussa les épaules avec une nonchalance séduisante.

— Je n'en savais rien. J'ai vu Lucas sauter dans le vide pour essayer de l'attraper, alors je l'ai arrêté, répondit-il, son sourire s'élargissant face à l'évidence de son acte héroïque.

Elle se tourna vers Lucas, la surprise peinte sur son visage.

— Vous vous connaissez d'où tous les deux ? Tu ne m'en as jamais parlé, dit-elle, une pointe de reproche dans la voix.

Lucas, les mains nonchalamment enfouies dans ses poches, hocha la tête en signe d'assentiment.

— En vérité, notre connaissance est assez récente. Elle remonte à six mois tout au plus. Nos chemins se sont croisés trois ou quatre fois seulement depuis. Gabriel a une passion pour la philosophie, et nos échanges à ce sujet sont toujours enrichissants. Aujourd'hui, je l'ai contacté pour des informations sur la sténodactylo, car il m'avait dit, lors d'une conversation, que sa mère était experte en la matière. Et puis, je me suis dit que c'était l'occasion de te le présenter, confia-t-il, un regard admiratif se posant sur Gabriel, témoignant du respect mutuel entre les deux hommes.

Lucas scrutait la plage avec étonnement, ses yeux balayant la foule en liesse.

— Mais, qu'est-ce qui se passe ici ? Il y a une pagaille monumentale, et toi, ça va ? s'exclama-t-il, l'étonnement peint sur le visage, alors qu'il prenait la mesure du désordre joyeux qui régnait sur la promenade.

La plage était devenue un carnaval de rires et de danses, un tableau vivant où chaque participant semblait avoir oublié le monde au-delà de cette étendue de sable et de joie.

Tandis que le soleil commençait à décliner, teintant le ciel de nuances orangées, Julie se tourna vers ses deux compagnons.

— Venez, on va essayer de retrouver Sophie dans cette joyeuse pagaille. Ensuite, on rentre. On ira se boire un verre et je vous raconterai tout sur cet après-midi pour le moins… mouvementé, proposa-t-elle, un sourire fatigué, mais sincère aux lèvres.

Gabriel, tu viens avec nous évidemment, lui, qui avait observé la scène avec une curiosité amusée, hocha la tête en signe d'accord. Julie le détailla un instant, reconnaissante et intriguée par ce sauveur inattendu.

On ferait mieux de ne pas s'attarder ici. Si on commence à me poser des questions, je préférerais ne pas avoir à y répondre.

Ainsi se clôturait un chapitre de cette journée insolite qui laissait place à la promesse d'une soirée de confidences et de camaraderie. Ils s'éloignèrent de la plage ensemble, laissant derrière eux les rires et les danses. Ils emportaient avec eux le souvenir d'un après-midi où la magie avait opéré de la manière la plus inattendue.

# 9

## Les Sentiers du Destin

L'aube se levait timidement sur le village, drapant les rues d'une lumière douce et dorée. Julie, les mains serrées sur la clé, ouvrit la porte de sa boulangerie, une routine matinale teintée d'une nouvelle appréhension. Le souvenir des tentatives de vol de son livre précieux hantait encore son esprit, un spectre menaçant dans le calme de l'aurore.

— Deux fois déjà, son cœur battant à l'unisson avec le tic-tac de l'horloge murale.

Elle se dit qu'elle ne pouvait se permettre une troisième intrusion, une troisième menace sur l'héritage de son arrière-grand-mère.

Avec une résolution tremblante, Julie sortit son carnet et y griffonna les dernières recettes spéciales, celles qui n'avaient pas encore pris vie sous ses mains expertes. Elle les emportera avec elle, un bouclier de papier contre les convoitises obscures, et surtout plus faciles à cacher.

— Le moment est venu de le remettre à sa place, murmura-t-elle en s'approchant du buffet à confiture.

Elle vida les étagères avec précaution, chaque pot de confiture déposé comme un adieu silencieux. Mais lorsque vint le moment de déplacer le meuble, ses muscles faiblirent sous le poids inattendu.

— Trop lourd, souffla-t-elle, une goutte de sueur perçant son front.

Elle se redressa, essoufflée, juste à temps pour accueillir les premiers clients. Ceux-ci entrèrent dans la boutique, apportant avec eux le murmure du village qui s'éveillait. Un habitué entra, affichant un sourire chaleureux.

— Bonjour Julie, tu veux un coup de main ? demanda-t-il, remarquant son air préoccupé.

— Non... non merci, je faisais juste un peu de nettoyage, répondit-elle d'une voix légèrement tremblante, masquant son inquiétude derrière un sourire forcé.

Elle alla le servir, puis le suivant, chaque client apportait avec lui le bruit et la vie du village qui s'éveillait. Elle exécutait ses tâches avec l'efficacité et la chaleur qui la caractérisaient, mais son esprit était ailleurs. Carla, fidèle à son rituel, s'installa dans son coin préféré, apportant une touche de normalité à la matinée agitée de Julie. Derrière son comptoir, elle sentait l'angoisse monter en elle comme une marée noire, la crainte de se faire voler une fois de plus, menaçante et implacable. Le meuble à confiture, son sanctuaire secret, restait immobile, un rappel constant du danger qui planait.

— Je dois trouver le bon moment pour essayer de me calmer, songea-t-elle, en balayant du regard la pièce à la recherche d'une opportunité pour agir sans éveiller les soupçons.

Lorsque la boulangerie connut un rare instant de silence, elle s'en saisit comme d'une bouée de sauvetage.

— Concentre-toi, comme pour les recettes, se murmura-t-elle.

Julie se tenait là, dans l'intimité de sa cuisine, les mains immergées dans un bol de farine posé sur le plan de travail. Elle ferma les yeux et un silence presque sacré s'installa autour d'elle. La farine, fine et fraîche, caressait sa peau, s'infiltrait entre ses doigts, comme une promesse de douceur.

Elle inspira profondément et laissa la sensation l'envahir. Chaque grain semblait contenir la chaleur du soleil et la tendresse d'une brise légère. Un lien subtil, fragile, mais réel, se tissa entre elle et cet élément si simple, si fondamental. C'était comme si la farine devenait une extension de son être, un murmure de la terre qui lui parlait de patience et de persévérance.

Et, dans cet instant de communion, le cœur de Julie s'apaisa. Une tranquillité profonde la submergea, comme si la farine avait absorbé ses inquiétudes et les avait transformées en une sérénité palpable. C'était un moment de magie pure, un instant hors du temps où elle se sentait à la fois ancrée et libérée de tout fardeau.

Mais la tranquillité était éphémère, et elle sentit que l'effet n'était pas aussi fort qu'auparavant.

Pourquoi est-ce devenu plus difficile ? se demanda-t-elle, une ride d'incompréhension plissant son front. Elle savait que quelque chose avait changé, mais lequel ?

Elle se glissa derrière le comptoir, laissant la farine et ses pensées derrière elle. Carla, toujours aussi curieuse, l'interpella avec un sourire complice.

— Alors, Julie, raconte-moi, comment s'est terminé ce concours de pâtisserie hier ? demanda-t-elle, ses yeux brillants d'un intérêt non dissimulé.

Elle esquiva les détails, ne laissant filtrer que des bribes de l'histoire.

— Oh, vous savez, c'était une journée pleine de surprises, mais tout est bien qui finit bien, dit-elle avec un sourire mystérieux que Carla accueillit avec un hochement de tête intrigué.

Alors qu'elle retournait servir les clients, une voix familière la sortit de sa routine. C'était Gabriel.

— Bonjour Julie, dit-il avec son sourire désarmant.

— Bonjour, Gabriel. Un frisson de plaisir la parcourait. Que fais-tu ici ?

— Je suis venu apporter des documents de ma mère à Lucas pour l'aider sur la sténographie, et j'avais envie de passer te dire bonjour, expliqua-t-il, ses yeux verts scintillant d'une lueur amicale.

— Je peux t'offrir un café, proposa-t-elle, le cœur battant légèrement à l'idée de partager un moment avec lui.

— Oui, volontiers, et je vais prendre un croissant aussi, s'il te plaît, demanda-t-il en s'installant au comptoir.

Le café s'écoula, embaumant l'air de son arôme riche et réconfortant. Julie prépara le croissant de Gabriel avec soin, chaque geste imprégné de l'attention qu'elle lui portait. Lorsqu'elle posa la tasse et l'assiette devant lui, leurs regards se croisèrent et un sourire complice naquit entre eux. Ce moment simple était imprégné d'une douce promesse.

Gabriel s'attarda un moment, le regard perdu dans celui de Julie.

— C'était vraiment intéressant tout ce que tu as partagé hier soir, et assez surprenant aussi, dit-il avec une sincérité touchante.

J'ai réellement apprécié de te rencontrer, surtout après tout ce que Lucas m'a raconté à ton sujet.

Julie, émue par ses paroles, sentit une douce chaleur l'envelopper.

— Je te remercie, Gabriel. C'était un plaisir de partager ce moment avec toi. Un sourire doux éclairait son visage.

Avec un dernier signe de tête amical, il se leva et partit pour la librairie, la laissant seule avec ses pensées. Elle se mit à débarrasser, ses mouvements rythmés par les battements de son cœur. Elle le suivit du regard, observant sa silhouette s'éloigner, une pointe de mélancolie dans les yeux.

Carla, après avoir terminé son café, se leva discrètement. Julie la salua d'un hochement de tête, reconnaissante pour la présence rassurante de l'habituée, et elle se retrouva face à la quiétude de sa boulangerie, un espace soudainement trop vaste et trop silencieux.

Elle s'approcha de la table que venait de quitter Carla, et une délicate grue en papier, posée comme un gardien silencieux sur la table, captiva immédiatement son regard. La surprise se peignit sur son visage, tandis qu'une ombre de curiosité dansait dans ses yeux.

Elle leva les yeux juste à temps pour voir Carla s'éloigner sur la place, sa silhouette se fondant dans la danse matinale des villageois. Sans hésiter, elle se lança à sa poursuite, son cœur battant au rythme de ses pas précipités.

— Carla, attendez ! D'où vient cette grue ? C'est de Henri ? s'enquit-elle, le souffle court.

— Oui, répondit-elle avec une pointe de mélancolie dans la voix. Henri est passé dire bonjour. On a échangé quelques mots, mais il avait l'air pressé. Avant de partir, il a déposé ça sur la table.

Un pincement de regret serra le cœur de Julie. Elle s'en voulait d'avoir raté Henri, distraite par sa discussion avec Gabriel. Elle opéra un demi-tour et se précipita vers la boulangerie, la grue en papier serrée dans sa main.

De retour derrière le comptoir, elle déplia soigneusement l'origami. Quelques mots étaient inscrits à l'intérieur : « *Hier, vous avez eu de la chance, mais à l'avenir, soyez extrêmement prudent.* » Le message était clair et inquiétant.

Il résonna en elle, un écho sombre à la légèreté de la grue. Elle savait que les jours à venir exigeraient de la vigilance, et peut-être même plus que cela ; une prudence teintée de la sagesse de son arrière-grand-mère.

Le soleil atteignait son zénith lorsque Julie composa le numéro de Lucas. Sa voix, empreinte d'une douce anticipation, résonna à travers le combiné.

— Vous avez faim ? demanda-t-elle, un sourire dans la voix.

— Oui, c'est une bonne idée. Ça avance bien. Quand tu auras terminé ta matinée, passe nous voir, son ton trahissant une pointe de fierté.

Après avoir raccroché, elle se mit à préparer le repas avec une attention particulière, comme si chaque geste était une note dans une symphonie dédiée à Gabriel. Elle ne pouvait s'empêcher de se demander ce qui lui arrivait de ressentir ces papillons au creux de son ventre pour quelqu'un qu'elle connaissait à peine.

Arrivée à la librairie, elle vit Lucas et Gabriel plongés dans un océan de papier et de livres. Les yeux de Lucas brillaient d'enthousiasme, une pile de notes éparpillées devant lui. Il se tourna vers Julie et dit :

— Je crois que j'ai trouvé quelque chose, commença-t-il, sa voix vibrant d'une découverte imminente. Tu te souviens de l'énigme que nous avons découverte dans le livre de recettes ? Je suis sûr maintenant que la solution se trouve dans les principes de la sténographie, comme je te l'avais dit.

Elle s'approcha, intriguée, tandis que Lucas poursuivait.

— La sténographie est l'art d'écrire aussi vite que l'on parle, en utilisant un système spécialisé de symboles ou de caractères. Cette technique permet aux sténographes de retranscrire des conversations avec rapidité et fiabilité.

Il désigna du doigt un diagramme complexe sur la feuille de papier qu'il avait récupérée dans le livre.

— Regarde ici. Chaque symbole correspond à un son ou à une phrase complète. C'est un raccourci pour les mots, une manière de saisir l'essence d'une conversation sans perdre une miette de l'information.

Julie écoutait, fascinée, pendant que Lucas expliquait comment il commençait à déchiffrer une partie du message caché dans le livre.

— En utilisant les principes de la sténographie sur l'énigme, j'ai commencé à observer des motifs émerger et des répétitions qui ne sont pas dues au hasard. C'est comme si chaque recette était un puzzle en attente d'être résolu, et ces symboles sténographiques sont la clé.

Un sourire de fierté illumina le visage de Lucas.

— C'est un travail minutieux, mais je suis convaincu que nous sommes sur la bonne voie. Avec un peu plus de temps, je suis sûr que nous pourrons déchiffrer le message complet.

Julie, impressionnée, posa un regard neuf sur Lucas. Il n'était pas seulement un ami fidèle, mais aussi un esprit brillant capable de naviguer dans les eaux complexes de la sténographie pour dévoiler les secrets du passé.

Ils prirent place autour de la petite table en bois, qui avait été le théâtre de nombreux repas partagés avec Lucas, et de conversations animées. Julie déballa les plats qu'elle avait préparés avec une attention particulière, chaque geste imprégné de l'affection naissante qu'elle éprouvait pour Gabriel.

— C'est délicieux, vraiment. Tu as un don, s'exclama Gabriel après avoir goûté à la première bouchée. Son sourire était sincère, ses yeux reflétaient l'appréciation d'une nourriture faite avec soin et amour.

Elle rougit légèrement, émue par ses paroles. Elle avait toujours su que la cuisine était sa façon de communiquer, de partager une partie de son cœur avec ceux qu'elle appréciait.

— C'est vraiment un plaisir pour moi de cuisiner pour mes amis !, dit-elle, sa voix douce et harmonieuse résonnant dans la pièce.

Un sentiment de bien-être émanait entre eux, imprégnant la pièce d'une douce chaleur. Les arômes se mêlaient aux rires, et chaque plat racontait une histoire, celle de la passion de Julie pour la pâtisserie et de son désir de rendre chaque repas mémorable.

Gabriel, charmé par l'ambiance et la qualité des préparations, ne tarissait pas d'éloges.

— On sent que tu as choisi chaque ingrédient avec attention, et cette manière dont tu mêles les saveurs… c'est presque magique, dit-il, un éclat d'admiration dans la voix.

Julie souriait, le cœur léger. Elle avait réussi à créer un moment de bien-être, un moment hors du temps où le monde extérieur s'effaçait, laissant place à la simplicité d'un repas partagé et à la naissance d'une nouvelle complicité.

La librairie, d'ordinaire un sanctuaire du silence et de la réflexion, s'était transformée en un cocon de convivialité. Julie et Gabriel, assis côte à côte, partageaient des anecdotes et des sourires, leurs rires se mêlant à l'atmosphère empreinte de papier et d'encre.

Et, au fil du repas, Gabriel se dévoila un peu. Il parla de ses passions, de ses rêves et de la beauté simple de la vie à la campagne, dans les vignes.

— Et c'est ainsi que j'ai découvert que les chats du quartier avaient élu domicile dans ma serre, racontait Gabriel, les yeux pétillants de malice.

Elle éclata de rire en imaginant la scène chaotique d'un jardinier aux prises avec une armée de félins indisciplinés.

— Je n'aurais jamais cru que les chats puissent avoir un tel sens de la propriété, son rire se transformant en un sourire attendri.

— Mais dis-moi, as-tu finalement réussi à trouver un terrain d'entente avec eux ?

Gabriel hocha la tête, un sourire espiègle aux lèvres.

— Oh, oui. Nous avons conclu un pacte de non-agression. Je leur laisse la serre la nuit, et ils m'autorisent à jardiner le jour.

Leurs conversations étaient tissées de légèreté et de complicité, chaque échange renforçant le lien naissant entre eux. Lucas, assis à l'autre côté de la table, les regardait avec un sourire rempli de tendresse, heureux de voir sa chère amie s'épanouir en bonne compagnie.

Le repas se poursuivait dans une ambiance chaleureuse, et Julie se surprenait à souhaiter que ces moments durent encore longtemps. Elle avait trouvé en Gabriel un ami, peut-être même plus, et, dans son cœur, une petite flamme d'espoir avait commencé à briller.

Julie, les mains légèrement tremblantes, déplia la note qu'Henri lui avait laissée. Les mots simples, mais lourds de sens résonnaient en elle. Elle partagea le contenu avec les garçons, sa voix trahissant une légère inquiétude.

— Il faut être prudente, répéta-t-elle, en mémorisant chaque syllabe comme un mantra.

Alors que les aiguilles de l'horloge annonçaient la fin de leur interlude matinal, elle se leva, son cœur alourdi par la perspective du départ.

— Je dois ouvrir à 16 h, sa voix trahissant une pointe de regret.

Gabriel, qui avait su créer un espace de bien-être autour de lui, se leva également, son regard croisant celui de Julie.

— Merci pour ce repas et pour ce moment, dit-il avec une chaleur qui fit écho dans le cœur de Julie. C'était plus qu'un simple déjeuner, c'était un partage, et je te suis vraiment reconnaissant pour ça.

Elle sourit, ses yeux brillants d'une émotion sincère.

— C'était un plaisir. J'espère qu'on pourra remettre ça bientôt. Sa main voulut effleurer brièvement la sienne pour un au revoir discret, mais elle se retint.

Gabriel acquiesça, un sourire prometteur aux lèvres.

— Ce sera avec grand plaisir. Prends soin de toi Julie, laissant derrière ces mots un sillage de souvenirs agréables et l'anticipation de futures rencontres.

Avant de s'en aller, elle se retourna vers Lucas.

— Quand tu auras le temps, tu pourrais passer à la boulangerie ? J'ai besoin d'aide pour… un truc, dit-elle, jetant un coup d'œil furtif vers Gabriel, ne voulant pas évoquer la cachette en sa présence.

Gabriel la regarda s'éloigner, un sentiment de gratitude mêlé à une douce mélancolie. Elle ferma la porte de la librairie derrière elle, emportant avec elle le souvenir d'un repas partagé et la promesse tacite d'une amitié naissante.

L'après-midi fila comme une ombre, et Lucas arriva à la boulangerie juste après le départ de Gabriel.

— Il n'a pas l'air de te laisser indifférente ? taquina-t-il, un sourire malicieux aux lèvres.

Julie rougit soudainement, prise au dépourvu.

— N'importe quoi ! balbutia-t-elle. Mais c'est vrai qu'il est sympa.

— Sympa ? répéta Lucas en riant, appréciant la gêne de son amie.

Ensemble, ils déplacèrent le meuble à confiture, et elle remit le livre dans sa cachette, replaçant ensuite les pots de confiture avec soin.

Lucas, soudain sérieux, demanda.

— Pourquoi tu ne m'as pas parlé de l'agression de l'autre soir ?

Julie prit une profonde inspiration.

— Je me sens plus forte, je ne voulais pas t'inquiéter, lui confia-t-elle en lui faisant un bisou sur la joue.

La journée s'écoulait avec une douceur inhabituelle dans la boulangerie. Lucas était retourné se remettre sur l'énigme. Entre les vagues de clients, elle se laissait guider par la quiétude des moments de calme pour s'entraîner : ressentir les ingrédients. Elle les prenait en main, un à un, fermait les yeux et se concentrait sur leur texture, leur poids, leur histoire. La farine lui parlait de champs de blé dorés, le sucre évoquait des contrées lointaines, et chaque grain de sel lui rappelait la mer. Elle cherchait à établir un lien plus profond avec les éléments, à retrouver ce moment de bien-être où la magie fait son œuvre et où elle arrive à s'en imprégner.

Alors que le soleil commençait à décliner, teintant la vitrine de la boulangerie d'une lumière orangée, Gabriel réapparut. Son esprit, visiblement occupé par la présence de Julie, l'avait ramené à sa porte.

— Ça te dirait que l'on aille prendre un verre ? proposa-t-il, un espoir timide dans la voix.

— Avec plaisir, son sourire reflétait la joie sincère qu'elle ressentait à l'idée de passer plus de temps avec lui, ce qui fit naître des papillons dans son ventre.

Assis à la terrasse du café, ils partageaient un moment suspendu dans le temps. Les derniers rayons du soleil doraient leurs visages, créant une atmosphère intime et chaleureuse. Gabriel, les yeux animés par les souvenirs, se plongea dans les récits de son enfance.

— Tu sais, grandir dans les vignes, c'est apprendre à lire la terre comme un livre ouvert, la ressentir, commença-t-il, sa voix douce portée par la légère brise. Mes parents, avec leurs mains burinées et leurs sourires sincères, m'ont appris que chaque cep de vigne porte en lui l'histoire de la terre, le chant du vent et la promesse du soleil.

Julie écoutait, captivée, tandis que Gabriel racontait comment, enfant, il courait entre les rangées de vignes, apprenant à reconnaître chaque variété de raisin, à sentir le moment parfait pour la récolte.

— C'est à ce moment-là que j'ai compris que le vin est bien plus qu'une simple boisson. C'est le récit d'une année entière, de l'aube au crépuscule, capturé dans une bouteille.

Leurs mains se frôlèrent sur la table, un contact électrique qui scella un lien naissant. Elle sentit son cœur s'éveiller à la poésie de la vie de Gabriel, à la passion qui émanait de ses mots.

— Et maintenant, je porte cet héritage, ajouta-t-il, avec l'espoir de partager cette magie avec le monde, un verre à la fois.

Dans le partage de ces histoires, il se tissait délicatement entre eux, aussi naturel et authentique que les vignes dont Gabriel parlait avec tant d'amour, quelque chose de profond. Julie, touchée par la simplicité et la profondeur de son être, se laissait emporter dans le tourbillon doux de sentiments nouveaux.

— Chaque cep de vigne a son caractère, tout comme chaque individu, expliqua-t-il avec une passion contagieuse. Et c'est cette personnalité que l'on cherche à capturer dans chaque bouteille.

Gabriel dégageait une chaleur et une générosité qui attiraient spontanément les gens vers lui. Elle l'écoutait, captivée par ses récits, sentant cette même aura l'envelopper, la séduire, la captiver. Dans l'échange de leurs histoires et de leurs rires, un lien se tissait doux et indéniable.

La terrasse, baignée dans la lumière douce du crépuscule, était le théâtre d'une rencontre inattendue. Lucas arriva, un sourire espiègle aux lèvres, taquinant Julie dès son arrivé.

— Je venais te voir chez toi, mais je vois que tu n'y es pas, dit-il avec une pointe de moquerie affectueuse.

Elle rit, le cœur léger, devant l'humour de Lucas.

— Tu me connais, toujours là où on ne m'attend pas, son regard étincelant de joie.

Lucas s'assit à leurs côtés, son enthousiasme palpable.

— J'ai réussi à comprendre le premier passage de l'énigme, annonça-t-il, une lueur de fierté dans ses yeux. Julie et Gabriel se penchèrent en avant, leur attention captivée par la révélation.

— Raconte-nous tout, suggéra Gabriel, son admiration pour l'ingéniosité de Lucas transparaissant dans sa voix calme.

L'air interrogateur, Lucas se tourna vers Julie, cherchant un signe d'assentiment dans son regard. Il y avait entre eux cette complicité silencieuse, ce langage non verbal forgé par des années d'amitié. Elle sentit le poids de l'instant, posa son regard sur Gabriel et y lut une curiosité mêlée de respect.

Elle lui offrit un sourire doux et rassurant, et se tourna vers Lucas.

— Vas-y, parle librement, sa voix empreinte d'une confiance tranquille.

Gabriel, ému par ce geste, sentit une chaleur lui envahir le cœur. La confiance qu'elle venait de lui témoigner était un cadeau précieux, une invitation à entrer dans le cercle intime de leur vie. Il hocha la tête, un sourire reconnaissant sur les lèvres, et écouta attentivement Lucas révéler les secrets de l'énigme.

Il déroula son explication, ses mots peignant l'image d'un puzzle lentement, mais sûrement résolu. Julie écoutait, admirative de la persévérance de son ami, tandis que Gabriel hochait la tête, impressionné par la profondeur de l'analyse.

Lucas, dont l'énigme avait aiguisé la perspicacité, révéla que le lieu découvert n'était autre que les vestiges d'une ancienne villa romaine, située non loin du Castellet. Ce site, enfoui dans les collines provençales et recouvert de vignes vierges, était connu de quelques érudits locaux pour ses mosaïques fragmentées et ses fondations qui racontaient une histoire oubliée.

— C'est là, caché parmi les vignobles, où les racines des vignes s'entremêlent avec l'histoire, expliqua-t-il, les yeux brillants d'excitation. D'après l'énigme, un témoin silencieux des époques révolues repose quelque part parmi les ruines, près d'un vieux figuier.

Julie et Gabriel étaient captivés par la promesse d'une aventure à portée de main. Sous la lumière du soleil provençal, un trésor caché attendait patiemment d'être découvert.

Avec un mélange d'anticipation et de respect pour le passé, ils planifièrent leur visite du site antique. Ils étaient prêts à explorer les secrets enfouis et à découvrir ce qu'il s'y trouvait.

# 10

## La Danse des Sens

L'aube caressait à peine les toits de tuiles ocre quand Julie tourna la clé dans la serrure de la boulangerie. Le calme matinal de la journée de fermeture enveloppait la rue comme une couverture douce, promesse d'une journée différente. Elle inspira profondément, savourant l'odeur familière de levain et de sucre qui flottait toujours dans l'air.

Ses doigts caressèrent inconsciemment la pierre d'ambre dans sa poche qu'elle avait récupérée chez elle, tandis qu'elle s'affairait autour de la machine à café. Le doux ronronnement résonnait dans la pièce, et peu à peu, l'arôme riche du café se mêla aux effluves sucrés qui imprégnaient les murs.

La clochette de la porte tinta doucement. Lucas entra, son visage reflétant un mélange d'excitation et d'incertitude.

— Bonjour, commença-t-il en dépliant une carte froissée sur le comptoir. J'ai toutes les informations nécessaires, mais cette colline... c'est un vrai dédale végétal.

Julie arborait un sourire en versant le café.

— N'aie crainte, Maxime va nous aider à y voir plus clair. Je l'ai appelé hier soir.

Comme si elle l'avait invoqué par ses paroles, Maxime fit son entrée. L'historien parcourut la pièce du regard, les yeux brillants d'impatience.

— Alors, où est-ce que nous cherchons ce mystérieux trésor ? demanda-t-il en s'approchant de la carte.

Tous les trois se penchèrent sur le papier, leurs voix s'entremêlant dans une discussion animée. Les doigts de Maxime tracèrent des chemins invisibles, évoquant des ruines oubliées et des sentiers secrets.

Soudain, le tintement de la clochette retentit de nouveau. Elle leva les yeux et son cœur s'emballa. Gabriel se tenait dans l'embrasure de la porte, la lumière du matin créant un halo autour de sa silhouette. Un sourire radieux éclaira le visage de Julie, ses joues se teintant d'un rose délicat.

— Il y a du café sur le comptoir, sers-toi, lança Lucas, sans même lever les yeux de la carte.

Il s'approcha, ses pas résonnant doucement sur le carrelage. Il prit place à côté de Julie, si proche que leurs coudes se touchaient. Leurs regards se croisèrent et, pendant un instant, le monde extérieur sembla s'estomper. Dans les yeux de Gabriel, elle vit se refléter la même joie et le même désir inavoué qui faisait battre son cœur plus vite.

— J'ai fait de quoi déjeuner, dit Julie, brisant tendrement le moment.

Elle se leva et revint avec un panier débordant de croissants dorés et de pains au chocolat qui venaient tout juste de sortir du four. L'arôme du beurre et du chocolat remplit la pièce, éveillant les sens et les souvenirs d'enfance. Les rires fusaient, les idées s'entrechoquaient et les plans prenaient forme. Elle sentit la pierre d'ambre pulser lentement contre sa cuisse, comme en écho à l'excitation qui montait dans la pièce.

Une fois rassasié, le petit groupe quitta le village. Leurs pas résonnaient sur les pavés avant de s'estomper sur l'herbe sèche de la colline. L'air vibrait déjà de chaleur, portant avec lui le chant des cigales et le parfum entêtant de la garrigue.

En tête, Lucas et Maxime marchaient d'un pas assuré. Leurs voix s'élevaient et s'abaissaient au rythme de leur discussion animée sur la localisation de la ruine. Leurs mains dessinaient des gestes amples dans l'air, comme pour dessiner une carte invisible.

Quelques pas en arrière, Julie et Gabriel marchaient côte à côte, leurs bras se frôlaient parfois au gré de leurs mouvements. Leur conversation fluide et naturelle passait d'un sujet à l'autre avec une aisance naturelle, mais Gabriel ne pouvait ignorer la tension qui habitait Julie. Ses yeux brillaient d'une impatience à peine contenue, et ses pas semblaient vouloir la porter plus vite en avant.

— Les garçons ! appela-t-elle soudain, sa voix trahissait son empressement. On ne pourrait pas accélérer un peu ?

Lucas se retourna, un sourire mi-amusé, mi-exaspéré aux lèvres.

— Ça ne sert à rien d'aller vite si on ne sait pas où on va.

Gabriel observa Julie du coin de l'œil et remarqua la petite moue de frustration qui plissait ses lèvres. Sans un mot, il se pencha et cueillit une tige de lavande au bord du chemin. Il la porta à son nez, inspirant profondément l'odeur sucrée et herbacée, puis la tendit à Julie avec délicatesse.

Le geste inattendu la fit s'arrêter net. Leurs regards se croisèrent, et le temps parut se suspendre. Julie prit la fleur, ses doigts effleurant ceux de Gabriel dans un contact aussi léger qu'une plume, mais qui fit frissonner leurs bras.

Elle porta la lavande à son nez, fermant les yeux pour mieux s'imprégner du parfum. Quand elle les rouvrit, un sourire doux et apaisé illuminait son visage. Ce simple geste suffit à calmer son impatience et à la ramener dans le moment présent.

— Pardon, Lucas, dit-elle doucement, son regard ne quittant pas celui de Gabriel. Je te laisse faire.

Ils reprirent leur marche, mais quelque chose avait changé. L'urgence avait fait place à une douce attente. Julie et Gabriel continuaient à marcher côte à côte, mais leurs pas étaient maintenant parfaitement synchronisés. Leurs mains s'effleuraient « sans le vouloir » plus souvent.

L'air semblait vibrer autour d'eux, chargé de promesses et de possibilités non dites. La quête de la ruine restait leur objectif, mais, pour Julie et Gabriel, une autre aventure, plus personnelle et tout aussi excitante, avait débuté sur ce sentier embaumant la lavande.

Maxime s'arrêta brusquement, son bras tendu pointant vers l'horizon.

— Regardez, dit-il, sa voix teintée d'excitation, c'est celle-là.

Devant eux, nichée au cœur d'un océan de genêts dorés et de romarin odorant, se dressait la ruine tant recherchée. Les vestiges de pierre, usés par le temps et les éléments, émergeaient de la végétation luxuriante, comme les os blanchis d'un géant endormi. Les murs, réduits à de modestes remparts d'à peine un mètre de haut, dessinaient les contours fantomatiques de ce qui avait dû être autrefois une fière bâtisse.

Au centre de cette enceinte de pierre, un figuier majestueux s'élevait, ses branches noueuses s'étiraient vers le ciel d'un bleu intense. Ses racines puissantes avaient pris possession des lieux, s'enroulant autour des pierres, les soulevant et les brisant dans une étreinte séculaire. Les feuilles vertes délicates ondulaient légèrement dans la brise, projetant des ombres changeantes sur les ruines.

— C'est exactement comme indiqué, murmura Lucas, émerveillé.

Julie, qui avait retenu son souffle à la vue de la ruine, sentit à nouveau son impatience revenir au galop.

— Que doit-on faire d'après l'énigme maintenant ? demanda-t-elle, ne pouvant contenir son impatience, car on ignore même ce que l'on recherche clairement.

— C'est assez simple, répondit Lucas, consultant le papier qu'il tenait. Il est écrit « *au pied du figuier* ».

Mais Julie ne l'écoutait déjà plus. Son regard balayait frénétiquement la scène, cherchant le moindre indice. Elle commença à donner des ordres, sa voix prenant le ton autoritaire d'un chef d'entreprise.

— Gabriel, regarde autour du tronc. Lucas, commence à dégager les plantes à sa base. Quant à toi, Maxime…

Gabriel ne put s'empêcher de sourire devant cette soudaine prise de contrôle, amusé par l'énergie débordante de Julie. Cependant, Lucas commençait à montrer des signes d'irritation.

— Qu'est-ce qui t'arrive aujourd'hui ? demanda-t-il en fronçant les sourcils. Tu es encore plus excitée que d'habitude.

Julie s'arrêta net, prise de court par la remarque. Elle ouvrit la bouche pour répondre, mais aucun son ne sortit. Son regard croisa celui de Gabriel, qui lui offrit un sourire réconfortant, apaisant momentanément le tumulte en elle.

Pendant ce temps, Maxime paraissait avoir oublié la raison de leur présence ici. Il tournait autour de la ruine, ses doigts caressant doucement les pierres anciennes, son regard étincelant d'une curiosité presque enfantine. Pour cet historien passionné, cette découverte était un trésor en soi, bien plus fascinant que n'importe quel objet caché.

Le soleil de midi inondait les ruines d'une lumière éblouissante, faisant danser les ombres des feuilles du figuier sur les pierres anciennes. L'air était lourd des parfums entêtants de la garrigue, intensifiés par le remue-ménage du groupe. Chacun s'affairait autour de l'arbre, scrutant le sol, écartant les branches, soulevant les roches dans une quête frénétique.

Julie, les joues rougies par l'effort et l'impatience, ne cessait de tourner en rond, son regard balayant frénétiquement chaque recoin. Finalement, sa voix, empreinte de frustration, rompit le calme :

— Tu es sûr qu'on n'a pas plus d'indications ? On ne voit rien, et le sol semble avoir échappé à tout contact depuis des siècles !

Lucas, accroupi près d'une racine noueuse, secoua la tête.

— C'est tout ce que j'ai, Julie. Sois patiente.

Tandis que les autres membres du groupe s'affairaient à leurs tâches, Gabriel s'était subtilement écarté, hors de portée des regards. Il s'agenouilla et posa ses mains à plat sur le sol, les yeux clos. Ses paumes glissèrent lentement sur le sol sec et chaud, donnant l'impression à un observateur extérieur qu'il examinait attentivement le terrain. Mais, en réalité, Gabriel ressentait quelque chose de plus profond, une connexion subtile avec le lieu, qui échappait aux autres.

Soudain, ses mains se figèrent. Une sensation, indéfinissable, mais indéniable, pulsait sous ses doigts. Sans hésiter, il se mit à gratter la terre, déracinant de petites touffes de romarin. Après quelques centimètres, ses doigts rencontrèrent une surface dure et lisse.

Avec précaution, Gabriel dégagea une pierre plate d'environ cinquante centimètres. Soulevant cette dernière, il découvrit en dessous un petit caveau formé d'autres pierres plates plus petites, protégeant un objet enveloppé dans ce qui semblait être du cuir vieilli.

— Viens voir, Julie, appela-t-il faiblement. Je crois avoir trouvé ce qu'on cherche.

Elle se retourna, ses yeux s'illuminant d'admiration et d'excitation. Elle se précipita vers Gabriel, s'agenouillant si près de lui que leurs bras se touchaient. La proximité soudaine envoya des frissons le long de leurs corps, une sensation intense qui paraissait amplifier l'importance du moment.

Alors qu'ils admiraient ensemble leur découverte inattendue, personne ne remarqua le léger tremblement des mains de Gabriel ni la façon dont ses yeux brillaient d'une compréhension plus profonde. Pour les autres, il avait simplement eu de la chance. Mais Gabriel savait que quelque chose de plus était à l'œuvre, qu'un don plus profond l'avait guidé vers cette découverte.

Retenant son souffle, elle prit et dégagea l'emballage en cuir, révélant une petite boîte en étain, patinée par le temps. Les mains tremblantes, elle souleva le couvercle. Nichée à l'intérieur reposait une pierre d'ambre, pas plus grande qu'une noix. La lumière qui filtrait à travers les feuilles du figuier paraissait danser dans la pierre, lui donnant l'apparence d'un fragment de soleil capturé.

Julie la prit délicatement entre ses doigts. Au moment où sa peau entra en contact avec l'ambre, une vague de chaleur remonta le long de son bras. Elle ferma les yeux, submergée par cette sensation.

Soudain, elle sentit que le monde qui l'entourait devenait plus intense. Le chant des cigales, qui était autrefois un simple bruit de fond familier, devint une symphonie complexe. Elle pouvait distinguer chaque insecte, chaque variation dans leur mélodie estivale.

L'odeur du thym et de la lavande l'enveloppa, plus riche et plus profonde qu'elle ne l'avait jamais senti auparavant. Elle pouvait presque goûter le soleil sur sa langue, une saveur chaude et sucrée, comme du miel. Quand elle rouvrit les yeux, les couleurs paraissaient avoir gagné en profondeur. Le vert des feuilles du figuier était plus vif, le bleu du ciel plus intense. Elle pouvait distinguer chaque nuance, chaque ombre, comme si ses yeux venaient de s'ouvrir pour la première fois.

La brise effleurait délicatement sa peau, et Julie pouvait sentir chaque courant d'air, chaque variation de température. Son corps semblait s'être transformé en une antenne, capable de détecter les plus infimes variations de son environnement.

Assise sous le figuier, la pierre d'ambre serrée dans sa main, elle demeura paisible, absorbant ces nouvelles sensations. Le temps paraissait s'être suspendu, et pourtant, elle avait l'impression de vivre plus intensément que jamais.

Le soleil de Provence inondait la scène, faisant scintiller les particules de poussière dans l'air comme de minuscules paillettes. L'odeur de la terre chaude et des herbes aromatiques emplissait l'atmosphère, créant un cocon sensoriel autour de Julie et Gabriel.

Elle lui tendit la pierre, ses doigts ne touchant que légèrement les siens. Le temps parut ralentir encore alors qu'il formait un creux avec ses mains, prêt à recevoir l'objet. Lorsque Julie déposa délicatement la pierre au creux de ses paumes, une vague de sensations submergea Gabriel.

Un frisson intense parcourut le corps de Gabriel, partant de l'extrémité de ses doigts et se propageant comme une onde électrique le long de ses bras, de sa colonne vertébrale, jusqu'à la racine de ses cheveux. Sa peau se couvrit de chair de poule, chaque poil dressé comme une minuscule antenne captant l'énergie environnante.

Il avait l'impression que chaque cellule de son corps se réveillait subitement. Il pouvait ressentir le battement de la terre sous ses pieds, le murmure du vent dans les feuilles du figuier, la chaleur du soleil sur sa peau avec une acuité nouvelle et étourdissante. La surface rugueuse de la pierre contre sa peau semblait raconter des histoires anciennes, chaque aspérité une lettre d'un alphabet oublié.

Submergé par cette expérience sensorielle intense, il lâcha la pierre, le contact fut brusquement rompu, le laissant étourdi et désorienté.

— Ça va ? demanda Julie, son visage reflétant à la fois inquiétude et curiosité.

— Oui, oui, assura Gabriel, sa voix légèrement tremblante. Je me suis piqué dans les ronces, ajouta-t-il faiblement, conscient du manque de conviction dans ses propres mots.

Il se leva subitement, cherchant à s'éloigner de l'intensité du moment, rejoignant les autres qui les observaient avec un mélange de curiosité et de perplexité.

Julie, demeurée seule, ramassa la pierre. Dès que ses doigts entrèrent en contact avec la surface rugueuse, elle ressentit à nouveau cette étrange sensation.

Ses yeux se posèrent sur la pierre, et elle remarqua quelque chose.

— Une bestiole se cache dedans, murmura-t-elle, fascinée, comme dans l'autre.

Gabriel l'observait, il ne put contenir sa surprise plus longtemps. Sa voix, teintée d'étonnement, brisa soudainement le calme relatif qui s'était installé.

— Tu en as déjà une de ce genre ? s'écria-t-il, les yeux écarquillés.

Prise de court par la question inattendue de Gabriel, Julie sentit son cœur faire un bond dans sa poitrine. Elle pouvait presque entendre les battements résonner dans ses oreilles. Ses joues s'empourprèrent légèrement, trahissant son trouble.

— Oui, répondit-elle doucement, sa voix à peine plus haute qu'un murmure. Il y en avait une avec le livre.

Les yeux de Gabriel s'élargirent encore plus, reflétant un mélange de fascination et d'incrédulité. Son regard passa rapidement de Julie aux pierres, puis revint sur elle, comme s'il tentait de résoudre un puzzle complexe.

— Pourquoi ? Tu sais ce que c'est ? demanda Julie, une note d'espoir dans la voix. Elle cherchait désespérément une confirmation qu'elle n'était pas seule à ressentir l'étrangeté de la situation.

Il secoua la tête et passa nerveusement une main dans ses cheveux.

— Non, non ! répondit-il rapidement, peut-être un peu trop rapidement. Je trouve cela juste... bizarre. C'était déjà étrange d'en voir une seule, mais deux...

Sa voix s'éteignit, laissant sa phrase en suspens. L'air entre eux était lourd de tension, de non-dits et de questions sans réponse.

Lucas et Maxime observaient cet échange avec un mélange de curiosité et de confusion, ne comprenant visiblement pas la source de l'agitation de Gabriel.

Celui-ci prit une profonde inspiration, essayant de retrouver son calme habituel.

Le silence qui suivit était lourd de sens. Julie et Gabriel échangèrent un regard. Elle sentit une étrange sensation.

Sans y penser, elle tira de sa poche la seconde pierre. Tenant les deux dans ses mains, une vague de sensations encore plus puissante submergea Julie. C'était comme si tout ce qui l'entourait était soudainement mis en haute définition. Elle pouvait sentir la texture de chaque brin d'herbe sous ses pieds, goûter la saveur du thym et du romarin dans l'air, entendre le battement d'ailes d'un papillon à plusieurs mètres de là.

Un profond sentiment de bien-être l'envahit, elle se sentait en parfaite harmonie avec le monde qui l'entourait. Chaque inspiration la plongeait plus profondément dans la terre, le ciel et l'essence même de la vie qui pulsait autour d'elle.

Julie ferma les yeux une fois de plus, savourant cette expérience extraordinaire, inconsciente des regards intrigués de ses compagnons. Pour elle, à cet instant, seule existait encore cette connexion profonde et énigmatique, annonciatrice de nouvelles découvertes et de sensations encore inexplorées.

Elle se redressa, tenant chèrement les deux pierres dans ses paumes. Chacun de ses pas paraissait plus léger, comme si elle flottait au-dessus du sol. Les sensations extraordinaires qu'elle avait ressenties plus tôt pulsaient encore doucement en elle, telle une mélodie silencieuse qui résonnait dans chaque fibre de son être.

— Lucas, Maxime, regardez, dit-elle, la voix vibrante d'une excitation à peine contenue.

Lucas tendit la main, ses doigts effleurèrent ceux de Julie, qui lui passait les pierres. Elle retenait son souffle, et s'attendait presque à le voir réagir comme Gabriel et elle l'avaient fait. Mais rien ne se produisit.

Il les examina attentivement, les faisant tourner dans ses mains, les rapprochant de ses yeux pour mieux observer les petites créatures emprisonnées à l'intérieur. Son visage ne trahissait rien d'autre qu'une curiosité scientifique.

— Effectivement, une bestiole se trouve dans chacune d'entre elles et on dirait les mêmes, confirma-t-il, sa voix neutre ne reflétait aucune des sensations extraordinaires que Julie avait vécues.

Maxime se pencha à son tour pour regarder de plus près. Ses doigts caressèrent les pierres, mais son expression resta inchangée. Pas le moindre frisson, pas l'ombre d'une connexion profonde, comme celle qu'elle avait ressentie.

— Bon, reprit Lucas, haussant légèrement les épaules. Nous avons deux cailloux avec des moustiques, mais je ne vois pas trop à quoi cela sert ni pourquoi les cacher. Peut-être est-ce un indice pour résoudre quelque chose ?

Julie les observait, déconcertée. Comment pouvaient-ils rester si calmes, si détachés face à ces objets extraordinaires ? Ne ressentaient-ils vraiment rien ? L'intensité des sensations qu'elle avait éprouvées semblait maintenant presque irréelle face à leur réaction blasée.

Elle jeta un coup d'œil à Gabriel, cherchant dans son regard une confirmation qu'elle n'avait pas imaginé tout cela. Leurs yeux se croisèrent brièvement, puis il les détourna.

Julie sentait que ces pierres, loin d'être de simples « cailloux avec des moustiques », étaient la clé de quelque chose de bien plus grand. Quelque chose qui, pour une raison qu'elle ne comprenait pas encore, ne se révélait qu'à elle.

Alors que la conversation se poursuivait, Julie resta silencieuse, son esprit bouillonnant de questions sans réponse. Lentement, elle glissa les pierres dans la poche de sa robe d'été. Son cœur battait d'excitation, et elle ne comprenait pas encore ce qui venait de se passer, mais elle savait que sa vie venait de prendre un tournant inattendu, tout aussi doux et prometteur que l'air de la Provence en ce jour d'été.

Pendant leur retour, les théories fusaient, rebondissant d'une personne à l'autre, comme des balles de ping-pong. Les voix s'entremêlaient, parfois excitées, parfois perplexes, mais aucune conclusion concrète ne paraissait émerger. Les pierres mystérieuses, lovées dans la poche de Julie, semblaient peser de plus en plus lourd à chaque pas, chargées de secrets encore incompris.

Lorsqu'ils atteignirent enfin la boulangerie, la fatigue et la soif étaient bien présentes. Le soleil avait asséché leurs gorges et creusé leurs estomacs. Julie, sentant l'épuisement de ses amis, leur proposa d'une voix réconfortante :

— Quelqu'un veut-il manger quelque chose ?

Un concert d'approbations enthousiastes lui répondit. L'idée de nourriture et de boissons fraîches était plus que bienvenue après leur longue marche sous le soleil ardent.

Alors qu'ils s'installaient, la clochette de la porte tinta doucement. Émilie entra, son visage s'illuminant à la vue de Maxime. Elle traversa la pièce d'un pas léger et déposa un baiser tendre sur les lèvres de son petit ami. L'amour qui brillait dans leurs yeux était presque palpable, ajoutant une touche de douceur à l'atmosphère déjà chaleureuse de la boulangerie.

— Regardez, dit Émilie, brandissant un journal avec enthousiasme. Il y a un article sur le concours d'hier !

Tous les regards se tournèrent vers elle, momentanément distraits de leurs réflexions sur les pierres. Émilie déplia le journal, révélant un titre accrocheur : *« Grande fête sur la plage pour le concours de pâtisserie »*.

Elle commença à lire à voix haute, sa voix reflétant son enthousiasme pour la nouvelle. *« Le concours s'est terminé en apothéose sur la plage, avec une joie omniprésente tout l'après-midi. Les résultats sont restés secrets, les juges ayant décidé de ne pas les communiquer, mais c'était un succès. »*

Un silence suivit la lecture, chacun digérant l'information. L'absence de résultats n'était pas surprenante, Julie et Lucas échangèrent un regard, une question silencieuse traversant leurs esprits.

L'atmosphère dans la boulangerie était chargée d'une énergie particulière, un mélange d'excitation, de confusion et d'anticipation.

Lucas, les sourcils froncés, rompit le silence confortable qui s'était installé. Sa voix trahissait une évidente perplexité :

— Tu as fait les gâteaux plus forts que la dernière fois ? J'ai l'impression que ça a duré beaucoup plus longtemps que pour nous.

Julie, qui arrivait avec un plateau de boissons fraîches, s'arrêta net. Ses yeux s'écarquillèrent légèrement, reflétant sa surprise face à cette observation imprévue.

— Non, je ne pense pas, répondit-elle, sa voix révélant une légère hésitation. Et d'ailleurs, je ne vois pas comment j'aurais pu les faire plus ou moins forts.

Elle déposa les boissons sur la table, chacun se servit avec empressement. La fraîcheur des breuvages était un soulagement bienvenu après leur longue journée sous le soleil provençal.

Julie se dirigea vers la cuisine pour préparer des sandwichs, l'esprit tourbillonnant de questions sans réponse. Gabriel la suivit, sa présence était une source de réconfort silencieuse.

— Je peux t'aider ? proposa-t-il d'une voix douce.

Son regard se posa sur la poche de Julie, où il savait que les pierres reposaient. Il ajouta :

— Tu ferais mieux de les ranger avant de les égarer.

— Tu as raison, approuva-t-elle.

Elle sortit les pierres de sa poche et, instantanément, cette sensation familière et intense la submergea à nouveau. Avec précaution, elle les déposa dans un pot de farine, près du mur, dans le coin du plan de travail.

Pendant ce temps, dans la salle, la conversation entre les trois amis avait pris une tournure inattendue. Leurs voix, basses, mais animées, résonnaient jusqu'à la cuisine.

— Vous avez remarqué comment Gabriel regarde Julie ? chuchota Émilie, un sourire complice aux lèvres.

— Et comment Julie rougit à chaque fois qu'il est près d'elle ? ajouta Maxime, amusé.

Lucas hocha la tête, pensif.

— Il y a clairement quelque chose entre eux. Vous avez vu la manière dont ils se comportaient aujourd'hui dans les ruines ?

Dans la cuisine, Julie et Gabriel s'affairaient côte à côte, leurs gestes harmonieusement synchronisés, comme une danse silencieuse. L'atmosphère entre eux semblait chargée d'électricité, chaque frôlement accidentel faisait naître des frissons le long de leurs bras.

Elle jeta un coup d'œil furtif vers Gabriel, son cœur battant un peu plus vite. Elle ne pouvait s'empêcher de penser à sa réaction face aux pierres. Il y avait quelque chose de différent chez lui, quelque chose qui l'attirait irrésistiblement.

La cuisine se parait d'une lueur dorée, écho du soleil déclinant à l'horizon, transformant l'air en un voile de miel liquide. Les ombres s'étiraient, créant des recoins intimes dans la pièce familière. Le temps paraissait suspendu, comme si l'univers entier retenait son souffle.

Gabriel se tourna vers Julie. Son regard intense captura le sien. Dans ses yeux, elle pouvait voir un océan d'émotions non dites, de désirs inavoués. Le monde autour d'eux s'estompa, se réduisant à cet instant, à cette connexion électrique qui vibrait entre eux.

Lentement, comme s'il craignait de briser un rêve fragile, il leva sa main. Ses doigts caressèrent doucement la joue de Julie, aussi légers qu'une plume, aussi brûlants que des braises. Elle frissonna sous ce contact, chaque terminaison nerveuse de son corps s'éveillant soudainement.

Le temps ralentit encore. Il se pencha vers elle, son haleine douce effleurant les lèvres de Julie. Leurs regards restèrent ancrés l'un dans l'autre, une conversation silencieuse passa entre eux. Une promesse. Une question. Une réponse.

Leurs paupières se fermèrent à l'unisson, les coupant du monde extérieur et amplifiant chaque sensation.

Puis, enfin, leurs lèvres se rencontrèrent.

Ce fut comme si une étincelle avait enflammé un feu qui couvait depuis longtemps. Le baiser, d'abord doux et hésitant, s'approfondit rapidement. Julie enlaça Gabriel, ses doigts s'agrippant à son dos, l'attirant encore plus près. Il répondit en l'enveloppant dans ses bras, effaçant tout espace entre eux.

Leur baiser était une symphonie de sensations. La douceur des lèvres de Julie contrastait avec la légère rugosité de celles de Gabriel. Leurs souffles se mêlaient, chauds et rapides. Le goût floral de lavande présent sur leurs habits se mêlait au doux parfum des délices sucrés garnissant la boulangerie.

Le temps perdit tout son sens. Chaque seconde paraissait s'étirer indéfiniment, et pourtant, lorsqu'ils finirent enfin par se séparer, essoufflés et les yeux brillants, il leur sembla que des heures et des secondes s'étaient écoulées simultanément.

Ils demeurèrent étroitement enlacés, front contre front, leurs respirations se calmant lentement. L'air autour d'eux semblait vibrer, comme si ce baiser avait libéré quelque chose de puissant et d'inexplicable.

Dans le silence de la cuisine, uniquement troublé par le lointain murmure de leurs amis dans la pièce voisine, Julie et Gabriel se regardèrent. Leurs yeux reflétaient la même intensité, le même mélange d'émerveillement et de désir. Ce baiser était bien plus qu'un simple échange physique.

Tout à coup, la voix de Lucas retentit depuis l'autre pièce, brisant la bulle intime dans laquelle ils s'étaient réfugiés :

— Vous voulez un coup de main tous les deux pour préparer les sandwichs ? Ou bien, vous êtes trop occupés à...

Julie et Gabriel se regardèrent, les yeux encore brillants d'émotion. Un instant de silence s'ensuivit, puis ils éclatèrent de rire simultanément, le son de leur hilarité résonnant dans la petite cuisine comme une mélodie joyeuse.

— Non, c'est fait, on arrive ! répondit Julie entre deux éclats de rire, essayant de reprendre son sérieux.

Ils prirent chacun un plateau et rejoignirent les autres. Malgré les conversations animées qui fusaient autour de la table, Julie et Gabriel semblaient flotter dans leur propre univers. Leurs épaules se touchaient et ils échangeaient des regards complices par-dessus leurs sandwichs.

Une fois le repas terminé, Lucas se leva, l'air déterminé.

— Bon, je dois me remettre au travail pour résoudre cette énigme, et ces cailloux ne m'aideront pas à déchiffrer !

Émilie et Maxime prirent congé peu après, main dans la main, laissant derrière eux un sillage de regards amoureux et de petits rires complices.

Une fois la table nettoyée, Gabriel tourna son regard vers Julie, un sourire espiègle aux lèvres.

— Que dirais-tu de prendre un peu l'air loin d'ici ? Les falaises de Cassis, un repas au bord de mer ce soir... Qu'est-ce que tu en penses ?

Elle acquiesça avec un sourire rayonnant, son cœur battait la chamade à l'idée de cette soirée improvisée.

Alors qu'ils fermaient la boulangerie, Julie ne put s'empêcher de jeter un dernier coup d'œil au pot de farine, là où reposaient les pierres. Pour un instant, elle crut apercevoir un léger scintillement, mais elle secoua la tête, attribuant cette vision à son imagination surexcitée.

Main dans la main, ils s'avancèrent sur la place du village, leurs pas résonnant sur les pavés anciens. Alors qu'ils s'éloignaient, la voix taquine de Mme Simonati, assise à sa fenêtre, les fit sursauter :

— Ah, l'amour ! Ça me rappelle ma jeunesse...

Julie et Gabriel échangèrent un regard, puis éclatèrent de rire à nouveau. Cette journée, qui avait débuté par la découverte de pierres énigmatiques, se terminait par le début d'une histoire d'amour tout aussi mystérieuse et palpitante.

# 11

## Les Pierres du Sommeil

Le jour se levait paresseusement sur le petit village provençal, ses rayons caressant les toits de tuiles et les façades de pierre. Julie sortait de chez elle, le cœur léger et un sourire radieux illuminant son visage. La soirée passée avec Gabriel avait laissé en elle une douce chaleur, une promesse et une attente pleine d'espoir.

Soudain, un mouvement attira son attention. Un petit rouge-gorge s'envola, agitant vigoureusement ses petites ailes dans l'air frais du matin. Son visage s'illumina d'un sourire, savourant ces détails simples qui rendent l'existence magnifique. Alors que ses yeux suivaient la trajectoire gracieuse de l'oiseau, Julie se surprit à imaginer le monde vu d'en haut.

\*\*\*

Je m'élève dans les airs, mes petites ailes battant avec énergie. Le monde étendu sous moi est un patchwork de couleurs et de textures. Je survole les toits, mes yeux vifs repérant chaque détail.

Là ! Sur une terrasse en contrebas, je vois des miettes éparpillées. Je descends en spirale, atterrissant délicatement sur la surface rugueuse. Mes pattes se referment sur le bord de la table, et je commence à picorer. Le goût sucré du croissant se mêle à la saveur plus robuste du pain. C'est délicieux !

Une porte entrouverte attire mon attention. Intrigué, je m'envole à nouveau et me faufile à l'intérieur. L'intérieur est sombre, mais mes yeux s'adaptent rapidement. Une odeur sucrée et fruitée emplit l'air. Je sautille sur le sol, suivant la piste olfactive.

Devant moi, un spectacle étrange : un grand meuble est renversé, des éclats de verre et des taches colorées parsèment le sol. Je me rapproche avec prudence, évitant les débris tranchants. Une goutte de confiture brille, irrésistible. Je ne peux résister. Je picore, savourant l'explosion de saveurs sur ma langue.

Un bruit soudain me fait sursauter. Je m'envole, mes ailes me portent alors vers une niche vide dans le mur.

La porte grince. Je fais volte-face, mon petit cœur battant la chamade. Une silhouette apparaît dans l'encadrement. C'est le moment de partir. Je file comme une flèche, passant juste au-dessus de la tête de l'humaine qui entre.

L'air frais du matin m'accueille à nouveau. Je m'élève dans le ciel, laissant derrière moi le mystère de la pièce en désordre.

***

Julie poussa la porte de la boulangerie, le rouge-gorge passa en trombe au-dessus de sa tête. Elle s'arrêta net, son sourire s'estompa instantanément. Devant elle, le chaos régnait. La porte vitrée en bois était entrebâillée, le meuble à confiture renversé, des pots brisés répandant leur contenu sur le sol.

Ses yeux se dirigèrent instantanément vers la niche dans le mur, où se trouvait son précieux livre de recettes. Son cœur manqua un battement lorsqu'il réalisa que la niche était vide.

Le livre avait disparu.

Le soleil matinal, qui quelques instants plus tôt, semblait si prometteur, paraissait maintenant froid et indifférent. Les rayons qui pénétraient par la porte brisée dessinaient des ombres cruelles sur le désordre de la boulangerie, mettant en évidence chaque éclat de verre, chaque tache de confiture comme autant de blessures.

Julie sentit ses jambes se dérober sous elle, elle s'effondra à genoux, le choc résonnant dans tout son corps. Cependant, cette douleur physique n'était rien comparée à l'agonie qui lui déchirait le cœur. Un cri déchirant s'échappa de sa gorge, un son primitif de détresse profonde qui paraissait venir des profondeurs de son âme.

Ses larmes coulaient librement sur ses joues, laissant des sillons salés sur sa peau. Chaque sanglot secouait son corps, comme si la disparition de ce livre, ce lien précieux avec son passé, son héritage, lui arrachait une partie d'elle-même.

Dans un état second, elle se redressa, ses jambes tremblantes la portant presque malgré elle vers le pot de farine. Une lueur d'espoir, aussi fragile qu'une flamme dans le vent, persistait en elle. Les pierres... étaient-elles toujours là ?

Ses doigts tremblants plongèrent dans la farine. Le soulagement de sentir les pierres sous ses doigts fut de courte durée. Elle les serra dans ses mains, elle espérait ressentir ce calme, cette connexion profonde qu'elles lui avaient procurée auparavant. Mais sa colère, sa tristesse étaient trop intenses. L'effet apaisant des ambres semblait étouffé, comme un souffle perdu dans une tornade.

Vaincue, Julie s'effondra sur une chaise. Son regard balayait la scène de dévastation, chaque détail s'imprimait douloureusement dans sa mémoire. Les confitures renversées, fruits de tant d'heures de travail patient, paraissaient pleurer avec elle, leurs couleurs vives maintenant ternes et tristes.

D'une main tremblante, elle saisit son téléphone. La voix de Lucas, encore endormie, résonna de l'autre côté de la ligne. En entendant la détresse dans la voix brisée de Julie, tout sommeil le quitta instantanément.

— J'arrive tout de suite, promit-il, la peur et l'inquiétude palpables dans sa voix.

Elle raccrocha, laissant tomber le téléphone sur ses genoux. Le silence qui régnait désormais dans la boulangerie était assourdissant. Chaque tic-tac de l'horloge paraissait être un cruel rappel du temps qui s'écoulait, éloignant peut-être à jamais le livre de ses mains.

Elle ferma les yeux, serra toujours les pierres contre son cœur. Une larme solitaire glissa le long de sa joue, atterrissant sur les pierres. Pendant un instant, juste un instant, Julie crut percevoir un battement, comme si les pierres répondaient à sa souffrance. Mais certainement n'était-ce que le battement de son propre cœur brisé résonnant dans le vide laissé par la perte de son précieux héritage.

Le soleil s'était élevé dans le ciel, baignant la boulangerie d'une lumière dorée qui contrastait cruellement avec l'atmosphère de désolation qui régnait à l'intérieur. Le tintement de la clochette annonça l'arrivée de Lucas, ses pas rapides résonnant sur le sol carrelé.

Il s'arrêta net, le souffle coupé par la scène de chaos qui s'offrait à lui. Ses yeux balayèrent rapidement la pièce avant de se poser sur Julie, recroquevillée sur sa chaise, le visage marqué par les larmes.

Sans hésiter, Lucas se précipita vers elle et l'enveloppa dans une étreinte protectrice.

— On va le retrouver, ne t'en fais pas, murmura-t-il doucement, sa voix empreinte d'une détermination apaisante.

Après quelques instants de réconfort silencieux, il se redressa. Avec des gestes assurés, il alla chercher un sac-poubelle et commença à ramasser méthodiquement les éclats de verre et les restes de confiture. Julie le regardait faire, comme hypnotisée, son esprit encore engourdi par le choc.

Soudain, la voix de Lucas devint plus ferme, presque autoritaire :
— Julie, lève-toi. Tu dois te bouger. Tu dois ouvrir, reprendre ta vie. C'est comme ça que tu pourras poser des questions aux clients, voir s'ils ont remarqué quelque chose. Cela nous aidera à identifier le voleur.

Ces mots eurent l'effet d'un électrochoc. Elle cligna des yeux, comme si elle venait de sortir d'un profond sommeil. Elle se leva, chancelant d'abord avec hésitation, puis avec une détermination croissante. Ensemble, ils s'attelèrent à la tâche, travaillant en silence, leurs mouvements synchronisés par des années d'amitié.

Le meuble fut redressé, les dernières traces de l'effraction effacées par un coup de serpillière énergique. En un temps remarquablement court, toute trace visible du drame avait disparu.

— Merci Lucas, dit-elle, la voix encore rauque d'avoir pleuré. Elle le regarda, un nouvel éclat dans le regard. Tu as changé, constata-t-elle. Habituellement, tu tournes en rond avant d'agir. Cette fois-ci, tu as affronté le problème de front. J'apprécie énormément.

Julie fixa son ami avec un regard rempli de fierté, ce qui fit rougir légèrement ce dernier. Ce compliment inattendu sembla lui donner une nouvelle assurance. Pour Julie, la transformation de son ami était comme un baume sur son cœur meurtri. La tristesse qui l'avait submergée faisait place à une détermination ardente.

L'envie de retrouver le voleur, de résoudre ce mystère commençait à brûler en elle. La journée qui s'annonçait ne serait pas celle qu'elle avait imaginée en se levant ce matin-là, mais elle était prête à l'affronter, le cœur empli d'une détermination farouche et d'un espoir renaissant.

Elle ouvrit les portes, accueillant le flot habituel de clients avec un sourire forcé.

Tout en servant les habitués, elle scrutait chaque visage, chaque regard, à la recherche du moindre indice. Sa voix, légèrement tendue, résonnait dans la boutique :

— Dites-moi, n'auriez-vous pas remarqué quelque chose d'inhabituel hier soir ? Un bruit probablement ? Ou une ombre ?

Lucas, quant à lui, arpentait les rues du village, frappant aux portes, questionnant les voisins. Le soleil montait dans le ciel, marquant le passage des heures sans résultat.

Le tintement de la clochette retentit dans la boulangerie, attirant l'attention de Julie. Elle leva les yeux, son cœur bondissant lorsqu'elle aperçut Gabriel franchir le seuil, une apparition réconfortante dans cette journée sombre.

Il s'arrêta net, son sourire s'effaçant alors qu'il percevait la tension dans l'air. Ses yeux parcoururent rapidement la pièce, notant les détails subtils du chaos récemment effacé, avant de se poser sur Julie. En un instant, il était à ses côtés, le visage reflétant une inquiétude sincère.

— Que s'est-il passé ? demanda-t-il d'une voix douce, à peine plus haute qu'un murmure.

Elle sentit sa gorge se resserrer ; les mots luttèrent pour sortir.

— Le livre... Mon livre de recettes. On me l'a volé ! Parvint-elle à articuler, sa voix tremblante trahissant l'émotion qu'elle s'efforçait de contenir.

Sans hésiter, Gabriel l'enveloppa dans ses bras, l'attirant contre lui dans une étreinte protectrice. Julie se laissa aller, enfouissant son visage dans le creux de son cou, inspirant profondément son odeur familière et réconfortante.

— Je suis tellement désolé, souffla-t-il, ses lèvres effleurant ses cheveux. Ses mains traçaient des cercles apaisants sur son dos, cherchant à apaiser sa peine.

Tout à coup, il se figea. Une sensation étrange, comme un léger courant électrique, émanait de la poche de Julie. Les pierres, réalisa-t-il, vibraient mystérieusement contre lui, intensifiant chaque sensation et chaque émotion.

Troublé par cette expérience inattendue, Gabriel s'éloigna doucement, ses mains glissant le long des bras de Julie pour venir saisir ses mains. Leurs regards se croisèrent et, dans ses yeux, il vit un mélange de vulnérabilité et de force qui le laissa sans voix.

— Raconte-moi tout, murmura-t-il tendrement, alors qu'il la guidait vers une chaise. Il s'assit en face d'elle, ses pouces dessinaient des cercles apaisants sur le dos de ses mains.

Julie commença à parler. Sa voix gagnait en assurance au fil de son récit. Elle lui raconta la découverte du vol, l'aide précieuse de Lucas et de leurs efforts pour effacer les traces du cambriolage. Il l'écoutait attentivement, son visage reflétait tour à tour la colère, la compassion et la détermination.

— Nous allons le retrouver, affirma-t-il avec une conviction qui réchauffa le cœur de Julie. Ce livre fait partie de toi, de ton histoire. Nous ne laisserons pas quelqu'un te l'arracher.

Un léger sourire illumina le visage de Julie. La présence de Gabriel agissait comme un baume sur son âme meurtrie, ravivant l'espoir qui avait failli s'éteindre.

— Merci d'être là, souffla-t-elle en serrant ses mains un peu plus fort.

Gabriel se leva, et un nouvel éclat de détermination brilla dans ses yeux.

— Je vais aller enquêter de mon côté. Quelqu'un a bien dû apercevoir ou entendre quelque chose.

Avant de s'en aller, il se pencha vers elle et déposa un doux baiser sur son front. Ce geste, simple, mais empreint d'une profonde affection, fit naître une chaleur réconfortante dans la poitrine de Julie.

— Je reviendrai vite, promit Gabriel, son regard ancré dans celui de Julie.

Alors qu'il se dirigeait vers la porte, elle le regarda s'éloigner, son cœur battant d'un mélange complexe d'émotions. La tristesse de la perte était toujours présente, mais elle était maintenant teintée d'espoir et de gratitude. Avec des amis tels que Gabriel et Lucas à ses côtés, elle se sentait capable d'affronter cette épreuve.

La clochette tinta à nouveau lorsque Gabriel sortit. Elle se redressa, prête à reprendre son enquête auprès des clients. L'après-midi s'annonçait longue, mais, depuis la découverte du vol, elle sentait qu'elle n'était pas seule dans cette bataille.

Le temps s'étirait, chaque minute semblait durer une éternité. Lucas revint, l'air dépité.

— Rien de concluant, soupira-t-il. Juste des murmures sur un bruit étrange et d'une ombre furtive. Rien de concret.

Peu de temps après, Gabriel réapparut, tout aussi bredouille.

Le découragement menaçait de les submerger, mais Julie, tel un phare dans la tempête, se redressa. Ses yeux étincelaient d'une volonté renouvelée.

— La journée n'est pas terminée, déclara-t-elle, sa voix empreinte d'une autorité tranquille. Je vais continuer d'interroger les clients, puis elle se tourna vers son ami : Lucas, essaie de découvrir la fin de l'énigme. Peut-être que cela nous mènera indirectement au voleur.

J'ai l'impression d'être surveillée pour qu'il agisse toujours dans mon dos comme il le fait. Cette piste pourrait donc être cruciale.

Il acquiesça d'un hochement de tête, une nouvelle énergie l'animant face à la détermination de Julie.

Alors que Lucas s'éloignait, plongé dans ses réflexions, elle reprit sa place derrière le comptoir. Son regard balayait la boulangerie, chaque client devenait un potentiel indice dans ce mystère qui s'épaississait.

Les rayons du soleil caressaient la place du village, transformant les pavés séculaires en un tapis d'or et d'ombre. Gabriel sortit s'installer sur la terrasse et laissa son regard errer sur la scène. Sous des airs nonchalants, ses yeux vifs ne cessaient de scruter les moindres recoins, à l'affût du moindre mouvement suspect. Son esprit tournait et retournait les événements récents à la recherche d'un indice, d'un détail qui aurait pu leur échapper.

Soudain, le tintement familier de la clochette de la boulangerie attira son attention. Madame Simonati, une figure bien connue du village, franchissait le seuil.

Julie, qui essuyait distraitement le comptoir, leva soudain les yeux, son visage s'illumina d'un mélange d'espoir et d'appréhension.

— Bonjour, madame Simonati, sa voix trahissait une tension à peine contenue. Je me demandais si vous n'aviez pas remarqué quelque chose d'inhabituel hier soir.

La vieille dame s'arrêta, son front se plissa sous l'effort de la réflexion. Puis, comme si un voile se levait, ses yeux s'élargirent.

— Maintenant que tu en parles, ma petite... J'ai vu un jeune homme courir à travers la place hier soir, révéla-t-elle, sa voix chevrotante portant le poids de cette information cruciale.

— J'ai entendu un gros bruit qui a résonné dans la nuit, et puis je l'ai vu détaler comme un lapin.

Julie sentit son cœur s'accélérer ; une lueur d'espoir ravivait la flamme de sa détermination. Elle contourna rapidement le comptoir et s'approcha de Madame Simonati.

— Pourriez-vous me décrire ce jeune homme ? Sa voix tremblait légèrement d'excitation. Quelle heure était-il ? Dans quelle direction s'est-il dirigé ensuite ?

Madame Simonati, surprise par cet interrogatoire soudain, mais consciente de son importance, s'efforça de rassembler ses souvenirs.

— Il devait être aux alentours de minuit, je crois. La chaleur me réveillait, tu sais...

Elle acquiesça impatiemment, l'encourageant à continuer.

— Il portait une veste sombre, je crois, poursuivit Madame Simonati, plissant les yeux dans l'effort de se rappeler. Et il s'est arrêté un moment, comme pour vérifier que personne ne le suivait.

— Avez-vous vu son visage ? insista Julie, qui se pencha légèrement en avant, comme si la proximité physique pouvait extraire plus de détails.

— Pas très bien, ma chérie. Il faisait sombre, tu comprends. Mais il était jeune, ça, j'en suis certaine. Et grand, plutôt athlétique.

Julie sentait une nouvelle force l'envahir à chaque mot. Enfin, des indices concrets, une piste à suivre ! Elle allait poser une autre question quand Madame Simonati leva soudainement la main, comme frappée par une révélation.

— Attends une minute, ses yeux s'illuminaient. Tu sais, ma petite, je force un peu ma mémoire, mais je suis presque sûre que ce jeune homme, c'est Paul. Le fils de Victor Malbek, propriétaire du vignoble Château Capelou. C'est le plus grand de la région, tu dois sûrement le connaître. Va le voir directement, ce sera plus simple.

Ces mots explosèrent dans son esprit comme un feu d'artifice. Elle resta un moment bouche bée, assimilant cette information cruciale.

— Paul Malbek ? demanda-t-elle, cherchant confirmation. Vous en êtes certaine ? Je ne le connais pas.

Madame Simonati hocha la tête avec assurance.

— Quasiment aussi certaine que je le peux à mon âge, ma chérie. Je l'ai vu grandir, ce garçon. Même dans l'obscurité, j'ai reconnu sa démarche. C'est surtout ma mémoire qui a du mal à avancer.

Julie ressentit un mélange d'émotions la submerger : soulagement, excitation, mais aussi une pointe de confusion. Pourquoi Paul Malbek aurait-il volé son livre de recettes ? Quel lien pouvait-il y avoir ?

Elle prit les mains ridées de la vieille dame dans les siennes.

— Vous ne pouvez pas imaginer à quel point cette information est précieuse. Merci, du fond du cœur.

La vieille dame souriait, visiblement heureuse d'avoir pu aider.

J'espère que cela t'aidera à régler ton problème, mon enfant. Maintenant, si tu veux bien, je prendrai deux croissants et une baguette.

Julie, encore étourdie par cette révélation, s'empressa de servir Madame Simonati. Son esprit était déjà en train d'élaborer un plan pour confronter Paul Malbek et récupérer son précieux livre de recettes.

Gabriel, qui avait tout entendu, entra dans la boulangerie, le visage illuminé d'un espoir retrouvé. Julie, apercevant son expression, se précipita vers lui et l'enlaça avec une fougue qui les surprit tous les deux.

— On l'a trouvé ! souffla-t-elle contre son torse. On sait à présent qui il est. On va y aller.

Ils échangèrent un regard, plein de détermination. Même si le mystère n'était pas encore résolu, ils avaient dorénavant un nom, une direction. Le chemin pour retrouver le livre de recettes semblait soudainement beaucoup plus clair, illuminé par l'espoir et la promesse d'une justice à venir.

À l'heure de la pause, le soleil de l'après-midi dardait ses rayons impitoyables sur les vignes qui s'étendaient à perte de vue. Julie, le visage tendu par une détermination inébranlable, marchait d'un pas vif sur le chemin menant à sa voiture, Gabriel peinait à suivre son rythme.

Arrivée à l'accueil du domaine, Julie ne prit pas la peine de masquer son impatience.

— Je veux voir le patron, maintenant ! exigea-t-elle, sa voix tranchante comme une lame.

La réceptionniste, prise de court, balbutia une réponse :

— Je suis désolée, mais M. Malbek n'est pas disponible pour le moment.

Ces mots furent l'étincelle qui mit le feu aux poudres. Julie explosa, sa voix retentit dans le hall d'entrée.

— Pas disponible ? On m'a volé mon livre, et vous me dites qu'il n'est pas disponible ?

Le bruit attira l'attention de Victor Malbek, qui émergea de son bureau avec une expression à la fois irritée et intriguée.

— Qu'est-ce qui se passe ici ? demanda-t-il d'une voix autoritaire.

Julie se tourna vers lui, ses yeux lançaient des éclairs.

— Votre fils a volé mon livre de recettes. Je veux savoir pourquoi et je veux le récupérer !

Victor Malbek fronça les sourcils, visiblement déconcerté.

— Mon fils ? Paul se trouve actuellement en Italie. Je ne comprends rien à cette histoire.

La colère de Julie atteignit son paroxysme. D'un geste vif, elle saisit une bouteille de vin sur le comptoir, prête à la fracasser au sol. Gabriel intervint juste à temps, saisissant son poignet.

— Julie, non !

Victor Malbek observa la scène, son regard se posa sur Gabriel.

— Que faites-vous avec elle ? demanda-t-il, une note étrange dans sa voix.

Surpris par la question, Gabriel répondit sèchement :

— Cela ne vous concerne pas.

Sentant la situation lui échapper, il entraîna Julie vers l'extérieur. Une fois dehors, elle s'arrêta net, et agrippa fermement le bras de Gabriel.

— Tu le connais ? demanda-t-elle, sa voix tremblante de colère contenue.

Il hésita pendant une seconde.

— Il faut se méfier de lui. Mon père a eu des affaires avec lui par le passé.

— Quel genre d'affaires ? insista Julie, sa voix montant d'un cran.

— Cela ne te regarde pas, rétorqua Gabriel, sur la défensive.

Ces mots furent la goutte d'eau qui fit déborder le vase. Elle lui lâcha violemment le bras, ses yeux brillaient de colère et de déception.

— Va-t'en ! hurla-t-elle avant de tourner les talons.

Sans un regard en arrière, Julie s'engagea sur le sentier poussiéreux, abandonnant Gabriel à sa confusion. La chaleur accablante de l'après-midi pesait sur ses épaules, aussi lourde que la colère qui grondait en elle.

Ses pas résonnaient sur le chemin comme autant de reproches silencieux, tandis qu'un mélange de rage, de déception et de trahison lui nouait la gorge. Peu à peu, alors que le soleil glissait vers l'horizon, sa fureur céda la place à une profonde fatigue.

L'air tiède du soir caressait son visage, apportait avec lui les senteurs familières de la garrigue. Dans les rues pavées du village, ses pas ralentirent, comme si le parfum du thym et de la lavande apaisait doucement la tempête qui faisait rage en elle.

— Et si Madame Simonati s'était trompée ? murmura-t-elle pour elle-même, son esprit tournait et retournait les événements de la journée.

— C'est une vieille dame, après tout. Peut-être que ses yeux lui ont joué des tours.

Après ce qui lui sembla être une éternité, Julie arriva enfin devant sa boulangerie. L'enseigne familiale la salua, comme un phare réconfortant après cette journée tumultueuse. Elle fouilla dans sa poche pour y trouver ses clés, mais s'arrêta net. Un bout de papier dépassait du chambranle de la porte, comme un défi silencieux.

D'un geste brusque, elle tira sur le papier. Une grue en origami se déploya sous ses yeux, ravivant instantanément sa colère. La fatigue s'évanouit, remplacée par une rage bouillonnante.

— Henri ! cria-t-elle soudain. Sa voix résonna sur la place déserte. Si tu as quelque chose à me dire, viens me voir ! Ça sera beaucoup plus facile ! J'en ai assez de tout ça !

Seul l'écho de sa propre voix lui répondit. Frustrée, elle déverrouilla la porte et entra dans la boulangerie, la claquant derrière elle.

Elle déplia l'origami d'un geste rageur. Des symboles étranges et des mots épars recouvraient le papier, ajoutant une nouvelle couche de mystère à cette journée déjà surréaliste.

— Mais c'est quoi encore ça ? s'exclama-t-elle, exaspérée. Ça ne va donc jamais s'arrêter ?

En glissant la note dans son autre poche, ses doigts rencontrèrent les pierres qu'elle avait presque oubliées. Elle les sortit et les fixa avec un mélange de fascination et de frustration.

— Et vous, à quoi servez-vous réellement ? leur demanda-t-elle, comme si ces objets inertes pouvaient lui répondre.

D'un pas las, elle se dirigea vers le pot de farine pour y remettre les pierres. Au moment où ses doigts les relâchèrent, une sensation étrange la submergea. C'était comme si toute l'énergie, toute la colère qui l'avaient maintenue debout jusque-là s'évaporaient d'un coup.

Une fatigue écrasante s'abattit subitement sur elle, si soudaine et si intense qu'elle ne put résister. Ses jambes flanchèrent, et Julie se laissa glisser le long du meuble. Le carrelage froid de la boulangerie l'accueillit et, sans même s'en rendre compte, elle s'allongea.

Ses yeux se fermèrent malgré elle, et le monde autour d'elle s'estompa progressivement. Les mystères du livre volé, de l'origami mystérieux, des pierres étranges, tout cela semblait s'éloigner, emporté par la vague de sommeil qui déferlait sur elle.

Dans le silence de la boulangerie, bercée par le tic-tac régulier de la vieille horloge, Julie sombra dans un sommeil profond. Son corps et son esprit cédaient enfin à l'épuisement de cette journée chaotique. Les derniers éclairs du jour se frayaient un chemin à travers les fenêtres, recouvrant la scène d'une lueur ambrée qui veillait tendrement sur le sommeil de la boulangère.

## 12

## Dégustation Amère

Les premiers rayons du soleil pénétraient à travers les vitres de la boulangerie, caressant doucement le visage de Julie. Ses paupières s'agitèrent légèrement, s'ouvrant sur un monde baigné de lumière. Elle se redressa lentement, étonnée de se trouver allongée sur le sol de sa boutique.

Un coup d'œil à l'horloge murale la fit sursauter, il était déjà neuf heures ! Son cœur bondit dans sa poitrine. Elle était en retard pour l'ouverture, une première depuis qu'elle avait repris la boulangerie.

Avec une énergie renouvelée, fruit d'un sommeil profond et réparateur, elle se mit en mouvement. Ses gestes, d'habitude si précis et mesurés, avaient aujourd'hui une urgence inhabituelle. Elle disposa les viennoiseries, alluma les lumières et prépara la caisse, tout en se demandant comment elle avait pu dormir si longtemps et si profondément.

Une fois la boutique prête, elle saisit son téléphone et composa le numéro de Lucas. Sa voix trahissait un mélange d'excitation et d'inquiétude lorsqu'elle lui demanda de venir le plus rapidement possible.

Une demi-heure plus tard, la clochette de la porte annonça son arrivée. Julie, qui faisait les cent pas derrière le comptoir, se précipita vers lui. Les mots se bousculaient dans sa bouche alors qu'elle tentait d'expliquer tous les évènements de la veille.

— Et puis, j'ai trouvé ça, dit-elle finalement, sortant l'origami de sa poche. On dirait encore des énigmes.

Les yeux de Lucas s'écarquillèrent à la vue de la note. Son visage s'illumina d'un sourire qui prit Julie au dépourvu.

— Non, pas du tout ! Son enthousiasme palpable. Ce sont exactement les symboles et les relations aux mots qui me manquaient pour déchiffrer le message et traduire la suite !

Elle le regarda, étonnée.

— Mais qui est ce Henri ? Pourquoi connaît-il tout cela ? Et pour quelle raison nous aide-t-il à avancer ?

Il hocha la tête, tout aussi perplexe qu'elle.

— Je n'en sais rien, mais au moins, on sait qu'il est de notre côté.

Un profond silence s'installa entre eux, chacun perdu dans ses pensées. Puis, presque timidement, Julie aborda un autre sujet qui la préoccupait.

— Lucas, commença-t-elle, hésitante, parlons de Gabriel. Comment l'as-tu rencontré ? Que sais-tu vraiment de lui ?

Il prit une profonde inspiration, son regard se perdit un instant dans le vague, comme s'il revoyait des souvenirs récents. La lumière du matin baignait la boulangerie d'une lueur douce, créant une atmosphère propice aux confidences.

— En fait, commença-t-il d'une voix empreinte d'une certaine gravité, j'ai fait sa connaissance il y a à peine un an.

Julie leva un sourcil, surprise. Elle avait eu l'impression que leur amitié durait depuis plus longtemps.

— C'était un jour ordinaire à la librairie, poursuivit-il. Gabriel est entré à la recherche de livres sur la psychologie. Il y avait quelque chose dans son regard, une sorte de... détermination mêlée de tristesse.

Lucas fit une pause, comme s'il cherchait ses mots.

— La conversation s'est engagée naturellement entre nous. Il y avait une facilité, une fluidité dans nos échanges qui m'a tout de suite mis à l'aise.

Julie écoutait attentivement, buvant chaque parole.

— C'est à ce moment qu'il m'a expliqué la raison de sa recherche, continua Lucas, sa voix s'adoucissant. Ces ouvrages étaient destinés à soutenir sa mère. Elle... elle perdait pied. Le père de Gabriel s'était suicidé quelques années plus tôt.

Un silence lourd s'installa dans la boulangerie. Elle sentit son cœur se serrer à cette révélation.

— Après ça, reprit Lucas, nous nous sommes revus environ une fois par mois. Ces rencontres étaient des moments précieux, où chacun parlait de sa vie, de ses espoirs, de ses craintes. Ces échanges ont vraiment renforcé notre lien.

Il s'arrêta de nouveau, arborant un léger sourire.

— Ces derniers temps, nos rencontres sont devenues plus fréquentes. Je ne sais pas à quoi c'est lié, Julie, mais il semblait... plus vivant, plus présent, et on parlait souvent de toi aussi.

Julie sentit une vague d'émotions contradictoires la submerger. D'un côté, elle était touchée par l'histoire de Gabriel, par sa détermination à aider sa mère. De l'autre, elle ne pouvait s'empêcher de se demander pourquoi ce silence.

— Lucas, pourquoi ne m'a-t-il rien dit de tout ça ? demanda-t-elle doucement.

Il la regarda avec compassion.

— Je pense qu'il porte beaucoup de choses en lui. Peut-être attendait-il le moment propice, ou bien redoutait-il ta réaction. Quoi qu'il en soit, je suis certain qu'il te fait confiance. Il suffit simplement de lui accorder du temps.

Julie hocha lentement la tête, assimilant toutes ces révélations. Le mystère autour de Gabriel s'épaississait, mais, en même temps, elle commençait à entrevoir l'homme derrière le mystère, avec ses blessures et ses forces.

***

Gabriel marchait d'un pas déterminé vers la boulangerie, son cœur battait de plus en plus fort à mesure qu'il s'approchait.

La nuit avait été longue, peuplée de pensées tournoyantes et de regrets. L'image de Julie, blessée et en colère, ne cessait de hanter son esprit. Chaque pas qu'il faisait résonnait comme un battement de cœur, porteur d'espoir et d'appréhension mêlés.

Avant de venir, Gabriel avait passé des heures à fouiller les réseaux sociaux à la recherche de la moindre information sur Paul, Victor, et le domaine Malbek. Ses yeux fatigués avaient fini par tomber sur une annonce qui avait fait naître en lui une lueur d'espoir : une dégustation de vin et de charcuterie dans les caves du domaine, prévue pour cette semaine.

Alors qu'il se rapprochait de la boulangerie, il sentit son cœur se serrer. L'odeur familière et réconfortante du pain chaud emplissait l'air, évoquant tant de souvenirs doux-amers. Il s'arrêta un instant, inspirant profondément pour trouver le courage nécessaire.

La clochette tinta doucement lorsqu'il poussa la porte. Elle se tenait là, derrière le comptoir, belle et forte. Leurs regards se croisèrent, et le temps s'arrêta net.

— Julie, commença Gabriel d'une voix légèrement tremblante, je suis désolé pour hier. J'aurais dû être plus honnête avec toi. Cela représente une période douloureuse que je n'ai pas encore eu le temps d'accepter.

Il fit un pas en avant, ses yeux ne quittant pas les siens.

— Je suis venu pour t'aider. J'ai trouvé quelque chose qui pourrait nous être utile.

Elle le regardait, son visage était un mélange complexe d'émotions, de la colère, de la tristesse, mais aussi une lueur d'espoir qu'elle ne pouvait totalement dissimuler.

Gabriel poursuivit, les mots se bousculant dans sa bouche :

— Une dégustation est organisée au domaine Malbek cette semaine. Vin et charcuterie dans les caves. C'est peut-être notre chance de trouver des réponses et de retrouver ton livre.

Il marqua une courte pause pour trouver ses mots.

— Je comprends que je t'ai fait de la peine, Julie. Je veux tout arranger. Je veux t'aider à éclaircir ce mystère et à récupérer ce qui t'appartient. S'il te plaît, laisse-moi être là pour toi.

L'amour qu'il ressentait pour elle transparaissait dans chaque mot qu'il prononçait, chaque geste qu'il posait. Sa détermination à réparer ses erreurs, à retrouver sa confiance, émanait de ses yeux, rayonnait d'une intensité presque palpable.

L'air entre eux vibrait d'émotions non dites, de promesses en attente d'être formulées. Gabriel attendait, le cœur battant, espérait qu'elle verrait la sincérité de ses intentions, qu'elle lui donnerait une chance de prouver sa loyauté. C'était un instant de vérité, un carrefour où leurs chemins pouvaient soit se rejoindre à nouveau, soit diverger définitivement.

Dans ce tableau presque irréel, ils se tenaient face à face, leurs regards ancrés l'un dans l'autre, le monde extérieur paraissait s'être évaporé autour d'eux.

La voix de Lucas brisa doucement ce moment suspendu.

— Bonjour Gabriel, au revoir Gabriel, dit-il avec un sourire bienveillant. Je dois y aller, j'ai du travail.

Mais il ne détourna pas les yeux de Julie, comme si elle était un aimant irrésistible, le centre de son univers. Elle sentit son cœur battre plus fort, un mélange complexe d'émotions tourbillonna en elle : colère, déception, mais aussi un amour profond et inébranlable.

Lentement, délibérément, elle s'approcha de lui. Ses yeux, d'un vert éclatant, paraissaient contenir des galaxies entières. Quand elle commença à parler, sa voix était basse, grave, empreinte d'une intensité qui glaça Gabriel sur place.

— Ne me mens jamais, chaque mot pesant le poids d'une promesse solennelle.

Gabriel sentit le pouvoir de ces mots, comprenant leur importance cruciale.

— Promis, répondit-il, sa voix à peine plus fort qu'un murmure.

Un silence chargé de sens s'installa entre eux, comme si l'univers entier retenait son souffle. Les yeux de Julie brillaient d'émotions contenues. Ils ne quittaient pas ceux de Gabriel. L'air était chargé d'une tension palpable, un mélange de désir refoulé et de pardon naissant.

Soudain, comme mue par une force invisible, elle fit un pas en avant. Ses mains trouvèrent leur chemin vers le visage de Gabriel, ses doigts effleurant délicatement sa mâchoire. Il retenait son souffle, son cœur battant à tout rompre.

— Je ne veux pas te perdre, souffla Julie, sa voix à peine audible, mais chargée d'émotion.

Avant qu'il ne puisse répondre, elle se mit sur la pointe des pieds et pressa ses lèvres contre les siennes. Le baiser était doux au début, presque timide, comme s'ils redécouvraient cette connexion. Puis il s'approfondit, devenant plus passionné, plus urgent. C'était un baiser de retrouvailles, de pardon, de promesses renouvelées.

Les bras de Gabriel s'enroulèrent autour de la taille de Julie, l'attirant plus près. Tout semblait s'être arrêté, le monde extérieur s'estompait jusqu'à ce qu'il ne reste plus qu'eux, perdus dans cet instant d'intimité parfaite.

Lorsqu'ils se séparèrent enfin, à bout de souffle, leurs fronts restèrent appuyés l'un contre l'autre. Un sourire timide fleurit sur les lèvres de Julie, reflété sur le visage de Gabriel.

— Plus de secrets, murmura-t-elle.

— Plus de secrets, confirma-t-il, scellant cette promesse d'un doux baiser sur son front.

Puis, comme si une barrière invisible avait été levée, leurs cœurs à nouveau en harmonie, Gabriel commença à partager ses découvertes. L'atmosphère avait changé, empreinte maintenant d'une complicité retrouvée et d'une détermination partagée à affronter ensemble les mystères qui les attendaient.

Il sortit son téléphone et fit défiler les informations qu'il avait recueillies sur le domaine Malbek, la dégustation à venir et les photos trouvées sur les réseaux sociaux.

Julie se rapprocha, et son épaule toucha doucement celle de Gabriel, ce qui fit frissonner leurs bras. Ses yeux scrutaient chaque détail, chaque image. Soudain, elle se raidit, son souffle s'arrêta net.

— C'est lui, souffla-t-elle, son doigt effleurant délicatement l'écran. C'est Paul, celui qui se trouvait sur la terrasse.

Sur la photo, un jeune homme au sourire charmeur se tenait devant les vignes du domaine Malbek. Soudain, le regard de Julie s'embrasa d'une détermination inflexible. Elle avait enfin un visage à associer au nom, une cible concrète pour sa quête.

Gabriel l'observait, admiratif devant sa force et sa résilience. Malgré les épreuves, malgré la trahison qu'elle avait vécue, elle se tenait là, prête à affronter ce qui viendrait. Son amour pour elle grandissait à chaque instant, nourri par son courage et sa détermination.

— Alors, dit Julie, sa voix empreinte d'une nouvelle énergie, que fait-on maintenant pour lui faire la peau ?

Il sourit à la remarque, mais ne dit mot.

Ses yeux brillaient d'un mélange d'excitation et de défi. Gabriel sentit son cœur se gonfler de fierté et d'amour.

L'après-midi s'écoula doucement, bercé par la lumière douce du soleil de Provence. Julie et Gabriel, réunis derrière le comptoir de la boulangerie, servaient les clients dans une danse synchronisée, échangeant des regards complices et des caresses furtives. Le temps paraissait suspendu, comme si l'univers leur accordait un répit avant la tempête à venir.

Alors que le soleil disparaissait à l'horizon, ils se dirigèrent vers la cave pour la dégustation.

L'atmosphère changea brusquement lorsqu'ils franchirent le seuil. La cave s'étendait devant eux comme un vaste monde souterrain, un labyrinthe de pierres anciennes et de fûts de chêne. Les voûtes en pierre, patinées par les siècles, s'élevaient au-dessus de leurs têtes, créant un espace à la fois majestueux et intime.

L'atmosphère était étouffante, chargé des arômes entêtants du vin et du bois vieilli. Chaque respiration était une déferlante de sensations : le parfum riche et fruité des vins, l'odeur terreuse de la pierre humide et les notes subtiles de chêne des fûts. Cette symphonie olfactive enveloppait les visiteurs, les plongeant dans un univers à part.

Des lampes à la lumière tamisée, judicieusement positionnées, projetaient des ombres dansantes sur les murs, créant une atmosphère à la fois intime et mystérieuse. La lumière douce caressait les contours rugueux des pierres, révélant par endroits des traces de l'histoire du lieu : ici, une date gravée ; là, une marque laissée par un ancien tonnelier.

La cave grouillait de monde. Des groupes de personnes élégamment vêtues se pressaient autour des tables de dégustation, leurs conversations animées créant un bourdonnement constant qui résonnait sous les voûtes. Les tintements des verres qui s'entrechoquaient ponctuaient cette rumeur, comme une mélodie cristalline.

Dans les alcôves creusées dans les murs, des présentoirs mettaient en évidence les bouteilles les plus prestigieuses du domaine, leurs étiquettes dorées scintillant doucement dans la pénombre. Des serveurs en costume noir se faufilaient habilement entre les convives, portant des plateaux remplis de verres de vin aux couleurs rubis et or.

L'humidité constante et fraîche de la cave contrastait avec la chaleur dégagée par la foule, créant une atmosphère presque onirique. Des gouttelettes d'eau perlaient ici et là sur les murs de pierre, captant et réfléchissant la lumière tamisée comme autant de minuscules joyaux.

Au centre de ce spectacle, le grand comptoir en bois massif trônait, poli par des années d'utilisation. Ses veines sombres semblaient raconter leur propre histoire, témoins silencieux des innombrables dégustations et conversations qui s'y étaient déroulées au fil des ans.

Julie et Gabriel se tenaient là, momentanément hypnotisés par la scène qui se déroulait devant eux. Ils étaient à la fois spectateurs et acteurs de ce tableau vivant, sur le point de perturber cet équilibre soigneusement orchestré avec leur quête de vérité et de justice.

Paul se tenait derrière le comptoir, éclairé par la douce lumière des lampes. Son visage contrastait avec la grande carte du domaine accrochée derrière lui. Sa voix résonnait dans l'espace, expliquant avec assurance les nuances des vins proposés par les serveurs.

Julie sentit une rage bouillante et incontrôlable monter en elle.

— Tu réalises, siffla-t-elle à Gabriel, il ne prend même pas la peine de se cacher, après ce qui s'est passé hier. En Italie, c'est ça ! Cette famille me considère clairement comme une imbécile.

Sans prévenir, Julie se fraya un chemin à travers la foule, heurtant au passage des invités. Arrivée au comptoir, elle explosa :

— Espèce de voleur ! Tu vas me rendre mon livre !

Paul, abasourdi, s'arrêta subitement. Son visage passa de la surprise à la peur en un instant. Julie, emportée par sa rage, tenta d'escalader le comptoir.

— Ne bouge pas, je viens le chercher !

La suite se déroula dans un tourbillon de cris et de mouvements. Le tumulte de la foule s'estompa brusquement, remplacé par un silence choqué, comme si quelqu'un avait soudainement baissé le volume du monde.

Gabriel réagit avec une rapidité instinctive et parvient à saisir Julie par la taille au moment où elle tentait d'escalader le comptoir. Ses bras l'enserrèrent fermement, la tirant en arrière. Il percevait la colère qui émanait d'elle, chaque muscle bandé comme un arc prêt à se détendre.

— Lâche-moi ! hurla Julie, sa voix résonna sous les voûtes de pierre de la cave. Ses mains agrippaient l'air devant elle, cherchant désespérément à atteindre Paul qui reculait, le visage blême de terreur.

— Non, pas ici, pas comme ça, répondit-il, sa voix ferme, mais empreinte d'une douceur qui contrastait avec la violence de la situation. Il commença à la tirer vers l'extérieur, luttant contre sa résistance.

Paul profita de ce moment de chaos pour s'éclipser par une porte située derrière lui, s'enfonçant dans les profondeurs de la cave comme un lapin qui se réfugie dans son terrier.

La foule, figée dans une immobilité collective, observait la scène avec un mélange de fascination horrifiée et de gêne palpable. Les invités échangeaient des regards confus, certains chuchotant entre eux, d'autres gardant un silence embarrassé.

Alors qu'ils atteignaient l'entrée de la cave, il se pencha vers elle pour lui parler rapidement et à voix basse :

— Cherche à l'extérieur, je retourne voir si je peux le trouver à l'intérieur.

Julie, toujours perdue dans sa colère, mais qui commençait à reprendre ses esprits, acquiesça brusquement. Ses yeux, brillants de détermination et de rage, croisèrent ceux de Gabriel pendant un bref instant, avant qu'elle ne se précipite dehors.

Il la regarda s'éloigner, son cœur battant la chamade. Il prit une profonde inspiration et se retourna, s'engouffra de nouveau dans la cave. L'atmosphère avait changé. La jovialité de la dégustation avait fait place à une lourdeur oppressante.

Ignorant les regards curieux ou accusateurs des invités, Gabriel se fraya un passage vers la porte par laquelle Paul avait disparu. Il l'ouvrit d'un geste brusque, découvrant un corridor sombre qui s'enfonçait dans les entrailles du domaine.

Sans aucune hésitation, il s'engagea dans ce dédale obscur, guidé par sa connaissance des lieux et la faible lueur de lampes espacées.

Les murs de pierre suintaient d'humidité, l'air devenait plus frais et lourd à mesure qu'il s'enfonçait. Chaque foulée résonnait dans le silence, comme un compte à rebours vers une confrontation inévitable.

Pendant ce temps, à l'extérieur, Julie fouillait frénétiquement les environs du domaine, sa colère alimentant chacun de ses mouvements. La nuit habituellement apaisante résonnait de l'intensité de leur recherche.

Les murs paraissaient se refermer sur Gabriel, l'atmosphère devenant de plus en plus oppressante à chaque pas.

Au détour d'un couloir, Gabriel se retrouva soudainement nez à nez avec Paul. La lumière tamisée d'une lampe murale projetait des ombres mouvantes sur leurs visages, accentuant la tension palpable entre eux.

Julie allait et venait devant l'entrée de la cave, cherchait des portes arrière par où il aurait pu sortir, ses pas rapides et nerveux laissant des traces dans le gravier. La lueur des lampes extérieures projetait son ombre dansante sur les murs de pierre, comme un reflet de son tumulte intérieur.

Les invités et les serveurs, attirés par le bruit et la confusion, s'étaient rassemblés à l'extérieur. Ils formaient de petits groupes, chuchotant entre eux, jetant des regards curieux et parfois réprobateurs vers Julie. L'atmosphère était lourde de tension et d'incompréhension.

Elle scrutait frénétiquement les alentours, ses yeux cherchant le moindre mouvement, la moindre silhouette qui pourrait être celle de Paul. Mais la nuit semblait avoir avalé toute trace du jeune homme. Sa frustration grandissait à chaque seconde, alimentée par son sentiment d'impuissance.

Dans un élan de désespoir, elle saisit le bras d'un jeune serveur qui se trouvait à proximité.

— Où habite Paul ? demanda-t-elle brusquement, sa voix trahissant son impatience. Au château ? Ailleurs ?

Le serveur, manifestement mal à l'aise, secoua la tête.

— Madame, je... je ne sais pas, balbutia-t-il avant de disparaître rapidement.

Julie ne se découragea pas. Elle aborda un second serveur, renouvelant sa demande avec plus d'insistance. Mais, là encore, elle se heurta à un mur d'ignorance ou de silence complice.

Alors qu'elle commençait à désespérer, une voix se fit entendre derrière elle.

— Je peux vous aider.

Julie se retourna et fit face à une serveuse d'une quarantaine d'années. Son visage portait les traces des années de travail acharné, mais ses yeux brillaient d'une lueur de rébellion à peine contenue.

La serveuse s'approcha de Julie, jetant un regard furtif autour d'elle avant de chuchoter à son oreille.

— Cette famille nous traite comme de la viande, dit-elle, la voix tremblante de colère refoulée. C'est avec plaisir que je vous explique où habite ce petit merdeux.

Elle ressentit une vague d'espoir et de gratitude l'envahir. Elle s'approcha de la serveuse, créant un îlot d'intimité au milieu de l'agitation ambiante.

— Je vous écoute, murmura-t-elle, son cœur battant la chamade d'impatience.

La serveuse se pencha davantage, ses paroles à peine audibles étaient chargées de rancœur accumulée au fil des ans.

— Paul a un appartement à Saint-Cyr-Sur-Mer. C'est là qu'il ramène ses conquêtes, loin des yeux de son père...

Alors que la serveuse dévoilait l'adresse et les détails sur ses habitudes, Julie sentait qu'un nouveau plan se former dans son esprit.

Paul, haletant et les yeux écarquillés, paraissait à la fois effrayé et sur la défensive. Quant à Gabriel, il s'efforçait de garder une expression calme et ouverte, malgré le tumulte d'émotions qui l'agitait intérieurement.

— Paul, commença-t-il d'une voix douce, presque paternelle, il est encore temps de discuter. Il n'est pas trop tard pour arranger les choses.

Le jeune homme secoua vigoureusement la tête en reculant d'un pas.

— Je n'ai plus le livre, et je ne sais pas où il est, lâcha-t-il, sa voix tremblait et trahissait son mensonge.

Gabriel fit un pas en avant, les mains levées en signe d'apaisement.

— Écoute, je comprends que tu aies peur. Mais Julie mérite de récupérer ce qui lui appartient. Tu le sais.

Soudain, les yeux de Paul se durcirent et une lueur de défi remplaça la peur.

— Qu'est-ce que tu fais avec elle, d'abord ? cracha-t-il. Est-ce que tu comptais aussi lui dérober le livre ? Tu veux le récupérer pour le lui voler ? Ou est-ce juste une façon de te venger de mon père ?

Ces accusations firent frémir Gabriel. Des souvenirs d'un passé douloureux resurgirent, mais il les refoula, se concentrant plutôt sur le moment présent.

— Paul, lui dit-il doucement, tu sais bien que ce n'est pas ça. Ce qui s'est passé entre ton père et moi... C'est du passé. Je suis là pour

Julie, pour l'aider. Et je veux t'aider aussi. Tu t'es mis dans une situation délicate, mais il n'est pas trop tard pour faire le bon choix.

Le visage de Paul se crispa, une bataille intérieure se lisant dans ses yeux. Pendant un bref instant, Gabriel crut voir le jeune garçon qu'il avait connu autrefois, avant que les années et les circonstances ne les séparent.

Tout à coup, la voix de Julie résonna dans les couloirs, appelant Gabriel. Paul sursauta, la panique le submergeant à nouveau.

— Va-t'en, murmura Gabriel rapidement, une note de supplication dans sa voix. Mais réfléchis à ce que je t'ai dit. Il y a toujours une solution pour réparer les choses.

Il hésita une fraction de seconde, puis disparut dans l'obscurité du couloir. Gabriel le regarda partir, le cœur lourd.

Prenant une profonde inspiration, il se retourna pour rejoindre Julie, son esprit en ébullition de questions sans réponse et de souvenirs oubliés depuis longtemps.

Les cris de Julie résonnèrent dans la cave, rappelant Gabriel à la réalité. Il la rejoignit avec une excuse hâtive.

— Je ne l'ai pas trouvé ; il a dû s'enfuir assez loin.

— Ce n'est pas grave, répondit-elle avec une détermination farouche. Je connais l'endroit où dort Paul.

L'air était imprégné des parfums entêtants de la garrigue, mêlés aux effluves persistants du vin et à l'excitation de la soirée.

Gabriel, le visage empreint d'une douce détermination, posa une main réconfortante sur l'épaule de Julie. Ce simple geste transmettait plus que des paroles auraient pu.

— Ce soir, il se cachera, murmura-t-il, sa voix à peine audible.

Les mots flottaient dans l'air comme une brume légère, chargés de compréhension et de sagesse. Ses yeux, rivés sur l'horizon, dégageaient une détermination sereine.

— Il ne sert à rien d'y aller maintenant. On ira plus tard, poursuivit-il, son ton empreint d'une assurance tranquille.

Julie leva les yeux vers lui, son regard croisant celui qui faisait battre son cœur. La colère qui l'avait animée plus tôt, cette flamme ardente qui menaçait de la consumer, s'estompait progressivement. À sa place s'installait une fatigue profonde, mêlée d'une reconnaissance silencieuse pour la présence de Gabriel. Les émotions dansaient sur son visage, telles les ombres projetées par les derniers rayons du jour.

Elle hocha lentement la tête, ce simple mouvement semblant lui coûter une énergie considérable.

— Oui, tu as raison, acquiesça-t-elle, sa voix à peine plus qu'un souffle.

— Rentrons, dit-il en se levant, tendant une main. Puis, avec un éclair de détermination dans les yeux, il ajouta : mais il ne perd rien pour attendre.

Ces derniers mots flottèrent entre eux, chargés de promesses et de menaces voilées. Ils se tenaient là, des silhouettes immobiles dans la lumière déclinante, unies dans leur détermination.

Un silence apaisant s'installa entre eux tandis qu'ils s'éloignaient du domaine. Les bruits de la fête s'estompaient progressivement, remplacés par le chant des cigales et au doux bruissement du vent dans les oliviers.

Soudain, Julie s'arrêta. Elle se tourna vers Gabriel, les yeux brillants d'une nouvelle émotion dans la pénombre.

— Merci d'être présent, dit-elle, sa voix empreinte de reconnaissance et d'une tendresse qu'elle ne cherchait plus à dissimuler.

Sans un mot, il l'attira contre lui, l'enveloppant dans une étreinte réconfortante. Elle se blottit contre son torse, humant son odeur familière, ressentant la chaleur de son corps qui calmait les derniers vestiges de sa colère et de sa frustration.

Ils restèrent ainsi un moment immobiles sous le ciel étoilé, leur étreinte semblait les isoler du monde et de ses complications.

Finalement, Julie leva la tête et croisa le regard de Gabriel.

— Viens à la maison, murmura-t-elle. Et reste cette nuit.

Il la regarda intensément, comme s'il voulait ancrer cet instant dans sa mémoire. Puis, avec un léger sourire, il acquiesça silencieusement.

Il se pencha vers elle, ses lèvres rencontrèrent celles de Julie dans un baiser rempli de tendresse et d'espoir. C'était un baiser qui parlait de réconfort, de compréhension mutuelle, et d'un amour qui se renforçait malgré les obstacles.

Alors qu'ils s'engageaient à nouveau dans le chemin, main dans la main, vers la demeure de Julie, la nuit les enveloppait de sa douceur. Les épreuves de la journée, les mystères non résolus, tout cela semblait momentanément s'évanouir, laissant place à la promesse d'un moment de sérénité et d'intimité partagée.

## 13

## Le Goût du Bonheur

L'aurore caressait délicatement les toits de tuiles ocre du village, peignant le ciel de teintes pastel. Julie et Gabriel émergeaient de l'appartement, leurs mains naturellement entrelacées, comme si elles avaient toujours été destinées à se tenir ainsi. L'air frais du matin portait les promesses d'une nouvelle journée remplie de possibilités et d'espoir renouvelé.

Alors qu'ils approchaient de la boulangerie, la familiarité de la routine quotidienne commençait à reprendre ses droits. Pourtant, quelque chose avait changé. Chaque regard échangé, chaque frôlement de leurs bras semblait empreint d'une nouvelle signification, d'une intimité partagée.

Au moment où Julie insérait la clé dans la serrure, la sonnerie stridente du téléphone retentit à l'intérieur. Elle se précipita pour répondre, reconnaissant la voix de Lucas à l'autre bout du fil.

— Je suis là, oui, répondit-elle. Et je suis disponible. Tu peux passer. J'ai oublié de brancher mon téléphone hier soir.

Julie se tourna vers Gabriel avec un sourire complice. Ensemble, ils commencèrent à préparer la boulangerie pour la journée, leurs mouvements synchronisés comme une danse bien répétée. L'odeur familière de la farine et du levain emplissait l'air, créant une atmosphère de confort et de normalité.

— Lucas va arriver, annonça-t-elle, une idée germait dans son esprit. Je vais préparer un petit gâteau au chocolat. Il adore ça, et moi, ça me fera du bien de cuisiner un peu. Elle se tourna vers Gabriel, ses yeux pétillants d'une lueur taquine.

— Est-ce que tu peux t'occuper des clients ?

Gabriel, encore enveloppé dans la douce brume de leur matinée partagée, répondit avec un sourire rêveur :

— Bonne idée, mon cœur.

Julie s'arrêta net, surprise par ce terme d'affection inattendu.

— Mon cœur ? Un sourire se dessina lentement sur ses lèvres.

Elle hocha la tête, savourant la sonorité de ces mots.

— J'aime bien, murmura-t-elle.

Dans un élan spontané, elle s'approcha de Gabriel, déposa un baiser tendre sur ses lèvres, puis, le cœur léger, elle retourna à son plan de travail. Une vibration subtile imprégnait l'air, insufflant à leur instant de bonheur une dimension presque magique.

Alors qu'elle commençait à rassembler les ingrédients pour son gâteau, le tintement de la clochette annonça l'arrivée des premiers clients. Gabriel les accueillit avec un sourire chaleureux, portant en lui la joie paisible de ce nouveau chapitre de sa vie avec Julie.

Elle s'arrêta un instant. Son regard se porta vers le pot de farine où reposaient les pierres mystérieuses. Une question lancinante tournoyait dans son esprit, comme un ingrédient manquant dans une recette complexe.

Elle essuya ses mains sur son tablier et s'approcha du pot, ses mouvements empreints d'une curiosité mêlée d'appréhension. Avec précaution, elle en sortit une pierre, la tenant délicatement entre ses doigts.

Instantanément, la sensation familière l'envahit. Le monde s'illuminait soudain, chaque détail devenait plus vif, plus intense. Les odeurs de la boulangerie semblaient plus riches, les sons plus limpides. Julie ferma les yeux un instant, savourant cette expérience sensorielle exacerbée.

Mais, cette fois-ci, elle était prête. Elle accueillit la sensation, l'analysant avec un détachement quasi scientifique.

— Les pierres intensifient les sensations, murmura-t-elle pour elle-même. C'est ça qui aide pour les recettes spéciales.

Pourtant, un détail la tracassait. La première recette magique, elle l'avait réalisée sans pierre, sans expérience. Alors, pourquoi cacher ces objets avec tant de précautions ? Il devait y avoir plus. Quelque chose lui échappait encore.

Avec précaution, elle glissa la pierre dans sa poche. La sensation s'atténua, mais ne disparut pas complètement. C'était comme un doux bruit de fond, persistant à la périphérie de sa conscience.

Une idée lui vint soudainement. Elle la sortit de sa poche et la coinça contre son ventre, contre sa peau, maintenue en place par la ceinture de son jean.

Le ressenti s'intensifia immédiatement. C'était inconfortable, presque douloureux, mais elle serra les dents.

— Ça fera l'affaire, se dit-elle, déterminée à découvrir le secret de ces recettes et de ces ambres.

Alors qu'elle retournait à son poste de travail, Julie sentait une nouvelle énergie l'envahir. Chaque mouvement devint plus précis, chaque odeur plus intense. Elle commença à préparer le gâteau au chocolat pour Lucas, ses gestes étaient fluides et assurés.

Elle ferma les yeux, ses mains plongées dans le mélange de farine, de beurre et de sucre. La pierre contre son ventre pulsait doucement, intensifiant chaque sensation. Le monde extérieur s'estompa, et soudain, elle ne formait plus qu'un avec sa création.

La farine, d'abord poudreuse et légère, glissait entre ses doigts comme du sable fin. Elle pouvait presque sentir chaque grain, chaque particule caresser sa peau. Puis vint le beurre, onctueux et souple. Il s'étalait sur ses paumes, les enrobant d'un film soyeux et frais. Le sucre y ajoutait sa texture cristalline, créant un contraste fascinant avec la douceur du beurre.

Alors qu'elle commençait à mélanger, Julie sentit les ingrédients s'unir sous ses doigts. La pâte prenait vie, passant d'un assemblage disparate à une entité unique et harmonieuse. Chaque pression, chaque mouvement de ses mains semblait raconter une histoire, celle des champs de blé ondulant sous le soleil provençal, des vaches paissant paisiblement dans les prés verdoyants, des cannes à sucre se balançant dans la brise tropicale.

L'odeur du chocolat fondant au bain-marie vint caresser ses narines, riche, profonde et enivrante. Elle percevait les fèves de cacao qui mûrissaient sous le soleil équatorial, entendait le bruissement des feuilles de cacaoyers dans la forêt humide. L'arôme emplissait la boulangerie, se mêlant aux effluves familiers de pain frais et de viennoiseries, créant une symphonie olfactive qui faisait vibrer tous ses sens.

Elle ouvrit les yeux, émerveillée par l'intensité de l'expérience. Elle versa délicatement le chocolat fondu dans le mélange, observait avec fascination de sombres rubans brillants se mêler à la pâte dorée. Chaque mouvement de sa spatule créait des motifs hypnotiques, comme si le gâteau lui-même dansait sous ses yeux.

Le temps semblait suspendu. Julie était pleinement présente dans cet instant, consciente de chaque détail, de chaque nuance. La nuit merveilleuse passée avec Gabriel, la chaleur de son corps contre le sien, la douceur de ses baisers, tout cela se mêlait à la magie de la création culinaire.

Elle sentait un flux d'énergie circuler entre elle et les ingrédients, comme une conversation silencieuse. La pâte paraissait absorber ses émotions, ses espoirs et ses craintes, tandis qu'en retour, elle recevait la sagesse ancestrale de la terre et le réconfort simple et profond de la nourriture préparée avec amour.

Après ce qui lui parut à la fois une éternité et un instant trop court, elle versa la préparation dans un moule. Avec des gestes empreints de révérence, elle le glissa dans le four préchauffé. Vingt minutes d'attente, vingt minutes pendant lesquelles la magie de la transformation allait opérer.

Alors qu'elle fermait la porte du four, Julie sentit une vague de contentement l'envahir. Elle avait créé bien plus qu'un simple gâteau au chocolat. Elle avait tissé un lien entre le passé et le présent, entre la terre et le ciel, entre son cœur et celui de ceux qu'elle aimait.

La pierre contre son ventre pulsait doucement, comme pour approuver silencieusement. Elle souriait, consciente d'avoir franchi une nouvelle étape dans sa compréhension du mystère qui l'entourait. Le secret de ces recettes commençait à se dévoiler, aussi riche et complexe que le gâteau qui cuisait maintenant dans le four.

Julie se dirigea vers le pot de farine, la pierre chaude entre ses doigts. Avec un mélange de regret et de soulagement, elle la déposa délicatement, comme si elle rendait un trésor à son écrin. Immédiatement, le monde sembla perdre un peu de son éclat, les sensations s'atténuant pour revenir à la normale.

L'air de la boulangerie était saturé de l'arôme enivrant du chocolat chaud. C'était une odeur riche et réconfortante, qui évoquait des souvenirs d'enfance et promettait des moments de pur plaisir. Chaque inspiration était comme une caresse pour l'âme, un baume apaisant après l'intensité de l'expérience vécue avec la pierre.

Gabriel, qui l'avait observé du coin de l'œil pendant qu'il servait les clients, ne put s'empêcher de commenter. Sa voix était teintée d'une légère envie, mais surtout de l'admiration.

— Il a de la chance, Lucas, que tu lui prépares des trucs qui sentent aussi bon, dit-il un sourire chaleureux aux lèvres.

Julie se tourna vers lui, ses yeux brillant de malice. Un sourire espiègle se dessina sur ses lèvres, et elle répondit d'une voix douce, mais chargée de promesses :

— Dis-moi ce qui te plaît, et je te ferai rêver.

Ces mots, prononcés avec une assurance tranquille, eurent un effet immédiat sur Gabriel. Ses joues se teintèrent d'un rose délicat et il baissa les yeux, soudain timide face à cette Julie audacieuse. Son sourire, mélange de gêne et de plaisir anticipé, illumina son visage.

Le temps sembla se suspendre un instant. L'air entre eux crépitait d'une nouvelle énergie, chargée de possibilités et de désirs à peine voilés. Les clients, les odeurs de la boulangerie, même le mystère des pierres, tout paraissait s'être effacé, ne laissant que Julie et Gabriel dans leur bulle d'intimité.

Puis, le tintement de la clochette de la porte les ramena doucement à la réalité. Le charme n'était pas rompu, mais il avait changé. Il flottait maintenant entre eux comme une promesse silencieuse, un secret partagé qui rendait chaque regard, chaque geste, plus significatif.

Lucas entra précipitamment. Son visage était animé d'une excitation palpable, ses yeux brillaient d'une fierté à peine contenue. Sans même prendre le temps de saluer, il se dirigea directement vers une table, une carte froissée serrée contre sa poitrine comme un trésor.

— J'ai découvert quelque chose ! s'exclama-t-il, sa voix vibrante d'enthousiasme. Tout ce que j'ai traduit du texte a donné trois coordonnées géographiques.

D'un geste théâtral, il étala la carte sur la table. Julie et Gabriel se rassemblèrent autour, leurs têtes penchées sur le document, leurs souffles se mêlant dans l'attente de cette nouvelle découverte.

Lucas pointa du doigt les trois points qu'il avait méticuleusement marqués, son index traçant des lignes invisibles entre eux. Son visage rayonnait de satisfaction, semblable à celle d'un explorateur qui venait de découvrir une nouvelle terre.

Julie fronça les sourcils, son regard s'attarda sur l'un des points.

— Pourquoi y a-t-il un point en pleine mer ? interrogea-t-elle, intriguée.

Il hocha la tête, son enthousiasme momentanément tempéré par cette observation.

— Oui, c'est étrange. Un autre est ta boulangerie, et le dernier est quelque part dans la colline. Il passa une main dans ses cheveux, l'air soudain moins assuré.

— Je ne comprends pas vraiment ce que cela signifie. D'accord pour la boulangerie, mais, puisque c'est là qu'on a découvert le livre, je ne vois pas trop l'intérêt…

Le visage de Lucas s'assombrit légèrement. La fierté qui l'animait quelques instants plus tôt céda la place à une déception visible. Ses épaules s'affaissèrent imperceptiblement, comme si le poids de cette énigme non résolue venait tout juste de peser sur lui.

Sensible au changement d'attitude de son ami, Julie reconnut ce besoin constant de réassurance qui le caractérisait. D'un geste empreint de douceur, elle posa sa main sur son bras, lui offrant un réconfort silencieux, mais éloquent.

— Nous allons trouver, ne t'en fais pas. Nous en sommes là grâce à toi, ne l'oublie pas, dit-elle avec une assurance tranquille.

Son regard balaya à nouveau la carte, son esprit tournait à toute vitesse.

— Bon, en mer, on ne peut rien faire pour le moment. La boulangerie se trouve là... Appelle Maxime pour savoir où se trouve le point dans la colline ; si quelque chose s'y trouve, il devrait pouvoir nous repérer, je pense.

Les paroles de Julie semblaient insuffler une nouvelle vie à Lucas. Son visage s'éclaira de nouveau ; la flamme de la détermination reprit place dans ses yeux. Il n'avait peut-être pas résolu l'énigme entièrement, mais il avait fait un pas de plus vers la vérité. Et cette vérité, ils allaient la découvrir ensemble.

Un tintement résonna dans la boulangerie, annonçant la fin de la cuisson. Elle se dirigea vers le four, ses mouvements empreints d'une grâce naturelle. Elle en sortit le gâteau au chocolat, son arôme riche et envoûtant se répandit instantanément dans l'air, se mêlant aux effluves déjà présents de pain frais et de café.

Avec des gestes précis et affectueux, elle découpa le gâteau en une multitude de parts, chacune promettant un moment de pur plaisir. L'odeur était si merveilleuse qu'elle semblait presque palpable, caressant les sens de chaque personne dans la boulangerie.

C'est à ce moment précis que Carla franchit le seuil, accueillie par cette symphonie olfactive.

— Bonjour Julie, comme d'habitude s'il te plaît, dit-elle avant de s'interrompre, humant l'air avec délectation. Et si je peux avoir ce qui sent aussi bon, ça me ferait très plaisir avec mon café.

Elle sourit chaleureusement.

— Je m'en occupe. Allez vous installer.

Après avoir servi Carla, Julie rejoignit les garçons. L'euphorie de la découverte paraissait s'être momentanément dissipée, remplacée par une frustration perceptible face à l'énigme qui leur résistait encore.

Le flot de clients commença à s'intensifier, et elle dut s'éloigner pour les servir, jonglant habilement entre son rôle de boulangère et celui d'enquêtrice amateur.

Le tintement cristallin de la clochette annonça l'arrivée de Maxime et Émilie. Ils entrèrent ensemble, leurs mains entrelacées témoignant de leur complicité.

Elle les accueillit, son visage s'illumina d'un sourire radieux.

— Coucou, vous deux ! Merci d'être venus aussi vite, dit-elle, la voix empreinte de gratitude et de soulagement.

D'un geste, elle les invita à avancer.

— Allez au fond, on a besoin de tes talents, Maxime, poursuivit-elle, son ton mêlant urgence et hospitalité. Il y a du café tout chaud, et j'ai préparé un gâteau pour l'occasion.

Émilie adressa à Julie un sourire espiègle.

— Il va nous faire quoi ton gâteau cette fois-ci ? demanda-t-elle en riant, faisant allusion aux effets surprenants de la dernière fois.

— Rien, c'est juste du plaisir et de la joie, répondit-elle avec un clin d'œil.

Maxime se pencha sur la carte, son front se plissa de concentration alors qu'il étudiait les points marqués par Lucas.

— Oui, je vois bien la zone qui se trouve dans la colline, dit-il finalement. Par contre, il n'y a strictement rien par là-bas. En plus, c'est dans un vallon, et ce n'est pas facilement accessible.

Ces mots semblèrent jeter un voile de perplexité sur le groupe. Le mystère, au lieu de s'éclaircir, paraissait s'intensifier. L'odeur enivrante du gâteau au chocolat flottait encore dans l'air, comme un rappel que, même dans les moments de doute, il y avait toujours une dose de douceur à savourer.

Julie regarda ses amis réunis autour de la carte, chacun apportant sa contribution à l'édifice de cette énigme complexe. Elle sentit une vague d'affection et de gratitude l'envahir.

Émilie, qui écoutait la conversation que d'une oreille distraite, prit une part de gâteau qu'elle porta à ses lèvres. Au premier contact avec sa langue, son visage s'illumina d'un plaisir intense.

— Mmmmmm, gémit-elle, les yeux clos dans un état de plaisir extrême. Julie, ton gâteau est une tuerie !

Elle sourit, touchée par le compliment.

— Je ne l'ai pas encore goûté, mais merci, répondit-elle d'une voix douce.

Curieuse, elle en prit une part à son tour et mordit dedans. La saveur explosa dans sa bouche, riche, profonde, et incroyablement réconfortante. Même elle fut impressionnée par sa création.

Quand elle leva les yeux, Julie réalisa que toute conversation autour de la carte s'était tue. Chacun de ses amis tenait une part de gâteau en main, les yeux fermés, savourant chaque bouchée comme si c'était la dernière. L'atmosphère dans la boulangerie avait changé, passant de la tension de l'enquête à une sérénité palpable.

En jetant un coup d'œil sur la terrasse, elle aperçut Carla. Le visage de sa cliente rayonnait de bien-être, ses yeux étincelaient d'un bonheur simple et pur. Cette vision lui réchauffa le cœur.

Quand elle revint vers la table, ses amis s'étaient remis au travail, mais quelque chose avait changé. Une aura de bien-être et de satisfaction les enveloppait, quelque chose d'indéfinissable, mais de profondément réel. Leurs visages étaient détendus, apaisés. Même Lucas, que l'énigme stressait plus tôt, paraissait maintenant parfaitement serein.

Julie sentit une vague de chaleur l'envahir. Elle avait réussi à insuffler son bonheur matinal, sa joie et son amour dans chaque miette du gâteau. Chaque bouchée paraissait transmettre ces émotions positives, les partageant avec tous ceux qui le goûtaient.

Elle resta un instant immobile, laissant cette révélation s'imprégner en elle. Son regard balaya la boulangerie, s'attarda sur chaque visage détendu, chaque sourire serein. Une question, à la fois excitante et troublante, s'insinua dans son esprit :

— Était-ce vraiment ainsi que cela fonctionnait ?

Elle repensa à ce matin, à la façon dont elle avait préparé le gâteau. Le bonheur qu'elle ressentait, la douceur de la nuit passée avec Gabriel, l'espoir et l'amour qui remplissait son cœur, tout cela s'était-il vraiment transmis à travers sa création culinaire ?

Julie ferma les paupières, se concentrant sur les sensations qui l'entouraient. Elle pouvait presque sentir les ondes de bien-être qui émanaient de chaque personne présente, comme une douce chaleur qui enveloppait la pièce. C'était plus qu'une simple appréciation d'un bon gâteau. C'était une partie d'elle-même qui s'était diffusée dans l'air, touchant chacun de manière profonde et personnelle.

Elle repensa aux récits de son arrière-grand-mère et aux mystérieuses recettes du livre volé.

— Était-ce là le véritable secret ? Non pas simplement des ingrédients et des techniques, mais la capacité de transmettre des émotions et des sentiments à travers la nourriture.

Un frisson d'excitation parcourut son corps. Si c'était vrai, si elle avait précisément ce pouvoir, les possibilités semblaient infinies. Elle pourrait réconforter les cœurs brisés, apporter de la joie aux âmes tristes, de l'espoir à ceux qui en manquaient.

Mais avec cette réalisation vint aussi un sentiment de responsabilité. Si ses émotions pouvaient avoir un tel impact, elle devrait être attentive à son état d'esprit à chaque fois qu'elle cuisinerait. Chaque gâteau, chaque pain, chaque pâtisserie deviendrait alors non seulement un aliment, mais un vecteur de ses pensées et de ses sentiments les plus profonds.

Julie contempla ses mains, qui étaient plus que de simples outils. Elles étaient le lien entre son cœur et le monde, transformant des ingrédients ordinaires en porteurs de bien-être.

Une nouvelle détermination l'envahit : elle explorerait ce don et l'affinerait. Chaque création deviendrait une chance de diffuser sa lumière intérieure.

Julie savoura cette plénitude, se sentant en harmonie avec le monde. Les mystères paraissaient moins pressants face à cet instant de grâce.

Elle rouvrit les yeux et sourit sereinement. Quels que soient les défis à venir, elle savait qu'elle pouvait créer des instants de joie intense. C'était peut-être là le véritable trésor, plus précieux que n'importe quel livre de recettes.

Le silence qui régnait dans la boulangerie fut soudainement interrompu par la voix d'Émilie.

— Vos points forment un triangle équilatéral, remarqua-t-elle, les yeux rivés sur la carte.

Tous les regards se tournèrent vers elle, mélange de surprise et de curiosité.

Gabriel, le front plissé par la concentration, demanda :

— Ce n'est pas celui qui a les trois côtés égaux, celui-là ?

— Oui, c'est exactement ça, confirma-t-elle avec un sourire. Elle poursuivit, son ton prenant une teinte professorale :

— Il est fréquent qu'on demande aux élèves de localiser le point focal. Pour trouver le point, il suffit de prendre l'axe de chaque base et de renvoyer la perpendiculaire à son sommet. Les trois lignes qui se croisent au milieu indiquent le point.

Un silence stupéfait suivit ses paroles. Les visages autour de la table affichaient des expressions allant de la confusion totale à l'émerveillement. Julie, quant à elle, souriait, une lueur de compréhension dans les yeux. Sans un mot, elle tendit un stylo à Émilie.

Elle le saisit, puis demanda :

— Tu n'aurais pas une règle, par hasard ?

Après quelques instants de recherche, Julie sortit un ruban enroulé provenant d'un magasin de décoration suédois.

— Ça va faire l'affaire ? demanda-t-elle, un léger sourire dans la voix.

— Oui, c'est parfait ! répondit Émilie en saisissant le mètre ruban.

Avec des gestes précis et assurés, elle se mit au travail. Elle relia les points, mesura le milieu de chaque côté, traça les perpendiculaires. Sous le regard émerveillé du groupe, un nouveau point apparut au centre du triangle.

Maxime se pencha sur la carte, et son visage s'illumina de reconnaissance.

— Je vois très bien où c'est ! s'exclama-t-il. Il y a un vieux moulin là-bas. J'accompagne parfois des touristes de temps en temps dans ce coin.

Son regard se posa sur Émilie, empli de fierté et d'un amour renouvelé. La simplicité avec laquelle elle avait résolu ce qui semblait être un casse-tête insoluble ne faisait que renforcer son admiration pour elle.

Julie, submergée par l'excitation et la gratitude, bondit de sa chaise. Elle se précipita vers Émilie, l'enveloppant dans une étreinte chaleureuse.

— C'est toi la meilleure ! s'écria-t-elle, déposant un baiser enthousiaste sur la joue de son amie.

L'ambiance dans la boulangerie était chargée d'une énergie revigorante. L'énigme qui les avait tant frustrés venait de céder, ouvrant la voie à de nouvelles possibilités. Le parfum du gâteau au chocolat flottait encore dans l'air, se mêlant à l'excitation palpable, créant un cocktail enivrant d'espoir et d'anticipation.

Chacun échangea des regards complices, conscients qu'ils venaient de franchir une étape cruciale dans leur quête. Le vieux moulin les attendait, promettant des révélations et peut-être, enfin, des réponses à leurs questions.

## 14

## Les murmures du vieux moulin

Les rayons du soleil à son zénith inondaient la place du village, transformaient les pavés séculaires en un tapis d'or scintillant. Les ombres, courtes et précises, dessinaient des motifs complexes sur le sol. L'atmosphère semblait imprégnée d'une énergie, écho des révélations et des sentiments intenses qui avaient animé la boulangerie quelques instants plus tôt.

Lucas, l'excitation brillait dans ses yeux, commença à ranger la carte.

— Allez, on va au moulin ? demanda-t-il, laissant transparaître son impatience de découvrir ce nouvel endroit.

Julie secoua doucement la tête et prit une expression déterminée.

— Non, dit-elle d'un ton ferme. D'abord, on doit s'occuper de quelqu'un qui ne perd rien pour attendre. Ses pensées se tournèrent alors vers Paul, et un éclat résolu brillait dans son regard.

Gabriel observa Julie, un mélange d'admiration et d'inquiétude dans les yeux.

— Tu ne lâcheras pas, n'est-ce pas ? demanda-t-il tendrement.

— Jamais de la vie, répondit-elle, sa voix empreinte d'une résolution inébranlable.

Lucas perçut l'importance de l'instant et intervint :

— Dans ce cas, je vous accompagne.

Maxime, qui avait écouté la conversation en silence, prit la parole :

— D'accord. Nous, on rentre se changer et mettre des chaussures appropriées. Comptez environ une heure et demie de marche dans la garrigue.

Julie approuva d'un signe de tête et répondit :

— Ça marche, on se retrouve sur la place. À tout à l'heure.

Le groupe se dispersa, chacun partait avec un but précis. Julie ferma la boulangerie, le tintement de la clé dans la serrure résonna comme le point final d'un chapitre et le début d'un nouveau. Elle traversa la place d'un pas décidé, Lucas à ses côtés, puis se retourna vers Gabriel, qui s'était attardé.

— Tu viens ? l'interpella-t-elle, une note d'impatience dans la voix.

Gabriel, les yeux rivés sur son téléphone, leva les yeux.

— Oui, j'arrive, dit-il, alors qu'il terminait d'écrire un SMS avant de la rejoindre.

Ils quittèrent la place du village, les émotions vives qu'ils venaient de ressentir flottaient encore dans l'air, une détermination renouvelée les animait alors qu'ils se dirigeaient vers Saint-Cyr-Sur-Mer.

Le voyage se déroula dans un silence empreint d'impatience. Julie, l'adresse de Paul soigneusement notée, ressentait encore les effets apaisants du gâteau qu'elle avait préparé plus tôt. Sa colère, bien que toujours présente, semblait comme enveloppée d'un voile de sérénité.

Ils arrivèrent bientôt devant un petit immeuble de trois étages, face à la mer. Elle se dirigea vers l'interphone, le cœur battant légèrement plus fort. Elle appuya sur le bouton, une fois, puis une autre. Mais seul le silence répondit.

— Il ne doit pas être là, suggéra Gabriel, sa voix trahissait une pointe de soulagement.

Pourtant, elle n'était pas prête à renoncer.

— On va faire le tour pour voir si une fenêtre est ouverte, proposa-t-elle, son regard déterminé balayant la façade de l'immeuble.

Lucas écarquilla les yeux.

— Heu... Julie, il est écrit troisième étage sur ton papier. On ne va pas escalader quand même ?

Un sourire espiègle apparut sur les lèvres de Julie.

— Mais non, c'est juste pour voir s'il est là.

Elle ajouta, sur un ton provocateur :

— Et puis, il y a trop de monde.

Ils contournèrent l'immeuble et se retrouvèrent face à la promenade et à la plage. L'odeur saline de la mer les enveloppa, évoquant des souvenirs récents. Julie s'arrêta net, une réalisation la frappant soudain.

— Regardez, pointant du doigt la promenade de la plage. C'est là que s'est déroulé le concours de pâtisserie. On était sous ses yeux, il a dû se cacher chez lui quand il s'est enfui, et on était juste à côté.

Gabriel acquiesça, l'air pensif.

— En effet. Et, vu le chaos qui régnait ce jour-là, ça n'est pas passé inaperçu.

Ils levèrent les yeux vers le troisième étage. Les volets en bois étaient fermés et ne révélaient rien de l'intérieur.

Déterminée, Julie retourna à l'entrée pour sonner de nouveau. Une dame entrait dans l'immeuble au même moment.

— Bonjour, Madame, dit-elle poliment. Savez-vous si le jeune du troisième est là ?

— Non, il n'est pas là, répondit la dame. Il est sorti en même temps que moi tout à l'heure. Nous nous sommes juste croisés dans le couloir, il avait l'air pressé.

Un grognement de frustration s'échappa de Julie. Gabriel, qui sentait sa déception, accéléra le pas et dit d'une voix encourageante :

— Allons-y ! On doit rentrer et on doit trouver le moulin et ce qu'il cache.

Elle céda, mais avec une pointe de réticence. Tandis qu'ils s'éloignaient de l'immeuble, le murmure lointain des vagues et l'air marin, chargé d'iode, les enveloppaient, comme pour les pousser vers leur prochaine exploration.

***

La place du village accueillit le groupe, ses pavés anciens paraissaient absorber l'écho de leurs pas. L'atmosphère, imprégnée des émotions profondes de la journée, planait autour d'eux, semblable à un voile.

— Je prends vite fait de l'eau et de quoi manger sur le chemin et j'arrive, lança Julie avant de disparaître dans la boulangerie.

Gabriel et Lucas aperçurent Émilie et Maxime arriver, équipés de sacs à dos et de chaussures de randonnée. Lucas sourit, son regard s'attardait sur Émilie.

— Vous formez un beau couple, dit-il, une pointe de mélancolie dans la voix. Ça me fait plaisir.

Elle le remercia sincèrement, effleurant tendrement sa joue d'un geste empreint de tendresse.

Julie les rejoignit, et les voilà partis tous les cinq. Alors qu'ils descendaient la ruelle, ils passèrent devant la boutique de Sophie. Elle finissait d'expliquer une de ses toiles à un couple de touristes quand son regard croisa celui du groupe. Ses yeux s'écarquillèrent de joie.

— Bonjour ! s'écria-t-elle en courant vers eux, distribuant des bises à tout le monde.

Arrivée en face de Gabriel, elle s'arrêta net.

— Waouh ! C'est quoi ça ? s'exclama-t-elle avec un grand sourire, le pointant du doigt.

Julie souriait et se collait à lui.

— « Ça », c'est à moi. Pas touche.

Sophie observa Gabriel, qui ne savait plus où se mettre.

— Et il rougit en plus, c'est trop mignon.

— Arrête de l'embêter.

Sophie émit un grognement amusé.

Julie et Sophie se regardèrent, un moment de silence suspendu entre elles, puis elles éclatèrent de rire. Sophie se jeta dans les bras de Julie, la couvrant de bisous.

— Je suis trop contente pour toi, puis ça va te décoincer un peu, dit-elle en riant de plus belle. Vous allez où tous ensemble ?

— On va conquérir un moulin, répondit Lucas en riant.

Sans leur laisser le choix, Sophie sauta sur l'occasion.

— Je viens avec vous !

Elle se hâta de fermer sa boutique, saisit le bras de Julie et l'entraîna pour commencer à marcher.

— Allez, on est partis ! lança-t-elle toujours le sourire aux lèvres.

Lucas passa à côté de Gabriel, qui semblait encore abasourdi par ce qui venait de se passer. Il lui tapota l'épaule et dit :

— Tu t'habitueras... Puis, avec un rire taquin, il ajouta : Ou pas.

Le chemin serpentait à travers la garrigue provençale, baignée par le soleil de l'après-midi. L'air résonnait des rires et des discussions animées du groupe, leurs voix se mêlaient au chant des cigales. L'odeur du thym et du romarin imprégnait l'atmosphère, créant une ambiance enivrante qui semblait faire voyager chacun d'eux dans un autre temps.

Maxime, en guide, conduisait le groupe avec confiance et assurance. Après une marche qui parut à la fois interminable et trop courte, il s'arrêta enfin, un sourire triomphant aux lèvres.

— Voici ! annonça-t-il en pointant du doigt la silhouette imposante qui se dressait devant eux.

Le vieux moulin se détachait sur le ciel azur, majestueux témoin d'une ère révolue. Sa structure massive en pierre ocre s'élevait sur trois niveaux et dominait le paysage environnant. Le toit conique, autrefois recouvert de tuiles, n'était plus qu'une charpente de bois patiné par les années qui laissait entrevoir le ciel à travers ses poutres.

Les vestiges des pales s'étendaient comme des bras squelettiques, figés dans leur dernier mouvement. Bien que dépouillées de leur toile, elles dégageaient une grâce étrange, comme si elles étaient sur le point de reprendre vie à tout instant.

Une porte en bois massif, dont les gonds rouillés grinçaient doucement dans la brise, invitait à pénétrer dans les entrailles du moulin. À l'intérieur, l'obscurité cédait peu à peu la place à une lumière tamisée qui filtrait à travers les interstices des murs et de la cage d'escalier.

Au centre de la pièce principale trônait l'imposante meule de pierre, dont le diamètre impressionnant témoignait des quantités de grain jadis moulues ici. Des traces de farine séculaire persistaient dans ses rainures, comme un écho silencieux du labeur passé.

Tout autour, de grandes cuves de stockage en pierre s'alignaient le long des murs. Leurs parois lisses, polies par l'épreuve du temps et de l'utilisation, semblaient murmurer les secrets des récoltes qu'elles avaient abritées.

Des poutres massives traversaient le plafond, elles soutenaient l'étage supérieur et l'imposant mécanisme qui avait autrefois fait tourner la meule. Des engrenages rouillés et des chaînes pendaient ici et là, vestiges d'une machinerie autrefois bruissante d'activité.

Dans un coin, un escalier en colimaçon, ses marches de pierre érodées par d'innombrables pas, invitait à monter vers les étages supérieurs, promettant de nouvelles découvertes.

L'atmosphère intérieure du moulin regorgeait d'histoire, comme si le temps s'était figé, emprisonnant entre ses murs les récits de générations passées. Chaque pierre, chaque poutre paraissait avoir une histoire à raconter.

Maxime, fier de sa découverte, observa la réaction de ses compagnons.

Gabriel, le regard levé vers la charpente, laissa échapper un sifflement admiratif.

— Ah oui, quand même, il est balèze, celui-là.

Julie se tourna vers Lucas, une lueur d'espoir dans les yeux.

— Y avait-il d'autres infos ? demanda-t-elle, sans trop y croire.

Lucas secoua la tête.

— Non. J'avais seulement les coordonnées. Rien de plus.

Un silence s'installa, chacun prenait la mesure de la tâche qui les attendait. Puis, comme souvent, Julie prit les devants, sa voix résonna dans les profondeurs du moulin.

— Bon, commença-t-elle, un sourire malicieux aux lèvres, on ignore ce que l'on cherche, on ne connaît pas la taille que ça fait, et on ne sait même pas si c'est toujours là, mais on doit trouver.

Le groupe éclata de rire, remerciant Julie pour son « aide précieuse ». L'atmosphère, un instant tendue par l'ampleur de leur quête, se relâcha instantanément.

Puis, comme mus par une force invisible, ils se dispersèrent, chacun choisissait une direction, scrutaient le moindre recoin du vieux moulin et de ses alentours.

Sophie, fidèle à sa nature artistique, s'attarda sur les murs extérieurs. Ses doigts effleuraient la pierre rugueuse, à la recherche de possibles gravures ou des marques cachées. Son regard perçant scrutait chaque crevasse, chaque anfractuosité, comme si elle lisait une histoire inscrite dans la pierre elle-même.

Maxime s'engagea naturellement à l'intérieur. Il examinait méthodiquement la grande meule, passa ses mains sur sa surface, à la recherche d'indices cachés dans ses rainures. De temps à autre, il sortait un petit carnet pour y griffonner rapidement des notes ou des croquis.

Émilie, quant à elle, s'était aventurée dans l'escalier en colimaçon. On l'entendait monter lentement, ses pas résonnaient dans la structure creuse du moulin. À chaque palier, elle s'arrêtait, inspectait minutieusement le sol et les murs, son regard à l'affût du moindre détail.

Lucas s'était attaqué aux cuves de stockage. Il les examinait une à une, tapotait leurs parois, se penchait pour regarder à l'intérieur, cherchant peut-être un double fond ou un compartiment secret.

Gabriel, lui, s'était chargé de l'extérieur immédiat du moulin. Il arpentait le périmètre à grands pas, s'arrêtant parfois pour déplacer une pierre ou examiner une touffe d'herbe. Son regard alternait entre le sol et l'horizon, comme s'il cherchait à replacer le moulin dans un contexte plus large.

Julie, au centre de tout cela, tournait doucement sur elle-même, son regard balayait l'ensemble de la scène. Elle semblait absorber chaque détail, chaque mouvement de ses amis, comme si la réponse à leur énigme pouvait émerger de la somme de leurs efforts conjoints.

Le temps semblait s'être arrêté. Le vieux moulin était devenu le théâtre silencieux de leur recherche. Chaque pierre, chaque brin d'herbe, chaque grain de poussière pouvait potentiellement receler le secret qu'ils cherchaient. Et, tandis que le soleil poursuivait sa course dans le ciel, le groupe continuait ses recherches, uni par un même but, guidé par l'espoir de percer enfin le mystère qui les avait menés jusqu'ici.

Sophie, qui balayait toujours les murs extérieurs du moulin, s'arrêta soudain, intriguée. Dans la lumière rasante de l'après-midi, elle remarqua une légère irrégularité dans la texture de la pierre. Elle s'approcha et passa délicatement ses doigts sur la surface rugueuse.

Sous ses doigts délicats, elle perçut de légères irrégularités, à peine perceptibles. Son instinct d'artiste s'éveilla. Elle recula légèrement, inclina la tête pour changer son angle de vue. C'est alors qu'elle le vit : un motif subtil, formé par ces minuscules irrégularités.

Sophie resta immobile, les yeux rivés sur le motif qu'elle venait de découvrir. Au départ, elle avait cru y voir une fleur stylisée, mais, en prenant du recul, l'image se transforma sous ses yeux.

— Ce n'est pas une fleur, murmura-t-elle pour elle-même. C'est plutôt un arbre de vie.

Les détails du motif semblaient onduler sous la lumière changeante de l'après-midi. Ce qui captivait son attention, c'était l'étrange feuillage de cet arbre. Chaque feuille, comme guidée par une force invisible, s'orientait dans une direction unique et commune. Telles des flèches vertes figées dans l'air, elles paraissaient pointer vers un secret invisible, attendant patiemment d'être déchiffré. Cette uniformité inhabituelle transformait l'arbre en une boussole végétale géante, qui invitait à l'exploration.

Guidée par une intuition qu'elle ne s'expliquait pas, Sophie posa délicatement son doigt sur les feuilles. Elle suivit la direction indiquée, ses yeux scrutant les pierres rugueuses du mur. Soudain, elle aperçut une autre marque, usée par le temps, mais indéniablement là.

Le cœur battant, elle continua. Ses doigts effleuraient la surface du mur, traçaient un chemin invisible. Une troisième marque fit son apparition, suivie d'une quatrième. Chaque découverte la remplissait d'un frisson d'excitation.

Pas à pas, ce chemin de pierre la conduisit à l'intérieur du moulin. L'obscurité relative la fit cligner des yeux, mais elle ne perdit pas la piste. Les marques continuaient, la guidaient inexorablement vers le cœur du bâtiment.

Finalement, elle s'arrêta, le souffle court. Devant elle se dressait la grande meule, imposante et silencieuse. La dernière marque pointait directement vers elle, comme pour souligner son importance.

Sophie resta là un moment, à contempler sa découverte. Le bruit du groupe qui continuait leurs recherches lui paraissait lointain. Elle savait qu'elle venait de découvrir quelque chose de significatif, un fil ténu reliant l'extérieur à l'intérieur, le passé au présent.

— Les gars ! s'exclama-t-elle, la voix tremblante d'excitation. Je crois avoir trouvé quelque chose.

Excitée par sa découverte, elle s'époumona de plus belle, pour attirer l'attention de ses amis.

— Venez voir ! Je crois que j'ai trouvé quelque chose qui pourrait nous aider à savoir où chercher à l'intérieur !

Le soleil s'étirait paresseusement, projetant des ombres allongées à travers les fenêtres du vieux moulin. Le groupe se rassembla autour de la meule, leurs souffles légèrement haletants trahissaient leur excitation face à la découverte.

Sophie, les yeux brillants, commença à raconter son parcours. Les mots se bousculaient dans sa bouche comme des gouttes de pluie pressées de toucher le sol.

— L'arbre de vie... Ses feuilles... Elles m'ont conduite jusqu'ici, confia-t-elle, ses doigts dansant dans l'air pour accompagner son histoire. C'était comme si les pierres me parlaient, vous comprenez ?

Les autres échangeaient des regards, tentant de suivre le fil de son histoire. Julie hocha la tête, encourageante, tandis que Lucas plissait les yeux, essayant de visualiser le chemin décrit par Sophie.

— Sophie, ralentis un peu, suggéra Julie avec un sourire tendre. Reprends depuis le début.

Elle prit une profonde inspiration, s'efforçait de ralentir le flot de ses paroles. Elle raconta alors, étape par étape, comment les marques sur le mur extérieur l'avaient menée jusqu'à la meule.

Au fur et à mesure qu'elle s'exprimait, une ambiance particulière émanait du groupe. C'était comme si le temps s'était arrêté, suspendu aux lèvres de Sophie, attendant la suite des événements.

Quand elle eut terminé, un silence empreint de respect et d'anticipation plana un instant. Puis, comme réveillés d'un rêve, tous se mirent en action.

— Bien, dit Julie, reprenant son rôle de leader naturel. Concentrons nos recherches ici. Il doit y avoir quelque chose...

Ils se dispersèrent autour de la meule, chacun inspectait une section différente. Leurs doigts effleuraient la pierre, leurs yeux plongeaient dans chaque crevasse, chaque imperfection.

Le bruit de leurs recherches emplissait l'espace, ponctué de temps à autre par une exclamation étouffée ou un soupir de déception. La lumière déclinante donnait à la scène une qualité presque onirique, comme s'ils étaient sur le point de traverser la frontière entre deux mondes.

Et c'est dans cette atmosphère empreinte de mystère qu'Émilie parcourait la surface de la meule d'un regard attentif. Son examen méthodique s'interrompit net lorsque ses yeux s'arrêtèrent sur un détail qui changea tout.

Sur le bord de la meule, on pouvait voir de minuscules encoches gravées à intervalles réguliers.

Émilie, intriguée, s'approcha pour les examiner de plus près. Soudain, elle remarqua que ces marques n'étaient pas le fruit du hasard, mais qu'elles suivaient un schéma mathématique bien défini. Il s'agissait d'une suite numérique, mais pas n'importe laquelle.

— C'est la suite de Fibonacci, murmure-t-elle, ses yeux s'éclairant de compréhension.

En comptant attentivement les encoches entre chaque marque plus prononcée, elle reconnut la fameuse séquence : 1, 1, 2, 3, 5, 8, 13...

Ce qui retint particulièrement son attention fut l'interruption apparente de la suite à un endroit précis de la meule. En y regardant de plus près, elle découvrit une légère imperfection dans la pierre, qui ressemblait à une flèche.

— Je crois avoir trouvé quelque chose, dit-elle au groupe.

Émilie leva les yeux de la meule, son visage illuminé par la compréhension.

— La séquence de Fibonacci, répéta-t-elle, sa voix empreinte d'enthousiasme.

— La quoi ? demanda Gabriel, les sourcils froncés d'incompréhension.

Elle inspira profondément et chercha les bons mots pour expliquer simplement ce concept complexe. Ses yeux balayèrent le groupe, notant la curiosité de chacun.

— Il s'agit d'une suite de nombres, commença-t-elle, sa voix d'enseignante prenant naturellement le dessus. Chaque nombre correspond à la somme des deux précédents. Cela commence par 0, 1, puis 1, 2, 3, 5, 8, 13, et ainsi de suite.

Elle fit une pause pour que l'information s'imprègne.

— Mais ce n'est pas juste une suite de chiffres, poursuivit-elle, ses yeux étincelant d'une passion retenue. Elle est associée au nombre d'or, 1,618... une proportion que l'on observe partout dans la nature.

Julie s'approcha, intriguée.

— Comment ça, partout ?

Émilie sourit, heureuse de cet intérêt.

— On retrouve cet arrangement dans la spirale des coquillages, dans l'arrangement des pétales d'une fleur, dans la structure des galaxies elles-mêmes. C'est comme si... c'était le langage secret de l'univers.

Un profond silence s'abattit sur le groupe, aussi dense et palpable que la poussière séculaire du moulin, chacun absorbant cette information.

— Et tu dis que cette suite est gravée ici ? demanda Maxime, qui se penchait pour examiner la meule de plus près.

Émilie acquiesça.

— En effet, mais il y a plus. La séquence s'arrête brusquement, ici.

Elle pointa du doigt un endroit précis sur la meule.

— Et à cet endroit, la pierre est différente.

Tout le monde pencha vers l'avant, fixant l'endroit désigné par Émilie. Dans la lumière déclinante, l'irrégularité de la pierre paraissait presque palpiter, comme si elle attendait d'être dévoilée après des siècles.

Alors que le groupe contemplait la découverte d'Émilie, Julie s'approcha de la meule. Ses doigts effleurèrent doucement les marques de la suite de Fibonacci. Soudain, elle s'arrêta, son visage rayonna d'une compréhension soudaine.

— Attendez, dit-elle d'une voix à peine plus forte qu'un murmure. Et si ces nombres n'étaient pas seulement une clé, mais aussi des instructions ?

Les autres se rapprochèrent, curieux, tandis que Julie continua, son excitation grandissante :

— Sophie a suivi un chemin pour arriver ici. Et si nous devions faire la même chose, mais avec ces nombres ?

Maxime acquiesça lentement.

— Comme un nombre de pas à faire dans chaque direction ?

— Effectivement, confirma Julie. Commençons par le dernier nombre visible de la suite. Celui où elle s'arrête avec la flèche, comme pour indiquer un point de départ, et voyons où cela nous mène.

Avec une précision presque cérémonielle, tous commencèrent à compter les pas, suivant les nombres de la suite de Fibonacci dans l'ordre décroissant. Ils tournaient autour de la meule, dans une danse guidée par les mathématiques anciennes.

Au dernier pas, correspondant au premier « 1 » de la séquence, Gabriel s'arrêta net. Son pied posé sur une dalle, il produisit un son creux qui résonna dans le silence du moulin lorsqu'il tapait dessus.

Tous demeurèrent immobiles, retenant leur respiration. Avec délicatesse, Gabriel s'agenouilla, ses mains tâtonnaient le sol poussiéreux. Ses doigts rencontrèrent le bord de la dalle, qui semblait légèrement surélevée. Il gratta délicatement le joint, rempli de terre.

Avec l'aide des autres, il parvint à soulever la pierre. Dessous, nichée dans une cavité sombre, se trouvait une boîte en fer, patinée par le temps, mais remarquablement préservée.

Le groupe échangea des regards emplis d'émerveillement et d'impatience. Dans le silence du vieux moulin, le temps paraissait suspendu, comme si des siècles d'attente culminaient en cet instant précis.

Julie étendit sa main vers la boîte, ses doigts frémissaient légèrement. Au moment où elle la toucha, elle ressentit une connexion presque électrique, comme si l'objet lui-même vibrait d'une énergie contenue.

— On l'a trouvée ! s'exclama-t-elle, sa voix mêlant incrédulité et triomphe.

Le cri de joie de Sophie résonna dans le vieux moulin, brisant le silence quasi sacré qui s'était installé. Julie, à genoux devant l'ouverture, sentait ses mains trembler d'excitation à l'idée d'ouvrir la boîte en fer. L'atmosphère était électrisante, comme si le temps suspendait son cours.

Tous les regards étaient tournés vers elle, l'attente palpable dans l'air poussiéreux du moulin. Avec des gestes presque cérémonieux, Julie souleva lentement le couvercle. Le grincement métallique résonna comme une mélodie ancienne et révélant enfin les trésors cachés depuis si longtemps.

À l'intérieur se trouvait un petit carnet aux pages jaunies par les années, avec des lettres, vestiges d'une époque révolue, dont l'encre avait pâli, mais n'avait pas disparu. Et, là, brillant doucement dans la lumière déclinante, une pierre d'ambre. Julie la reconnut immédiatement, semblable aux autres qu'elle possédait déjà. C'était bien ça, cette sensation étrange qu'elle avait ressentie en touchant la boîte.

Progressivement, elle se leva, ses jambes vacillèrent légèrement. Soudain, une vague émotionnelle la submergea et des larmes de joie se mirent à couler librement sur ses joues. Sans un mot, elle attira chacun de ses amis dans une étreinte chaleureuse, les remerciant silencieusement pour leur aide, leur soutien et leur présence.

L'astre du jour, comme s'il orchestrait son final avec une précision cosmique, amorçait sa lente plongée derrière l'horizon dentelé des collines. Ses ultimes rayons, tels des doigts d'or liquide, caressaient le groupe, l'enveloppant d'un halo lumineux. Chaque silhouette, chaque contour prenait alors une aura presque surnaturelle.

Julie serra la boîte contre elle, sentant son poids à la fois physique et symbolique. Elle savait, au plus profond d'elle-même, que les réponses qu'elle cherchait depuis si longtemps se trouvaient là, entre ses mains.

Alors qu'ils entamaient le chemin du retour, le crépuscule enveloppait doucement le paysage, une atmosphère de calme et d'accomplissement s'installa parmi eux. Chacun sentait qu'ils venaient de vivre quelque chose d'extraordinaire, un instant hors du temps.

Julie lança un dernier regard au vieux moulin, dont la silhouette se découpait maintenant contre le ciel rougeoyant. Elle sourit, convaincue que ce n'était pas une fin, mais le commencement d'une nouvelle aventure. Les secrets contenus dans cette boîte allaient bientôt se dévoiler, tissant de nouveaux fils dans la tapisserie de leur histoire.

Alors qu'ils disparaissaient dans le déclin du jour, le vieux moulin semblait leur chuchoter un au revoir, gardien silencieux des mystères du temps, attendant sereinement leur prochaine visite.

## 15

## L'Étreinte du Silence

L'aube pointait à peine à l'horizon lorsque Julie ouvrit les yeux, s'extirpant lentement d'un sommeil profond. Elle se trouvait lovée dans les bras de Gabriel, sa chaleur réconfortante l'enveloppait comme un cocon. Un sourire se dessina sur ses lèvres tandis qu'elle savourait ce moment de quiétude, écoutant la respiration paisible de Gabriel.

Avec précaution, elle se retourna, son regard tomba sur la boîte en fer, posée au sol près du lit. Les souvenirs de la veille affluèrent, mêlant excitation et mystère. Elle n'avait pas eu le courage de lire les lettres à son retour, l'épuisement de leur longue marche ayant eu raison de sa curiosité.

— Je veux prendre le temps, murmura-t-elle pour elle-même, ces mots ont attendu si longtemps ; ils méritent toute mon attention.

Le mouvement de Julie tira Gabriel de son sommeil. Il cligna des yeux et lui offrit un sourire endormi.

— Bonjour toi, dit-il d'une voix douce, légèrement enrouée par le sommeil.

Ils se préparèrent en silence, échangeant des regards complices. Elle prit la boîte et la serra contre elle comme un trésor inestimable. Ensemble, ils quittèrent la maison, l'air frais du petit matin les accueillit comme une caresse.

La place du village s'éveillait lentement. Quelques badauds matinaux les saluèrent d'un hochement de tête tandis qu'ils traversaient, leurs pas résonnaient sur les pavés anciens. L'odeur familière de la boulangerie les accueillit, telle une promesse de chaleur et de réconfort.

Elle déverrouilla la porte, le tintement de la cloche annonça le début d'une nouvelle journée. Avec des gestes empreints d'habitude, ils entamèrent leur routine matinale. Il installa la terrasse pendant que Julie disposait les premières viennoiseries dans la vitrine.

Bien que ces mouvements soient familiers, un frisson d'excitation flottait dans l'air. La boîte en fer, posée sur le comptoir, semblait pulser d'une énergie contenue, comme impatiente de révéler ses secrets.

Elle jeta un regard à Gabriel, qui lui sourit en retour. Elle savait qu'il partageait son impatience et sa curiosité. Le moment de vérité était proche, et avec lui, peut-être, les réponses à tant de questions…

La porte de la boulangerie s'ouvrit, laissant entrer le premier client de la journée. Julie leva les yeux de la boîte en fer qu'elle venait de poser sur la table, un mélange de déception et de résignation traversait son visage. Elle savait que son devoir l'appelait, que les secrets de la boîte devraient attendre encore un peu.

— Bonjour, Madame, accueillit-elle en glissant la boîte sous le comptoir d'un geste discret.

Les clients défilèrent, chacun apportant avec lui un bout de conversation, un fragment de la vie du village. Elle les écoutait, répondait, riait même parfois, mais une partie d'elle restait focalisée sur la boîte cachée, comme si elle pouvait entendre ses murmures par-dessus le brouhaha de la boulangerie.

Gabriel, attentif à son impatience à peine contenue, s'affairait entre les tables de la terrasse et le comptoir, allégeant autant que possible la charge de Julie. De temps en temps, leurs regards se croisaient, échangeant des sourires complices, comme s'ils partageaient un secret que personne d'autre ne pouvait comprendre.

Les habitués s'attardaient, savouraient ces moments d'échange avec Julie. Elle écoutait M. Thomas parler de ses tomates, Mme Roussel s'inquiéter du temps qu'il ferait pour le marché, mais ses pensées vagabondaient vers les lettres jaunies et le mystérieux carnet.

Finalement, le milieu de matinée arriva, apportant avec lui une accalmie bienvenue. Le dernier client quitta la boulangerie, la clochette de la porte tinta comme une promesse de tranquillité. Elle laissa échapper un soupir de soulagement, échangeant un regard entendu avec Gabriel.

Le silence qui s'installa semblait presque tangible, chargé d'anticipation. Elle sentit son cœur s'accélérer alors qu'elle s'approchait du comptoir. Ses mains tremblaient légèrement lorsqu'elle en sortit la boîte en fer.

Elle la déposa délicatement sur la table, comme si elle manipulait un objet sacré. Gabriel s'approcha d'elle, posant une main réconfortante sur son épaule. Le moment tant attendu depuis la veille était enfin arrivé.

Elle prit une profonde inspiration, ses doigts effleuraient le couvercle de la boîte. Elle pouvait presque sentir le poids de l'histoire qu'elle renfermait, les secrets qui attendaient d'être révélés. Avec un ultime regard vers Gabriel, elle ouvrit la boîte, prête à explorer les mystères du passé.

Julie retourna délicatement la boîte sur la table, son cœur battant la chamade. Les lettres s'éparpillèrent comme des feuilles d'automne, le carnet atterrissant au sommet de la pile. L'ambre, cette pierre mystérieuse, roula vers le bord de la table. Dans un geste vif, elle la rattrapa juste avant qu'elle ne tombe.

Au moment où ses doigts entrèrent en contact avec la pierre, une vague de sensations la submergea. Elle ferma les yeux, serra fort l'ambre, et s'abandonna à ce flot d'émotions et d'énergies qui parcouraient son corps.

Une idée traversa son esprit, aussi soudaine qu'irrésistible.

— Je dois essayer, murmura-t-elle pour elle-même.

Elle se leva, la pierre toujours serrée dans sa main, et s'approcha de Gabriel, assis en face d'elle. Sans un mot, elle se pencha et l'embrassa tendrement.

L'instant qui suivit fut une explosion de sensations. Ce n'était plus un simple baiser, mais un échange, une communion. Julie sentit comme un courant électrique parcourir son corps qui se mêlait à celui de Gabriel. C'était comme si leurs sangs se mélangeaient, leurs âmes se touchaient. Elle se laissa emporter par cette sensation enivrante, ce partage intime et profond.

Soudain, il se releva d'un coup, interrompit le baiser et s'écarta brusquement. Elle ouvrit les yeux, surprise et un peu déconcertée.

— Qu'est-ce qui t'arrive ? souffla-t-elle, encore sous l'effet du baiser. Tu as ressenti quelque chose ?

Gabriel, visiblement troublé, bafouilla une réponse.

— Non… Enfin, si, ton baiser. Mais tu m'as surpris, et j'ai failli tomber de ma chaise.

Julie s'excusa d'une voix douce, mais une étrange sensation persistait en elle. Elle se dirigea vers le pot de farine et y déposa la pierre d'ambre. Alors qu'elle la lâchait, une impression étrange l'envahit. C'était comme si l'échange s'était fait dans les deux sens. Elle avait non seulement partagé ses sensations avec Gabriel, mais elle en avait reçu aussi, et dans ce cas, il aurait dû ressentir la même chose.

Une fois la pierre déposée, tout se calma. Le monde avait repris sa normalité, et les bruits familiers de la boulangerie revenaient à ses oreilles. Pourtant, une différence, imperceptible, mais incontestable, était là.

Elle retourna s'asseoir à la table, face aux lettres éparpillées. Ses yeux se posèrent sur ces fragments du passé, mais son esprit restait troublé par ce qui venait de se produire. Elle jeta un coup d'œil à Gabriel, qui paraissait lui aussi perdu dans ses pensées.

Julie reporta son attention sur le carnet, ses doigts effleuraient délicatement la couverture usée. Avec une appréhension grandissante, elle l'ouvrit, le bruissement des pages paraissait résonner dans le silence de la boulangerie.

Des recettes inscrites à l'intérieur. Oui, mais pas celles auxquelles elle s'attendait. Les titres défilaient sous son regard incrédule : « Faire vomir », « Affaiblir », « Se renforcer », « Détruire le foie » ... Chaque nouvelle page révélait une utilisation plus sinistre, plus dangereuse de son don.

Elle sentit un frisson glacé la parcourir. Les explications étaient d'une clarté effrayante, décrivaient avec une précision clinique comment infliger douleur et souffrance à travers la nourriture. C'était comme si quelqu'un avait pris tout ce qu'elle aimait dans la pâtisserie et l'avait perverti, transformé en une arme redoutable.

— Mon Dieu, murmura-t-elle, sa voix à peine audible.

Gabriel, qui observait son visage pâlir, s'approcha avec inquiétude. Elle leva les yeux vers lui, et son regard exprimait un mélange de stupeur et d'effroi.

— C'est... c'est horrible, dit-elle, sa voix tremblante. Je n'aurais jamais imaginé que quelqu'un puisse utiliser ce don de cette façon.

Elle claqua violemment le carnet, comme si le simple fait de le toucher pouvait la contaminer. L'excitation qu'elle avait ressentie en découvrant la boîte s'était transformée en une profonde appréhension. Que lui réservaient encore les autres documents ?

Elle prit une profonde inspiration, essaya de calmer les battements frénétiques de son cœur. Elle savait qu'elle devait continuer, qu'elle devait affronter ces secrets longtemps enfouis. Mais l'idée de s'enfoncer plus profondément dans ces ténèbres l'effrayait.

Avec une détermination teintée de crainte, elle tendit la main vers le tas de lettres. Il était temps de plonger dans les secrets du passé, même si le présent venait de devenir encore plus énigmatique et effrayant qu'elle n'aurait pu l'imaginer.

Julie prit délicatement la première lettre. Ses doigts effleuraient le papier jauni par le temps, son esprit encore hanté par les sombres révélations du carnet.

Ses yeux s'écarquillèrent en reconnaissant l'adresse.

— Maman ? s'étonna-t-elle, surprise. En examinant les autres enveloppes. Elle constata que la plupart d'entre elles étaient adressées à sa mère, les autres à sa grand-mère.

Avec précaution, elle ouvrit la première lettre, le craquement du papier résonna dans le silence de la boulangerie. Les mots, tracés d'une écriture élégante, semblaient vibrer d'émotion. C'était un message d'encouragement, imprégné de compassion et de force, pour soutenir sa mère face à la maladie de son père.

Julie sentit sa gorge se serrer, touchée par la tendresse qui émanait de ces lignes écrites il y a si longtemps. Elle passa à une autre lettre, puis une autre, chacune d'elles révélait un nouveau fragment du passé de sa famille.

Soudain, une vague de souvenirs l'assaillit, aussi vive et douloureuse qu'une lame acérée. Des images de son enfance, longtemps enfouies, remontèrent à la surface de sa conscience. Elle revoyait son père, autrefois si fort et plein de vie, s'affaiblir lentement jour après jour.

Le souvenir de ses mains, jadis fermes et rassurantes, devenues tremblantes et fragiles. Son rire, qui résonnait auparavant dans toute la maison, réduit à un murmure à peine perceptible. Ses yeux, qui étincelaient autrefois de joie et d'amour, s'éteignant peu à peu, envahis par une fatigue insurmontable.

Elle sentit les larmes montées, brûlantes et incontrôlables. Elle se souvenait des longues nuits passées à écouter la respiration laborieuse de son père à travers la fine cloison qui séparait leurs chambres. L'odeur des médicaments qui imprégnait la maison. Le silence pesant qui avait remplacé les rires et les conversations animées jadis.

Chaque lettre qu'elle lisait semblait tisser un lien entre ces souvenirs douloureux et les révélations actuelles, créait une tapisserie de chagrin et de compréhension nouvelle. Julie réalisait maintenant que le dépérissement de son père n'était pas un simple coup du sort, mais le résultat d'actions bien plus sombres et complexes.

Les mains tremblantes, elle poursuivit sa lecture, chaque mot ravivait un souvenir enfoui, chaque phrase ajoutait une pièce au puzzle de son passé. Le poids de ces révélations, mêlé à la douleur de ses souvenirs d'enfance, menaçait de l'écraser. Mais elle persévéra, animée par le désir de comprendre, d'honorer la mémoire de son père, et de découvrir la vérité, aussi douloureuse soit-elle.

Soudain, elle s'arrêta net, son souffle se coupa. Dans ses mains tremblantes se tenait une lettre qui se distinguait des autres. Celle-ci contenait des recettes, accompagnées d'instructions détaillées sur la façon d'infuser les préparations d'émotions spécifiques pour essayer de guérir son père.

— Comment est-ce possible ? murmura-t-elle, stupéfaite.

Ces instructions impliquaient que d'autres personnes possédaient le même don qu'elle. L'idée qu'elle n'était pas seule, qu'une communauté entière partageait ce pouvoir extraordinaire la bouleversa profondément.

Ses yeux dévoraient avidement les lignes, s'imprégnaient de chaque détail, de chaque conseil. C'était comme si un voile se levait, révélant un monde inconnu juste sous la surface de la réalité qu'elle connaissait.

Puis, en bas d'une des enveloppes, elle aperçut une signature qui la fit s'arrêter net. Son cœur sauta une mesure tandis qu'elle scrutait attentivement ce nom, incrédule.

— Victor Malbek, souffla-t-elle. Le nom résonna dans l'air comme une malédiction.

Le temps s'arrêta net autour d'elle. Ce nom, qu'elle connaissait trop bien, déclencha en elle une vague de colère et de rancune. Les souvenirs de leur précédente rencontre, qui s'était si mal déroulée, affluèrent dans son esprit.

Elle leva les yeux vers Gabriel, qui l'observait avec appréhension. Son visage s'était durci, ses poings serrés sur la table.

— C'est lui, dit-elle d'une voix tremblante de rage contenue. C'est le père de Paul. Celui qui...

Elle s'interrompit soudainement, incapable de poursuivre. La haine qu'elle éprouvait envers Victor et son fils menaçait de la submerger. Comment était-il possible que cet homme, qu'elle méprisait tant, ait pu jouer un rôle dans l'histoire de sa famille ?

Les doigts de Julie tremblaient légèrement lorsqu'elle déplia la lettre. Les premiers mots qui apparurent sous ses yeux la firent tressaillir : *« Ma chérie »*. Son cœur se serra, reconnaissant immédiatement le ton intime, tendre, d'une lettre d'amour.

Au fur et à mesure qu'elle lisait, l'incompréhension grandissait en elle. Les mots doux, les promesses d'amour éternel, les projets d'avenir... Tout cela semblait si étrange et irréel, venant de Victor Malbek. Elle sentait le regard de Gabriel sur elle, partageant sa surprise et son trouble.

Ses yeux se posèrent sur la date en haut de la lettre, et soudain, tout prit un sens encore plus perturbant. Cette lettre datait de l'époque où sa mère et son père avaient commencé leur liaison. Comment était-ce possible ? Comment sa mère avait-elle pu être liée à cet homme qu'elle détestait tant ?

À la fin de la lettre, Julie était au bord de la nausée. Le dégoût et la confusion se mélangeaient en elle, créant un tourbillon d'émotions qu'elle peinait à contrôler. Elle leva les yeux vers Gabriel, cherchant un ancrage dans la réalité.

— Je ne comprends pas, murmura-t-elle, sa voix à peine audible.

Prise d'une impulsion soudaine, elle se mit à fouiller frénétiquement parmi les autres lettres, à la recherche d'autres messages de Victor. Ses mains tremblaient, faisant crépiter le papier dans un bruit qui semblait résonner dans le silence de la boulangerie.

Soudain, ses doigts s'arrêtèrent sur une enveloppe vraiment différente des autres. Son cœur s'arrêta un instant lorsqu'elle découvrit l'adresse : son prénom, simplement son prénom, écrit de cette même écriture élégante de sa mère.

Julie resta figée, l'enveloppe entre ses mains, comme si elle tenait une bombe prête à exploser. Comment était-ce possible ? Une lettre qui lui était adressée, cachée parmi ces vestiges du passé de sa mère ?

Elle leva les yeux vers Gabriel, son visage reflétait un mélange de peur et de curiosité.

Avec une hésitation palpable, elle approcha ses doigts du rabat de l'enveloppe. Le temps paraissait suspendu, comme si l'univers entier retenait son souffle, attendant qu'elle révèle le contenu de cette lettre mystérieuse qui lui était destinée.

Elle déploya délicatement la lettre, son cœur battant à tout rompre. L'écriture de sa mère, familière et réconfortante, semblait onduler sur le papier jauni. Elle entama la lecture, sa respiration se faisant de plus en plus laborieuse à chaque phrase :

« *Ma chère Julie, mon trésor adoré,*

*Si tu lis cette lettre, c'est que le moment que je redoutais tant est arrivé. Mon cœur se déchire à l'idée de te laisser affronter cela seul, ma petite fille chérie. Chaque mot que j'écris est teinté de larmes et de regrets.*

*Comme ton père, je sens mes forces m'abandonner peu à peu. C'est un processus lent, insidieux, qui ronge mon âme autant que mon corps. Ta grand-mère, elle aussi, a connu ce terrible destin. Nous sommes tous victimes de cette malédiction cruelle qui nous arrache à toi.*

*Julie, mon amour, mon petit ange, nous devons disparaître. Ces mots me brûlent alors que je les écris. C'est la décision la plus déchirante qu'une mère puisse prendre, mais c'est le seul moyen de te garder en sécurité. Non pas de la maladie elle-même, mais de celui qui nous l'a infligée. En n'étant plus là, nous espérons qu'il n'aura plus besoin de s'en prendre à toi. Mon cœur saigne à l'idée de t'abandonner, mais c'est le prix à payer pour ta protection.*

*Il y a des forces obscures à l'œuvre, ma chérie, des dangers que tu ne pouvais pas comprendre jusqu'à maintenant. Chaque jour loin de toi sera une agonie, mais savoir que tu es en sécurité me donnera la force de supporter cette séparation.*

*Le temps est venu pour toi d'apprendre à te protéger. Des jours sombres s'annoncent, mon trésor. Tu devras puiser au plus profond de toi une force que tu ne soupçonnes même pas. Sois courageuse, sois prudente, sois la femme extraordinaire que je sais que tu deviendras.*

*Sache que chaque seconde loin de toi sera une torture insupportable. Tu es la lumière de ma vie, ma plus grande fierté, la raison de mon existence. L'amour que je te porte dépasse l'infini, il transcende le temps et l'espace.*

*Je t'aime plus que tout au monde, plus que ma propre vie, Julie. N'oublie jamais, pas un seul instant, que tu es aimée au-delà de toute mesure.*

*Ta maman qui t'aime pour l'éternité, qui veille sur toi de loin, le cœur brisé, mais rempli d'un amour incommensurable.* »

Les larmes ruisselaient abondamment sur les joues de Julie, et tombaient sur le papier et faisaient baver l'encre. Ses mains tremblaient si fort qu'elle peinait à tenir la lettre. Un sanglot déchirant s'échappa de sa gorge, résonnant dans le silence de la boulangerie.

Gabriel s'approcha doucement, posant une main réconfortante sur son épaule. Elle se tourna vers lui, et ses yeux noyés de larmes, reflétaient une douleur insondable.

— Ils... Ils sont partis pour me protéger, murmura-t-elle d'une voix brisée. Tout ce temps, je pensais... Je... Je ne sais plus ce que je pensais, mais ils… Ils m'aimaient tellement qu'ils ont tout sacrifié pour moi.

Le chagrin et l'amour se mêlaient dans son cœur, créant une tempête d'émotions si intenses qu'elle avait l'impression que sa poitrine allait exploser. La tristesse de sa mère transparaissait dans chaque mot, éclairant chaque ligne d'un amour maternel infini.

Elle pressa la lettre contre sa poitrine, comme si elle pouvait ainsi se rapprocher de sa mère disparue. Les larmes continuaient de couler, mais un sentiment de détermination commençait à naître en elle. Sa mère l'avait avertie, l'avait préparée. Il était temps d'affronter ce qui l'attendait.

— Je serai forte, maman, chuchota-t-elle. Je te le promets.

Julie s'effondra dans les bras de Gabriel, secouée par des sanglots incontrôlables. Ses larmes mouillaient la chemise de Gabriel, mais il la serra fort contre lui, offrant un réconfort silencieux face à cette tempête d'émotions.

Après quelques minutes qui semblèrent durer une éternité, elle se redressa lentement. Ses yeux rougis et gonflés se posèrent de nouveau sur les lettres éparpillées sur la table. Avec des gestes hésitants, elle reprit sa recherche, ses doigts fouillaient frénétiquement parmi les enveloppes.

Elle s'arrêta soudainement. Une autre lettre de Victor. La seule autre qu'elle put trouver. Son cœur battait fort et elle l'ouvrit, ignorant la façon dont ses mains tremblaient.

Dès les premiers mots, Julie sentit un nouveau choc la traverser. C'était une lettre d'excuses, adressée à sa mère. Victor exprimait profondément son regret qu'elle ne puisse jamais lui pardonner. Il parlait d'une grosse maladresse, d'un gâteau qu'il lui avait fait parvenir.

Au fil de sa lecture, la colère montait en elle, brûlante et incontrôlable. Victor expliquait que ce gâteau était censé faire retomber sa mère amoureuse de lui. Il l'avait conçu, préparé et pensé avec cette intention précise. Et maintenant, il ne comprenait pas ce qui s'était passé, pourquoi ils étaient tous malades, car il avait transmis à chaque ingrédient tout l'amour qu'il avait pour elle.

Les larmes coulaient à nouveau sur les joues de Julie, mais cette fois, elles étaient empreintes de rage. Ses mains se crispèrent sur le papier, le déchirant presque. La haine envahissait son cœur, consumait tout sur son passage.

— Victor Malbek a tué ma famille, gémit-elle, sa voix tremblante de colère et de douleur.

Elle leva les yeux vers Gabriel, son regard exprimait un mélange déchirant de chagrin et de fureur.

— Il les a tous tués ! répéta-t-elle plus fort cette fois. Avec un gâteau. Un simple gâteau.

La rage bouillonnait en elle, menaçait de déborder. Elle voulait hurler, détruire quelque chose, faire mal, comme on lui avait fait mal. Mais en même temps, le chagrin la submergeait, la laissant faible et tremblante.

— Comment a-t-il pu ? sanglota-t-elle. Comment a-t-il pu leur faire ça ? Me faire ça ?

Gabriel s'approcha d'elle, incertain de la façon dont il pourrait la réconforter face à une telle révélation. Julie oscillait entre des explosions de colère et des moments de profond désespoir, ses émotions aussi imprévisibles qu'une mer en pleine tempête.

Le monde qui l'entourait semblait s'être effondré, ne laissant place qu'à cette terrible vérité : un acte égoïste d'un homme avait détruit sa famille. Et cet homme était le père de celui qui avait volé son livre.

La rage de Julie atteignit son paroxysme. Elle se leva brusquement, renversant sa chaise qui tomba dans un fracas assourdissant. Ses yeux, brillants de larmes et de fureur, étaient fixés sur un point invisible devant elle.

— Que veut-il en faire ? cria-t-elle, sa voix tremblait de colère. Il veut s'occuper de moi maintenant ?

Gabriel essaya de se rapprocher d'elle, mais elle le repoussa violemment. Il recula, impuissant devant cette déferlante d'émotions.

— Je vais m'occuper de lui avant qu'il s'occupe de moi, gronda-t-elle, ses poings serrés si fort que ses ongles s'enfonçaient dans ses paumes. Je vais les détruire tous les deux, le père et le fils.

Elle se mit à faire les cent pas dans la boulangerie, renversant tout sur son passage. Des ustensiles tombèrent au sol dans un bruit métallique, des sacs de farine s'écrasèrent, répandant leur contenu sur le carrelage.

— Julie, je t'en supplie, calme-toi, implora Gabriel, mais ses paroles semblaient se perdre dans le tourbillon de la colère de Julie.

— Me calmer ? hurla-t-elle, se tournant vers lui avec des yeux flamboyants. Il a assassiné ma famille ! Il m'a tout pris ! Et maintenant, il veut finir le travail !

Sa voix se brisa sur ces derniers mots, la rage laissa momentanément place à un chagrin insondable. Cependant, la colère ne tarda pas à resurgir.

— Je ne les laisserai pas faire, assura-t-elle, sa voix basse et dangereuse. Ils ne continueront pas, pas tant que je respire.

Gabriel demeurait là, impuissant, regardant la femme qu'il aimait consumée par une haine si profonde qu'elle semblait le métamorphoser sous ses yeux. Il ne savait plus comment l'atteindre, comment pénétrer ce rempart de colère et de souffrance.

La boulangerie, habituellement un havre de paix et de douceur, était maintenant le théâtre d'une tempête émotionnelle dévastatrice. Et au cœur de cette tempête se trouvait Julie, déchirée entre sa soif de vengeance et la douleur écrasante de la perte, elle paraissait prête à tout pour faire payer ceux qui lui avaient tout pris.

Gabriel s'éloigna d'elle, son cœur se brisa à la vue de l'être aimé, submergé par la douleur et la colère. Ses yeux, embués de larmes qu'il retenait à grand-peine, ne la quittaient pas alors qu'il se dirigeait vers la porte pour la verrouiller.

Alors qu'il revenait vers elle, il fut accueilli par ses poings qui s'abattaient sur sa poitrine, ses hurlements déchirants résonnaient dans la boulangerie. Chaque coup, chaque larme de Julie étaient comme un poignard dans le cœur de Gabriel.

Avec une tendresse infinie mêlée de détermination, il l'enveloppa dans ses bras et la serra fort contre lui. Elle se débattit violemment, sa voix brisée par des sanglots déchirants.

— Laisse-moi ! Je dois... je dois les arrêter ! hurlait-elle, la voix tremblante de rage et de désespoir.

— Je suis là, Julie, murmura-t-il, sa voix à peine audible, mais chargée d'émotion. Je ne te lâcherai pas. Jamais.

Les secondes s'étiraient, semblant durer une éternité. Peu à peu, la résistance de Julie faiblit. Ses cris se transformèrent en gémissements sourds, puis en sanglots discrets. Gabriel continua de la bercer, ses propres larmes coulaient silencieusement sur ses joues.

Lentement, le corps de Julie se relâcha progressivement. Sa respiration, d'abord erratique, retrouva un rythme plus calme. Gabriel sentit le changement et, avec une douceur infinie, il la guida vers le sol, s'asseyant à ses côtés.

Julie, épuisée par cette tempête émotionnelle, s'abandonna contre lui. Ses yeux, rougis et gonflés, commencèrent à se fermer.

— Repose-toi, mon amour, chuchota-t-il, sa voix tremblait d'émotion. Je veille sur toi.

Elle sombra dans un profond sommeil, son corps devenant lourd contre celui de Gabriel. Avec des gestes empreints de tendresse, il l'allongea sur le sol et glissa un coussin de chaise sous sa tête.

Après s'être redressé, le cœur lourd, il ramassa les lettres et les remit dans la boîte qu'il déposa près de Julie. Puis, son regard se posa sur le carnet. Un éclair de résolution brillait dans ses yeux.

Après un moment d'hésitation, il saisit le carnet, le serra contre lui, comme si celui-ci contenait à la fois un trésor et un poison. Il savait que ce qu'il s'apprêtait à faire changerait tout, mais il était prêt à en assumer les conséquences.

Avec un dernier regard déchirant vers Julie endormie, Gabriel se dirigea vers la porte. Il tourna la clé dans la serrure, retourna le panneau sur « *Fermé* », puis sortit en fermant doucement la porte derrière lui.

Dans le silence de la boulangerie, Julie dormait, ignorant que l'homme qu'elle aimait venait de partir avec une partie de ses secrets, guidé par un mélange complexe d'amour, de peur et de désir de protection.

## 16

## La Confrontation des Ombres

Le monde extérieur s'éveillait doucement, le soleil caressait de ses premiers rayons les ruelles endormies du village. Le chant des cigales, timide, mais persistant, se mêlait au bruissement des feuilles sous l'effet du vent, annonçant l'aube d'une nouvelle journée provençale.

Un bruit sec retentit contre la vitre de la porte d'entrée, rompant le calme paisible de la boulangerie. C'était Lucas. Ne recevant aucune réponse, il tourna la poignée, surpris de trouver la porte ouverte.

— Julie ? Tu es là ? appela-t-il. Sa voix résonnait dans l'espace silencieux. Il y a marqué « *Fermé* » depuis hier après-midi...

Ses mots flottèrent dans l'air, doux comme une caresse, jusqu'à Julie qui émergeait lentement des brumes du sommeil. Ses yeux s'ouvrirent avec peine, comme si chaque paupière portait le poids des événements de la veille. Dans les premiers instants de conscience, le monde autour d'elle semblait étrange et flou, comme une aquarelle dont les couleurs se mélangeaient encore. Elle se redressa, son corps courbaturé protestant contre le sol dur. Que faisait-elle là ?

Il s'avança et l'aperçut, assise par terre. Il se précipita vers elle, l'inquiétude creusant des sillons sur son front.

— Oui, ça va... murmura-t-elle, sa voix rauque de sommeil. Enfin, je crois... Mais qu'est-ce que je fais là ?

Lucas l'aida doucement à se relever et la guida vers une chaise.

— Je vais te préparer un café, dit-il, son ton trahissait son inquiétude.

Tandis qu'il s'activait, elle sentait progressivement les vapeurs du sommeil s'évaporer. Les souvenirs commencèrent à remonter, comme des bulles à la surface d'un étang paisible. Les lettres, le carnet, le tourbillon d'émotions qui l'avait submergée. Et Gabriel... Une vague de remords l'envahit en se souvenant de sa brutalité envers lui.

L'arôme riche du café fraîchement moulu emplit l'air, et ancra Julie dans le moment présent. Lucas déposa une tasse fumante devant elle, puis s'assit en face, son propre café à la main.

— Raconte-moi ce qui s'est passé, dit-il, tendrement, ses yeux emplis de compassion et d'inquiétude.

Elle serra la tasse brûlante entre ses mains, et chercha les mots pour décrire l'indescriptible. Comment expliquer à Lucas le chaos qui avait submergé sa vie en une seule journée ? Elle inspira profondément, le café âpre dans sa bouche raviva les souvenirs amers de la journée précédente.

— Lucas, commença-t-elle, sa voix à peine plus haute qu'un murmure, tu n'imagines pas ce que j'ai découvert...

Julie prit une profonde inspiration et commença à détailler tout ce qu'elle avait appris. Elle récupéra la boîte posée par terre, l'ouvrit et étala les lettres devant lui. Il en lut quelques-unes, ses yeux s'écarquillaient de plus en plus à chaque nouvelle révélation. Elle en expliquait d'autres, sa voix vacillait parfois sous le poids des émotions.

Il écoutait, abasourdi, essayait de raccrocher les wagons de cette histoire complexe. Mais il y avait tellement d'informations à assimiler qu'il avait du mal à tout saisir.

— Je comprends que cela t'ait énervée, dit-il d'une voix douce.

Julie lui raconta comment Gabriel l'avait calmée, la façon dont il l'avait serrée contre lui. Elle fronça les sourcils, intriguée.

— Je ne comprends pas comment j'ai pu dormir aussi longtemps.

Soudain, le souvenir des sensations qu'elle avait ressenties lui revint. L'apaisement...

— C'était la même chose qu'avec les pierres, murmura-t-elle.

Lucas la regarda, perplexe.

— Les pierres ? Je ne comprends rien, Julie.

— Moi, je me comprends, répondit-elle, puis son visage s'illumina d'une révélation soudaine.

Elle se redressa brusquement, et son esprit fit un bond vertigineux.

— C'était comme le baiser avec l'ambre, mais avec moins de puissance. C'est impossible...

Son visage reflétait un mélange de stupéfaction et de compréhension soudaine.

— Quoi... Quoi ? Je ne comprends pas, dit Lucas, de plus en plus perdu.

Le visage de Julie changea. Les moments d'incompréhension s'assemblèrent subitement, comme les pièces d'un puzzle.

— Gabriel possède le même pouvoir que moi, souffla-t-elle. Un flux a circulé entre nous. Je retrouve la sensation en moi. Quand il m'a serrée dans ses bras, il a influencé mon corps, tout comme je le fais avec les gâteaux.

Dans un élan, elle prit les mains de Lucas, ferma les yeux et se laissa aller. Lucas, perplexe, la laissa faire sans rien dire.

Après un certain temps, elle rouvrit les yeux.

— Rien... Il ne se passe rien, aucune connexion.

Elle relâcha ses mains, cela confirmait sa théorie.

— Donc, c'est bien ça. Cela ne peut marcher qu'entre personnes qui possèdent ce don.

Son visage se voila soudain de confusion et de douleur.

— Pourquoi ne m'en a-t-il pas parlé ? demanda-t-elle, sa voix trahissant sa blessure.

Lucas, toujours dépassé par les événements, ne savait que répondre. Il ne comprenait toujours pas tout ce qui se passait, mais il sentait que c'était crucial pour elle.

Julie prit une gorgée de café, les saveurs amères montaient en elle, alors qu'elle tentait de comprendre la situation, Lucas lui cherchait des réponses, poussa doucement les lettres de la main et demanda :

— Le carnet dont tu m'as parlé, où est-il ?

Ces mots la frappèrent soudainement, comme un éclair. Elle sortit brusquement de sa réflexion et fouilla frénétiquement parmi les lettres. Rien. Le cahier manquait. Son regard balaya le sol autour d'elle, cherchant désespérément. Il était introuvable.

L'incompréhension, puis la stupeur se peignirent sur son visage. D'un geste fébrile, elle saisit son téléphone et composa le numéro de Gabriel. La réponse fut instantanée, sans même un bip de sonnerie. Elle retenta, mais obtint toujours le même résultat. Pour la troisième fois, elle essaya et réalisa finalement que Gabriel avait bloqué son numéro.

Julie laissa tomber son téléphone sur la table, comme paralysée. Lucas, inquiet, demanda :

— Qu'est-ce qui se passe ?

— C'est impossible, murmura-t-elle, sa voix à peine audible. Ce n'est pas ce que je pense...

Tout à coup, une révélation fulgurante l'assaillit.

— Il s'est servi de moi pour récupérer ce carnet.

Ses paroles s'échappèrent en un souffle, chargées de douleur et d'incrédulité. Des larmes silencieuses et brûlantes commencèrent à couler sur ses joues.

Confus, Lucas demanda :

— Servi de toi ? Pourquoi tu dis ça ?

La tristesse de Julie se transforma soudain en une colère dévastatrice. Elle se leva d'un bond, faisant sursauter Lucas, et hurla :

— C'est quoi que tu ne comprends pas ? Il est sorti avec moi, il a couché avec moi juste pour pouvoir me voler le carnet ! Il était au courant de son existence !

La haine qui se dégageait de chaque mot de Julie était si palpable que Lucas recula instinctivement, sa chaise raclant le sol. Le visage de Julie était déformé par la rage et la douleur, ses poings serrés tremblant à ses côtés.

L'atmosphère douce de la boulangerie s'était muée en une charge électrique étouffante. Le choc de la trahison, la douleur de l'amour perdu et la colère de s'être fait manipuler se mêlaient en elle, créant une tempête émotionnelle dévastatrice.

Lucas, submergé par cette déferlante d'émotions, ne savait que dire où faire pour apaiser son amie.

Julie agrippa fermement les rebords de la table, ses doigts s'enfonçant presque dans le bois. Cette haine et cette colère, elle les connaissait trop bien. Soudain, une nouvelle détermination s'empara d'elle. Elle décida que c'en était fini de tout cela. Une fois de plus, c'était Lucas qui allait en faire les frais, et elle ne le voulait plus.

Elle ferma les yeux et plongea en elle-même à la recherche des sensations qu'elle commençait à comprendre. Elle s'en servit pour se canaliser, comme un fleuve tumultueux qu'on guide dans un lit plus calme.

Le visage de Julie se métamorphosa sous les yeux ébahis de Lucas. La colère brute s'estompa, laissant place à une expression plus sereine, plus maîtrisée. La colère était toujours présente, mais rangée, disciplinée, prête à être utilisée au bon moment. Elle savait maintenant qu'elle ne serait plus l'esclave de ses émotions, mais qu'elle pourrait s'en servir quand le moment serait venu.

Un apaisement visible s'installa sur ses traits, comme si un voile de sérénité s'était posé sur la tempête qui faisait rage en elle quelques instants auparavant.

Lucas, les yeux écarquillés de peur et d'incompréhension, observa ce changement soudain. Il vit Julie s'approcher doucement de lui et, par réflexe, recula légèrement.

Elle lui sourit, un sourire doux et presque triste.

— Pardonne-moi, dit-elle d'une voix douce. C'est la dernière fois que je te fais du mal.

Elle s'approcha encore, et avant qu'il ne puisse réagir, déposa un tendre baiser sur sa joue. Ce geste, empreint d'affection et de remords, semblait sceller une promesse silencieuse.

Le contraste entre la Julie furieuse d'il y a quelques instants, et cette Julie calme et résolue était saisissant. Lucas, toujours stupéfait, ne savait comment réagir face à ce changement radical.

Elle se tenait là devant lui, une nouvelle force émanait d'elle, une détermination sereine qui promettait des changements à venir.

Le calme nouvellement retrouvé de Julie sembla inspirer Lucas. Il redressa la tête, un éclat de détermination brillant dans ses yeux.

— On va commencer par le début, dit-il d'une voix ferme. On va aller chez Gabriel, et on va régler ça.

— C'est une bonne idée, approuva-t-elle.

Mais tout à coup, elle s'arrêta net, saisie par une nouvelle prise de conscience. Un rictus amer se dessina sur ses lèvres.

— Je suis trop bête. J'ai été aveuglée. Tu te rends compte ? Je ne sais même pas où il habite.

Surpris, il réfléchit un instant avant de répondre :

— C'est tout à fait normal, vous ne vous connaissez que depuis quelques jours.

Julie hocha la tête, étonnamment peu affectée par cette constatation. Sa nouvelle maîtrise émotionnelle semblait l'avoir immunisée contre les déferlantes douloureuses que ce type de prise de conscience aurait pu déclencher en elle dans le passé.

Lucas, qui y voyait une opportunité, proposa :

— OK, si on allait déjà chez Paul ? Lui, on sait où il habite. Et s'il n'est pas là, on l'attend.

Lucas prit délicatement le bras de Julie et l'entraîna vers la porte. La cloche de la boulangerie sonna, comme pour leur souhaiter bonne chance.

L'air frais du matin les accueillit, vif, revigorant, et imprégné du parfum des lauriers-roses et du thym sauvage. Il semblait insuffler en eux une force nouvelle, comme si la nature elle-même approuvait leur résolution.

Leurs pas résonnaient sur les pavés séculaires, créant une mélodie sereine qui se mêlait au chant des premiers oiseaux. Une harmonie parfaite s'était installée entre eux, leurs mouvements synchronisés par une détermination commune.

Le soleil naissant baignait les façades ocre d'une lumière douce qui transformait chaque ruelle en un tableau vivant. Le village s'éveillait paisiblement, ses habitants insouciants du combat silencieux qui se préparait en son sein.

Julie ressentait une force tranquille coulée dans ses veines, chaque battement de son cœur diffusait en elle une énergie nouvelle. À ses côtés, Lucas rayonnait. Il ne se sentait plus effrayé ni impuissant face aux événements, ses yeux brillaient d'une détermination sans faille.

Le chemin vers la maison de Paul s'étendait devant eux, mais il n'inspirait pas la crainte. Ils avançaient d'un pas assuré, animés par cette énergie qui émerge lorsque deux âmes s'unissent dans un même combat.

Dans l'air cristallin du matin, leur détermination était presque palpable, elle créait autour d'eux une aura de puissance tranquille. Ils n'étaient plus deux personnes distinctes, mais une force unique, prête à affronter la vie.

***

Après une courte discussion pour élaborer leur plan, Lucas gara la voiture dans une rue adjacente, prenant soin de ne pas attirer l'attention. Ils descendirent et prirent la direction de la promenade en bord de mer de Saint-Cyr-Sur-Mer.

L'air marin les enveloppa immédiatement, chargé d'iode et de promesses. Le soleil matinal faisait scintiller la surface de la Méditerranée, créant un tapis de diamants en mouvement à perte de vue. La plage s'étendait devant eux, son sable doré encore vierge de pas, à l'exception de quelques empreintes d'oiseaux marins. Le cri des mouettes et le doux clapotis des vagues formaient une mélodie apaisante.

Les pins parasols, qui bordaient la promenade, bruissaient doucement dans la brise. Leur parfum résineux se mêlait au parfum de la mer. Au loin, les collines provençales se profilaient, leurs contours adoucis par la brume matinale.

Les deux amis avançaient, unis par leur détermination, respirant profondément cet air vivifiant, comme s'ils voulaient se charger d'une nouvelle force.

Ils ne tardèrent pas à se retrouver sous le balcon de Paul. Les persiennes étaient entr'ouvertes, ce qui égaya leurs visages. Ils s'installèrent sur un banc non loin et attendirent patiemment un signe de vie à l'intérieur. La plénitude du lieu les enveloppait, leur offrant un moment de calme avant la tempête à venir.

Soudain, ils aperçurent Paul sortir sur le balcon, une tasse de café à la main. Il s'installa confortablement dans un fauteuil, sans se rendre compte qu'il était observé par deux observateurs en contrebas.

Sans un mot, Julie et Lucas échangèrent un regard lourd de sens. D'un même mouvement, ils se levèrent et se dirigèrent vers l'entrée de l'immeuble, qui se trouvait de l'autre côté du bâtiment.

Leurs pas résonnaient légèrement sur le trottoir, accompagnés par le bruit des vagues au loin. Alors qu'ils approchaient de l'entrée, Julie sentit sa détermination se renforcer. Le moment de vérité était enfin arrivé, et elle était prête à affronter Paul, à exiger des réponses.

Lucas appuya sur tous les boutons de la sonnette, sauf celui de Paul, ce qui la fit sourire. Elle le regarda, attendrie, elle appréciait ce qu'elle voyait : pas de question, pas d'hésitation.

Une personne apparut à une fenêtre et cria :

— Qui c'est ?

Quelqu'un d'autre regarda aussi, mais sans rien dire avant de retourner à l'intérieur. Puis le bruit de la porte qui se débloquait se fit entendre.

— Tu vois Julie, c'est simple, dit-il un sourire de fierté sur le visage.

Elle lui sourit en retour.

Ils montèrent les marches en terre cuite de l'immeuble, leurs pas résonnant dans la cage d'escalier. Une fois au dernier étage, ils s'arrêtèrent devant une porte anonyme, le cœur battant d'excitation. Elle prit une profonde respiration, leva la main et frappa doucement. Le silence qui s'ensuivit semblait s'étirer à l'infini.

Ils échangèrent un regard inquiet, puis elle répéta son geste, cette fois-ci avec plus d'insistance. Le bruit sec de ses coups contre le bois résonna dans le couloir désert. Puis des bruits étouffés se firent entendre de l'autre côté de la porte. Des pas feutrés, le froissement d'un tissu. L'appartement, jusque-là silencieux, s'animait d'une présence mystérieuse.

— Qui est-ce ? demanda une voix méfiante de l'intérieur.

— C'est Julie, on doit parler.

Le silence s'installa, puis…

— Je n'ai rien à te dire. Va-t'en.

— Oh ! Si tu as beaucoup de choses à me dire, tu vas m'ouvrir.

— Va-t'en, je te dis ! La crainte perçait dans la voix de Paul.

— Paul, ouvre-moi, il vaut mieux. Je ne te lâcherai pas.

— Non, va-t'en ! exprima-t-il, sa voix gagnant en détresse.

Fatigué d'attendre, Lucas s'énerva et lança :

— Ça commence à bien faire.

Il prit un peu de recul, s'élança, puis frappa la porte d'un coup de pied retentissant. Celle-ci trembla, et des morceaux de plâtre se détachèrent du chambranle. Julie, un peu surprise, recula et le regarda recommencer, amusée.

— Paul, ouvre la porte ! Plus tu attendras, plus ça ira mal, lança Lucas, alors qu'il donnait un second coup de pied vigoureux.

— Je n'ouvrirai pas ! Je viens d'appeler mon père. Vous feriez mieux de partir ! cria Paul pour les effrayer.

— Ton père sera le prochain, répondit Julie avec calme.

Un voisin du dessous sortit en criant pour demander ce qui se passait.

— Ne vous inquiétez pas, on a un peu de ménage à faire et on part, dit Lucas.

— Je vais appeler la police ! menaça le voisin.

— Faites donc, répondit-il alors qu'il propulsait un autre coup de pied dans la porte qui commençait à vaciller.

Il jeta un regard à Julie.

— Au lieu de me regarder et de sourire bêtement, viens m'aider !

Elle se colla à lui, bras dessus bras dessous, et ensemble, ils se jetèrent sur la porte.

La serrure céda dans un craquement sinistre, des éclats de métal et de bois tombant sur le sol dans un tintement métallique. La porte s'ouvrit brutalement, heurtant le mur avec un bruit sourd qui résonna dans tout l'immeuble, comme l'annonce d'un orage imminent.

Julie et Lucas franchirent la porte d'un même pas, leurs silhouettes fondues en une seule force dans la lumière.

L'air vibrait d'une tension électrique autour d'eux, les particules de poussière dansaient dans les rayons de soleil qui filtraient à travers les fenêtres. Leurs regards, aigus et déterminés, balayèrent l'espace comme deux lames affûtées, prêts à affronter ce qui les attendait. Leurs respirations, synchronisées par l'adrénaline du moment, résonnaient dans le silence soudain qui avait envahi l'appartement.

Paul, le visage décomposé par une terreur viscérale, recula précipitamment. Ses yeux exorbités reflétaient une peur animale, comme un cerf pris dans les phares d'une voiture. Ses jambes tremblantes cédèrent sous lui, incapables de supporter le poids de sa panique.

Il tomba à la renverse dans un fracas assourdissant, son corps heurta le sol avec un bruit sourd qui résonna dans tout l'appartement. Des objets sur une table proche vacillèrent dangereusement, comme secoués par un tremblement de terre invisible.

L'impact brutal de sa chute envoya une onde de vibration à travers le plancher, faisant trembler les bibelots sur les étagères. Un vase oscillait dangereusement avant de se fracasser au sol, son bruit de verre brisé ponctuait l'atmosphère déjà électrique.

Paul essaya de reculer, ses mains et ses pieds raclant frénétiquement le sol dans une tentative désespérée pour mettre de la distance entre lui et les intrus. Son souffle court remplissait l'espace, ponctué de petits cris de peur.

La lumière du soleil filtrait à travers les rideaux, projetait des ombres mouvantes sur son visage blême, ce qui accentuait ses traits tirés par la peur. Ses yeux, dilatés par l'effroi, ne se détachaient pas de Julie et Lucas, comme hypnotisés par leur présence menaçante.

Julie, voyant la terreur inscrite sur le visage de Paul, ressentit soudain une vague de compassion inattendue l'envahir. Elle prit une profonde inspiration, laissant l'air salin qui s'infiltrait par la fenêtre apaiser ses nerfs à vif.

— Paul, dit-elle doucement, sa voix douce comme un souffle, ne t'inquiète pas. On ne va pas te faire de mal.

Lucas, encouragé par la situation, ne put s'empêcher d'ajouter avec un sourire en coin :

— Quoique...

Julie lui lança un regard mi-amusé, mi-réprobateur.

— Non, Lucas, on ne va pas lui faire de mal, répéta-t-elle fermement avant de se tourner à nouveau vers Paul. Tout ce que je veux, c'est des réponses et mon livre. Rien de plus.

Il se redressa lentement, ses jambes encore tremblantes. Il passa une main nerveuse dans ses cheveux en désordre.

— Je ne l'ai plus, le livre, avoua-t-il, sa voix à peine audible. Et de toute façon, je n'ai pas le don pour m'en servir.

Elle fit un pas vers lui. Son regard intense était fixé sur son visage pâle.

— Tu sais, je ne vais pas te laisser tranquille tant que je n'aurai pas obtenu ce que je veux. Dis-moi tout ce que tu sais.

— Je ne peux pas, répondit Paul, la peur évidente dans chaque syllabe qu'il prononçait.

Julie ressentit une once de pitié percée à travers sa détermination. Elle comprit que Paul n'était qu'un simple pion dans un jeu bien plus vaste que lui.

— Je vois bien que cela ne vient pas de toi, dit-elle doucement, même si c'est toi qui as fait le sale boulot. Tu m'as fait très mal, tu sais.

Elle s'approcha encore, réduisant la distance entre eux. Son ton était devenu apaisant, comme si elle s'adressait à un animal effrayé.

— Parle, je t'en prie, murmura-t-elle.

Paul semblait sur le point de craquer. Ses yeux brillaient de larmes retenues et oscillaient entre Julie et la porte, comme s'il cherchait une échappatoire.

Elle pouvait presque sentir les murs de résistance de Paul s'effriter sous le poids de sa culpabilité et de sa crainte. Elle attendit, patiente, sachant que parfois le silence est plus puissant que les mots.

Les coups réguliers de l'horloge résonnaient dans la pièce, comptant chaque seconde qui s'écoulait, et qui rapprochait Paul de l'instant où il céderait enfin.

Soudain, une voix tonnante brisa le silence tendu de l'appartement.

— Qu'est-ce qui se passe ici ?

Julie et Lucas se retournèrent d'un bloc, leurs cœurs manquant un battement. Dans l'encadrement de la porte se tenait Victor, le visage durci par la colère. À ses côtés, un homme à la carrure imposante, dont l'attitude ne laissait aucun doute sur ses intentions agressives.

La surprise initiale laissa rapidement place à une tension perceptible. Électrisée par une tension palpable, l'atmosphère semblait lourde, transformant chaque souffle en un effort pénible.

Elle sentit une vague de colère brûlante monter en elle, qui menaçait de tout emporter sur son passage. Cependant, elle parvint à la dominer, la transformant en une détermination glacée. Ses yeux, désormais d'un froid polaire, se posèrent sur Victor.

— Je suppose que c'est vous qui avez récupéré mon livre, n'est-ce pas ? demanda-t-elle d'une voix tranchante comme une lame. Monsieur envoie fiston faire le sale boulot.

Victor fit un pas en avant, son visage se contractait en une grimace menaçante.

— Tu vas te calmer, ma petite, cracha-t-il. Nous allons attendre l'arrivée de la police, que j'ai contactée avant de partir. Tu penses vraiment que tu vas pouvoir t'en tirer comme ça ? Après avoir forcé l'entrée et tout cassé ?

Julie s'avança à son tour, chaque pas résonnait comme un coup de tonnerre dans le silence tendu. Elle pouvait sentir la peur de Paul et l'inquiétude de Lucas, mais rien n'aurait pu l'arrêter.

— Oui, on va attendre la police, sa voix calme contrastait avec l'intensité de son regard. Je leur expliquerai comment vous avez anéanti ma famille.

Ces mots tombèrent comme une bombe dans la pièce. Paul, qui jusqu'alors observait la scène avec un mélange de peur et de fascination, resta bouche bée, le choc se lisant sur chaque trait de son visage.

Le temps s'arrêta net. L'atmosphère, déjà lourde de tension, devint presque suffocante. Chacun retenait son souffle, conscient que les prochains instants allaient tout changer.

Victor, pour la première fois depuis son arrivée, parut perdre de sa superbe. Son visage devint pâle, ses yeux s'écarquillaient sous le coup de la surprise et... était-ce de la peur ?

La confrontation atteignait son paroxysme. Les non-dits et les secrets longtemps enfouis menaçaient d'exploser à tout moment.

Victor, qui tenta de reprendre le dessus, s'approcha de Julie d'un air menaçant.

— C'est du grand n'importe quoi, rugit-il, en s'efforçant de la terrifier.

Mais elle resta impassible. Son regard était glacial, calculateur, comme si elle scrutait l'âme même de Victor. La haine qui bouillonnait en elle était prête à bondir, mais elle choisit de la contenir, telle une arme secrète.

L'air de la pièce était si chargé de tension qu'on aurait pu le couper au couteau. Chaque respiration semblait amplifiée, chaque mouvement lourd de conséquences.

— J'ai découvert des lettres que vous avez écrites à ma mère, déclara Julie d'un ton étonnamment posé. Vous y admettez votre soi-disant « énorme erreur », vous vous avilissez comme l'être méprisable que vous êtes. Donc oui, nous allons attendre la police.

Ces mots frappèrent Victor comme un coup de poing. Il blêmit soudainement et recula d'un pas. Sa bouche s'ouvrit et se referma, mais aucun son n'en sortit. Pour la première fois, il parut véritablement déstabilisé.

Sentant qu'il avait perdu cette bataille, il s'écarta pour leur permettre de partir.

Alors qu'ils s'apprêtaient à quitter l'appartement, Paul, qui se sentait protégé, avait repris de l'aplomb et lança à Julie sur un ton de défi :

— D'ailleurs, tu remercieras Gabriel de m'avoir prévenu la dernière fois.

Ces mots, qui frappèrent Julie comme un coup de poing, lui firent soudainement prendre conscience d'il y avait quelque chose de plus profond entre eux, que ce que Gabriel lui avait laissé entendre. Cette révélation la laissa sans voix.

Ils descendirent l'escalier en silence, l'adrénaline commençant à se dissiper.

— Tu m'as impressionné par ton aplomb, dit Lucas, admiratif.

Mais, dès qu'ils furent hors de vue, toute la tension accumulée s'évacua d'un coup. Le cœur de Julie s'emballa, ses mains commencèrent à trembler violemment, et les larmes, longtemps retenues, se mirent à couler librement sur ses joues.

Lucas réalisa soudain à quel point Julie avait pris sur elle, il la serra très fort dans ses bras. Il pouvait sentir les sanglots silencieux qui secouaient son corps, et comprenait enfin l'ampleur de l'épreuve qu'elle venait de traverser.

Lentement, ils retournèrent à la voiture. Chaque pas les éloignait de ce cauchemar, mais les rapprochait aussi d'une nouvelle réalité, où plus rien ne serait jamais comme avant.

Julie et Lucas arrivèrent devant la boulangerie, leurs esprits encore troublés par les récents événements. Alors qu'elle s'apprêtait à ouvrir la porte, son regard fut attiré par un objet coincé dans le chambranle. Une grue en papier, délicatement pliée, paraissait les attendre.

Un soupir las s'échappa de ses lèvres.

— Non, ça ne va pas encore recommencer, murmura-t-elle, la fatigue et l'exaspération perceptibles dans sa voix. Il y en a marre des énigmes.

Intrigué, Lucas prit délicatement le papier. Avec des gestes précautionneux, il déplia l'origami, lissant les plis avec soin. Ses yeux parcoururent rapidement le message, et son expression changea de la curiosité à la surprise.

Sans un mot, il tendit le papier à Julie. Elle le prit, son cœur battant un peu plus vite malgré elle. Ses yeux se posèrent sur les mots écrits d'une main fine et élégante : *"Retrouve-moi sur la petite place"*.

Elle resta immobile un instant, assimilait ce message inattendu. Soudain, une vague de compréhension la traversa. Ce n'était pas une énigme de plus, c'était une promesse. Une promesse de révélations, de vérités jusque-là inconnues sur sa famille.

L'air empreint de mystère semblait murmurer des secrets oubliés. Le soleil, qui se couchait doucement, inondait la rue de sa lumière, comme s'il éclairait le chemin vers ces révélations tant attendues.

Julie leva les yeux vers Lucas. Un mélange de détermination et d'appréhension se lisait dans son regard.

— Je dois y aller seule, dit-elle, tendrement, sa voix à peine plus forte qu'un murmure.

Il hocha la tête, comprenant sans qu'elle ait besoin d'en dire davantage.

— Je serai là si tu as besoin de moi, répondit-il simplement.

Julie serra l'origami dans sa main, sentant le poids de son histoire et de son héritage dans ce simple morceau de papier plié. Elle prit une profonde inspiration. Le parfum familier de la boulangerie se mêlait à l'air, comme pour lui rappeler tout ce qu'il y avait en jeu.

Elle jeta un dernier coup d'œil à Lucas, puis se tourna pour descendre vers la petite place située en contrebas du village. Chaque pas la rapprochait d'un passé qu'elle ne connaissait pas encore, d'une vérité qui pourrait tout bouleverser.

## 17

## L'Héritage Dévoilé

Le crépuscule enveloppait doucement le Castellet de ses teintes chaudes. Les rayons obliques du soleil couchant caressaient la petite place, transformant chaque pierre, chaque tuile en un joyau scintillant. Les façades séculaires, témoins silencieux des siècles passés, se paraient de nuances chatoyantes. L'ocre profond et le terracotta velouté des murs semblaient s'animer sous cette lumière magique, comme si le village tout entier s'éveillait pour un dernier ballet avant la nuit. L'air était imprégné d'une douceur presque palpable, chargé des parfums de la Provence et des promesses d'une soirée estivale.

Julie s'engagea sous l'arche de pierre, ses pas résonnant faiblement sur les pavés usés par les siècles. L'arcade massive, témoin silencieux d'innombrables passants, paraissait l'accueillir dans une étreinte de pierre robuste et rassurante.

La ruelle qui s'ouvrait devant elle était un étroit ruban de lumière et d'ombre. Les murs de pierre, patinés par le temps, racontaient en silence l'histoire du village. Leurs teintes chaudes, ocre, terre de Sienne, beige doré captaient les derniers rayons du soleil couchant, créant un jeu de couleurs fascinant.

À sa gauche, un arbuste s'épanouissait courageusement dans une fissure du mur, ses feuilles d'un vert tendre contrastaient avec la rudesse de la pierre. À droite, des persiennes en bois aux couleurs passées ajoutaient une touche de charme rustique à la scène.

La ruelle descendait en pente douce, s'incurvant légèrement, comme pour cacher ses secrets au regard des curieux. L'air, chargé des parfums de la Provence, lavande, thym, et une touche de romarin enveloppaient Julie, cela éveillait en elle des souvenirs enfouis.

Alors qu'elle avançait, le bruissement lointain du vent sur la place en contrebas l'attirait, tel un murmure du passé qui l'invitait à découvrir des vérités longtemps cachées.

Depuis cet endroit, la vue était à couper le souffle. Le paysage provençal s'étendait à perte de vue, un patchwork de vignes, d'oliviers et de cyprès. Au loin, les collines ondulaient doucement, leurs contours adoucis par la brume du soir. Le ciel, un camaïeu de bleus, de roses et d'oranges, semblait toucher la terre à l'horizon.

Henri se tenait là, silhouette élégante et solitaire, les yeux rivés sur ce panorama enchanteur. Sa canne, plantée fermement sur le sol, et son chapeau Fedora incliné avec style lui donnaient l'allure d'un personnage sorti d'une autre époque.

Le bruit des pas sur les pavés attira son attention. Lentement, avec une grâce qui défiait son âge, il se tourna vers elle. Ses yeux, d'un bleu profond comme la Méditerranée, se posèrent sur Julie avec un mélange de tendresse et de gravité.

Elle s'arrêta à quelques pas d'Henri. Son cœur battait la chamade. Le moment qu'elle attendait, qu'elle redoutait peut-être, était enfin arrivé. Dans ce cadre pittoresque, témoin silencieux de siècles d'histoire, une nouvelle page de son propre récit allait être écrite.

Un sourire bienveillant illumina son visage, ridé par les années.

— Mes salutations, chère Julie, lui dit-il, sa voix aussi douce que le murmure des oliviers sous la brise nocturne.

— Bonjour, Monsieur Laroche, répondit-elle, avec une pointe d'hésitation dans la voix.

Il agita doucement la main, comme pour chasser la formalité.

— Henri, appelle-moi Henri, dit-il avec un clin d'œil complice.

Julie, impatiente, ne put contenir ses questions.

— Pourquoi tous ces mystères, Henri ? Pourquoi je ne vous connais pas alors que vous avez l'air d'en connaître beaucoup plus que moi sur ma famille ? Pourquoi...

Il leva une main, interrompant gentiment le flot de questions.

— Assieds-toi, dit-il en désignant d'un geste un banc de pierre près de lui. Je vais tout t'expliquer.

Il s'assit à côté d'elle, sa canne appuyée contre ses jambes. Ses yeux, empreints de sagesse et de mystère, se perdirent un instant dans l'horizon avant de revenir sur Julie.

— Vois-tu, commença-t-il, sa voix prenant des accents de conteur, j'ai eu le privilège de connaître ton arrière-grand-mère, Madeleine. Nous étions des amis d'enfance, partageant rires et aventures dans ces mêmes ruelles que tu viens de traverser.

Un sourire nostalgique éclaira son visage.

— Ah, Madeleine... Elle possédait un don, tu sais. Un don que tu as hérité d'elle.

Henri fit une pause, laissant ses mots imprégner l'air du soir.

— J'ai voyagé autour du monde, ma chère, mais je suis revenu ici, dans notre village natal. J'avais fait une promesse à Madeleine de garder un œil sur la boulangerie et sur toi.

Il posa délicatement sa main sur celle de Julie.

— Je suis le gardien de l'héritage de Madeleine, et j'ai la responsabilité de te guider dans la découverte des secrets de la pâtisserie quand le moment sera venu.

Ses yeux pétillèrent d'une lueur malicieuse.

— Et, apparemment, ce moment est arrivé, n'est-ce pas ?

Julie l'écoutait, fascinée, sentant que chaque mot d'Henri ouvrait une porte sur un passé qu'elle n'avait jamais soupçonné.

Il poussa un profond soupir, et son regard s'assombrit comme le ciel au crépuscule. Il effleura délicatement le pommeau de sa canne, comme pour puiser la force d'aborder ces sujets douloureux.

— Ma chère, commença-t-il, sa voix empreinte de tristesse, l'histoire de ta famille est aussi belle qu'elle est tragique. Ton père... sa mort n'était pas naturelle, mais elle n'était pas non plus le fruit d'un acte intentionnel.

Il s'arrêta un moment pour peser soigneusement ses mots.

— Victor Malbek n'est pas un meurtrier au sens littéral du terme, mais ses actions ont entraîné des conséquences dévastatrices.

Julie sentit son cœur se serrer. Henri prit une profonde inspiration et son regard se perdit dans le lointain, comme si les événements passés défilaient sous ses yeux.

— Vois-tu, poursuivit-il, sa voix empreinte de gravité, Victor était éperdument amoureux de ta mère. Leur histoire remonte à l'époque où elle ne connaissait pas encore ton père. C'était un amour de jeunesse, très intense, mais éphémère.

Il fit une pause, laissant les mots s'imprégner dans l'air du soir.

— Quand ta mère a rencontré ton père, elle a découvert un amour profond et authentique. Victor, aveuglé par la jalousie et incapable d'accepter cette perte, a pris une décision irréversible. Dans sa passion désespérée, il a créé un gâteau imprégné d'émotions, destiné à raviver l'amour de ta mère pour lui.

Henri secoua doucement la tête. Ses yeux reflétaient une profonde tristesse.

— Mais il a sous-estimé la puissance de votre pouvoir, Julie. En cherchant à infuser son gâteau d'amour, il n'a pas réalisé que son cœur brûlait d'une colère sourde envers ton père. Cette colère, née de la jalousie et du ressentiment, s'est inconsciemment mêlée à ses intentions.

La voix d'Henri devint plus basse, presque un murmure.

— Ce gâteau, au lieu de ranimer l'amour, a déclenché une réaction en chaîne catastrophique. Cela a affecté tout le monde. Ton père, qui en avait mangé la moitié, a été frappé le plus durement et le plus rapidement. Ta mère et ta grand-mère, qui n'en avaient pris qu'une petite bouchée, ont vu leur énergie vitale diminuer progressivement, mais inexorablement.

Julie écoutait, le cœur serré, chaque mot d'Henri révélait une nouvelle facette de la tragédie qui avait frappé sa famille.

— L'amour et la colère, mêlés dans ce gâteau par l'inconscience de Victor, sont devenus un poison lent, mais implacable. Ce qui devait être un acte d'amour s'est transformé en une malédiction involontaire, consumant progressivement ceux qui y avaient goûté.

Elle sentit des larmes couler silencieusement sur ses joues.

Il prit une profonde inspiration. Ses yeux brillèrent d'une émotion contenue. Sa voix, douce comme un souffle, semblait porter le poids de secrets longtemps gardés.

— Ta mère et ta grand-mère, continua-t-il, ont pris la décision la plus difficile qu'un parent puisse prendre. Elles sont parties, Julie, non pas par lâcheté, mais par un acte d'amour si profond qu'il dépasse l'entendement.

Il s'arrêta, laissant ses paroles flotter dans l'air du crépuscule.

— En s'éloignant, elles espéraient briser le lien qui les affaiblissait. Mais ce n'était pas aussi simple. Elles ont dû recourir à des recettes beaucoup plus complexes, des préparations anciennes et dangereuses, transmises de génération en génération, qui comportaient d'énormes risques pour elles-mêmes, mais c'était leur seul espoir de te protéger.

Henri posa doucement sa main sur celle de Julie, son contact aussi léger qu'une plume.

— Comprends-tu, ma chère ? Elles ne voulaient pas que tu les découvres un matin dans un état de souffrance atroce. L'image de leur déchéance aurait été une vision d'horreur qu'elles ne pouvaient se résoudre à t'infliger. Elles voulaient que tu les gardes dans ton cœur telles qu'elles étaient : aimantes, fortes, pleines de vie.

Sa voix devint encore plus douce, presque un chuchotement.

— Leur plus grand souhait était que tu grandisses sans haine, sans colère. Bien sûr, elles savaient que la tristesse serait inévitable, mais elles espéraient que cette tristesse serait douce, qu'elle te permettrait de te construire à ton propre rythme, sans le fardeau écrasant de la rage ou du désespoir.

Henri leva les yeux vers le ciel étoilé, comme s'il y cherchait les mots justes.

— Elles t'ont offert la liberté de devenir la personne que tu es, Julie. La liberté de découvrir et d'apprivoiser ton don, sans avoir à porter le fardeau de leur souffrance. C'était leur dernier cadeau, le plus précieux et le plus douloureux qu'elles pouvaient te faire.

Le silence qui suivit était chargé d'émotions, aussi denses que l'air parfumé de la Provence. Les révélations d'Henri flottaient autour d'eux, redessinant le passé de Julie et éclairant d'une nouvelle lumière les absences qui avaient marqué sa vie.

Il se tourna vers Julie, les yeux brillants de compassion.

— Elles te chérissaient plus que tout au monde, ma chère. Leur départ était un acte d'amour ultime.

Le silence s'installa, lourd de révélations et d'émotions. Le soleil avait presque disparu, laissant place à un ciel parsemé d'étoiles naissantes. La brise du soir emportait l'écho lointain des cigales, comme une mélodie mélancolique accompagnant ces vérités longtemps cachées.

Julie, submergée par l'émotion, tentait d'assimiler ces informations qui bouleversaient tout ce qu'elle croyait savoir. L'amour, la perte, le sacrifice... Tout se mélangeait dans son cœur, créant une tempête d'émotions qu'elle avait de la difficulté à contenir.

Les yeux brillants de larmes contenues, elle prit une profonde inspiration avant de poser sa question, sa voix tremblante d'émotion.

— Mais, Henri, pourquoi cela a-t-il duré si longtemps ? J'ai vu mon père dépérir pendant quasiment un an. Pourtant, quand j'ai fait mon premier gâteau, l'effet n'a duré que quelques heures tout au plus.

Il hocha lentement la tête, son regard empreint de sagesse et de compassion.

— Ah, ma chère Julie, commença-t-il, sa voix douce, mais ferme, c'est là qu'entre en jeu le pouvoir de l'ambre. Tu en connais déjà le premier effet, celui qui te permet de ressentir profondément les éléments. Mais un autre aspect encore plus important existe : l'ambre agit sur la durée des effets.

Il suspendit ses mots, qui se dispersèrent dans le voile du soir.

— Ce n'est pas pareil pour tout le monde, vois-tu. Cela dépend de la force intérieure de la personne affectée. Sur la plage, tu as probablement utilisé une pierre, je pense, et l'effet a duré toute l'après-midi. Or, plus on utilisera de pierres simultanément, plus la durée augmentera de manière exponentielle.

Les yeux de Julie s'écarquillèrent de surprise tandis qu'il poursuivait.

— Avec deux pierres on parle en semaines. Avec trois, en années.

Elle était fascinée et effrayée à la fois par ces révélations, elle ne put s'empêcher de demander :

— Et avec quatre ?

Henri laissa échapper un petit rire sans joie, ses yeux se perdant un instant dans l'horizon lointain.

— Quatre pierres, Julie ? Personne, à ma connaissance, n'a réussi à réunir quatre pierres. Si c'était le cas, le pouvoir qu'elles conféreraient serait... inimaginable.

Le silence qui suivit était lourd de sens, chargé de possibilités, à la fois merveilleuses et terrifiantes. La nuit était maintenant tombée, elle enveloppait la place dans un manteau d'obscurité émaillé d'étoiles.

Elle assimilait lentement ces nouvelles informations, comprenant finalement l'ampleur du pouvoir qu'elle portait en elle et les responsabilités qui y étaient liées. Le mystère de l'ambre se dissipait, mais chaque réponse semblait ouvrir la porte à de nouvelles questions, plus profondes.

— Et l'insecte dans l'ambre ?

Henri esquissa un sourire énigmatique, ses yeux pétillaient d'un mélange de sagesse ancestrale teintée de curiosité jamais éteinte. Il se pencha légèrement vers Julie, comme s'il s'apprêtait à partager un secret millénaire.

— Ah, l'insecte pris au piège dans l'ambre, commença-t-il, sa voix prenait des accents de conteur. C'est une créature fascinante, ma chère Julie. Imagine un petit être, pas plus gros qu'un moustique, mais vieux comme le monde.

Il fit un geste de la main, comme pour esquisser une créature dans l'air du soir.

— C'était une sorte de moustique préhistorique, pour ainsi dire. Mais pas n'importe quel insecte. Celui-ci avait un don particulier : il pouvait influencer les animaux qu'il piquait. Pas simplement les rendre malades, non. Il pouvait changer leur comportement, leurs émotions même.

Julie écoutait, fascinée, et buvait chaque mot d'Henri. Le vieil homme poursuivi, son regard perdu dans le lointain, comme s'il observait cette créature s'envoler dans les forêts ancestrales.

— Imagine le pouvoir d'une telle créature. Un simple moustique capable de faire danser les mammouths ou d'apaiser la fureur d'un tigre à dents de sabre.

Il secoua doucement la tête pour revenir au présent.

— Mais voici le mystère. Pourquoi certaines personnes, comme toi, peuvent-elles percevoir les effets de cette créature emprisonnée dans l'ambre depuis des millions d'années ? Pourquoi peuvent-elles l'utiliser ?

Il leva les mains en signe d'impuissance, un sourire mystérieux sur les lèvres.

— Ça, ma chère, c'est une question à laquelle je n'ai pas de réponse. J'ai passé des années à chercher, à étudier, à interroger, mais certains mystères restent entiers, défiant toute explication rationnelle.

— Sommes-nous nombreux à avoir ce don ? demanda-t-elle, sa voix à peine plus haute qu'un murmure.

Henri secoua lentement la tête.

— Non, ma chère, très peu, en vérité. Et ce qui rend les choses encore plus complexes, c'est que certains l'ont sans même le savoir.

Julie prit un instant pour réfléchir à cette révélation avant de poser une question qui lui brûlait les lèvres :

— Et comment se déroule la relation entre personnes qui ont le don ?

Un sourire espiègle illumina le visage ridé d'Henri.

— En général, rien de particulier ne se produit. C'est comparable à toute autre relation. Il prit une pause pour choisir soigneusement ses mots.

— Mais, dans certains moments, quand chacun s'abandonne à l'autre, les sensations peuvent être... exacerbées.

Elle sentit ses joues s'empourprer, et repensa à ses moments intimes.

— Lorsque je faisais l'amour avec Gabriel, commença-t-elle timidement, les sensations étaient incroyablement intenses.

Henri inclina la tête, son regard empreint de compréhension.

— Oui, c'est exactement de cela dont je parle. Lorsque vous vous laissez aller, quand les barrières tombent, vos dons s'entremêlent, créant ainsi une expérience unique.

Il leva les yeux vers le ciel étoilé.

— L'ambre fonctionne de la même manière. Elle amplifie tout, que ce soit les sensations ou les émotions. C'est un catalyseur très puissant pour votre don.

Julie resta silencieuse un moment pour digérer ces nouvelles informations. Elle repensait à ces instants partagés avec Gabriel, et comprenait maintenant pourquoi ils avaient été si intenses, si uniques.

— C'est un aspect de votre don que peu comprennent vraiment, poursuivit Henri. L'intimité entre deux personnes possédant ce talent peut être... extraordinaire. Mais cela requiert une grande confiance, une ouverture totale l'un envers l'autre.

La brise du soir caressa doucement le visage de Julie, comme pour apaiser les émotions qui tourbillonnaient en elle. Elle réalisait que son don affectait tous les aspects de sa vie, même les plus intimes, d'une manière qu'elle n'aurait jamais imaginée.

— Chaque découverte que tu fais sur ton don t'ouvre à de nouvelles expériences, Julie, conclut-il avec douceur. C'est un voyage d'exploration constant, non seulement de tes capacités, mais aussi de toi-même et des autres.

Le silence retomba sur la petite place, porteur de révélations et de possibilités.

— Pourquoi avoir mis cette première lettre dans le livre de cuisine ? Je suppose que cela vient de vous.

— En effet, c'est bien moi qui l'ai placée là. Il était nécessaire que tu apprennes, que tu te prépares.

Voyant l'incompréhension dans ses yeux, il poursuivit :

Madeleine souhaitait que tu découvres ton don par toi-même, que tu l'expérimentes. Si j'étais venu t'expliquer tout cela dès le début, tu ne m'aurais pas cru. Tu ne te serais pas plongée dans cette aventure avec la même passion, la même curiosité.

Julie acquiesça lentement, réalisant la sagesse derrière cette approche.

— La famille Leroy a toujours été présente dans la région, Julie. Toujours là au moment nécessaire.

Sa voix prit des accents de conteur, tissant une tapisserie d'histoires anciennes.

— Pendant la Résistance, par exemple, des gâteaux étaient préparés pour tromper l'ennemi, pour épargner des vies innocentes.

Il fit une pause, son visage s'assombrit légèrement.

— Et parfois, hélas, il a fallu les réduire au silence quand c'était nécessaire.

Le silence qui suivit était lourd de sens, il portait le poids de l'histoire et des choix difficiles qu'ils avaient dû prendre.

— Votre don a toujours été à double tranchant. Un pouvoir qui peut guérir et réconforter, mais qui peut aussi blesser et tuer, si on l'utilise mal. C'est un héritage précieux, Julie, mais qui porte avec lui une grande responsabilité.

La nuit s'était complètement installée. Les étoiles brillaient intensément au-dessus d'eux. Julie prit conscience de l'héritage qui reposait sur ses épaules, réalisant soudain que son don était bien plus qu'un simple talent culinaire. C'était un lien avec son passé, avec l'histoire de sa région, et peut-être même avec l'avenir.

— Chaque génération de ta famille a dû apprendre à maîtriser ce don et à l'utiliser avec sagesse, conclut Henri. Et désormais, c'est ton tour. Tu portes en toi non seulement le talent, mais aussi l'histoire et les espoirs de tous ceux qui t'ont précédée.

Henri poussa un profond soupir, son regard s'assombrit soudain. L'atmosphère autour d'eux parut soudain empreinte de tension, comme si l'air lui-même portait le fardeau des révélations imminentes.

— Julie, commença-t-il, sa voix prenant un ton grave, si je t'ai appris tout cela maintenant, c'est parce que la situation est devenue... préoccupante.

Il fit une pause pour choisir ses mots avec soin.

— Victor a commencé à utiliser son don d'une manière que nous redoutions depuis longtemps. Il a acheté énormément de terres, de vignes et de domaines ces derniers temps. Et le rythme de ses acquisitions ne cesse de s'accélérer.

Elle frissonna intérieurement, consciente que quelque chose de redoutable approchait.

— Il invite des propriétaires à boire du thé ou du vin, poursuivit Henri, et, avec un gâteau qu'il maîtrise bien, combiné à une pierre d'ambre, il les pousse à signer des actes de vente de leurs maisons ou de leurs terres. Pour une somme dérisoire, souvent un dixième de leur valeur réelle.

Les yeux de Julie s'écarquillèrent d'horreur.

— Mais... c'est du vol ! s'écria-t-elle.

Henri secoua tristement la tête.

— Des plaintes ont été déposées, bien sûr. Mais tout est en règle sur le papier. Qui pourrait croire qu'un simple gâteau pourrait inciter quelqu'un à vendre son patrimoine pour une bouchée de pain ?

Le vieil homme s'arrêta, son regard se perdit dans l'horizon lointain.

— C'est ce qui est arrivé au père de Gabriel, dit-il doucement. Les dettes qui ont suivi ont entraîné l'impossibilité de les honorer sans terres à cultiver. Tout cela les a ruinés. Et finalement...

Il laissa sa phrase en suspens, mais Julie comprit. Soudain, le suicide du père de Gabriel prit un sens terrible.

— C'est à ce moment-là que nous avons commencé à surveiller Victor de près, conclut Henri. Nous savions que son ambition et son manque de scrupules le rendraient dangereux un jour.

Le silence qui suivit était lourd d'implications. Julie sentait le poids de cette révélation peser sur ses épaules. Elle comprenait maintenant l'ampleur de la menace que représentait Victor, non seulement pour elle et sa famille, mais pour toute la région.

La nuit semblait plus sombre autour d'eux, les étoiles moins brillantes. Le parfum des lavandes porté par la brise ne parvenait plus à adoucir l'amertume de ces vérités récemment découvertes.

— Que pouvons-nous faire ? murmura Julie, sa voix à peine perceptible, mais empreinte de détermination.

Il la regarda, un mélange de fierté et d'inquiétude dans les yeux.

— C'est là que tu entres en jeu, ma chère Julie. Ton don, ton héritage... Ils pourraient être notre seule chance de l'arrêter.

Julie baissa les yeux.

— Mais comment ? Je me sens si... disons que... face à Victor.

Henri se pencha vers elle, ses yeux brillant d'une sagesse profonde.

— Plusieurs façons sont possibles, ma chère. Tu pourrais par exemple chercher une recette capable d'annuler l'effet de ses gâteaux. De cette manière, lorsqu'on apprendra une vente, tu pourras rapidement préparer quelque chose pour que les avis changent dans le délai légal.

Il fit une pause, laissant ses paroles flotter dans l'air doux de la nuit provençale.

— Ou, plus efficace, mais plus difficile, tu pourrais lui faire manger un gâteau qui effacerait cette recette de sa mémoire.

Un léger sourire éclaira son visage marqué par les années.

— Chez les Leroy, la créativité est une seconde nature. Je suis convaincu que tu trouveras une solution.

Soudain, le regard de Julie s'assombrit, la tristesse envahit ses yeux.

— Mais, Henri... Gabriel m'a trahie. Il a volé le carnet, et je n'ai plus de base de travail.

Il hocha lentement la tête, et son expression devint grave.

— C'est effectivement ce que j'avais cru comprendre. Et c'est là qu'un autre problème se pose, plus personnel, mais tout aussi dangereux.

Il prit une profonde inspiration avant de continuer.

Gabriel... il aura probablement pour objectif de l'éliminer pour se venger.

Ces mots tombèrent comme des pierres dans l'étang tranquille de la nuit. Julie sentit son cœur se comprimer, la douleur de la trahison ravivée par cette nouvelle menace.

— Donc, murmura-t-elle à voix basse, non seulement je dois contrer les plans de Victor, mais je dois aussi me méfier de Gabriel ?

Henri acquiesça d'un signe de tête.

— C'est un lourd fardeau, mais tu n'es pas seule. Tu possèdes un don extraordinaire, et tu as des amis qui te soutiendront.

Le silence qui suivit était empli d'émotions contradictoires. Un léger souffle nocturne caressait les feuilles des arbres, comme pour offrir un réconfort silencieux.

Julie leva les yeux vers le ciel étoilé, cherchant peut-être une réponse dans la voûte céleste. Elle sentait le poids de son héritage, de sa responsabilité, peser sur ses épaules. Mais en même temps, une nouvelle détermination émergeait en elle.

— Je trouverai un moyen, dit-elle finalement, sa voix retrouvait de l'assurance. Pour Victor, pour Gabriel, pour ma famille... Je trouverai un moyen.

Henri souriait, la fierté brillait dans ses yeux.

— Je n'ai jamais eu le moindre doute, ma chère. Tu es une Leroy, après tout. Et les Leroy ont toujours su faire face à l'adversité, avec courage et créativité.

La nuit paraissait moins sombre maintenant, comme si la détermination de Julie avait redonné de l'éclat aux étoiles.

Il fouilla dans la poche intérieure de sa veste et en sortit une petite carte de visite légèrement jaunie aux bords. Il lui tendit, un sourire bienveillant sur les lèvres.

— Je te laisse mon numéro de téléphone, dit-il doucement. Tu pourras me joindre quand bon te semblera.

Elle prit la carte, ses doigts effleurant le papier texturé. Elle sentit le poids de ce geste simple, et elle comprit qu'il symbolisait bien plus qu'un simple échange de coordonnées. C'était une promesse de soutien, un lien concret avec son passé et ses racines.

Henri se leva lentement, s'appuyant sur sa canne. La lumière tamisée des réverbères dessinait des ombres délicates sur son visage, mettant en évidence la sagesse profondément ancrée dans chaque ride.

— Je dois prendre congé, dit-il, la voix empreinte de tendresse. La nuit est déjà bien avancée, et nous avons tous deux beaucoup à méditer.

Julie se leva à son tour, sentant une vague d'émotions l'envahir. Elle avait l'impression d'avoir vécu plusieurs vies en l'espace d'une soirée.

Il posa une main affectueuse sur son épaule.

— Je te souhaite une belle nuit, ma chère. Puissent tes rêves se remplir de douceur et d'inspiration.

Il y avait dans ses yeux une lueur de fierté mêlée d'inquiétude, comme si un père envoyait son fils bien-aimé au combat.

— Bonne nuit, Henri, répondit Julie, sa voix à peine audible. Merci... pour tout.

Henri hocha la tête, un dernier sourire aux lèvres, avant de se détourner et de s'éloigner d'un pas lent, mais assuré. Sa silhouette se fondit progressivement dans l'obscurité de la nuit, la laissant seule sur la petite place.

Julie serra la carte de visite contre son cœur et ressentit le poids de son destin nouvellement révélé. Mais pour l'instant, dans le calme de cette nuit d'été, elle laissa le parfum de la lavande et le chant lointain des dernières cigales l'envelopper, comme un dernier moment de paix avant la tempête à venir.

Elle remonta les ruelles étroites du village, ses pas résonnaient doucement sur les pavés usés par le temps. L'air nocturne était imprégné du parfum entêtant des jasmins et des pins, comme si la nature elle-même cherchait à apaiser son esprit troublé.

Alors qu'elle approchait de sa maison, une ombre se détacha de l'obscurité. Son cœur fit un bond, mais elle força son visage à rester impassible. À mesure qu'elle avançait, elle reconnut Paul.

— Que veux-tu ? demanda-t-elle d'un ton glacial. Ton papa envoie son toutou et il s'est caché quelque part ?

Il détourna le regard, manifestement mal à l'aise.

— Non, je suis venu m'excuser, murmura-t-il. Et... j'aimerais t'aider à arrêter mon père.

Julie le regarda avec méfiance, ne croyant pas un mot de ce qu'il disait. Pourtant, Paul persista, sa voix vacillante, mais résolue.

— Je suis au courant de la manière dont mon père procède pour agrandir le domaine, expliqua-t-il. Comment il escroque les gens avec sa recette.

Il prit une profonde inspiration avant de poursuivre.

— Je savais pour le père de Gabriel. C'était un vieil ami. J'ai essayé pendant longtemps de convaincre mon père de les aider à payer leurs dettes, car ils perdaient tout par sa faute. Malheureusement, il a toujours refusé de m'écouter.

Les yeux de Paul brillaient de larmes contenues.

— Gabriel est au courant du nombre de disputes que j'ai eues avec mon père pour le persuader. C'est pour cette raison qu'il m'a aidé. Mais, pour autant, aujourd'hui, il ne veut plus me parler.

Elle sentit sa méfiance vaciller face à l'apparente sincérité de Paul.

— J'ai compris qu'il s'était rapproché de toi pour pouvoir te dérober le livre de recettes, conclut-il, sa voix à peine plus haute qu'un murmure.

Le silence qui suivit était lourd de révélations et d'émotions non dites. La brise nocturne faisait doucement onduler les feuilles des arbres, comme si elles murmuraient des secrets jalousement gardés.

Julie observait le visage de Paul, cherchant la moindre trace de duplicité. Tout ce qu'elle voyait, cependant, c'était de la culpabilité et de la peur, peut-être même un soupçon de rédemption ?

— Je veux t'aider à arrêter mon père, chuchota-t-il, sa voix à peine perceptible. Mais je ne veux pas qu'il meure. Gabriel, lui... c'est ce qu'il veut.

Elle secoua la tête, toujours méfiante.

— Comment puis-je te faire confiance aujourd'hui ? demanda-t-elle, sa voix mêlant incertitude et attente.

Sans un mot, Paul prit doucement la main de Julie. Avec des gestes lents, presque cérémonieux, il y déposa quelque chose. Elle sentit immédiatement une vague d'énergie la traverser. Ses pupilles s'élargirent lorsqu'elle reconnut une pierre d'ambre.

— Je l'ai prise à mon père, confessa-t-il, sa voix tremblante. Ça le ralentira. Je suis convaincu que tu sauras l'utiliser à bon escient.

Elle fixait la pierre, captivée par sa lueur dorée dans la pénombre.

— Fais attention, avertit Paul. Mon père peut se montrer impitoyable. Il pensera que c'est toi qui as volé la pierre... ou Gabriel, dès qu'il s'en apercevra.

Julie leva les yeux. Il paraissait si vulnérable à cet instant, dépourvu de toute la bravade qu'il avait pu montrer auparavant. Une vague de compassion inattendue la submergea.

— Tu veux dormir à la maison ? proposa-t-elle doucement. Tu ne peux pas rentrer au domaine sans prendre de gros risques après ce que tu viens de faire. De plus, il me semble que la porte de chez toi ne se ferme plus.

Un sourire timide éclaira le visage de Paul. Il hocha la tête, reconnaissant.

Ensemble, ils entrèrent dans la maison. L'obscurité les enveloppa, mais elle paraissait moins menaçante maintenant. La pierre d'ambre pulsait lentement dans sa main, comme une promesse de changement.

Alors que la porte se refermait derrière eux, Julie sentit qu'elle venait de franchir un seuil invisible. Les alliances changeaient, les secrets se dévoilaient, et l'avenir, bien qu'incertain, paraissait s'ouvrir à de nouvelles opportunités.

## 18

## Le Goût de l'Espoir

Le soleil effleurait délicatement les persiennes de la maison, comme s'il cherchait à éveiller Julie d'un profond sommeil.

Elle ouvrit les yeux, étonnée de se sentir si légère. Les révélations de la veille, au lieu de l'accabler, semblaient avoir allégé son fardeau. C'était comme si elle avait enfin découvert la pièce manquante d'un puzzle qu'elle essayait de résoudre depuis toujours.

Cette sensation de renouveau l'accompagna tout au long de sa préparation matinale. Chaque geste était empreint d'une détermination tranquille. Le trajet jusqu'à la boulangerie passa comme dans un rêve, les rues encore endormies du village paraissaient refléter sa propre sérénité. À mesure qu'elle se rapprochait de sa destination, une excitation familière commençait à monter en elle, mêlée à un sentiment nouveau de perspectives illimitées.

Accompagnée de Paul, elle ouvrit la porte de la boulangerie. L'odeur familière du levain et du beurre l'enveloppa, réconfortante.

— Paul, pourrais-tu t'occuper de la terrasse ? demanda-t-elle d'une voix douce.

Pendant qu'il s'affairait dehors, elle glissa discrètement la pierre dans le pot de farine, rejoignant ainsi ses sœurs mystérieuses. Ses doigts s'attardèrent un instant, comme pour puiser leur force.

La clochette de la porte retentit. Mme Alano, fidèle comme l'horloge de l'église, entra.

— Ah, ma petite Julie ! Hier, tu étais fermée ! Pas de baguette tradition ! Mon mari et moi avons été incapables de saucer notre plat avec des biscottes. Des biscottes, tu te rends compte ?

Elle hochait la tête distraitement, son esprit vagabondait vers des contrées lointaines. Soudain, une pensée malicieuse lui traversa l'esprit :

— Et si je lui préparais un gâteau qui la rendrait muette ? Quel délice ce serait...

Ayant réalisé ce qu'elle venait d'imaginer, elle s'exclama tout haut :

— Non, mais c'est n'importe quoi ! Qu'est-ce que je raconte là ?

Mme Alano s'interrompit, bouche bée.

— Pardon, ma chérie ?

Julie rougit, embarrassée.

— Oh, je... je pensais à haute voix. Je me disais que ce serait une bonne idée de faire un gâteau... euh... qui vous couperait le souffle !

Mme Alano gloussa.

— Ah, ma petite, tes gâteaux me coupent toujours le souffle. Mais pas la parole, heureusement ! Que deviendrais-je si je ne pouvais plus bavarder ?

Julie rit de bon cœur, reconnaissante pour ce moment de légèreté. Après tout, n'étaient-ce pas ces petits instants qui donnaient sa saveur à la vie ?

Le tintement de la clochette annonçait l'arrivée incessante des clients, comme les vagues d'une mer agitée. Julie naviguait entre les demandes, ses mains dansant sur les étagères, distribuant pains et viennoiseries.

Soudain, Lucas apparut, son regard s'arrêtant net sur Paul qui, derrière le comptoir, disposait soigneusement des chouquettes dorées dans un panier d'osier.

— Euh... tu m'expliques ? lança Lucas, les yeux écarquillés. Tu as dressé le toutou ?

Paul, sans lever les yeux de sa tâche, répliqua d'une voix où se mêlaient agacement et humour :

— Mais vous avez fini avec le toutou, tous les deux ?

Un profond silence s'installa, semblant flotter entre les poutres anciennes de la boulangerie. Elle prit une profonde inspiration, sentant le poids des explications à venir. Elle entraîna Lucas dans un coin paisible, éloigné des regards indiscrets, et commença à dérouler le fil des événements récents.

Le temps semblait ralentir alors qu'elle parlait, comme si l'univers lui-même retenait son souffle pour écouter cette histoire extraordinaire.

Une fois le tumulte apaisé dans la boutique, tel le silence après une tempête, Paul s'avança vers Julie.

— Veux-tu que je t'emmène chez Gabriel ? demanda-t-il doucement.

Julie secoua la tête. Ses yeux reflétaient une sagesse nouvellement acquise.

— J'y ai songé, mais s'il me voit, il se cachera. Je ne pourrai plus anticiper ses actions.

Elle marqua une pause, pesant chacun de ses mots.

— Je voudrais que tu le surveilles, Paul. Observe-le discrètement et dis-moi ce qu'il fait.

Il hocha la tête, comprenant la gravité de la situation.

— Mais avant ça, poursuivit-elle, parle-moi de ta demeure. Des habitudes de ton père. De ce qu'il mange...

Ses yeux brillaient d'une lueur déterminée. Chaque bribe d'information était comme une pièce d'un puzzle complexe qu'elle assemblait patiemment. Dans ce jeu périlleux où le passé et le présent s'entremêlaient, Julie savait que le savoir était sa meilleure arme.

Paul commença à parler, sa voix basse et mesurée. Et tandis qu'il décrivait les recoins sombres de sa vie familiale, Julie sentait que chaque mot les rapprochait un peu plus de la vérité, aussi amère soit-elle.

*\*\*\**

Gabriel était installé à sa table, le carnet ouvert devant lui. Ses doigts effleuraient les pages jaunies, comme s'il pouvait absorber leur sagesse par le simple toucher. Il le lisait et le relisait, encore et encore, chaque mot gravé dans sa mémoire comme une promesse de vengeance.

Les plans s'échafaudaient dans son esprit, aussi fragiles que des châteaux de cartes. Il savait que l'occasion serait rare, peut-être unique. Il ne pouvait pas se permettre d'échouer. La mort de son père, le chagrin de sa mère, tout cela pesait sur lui comme un lourd fardeau invisible.

Les émotions le submergeaient par vagues, tantôt douces, tantôt violentes. Cela faisait si longtemps qu'il préparait cette vengeance. Se rapprocher de Lucas, puis de Julie, dans l'espoir de dérober le livre de recettes dont Paul avait fait mention une fois. Finalement, il découvre ce carnet dont tout le monde ignorait l'existence. Mais en découvrant son contenu, il n'avait pas eu le choix : il devait le voler. Les réponses à ses tourments étaient là, noir sur blanc.

Plusieurs recettes attiraient son attention, promesses de justice ou de chaos. L'idée de retourner à la boulangerie pour prendre une ou deux pierres et renforcer les effets l'avait effleuré, mais la prudence l'emportait. Elle les aurait sûrement déplacées, et se faire prendre maintenant serait sacrifier sa seule chance de vengeance.

La journée d'hier était consacrée à l'entraînement, et aujourd'hui, cela ne serait pas différent. Il ne lâcherait pas, même si la tâche se révélait plus ardue qu'il ne l'avait imaginé. Créer n'avait jamais été son fort, et il réalisait à présent la difficulté de se connecter avec le cœur léger, d'insuffler ses intentions dans chaque ingrédient.

En observant Julie, tout semblait si simple, si naturel. Mais la réalité était bien différente. Chaque tentative était un combat, chaque échec une leçon amère. Certains aliments paraissaient plus réceptifs à certaines émotions, mais dompter cette alchimie était un défi de chaque instant.

Gabriel soupira, ses yeux se posaient sur la fenêtre. Il se demanda un instant si elle pensait à lui, si elle avait compris sa trahison. Puis, il chassa ces pensées. Il n'avait plus le choix : il devait rester concentré. Alors, il se remit au travail, déterminé. Peut-être que le temps, ce grand maître, lui apprendrait la patience et la maîtrise nécessaires.

***

Julie contemplait le ciel à travers la vitre de la boulangerie. Les paroles de Paul résonnaient encore dans son esprit. La réalité lui sautait aux yeux : Victor était trop prudent pour se laisser prendre au piège d'un gâteau, quel que soit celui qui le lui aurait offert.

Un soupir s'échappa de ses lèvres, léger comme la farine qui dansait dans l'air. Elle devait trouver une autre voie, un chemin moins évident, mais tout aussi efficace. Et surtout, elle devait s'assurer que personne d'autre ne goûte à sa création, quelle qu'elle soit. Le pouvoir qu'elle possédait était à double tranchant, capable de soigner autant que de blesser.

— Paul, murmura-t-elle, pourrais-tu maintenant aller voir ce que fait Gabriel ? Et, si possible, jette un œil chez toi, au domaine. Le livre de recettes... peut-être... Si tu pouvais le récupérer...

Elle suspendit sa phrase, consciente que les chances de succès étaient faibles. Mais, dans ce jeu d'échecs où chaque mouvement comptait, même le plus petit pion pouvait renverser la partie.

— Tu auras besoin de moi pour t'aider à la boulangerie pendant que tu cherches une recette ou une solution, dit-il timidement, comme s'il craignait de briser la bulle de concentration qui entourait Julie. J'irai tout à l'heure, si tu le veux bien.

Elle leva les yeux vers Paul, l'observant réellement pour la première fois. Elle vit dans son regard une nouvelle détermination et un désir sincère d'aider. Lentement, elle acquiesça, sans prononcer un mot.

Lucas, fidèle comme l'ombre qui suit le soleil, s'avança.

— Je peux être ton cobaye pour tester tes recettes, proposa-t-il, sa voix trahissant une hésitation qu'il tentait de masquer.

Julie sourit doucement, émue par son dévouement.

— Ce ne sera pas nécessaire. Mais j'ai une autre mission pour toi. Elle griffonna rapidement une liste sur un bout de papier, elle énuméra : des légumes, de la viande, du poulet, du riz... Je dois explorer d'autres possibilités.

Alors que Lucas s'en allait, liste en main, elle se tourna vers sa cuisine, dubitative. Sans un livre pour la guider, elle se sentait comme un marin sans boussole sur une mer agitée. Mais peut-être était-ce l'occasion de tracer sa propre carte.

Elle commença à mélanger des ingrédients qu'elle possédait, cherchant l'inspiration. Ses mains dansaient au rythme d'une mélodie silencieuse. Chaque association était une question posée à l'univers, chaque texture une nouvelle possibilité.

Dans le calme de la boulangerie, seulement perturbé par le doux son de ses ustensiles, Julie se sentait à la fois puissante et vulnérable. Elle créait, expérimentait, cherchant dans chaque combinaison la clé qui ouvrirait la porte de sa destinée.

Le temps s'étirait comme de la pâte à pain, souple et malléable. Le tintement de la clochette annonça le retour de Lucas, les bras chargés de sacs débordant de couleurs et de textures. Julie l'accueillit avec un sourire chaleureux, ses mains déjà plongées dans une préparation mystérieuse.

Il déposa les courses et se dirigea vers la porte, un nouvel élan dans ses pas. Il s'arrêta un instant près de Paul pour obtenir à voix basse l'adresse de Gabriel.

— Je vais aller traîner dans le coin, informa-t-il, la voix empreinte d'une résolution qu'elle ne lui avait jamais connue.

Elle l'observa en silence, notant les subtils changements dans sa posture, son attitude, son regard. Lucas semblait avoir grandi, mûri en l'espace de quelques jours. Il ne ressemblait plus au libraire timide et hésitant qu'elle avait toujours connu, mais à un homme prêt à agir, à prendre des risques.

Julie ne dit rien, mais son cœur se remplit de fierté et d'affection. Elle aimait voir son ami devenir enfin lui-même, comme si les événements récents avaient réveillé une partie de lui longtemps endormie.

Le léger bruit de la clochette accompagna le départ de Lucas, laissant derrière lui un silence rempli de promesses et d'appréhension.

Elle se tourna vers ses ingrédients, prête à poursuivre sa tâche, mais l'image de son ami déterminé persista dans son esprit, une source d'inspiration et de courage pour les défis à venir.

Elle étalait maintenant ses ingrédients sur le plan de travail, comme un peintre dispose ses pigments sur une palette. Chaque légume, chaque épice semblait murmurer ses secrets à ses doigts sensibles. Certains vibraient d'une énergie réceptive, tandis que d'autres restaient obstinément muets.

Julie comprenait enfin la logique cachée derrière les anciennes recettes. Il ne s'agissait pas uniquement de saveur, mais d'une délicate mélodie entre les ingrédients, d'une symphonie capable de refléter l'intention du cuisinier.

Ses mains dansaient sur les aliments, les effleurant, les mélangeant. Elle saisit une pierre d'ambre, et sentit instantanément son pouvoir amplifier ses sensations. Les yeux clos, elle se concentra, et tenta d'insuffler du bonheur dans sa création. Après tout, si elle devait déguster sa propre création, mieux valait qu'elle soit une expérience agréable.

Mais au fil de ses essais, elle comprit rapidement que la réalité était plus complexe. Chaque ingrédient paraissait avoir sa propre voix ; certains étaient plus réceptifs à certaines émotions que d'autres. Elle ne pouvait pas simplement élaborer une recette universelle et y insuffler à volonté ce qu'elle désirait.

La révélation la frappa comme un coup de tonnerre par une journée claire. Soudain, l'importance du carnet volé lui apparut dans toute son ampleur. Chaque page, chaque annotation représentaient des heures, voire des années de travail acharné. La tâche qui l'attendait semblait insurmontable, comparable à un océan qu'on devrait traverser à la nage.

Julie sentit le poids du découragement peser sur ses épaules. Elle fixa les ingrédients éparpillés devant elle, espérant y trouver une réponse dans leur silence.

Et puis, tel un rayon de soleil qui perçait les nuages, une idée émergea. Pourquoi ne pas laisser les ingrédients s'exprimer plutôt que de chercher des mélanges improbables ?

Avec une détermination renouvelée, elle entreprit de les aborder un par un. Elle ferma les yeux et laissa le flux d'énergie circuler entre elle et l'aliment, écoutant attentivement ce qu'il avait à lui dire. Certains murmuraient à peine, d'autres chantaient avec force.

C'était comme un concours, pensa-t-elle avec amusement. Les ingrédients les plus réceptifs à l'émotion qu'elle voulait transmettre seraient les vainqueurs, ceux qui composeront sa recette finale.

Un sourire apparut sur ses lèvres, illuminant son visage. La tâche qui lui avait paru insurmontable quelques instants plus tôt prenait maintenant des allures de jeu, d'exploration joyeuse.

Elle continua à travailler, ses mains dansaient d'un ingrédient à l'autre, écoutant leurs révélations. Le temps paraissait s'étirer, comme suspendu dans cet espace entre la réalité et la magie.

Julie se trouvait baignée dans la lumière du soleil qui éclairait la vitrine de la boulangerie. Elle sentait qu'elle venait de découvrir non seulement une méthode, mais aussi une partie d'elle-même, guidée par la sagesse silencieuse des ingrédients eux-mêmes.

Paul se déplaçait derrière le comptoir avec une aisance surprenante, comme si la boulangerie avait toujours été son royaume. Ses gestes, d'abord hésitants, étaient devenus fluides, presque gracieux. Il accueillait les clients avec un sourire chaleureux, échangeait quelques mots aimables ici et là, offrait des recommandations sur les viennoiseries du jour.

Le tintement de la clochette de la porte se mêlait au chuchotement des discussions, créant une mélodie douce et familière. Paul s'adaptait à ce rythme, anticipait les besoins et guidait les nouveaux venus dans la découverte des trésors odorants de la vitrine.

Pour la première fois depuis longtemps, il avait l'air d'être vraiment à sa place. Loin des ombres du domaine de son père, il rayonnait d'une nouvelle lumière, comme une fleur longtemps privée de soleil qui s'épanouit enfin.

Pendant ce temps, Julie était plongée dans son monde, isolée dans sa bulle de concentration. Les bruits de la boutique s'estompaient autour d'elle, réduits à un murmure lointain. Ses doigts flottaient au-dessus des ingrédients, ses yeux fermés, et son esprit ouvert aux messages subtils de chaque aliment.

Elle avait complètement oublié le monde extérieur. Le temps s'écoulait différemment dans cet espace qu'elle avait créé, entre réalité et magie. Les clients allaient et venaient, les heures s'écoulaient, mais elle restait immobile, comme figée dans sa quête.

Paul jetait de temps en temps un regard dans sa direction, veillant discrètement sur elle discrètement pendant qu'il gérait la boutique. Il sentait profondément l'importance de cet instant, de cette concentration intense qui semblait absorber toute l'énergie de Julie.

Elle observait les ingrédients gagnants devant elle, un assemblage hétéroclite qui paraissait défier toute logique culinaire. Soudain, les paroles de Paul résonnèrent dans son esprit comme un écho lointain qui prenait enfin tout son sens. Son père, Victor, aimait flâner dans le marché de Sanary-sur-Mer presque tous les dimanches.

Cette révélation fut comme un rayon de soleil perçant les nuages de ses pensées. Ses yeux se posèrent sur les olives noires, luisantes, l'ail frais, les anchois argentés, les câpres rebondies, et, bien sûr, la bouteille d'huile d'olive dorée. Une tapenade, bien sûr.

En une fraction de seconde, l'idée prit forme dans son esprit, aussi limpide que le ciel de Provence en plein été. Sur tous les marchés, on pouvait déguster de la tapenade. C'était la recette parfaite, le lieu idéal.

Un sourire radieux illumina le visage de Julie, fière de cette soudaine inspiration. Sans perdre un instant, elle se lança dans la préparation, ses mains dansaient entre les ingrédients avec dextérité.

Elle saisit une deuxième pierre d'ambre, leur énergie se mit à pulser doucement contre sa paume. Julie se dit que l'effet devrait durer un bon moment. Si jamais les résultats n'étaient pas exactement ceux escomptés, eh bien, la victime ne souffrirait pas trop longtemps. Cette pensée aurait dû la préoccuper davantage, mais étrangement, ce n'était pas le cas.

Elle commença à écraser les olives dans le mortier en olivier, l'odeur familière emplissait la boulangerie. Chaque geste était empreint d'une intention, chaque ingrédient ajouté avec précision.

Les rayons du crépuscule envahissaient lentement la pièce d'une lueur qui faisait scintiller la préparation huileuse. Julie s'affairait en silence, consciente de l'importance de ce moment.

Dans cette préparation d'olives, d'anchois et de câpres, elle ne fabriquait pas simplement une tapenade. Elle façonnait un lien entre son passé et son avenir, entre les étals animés du marché de Sanary-sur-Mer et le destin qui l'attendait. Chaque coup de pilon représentait un pas de plus vers la confrontation avec Victor.

Tandis que les derniers rayons du soleil caressaient son visage concentré, Julie sentait qu'elle était enfin sur la bonne voie. Ce plat simple et traditionnel allait peut-être devenir l'instrument de sa quête, le catalyseur d'un changement qu'elle n'osait encore imaginer.

Julie admira avec satisfaction les bocaux alignés dans la cagette en bois. La tapenade, d'un noir profond et brillant, semblait presque vivante sous la lumière du crépuscule. Elle avait préparé plusieurs versions, dont une classique, car elle savait que personne ne pouvait résister à une bonne tapenade sur un morceau de pain frais.

L'idée même la fit saliver. Elle imagina la croûte croustillante du pain, encore tiède de la cuisson, craquant sous la pression des doigts. La tapenade s'étalerait en une couche généreuse, son parfum d'olive et d'ail qui remplirait ses narines. Au premier coup de dent, le mélange de textures exploserait en bouche : le moelleux du pain, la rugosité des olives écrasées, le fondant des anchois. Les saveurs se déploieraient en vagues successives. Le sel des câpres, l'amertume subtile de l'olive, la richesse de l'huile d'olive, le tout rehaussé par une pointe d'ail et le parfum du thym. Ce serait le goût de la Provence capturé dans une seule bouchée, un voyage sensoriel au cœur de cette belle région.

Julie secoua la tête pour éloigner ces pensées alléchantes, puis saisit son téléphone. Elle contacta un par un ses amis et alliés, leur proposant de se retrouver en fin de journée sur la terrasse du bar voisin. Sa voix trahissait une excitation contenue alors qu'elle évoquait vaguement un plan, promettant de tout expliquer une fois qu'ils seraient tous réunis.

Elle caressa doucement un des bocaux et sentit sous ses doigts le verre froid et lisse. Dans ce simple mélange d'ingrédients provençaux reposait peut-être la clé de tout. Elle souriait, à la fois anxieuse et impatiente. La soirée promettait d'être intéressante, et le goût de l'aventure était aussi excitant que celui de la tapenade qu'elle s'apprêtait à partager.

Julie observa Paul, qui commençait à ranger la boulangerie avec une efficacité tranquille. Ses gestes étaient précis et assurés, comme s'il avait toujours fait partie de cet endroit. Elle réalisa soudainement qu'il ne l'avait pas dérangée une seule fois pendant ses expériences, respectant son besoin de concentration avec une compréhension silencieuse.

Un sentiment de fierté gonfla dans sa poitrine, inattendu, mais chaleureux. Sans y réfléchir vraiment, elle laissa échapper :

— Merci, Paul. Tu as été remarquable aujourd'hui.

Paul s'arrêta net, une expression de surprise se dessinait sur son visage. Il se tourna vers elle, les yeux grands ouverts, comme s'il doutait d'avoir correctement entendu. C'était un compliment. Quelque chose de si simple, mais si rare dans sa vie.

Julie perçut une multitude d'émotions dans les yeux de Paul. La surprise, bien sûr, mais aussi une gratitude profonde, presque douloureuse. Elle comprit alors que son père ne l'avait jamais habituée à ce genre d'attention, à cette reconnaissance simple et sincère de ses efforts.

— De rien balbutia Paul maladroitement ses joues s'empourprèrent légèrement. Il se remit au travail, mais Julie remarqua un changement subtil dans sa posture : il se tenait un peu plus droit, un peu plus fier.

Le silence qui s'ensuivit débordait de sentiments partagés. Ce moment ordinaire se transforma en un instant suspendu, aussi fragile et beau qu'un flocon de neige.

Julie se promit silencieusement de se souvenir de cette leçon : il est facile d'oublier l'impact des petits gestes et des paroles gentilles.

Le soleil descendait lentement sur l'horizon, baignant la terrasse du bar d'une lumière chaleureuse. Un à un, ils arrivèrent, comme des comédiens qui prenaient place sur une scène invisible.

Maxime et Émilie apparurent main dans la main, leurs regards remplis de complicité témoignant d'un amour qui paraissait grandir chaque jour. Ils s'installèrent, leurs chaises si rapprochées qu'elles se touchaient presque, comme s'ils ne pouvaient supporter l'idée d'être séparés, même pour un instant.

Dans un tourbillon de couleurs vives et de rires cristallins, Sophie fit son entrée, attirant tous les regards. Ses cheveux fous dansaient autour de son visage tandis qu'elle saluait chacun avec une étreinte chaleureuse. Son enthousiasme contagieux illuminait instantanément l'atmosphère. Elle s'installa en équilibre précaire sur le bord de sa chaise, comme si elle était prête à bondir à tout moment pour partager une nouvelle idée excentrique.

Julie arriva, accompagnée de Paul. Elle le présenta à ses amis avec un sourire, elle remarqua sa posture légèrement réservée, mais déterminé à faire bonne impression. Chacun l'accueillit avec enthousiasme, et elle ressentit une vague de reconnaissance envers ses amis, qui acceptaient si facilement ce nouveau venu dans leur groupe.

La terrasse du café bourdonnait doucement de conversations étouffées lorsque, enfin, Lucas apparut. Son visage trahissait une agitation à peine contenue. Il se glissa sur la chaise libre, son regard balaya rapidement le groupe avant de se poser sur Julie.

— Désolé du retard, murmura-t-il, essoufflé.

Sans plus attendre, il se lança dans son récit. Il partagea ce qu'il avait observé chez Gabriel : ses essais de recettes, ses déboires, ses ambitions inquiétantes. Ses mots se bousculaient, comme pressés de sortir après avoir été trop longtemps contenus.

Le serveur choisit ce moment pour apporter leurs commandes, interrompant brièvement le flot d'informations. Des bières fraîches et des spritz aux couleurs vives furent distribués autour de la table. Le tintement des verres résonna dans un toast silencieux, un bref instant de répit.

Au fur et à mesure qu'elle détaillait son plan, elle vit l'incrédulité initiale sur les visages de ses amis se transformer en compréhension, puis en excitation. Ils posaient des questions, offraient des suggestions, chacun apportant sa pierre à l'édifice de ce plan audacieux.

Au fil de la soirée, la tension initiale se dissipa progressivement. Les rires commencèrent à émerger, d'abord timides, puis de plus en plus francs. Des anecdotes furent partagées, des blagues échangées. Même Paul, qui était initialement réservé, se détendit progressivement, offrant de temps à autre un commentaire qui déclenchait un fou rire collectif.

Julie observait ses amis, le cœur rempli d'affection. Dans la douce lueur de la terrasse, entourée de ces personnes qu'elle chérissait, elle se sentit soudain envahie d'optimisme. Quels que soient les défis qui les attendaient, ensemble, ils seraient plus forts.

La nuit était tombée quand ils se séparèrent enfin, chacun rentrant chez soi le cœur léger malgré le poids de leur mission. Elle resta un moment sur la terrasse, regardant ses amis s'éloigner. Elle prit une profonde inspiration et savoura l'air doux de la soirée.

Demain serait un autre jour, rempli de défis et de dangers. Mais ce soir, entourée de rires et d'amitié, Julie se sentait invincible. Elle souriait à la nuit étoilée, prête à affronter ce que le destin lui réservait, forte de l'amour et du soutien de ses amis.

## 19

## Les Griffes de la Vengeance

Le soleil se levait sur une nouvelle journée, inondant la demeure de Gabriel d'une lueur dorée. Installé à sa table de cuisine, les paupières rougies par la fatigue, il regardait le carnet posé devant lui. Ses pages jaunies, chargées de secrets culinaires, semblaient le provoquer.

Cela ne faisait que deux jours qu'il avait récupéré ce grimoire, mais, pour lui, chaque heure était précieuse. Il s'était lancé corps et âme dans son étude, avec une passion qui frisait l'obsession. Il en avait oublié de manger et de dormir pour se consacrer entièrement à la découverte de ces recettes mystérieuses.

Son acharnement était manifeste. Les cernes sous ses yeux trahissaient les longues nuits blanches consacrées à décrypter les instructions sensorielles. Ses doigts, maculés de divers ingrédients, vacillaient légèrement de fatigue, pourtant sa détermination ne faiblissait pas.

Chaque échec, loin de le décourager, ne faisait qu'attiser sa résolution. Il recommençait inlassablement, ajustait ses gestes, affinait sa concentration, s'efforçait de ressentir les ingrédients comme le carnet le décrivait. Les échecs s'accumulaient, mais Gabriel les voyait comme autant d'étapes vers la maîtrise.

Sa cuisine, autrefois impeccable, ressemblait maintenant à un champ de bataille culinaire. Des bols de préparations ratées s'entassaient dans l'évier, des ingrédients exotiques couvraient chaque surface disponible. L'air était imprégné d'odeurs étranges, témoins de ses nombreuses tentatives infructueuses.

Mais il ne voyait rien de tout cela. Son monde s'était réduit à ce carnet, à ces recettes et à cette soif de vengeance qui le dévorait. Chaque fois qu'il fermait les yeux, il revoyait le visage de son père et entendait l'écho de sa voix résonner en lui. Cette image, ce souvenir, alimentait un feu en lui que rien ne semblait pouvoir éteindre.

Alors que le soleil montait dans le ciel, marquant le début d'une nouvelle journée d'efforts acharnés, Gabriel prit une profonde inspiration. Il tourna une nouvelle page du carnet, prêt à se lancer dans un nouvel essai. Pour lui, chaque minute, chaque seconde, le rapprochait de son objectif. Et rien, absolument rien, ne pourrait l'arrêter.

Soudain, son regard s'arrêta sur une recette qui paraissait l'appeler : « *Tarte de Réconciliation* ». Un sourire fatigué éclaira son visage marqué par les préoccupations. Cette recette, dans son apparente simplicité, promettait être un défi à sa portée.

Avec une concentration presque méditative, il se mit à l'œuvre. Chaque ingrédient était choisi avec un soin méticuleux, comme s'il sélectionnait les notes d'une symphonie gustative. Il ferma les yeux, et laissa ses sens s'imprégner de chaque élément.

La farine, fine et douce, s'écoulait entre ses doigts, semblable à du sable chaud un jour d'été. Il percevait le mouvement des épis de blé sous la brise légère, ainsi que le doux murmure des épis mûrs.

Ensuite, ce furent les pommes. Alors qu'il les épluchait, leur parfum emplit la cuisine, évoquant des vergers ensoleillés et des après-midis d'automne. Chaque tranche révélait un arôme sucré et légèrement acidulé, promesse de saveurs à venir. Gabriel pouvait presque goûter la fraîcheur du fruit, sentir le jus couler sur sa langue.

Le beurre, onctueux et doré, fondait lentement sous ses doigts, dégageant une odeur délicieuse et réconfortante. Il évoquait des souvenirs d'enfance, de tartines généreusement beurrées et de gâteaux du dimanche.

La cannelle, avec ses notes chaudes et épicées, donnait une touche de mystère au mélange. Son parfum envoûtant semblait murmurer des secrets anciens, unissant tous les ingrédients dans une harmonie parfaite.

Petit à petit, sous ses mains d'apprenti, la tarte prenait forme. La pâte, à la fois souple et soyeuse, s'étirait délicatement pour former un nid doré. Les pommes, disposées en délicates rosaces, promettaient une symphonie de textures, à la fois fondantes et croquantes.

Lorsque Gabriel glissa enfin la tarte dans le four, l'attente devint une douce torture. Les minutes s'égrenèrent lentement, ponctuées par les changements subtils d'arômes qui s'échappaient du four. D'abord, le beurre et la farine, puis la pomme et la cannelle, le tout se mêlait dans une alchimie olfactive qui faisait saliver d'anticipation.

Enfin, quand il sortit la tarte du four, son arôme enivrant emplit la maison tout entière. La croûte dorée et croustillante laissait entrevoir les pommes caramélisées, brillantes et appétissantes. L'odeur était si riche, si tentante, qu'elle semblait presque palpable.

Il ressentit une vague de satisfaction l'envahir, mêlée à une pointe de fierté. Cette tarte n'était pas seulement un dessert, c'était une œuvre d'art culinaire, une promesse de réconfort et peut-être même, comme son nom l'indiquait, de réconciliation.

Il éprouvait une sensation de succès, mais une ombre de doute planait toujours. Et s'il s'était trompé ? Il ne pouvait pas prendre le risque de faire du mal à quelqu'un en lui faisant goûter sa création.

Son regard se porta alors vers la fenêtre, d'où il aperçut les deux chats du voisinage qui se chamaillaient comme à leur habitude. Une idée lui vint à l'esprit. Ces deux félins, éternels rivaux, seraient les sujets parfaits pour tester sa tarte de réconciliation.

Avec précaution, Gabriel découpa deux petites parts et sortit dans le jardin. Le cœur battant, il s'approcha des chats qui le regardaient avec méfiance, le dos rond. Il déposa les morceaux de tarte devant eux, retenant son souffle…

Gabriel recula de quelques pas pour mieux observer les deux félins. Comme s'ils étaient attirés par un aimant invisible, les chats se jetèrent sur les morceaux de tarte et les dévorèrent avec une avidité presque comique. Puis, leurs yeux s'élargirent soudainement, comme si un voile venait de se lever. Le changement fut aussi rapide qu'inattendu. Les deux chats, qui étaient des ennemis jurés, se tournèrent l'un vers l'autre avec une douceur inattendue. Ils se frottèrent le museau, leurs queues s'entremêlant comme celles de deux chatons ayant partagé le même panier depuis leur naissance. C'était comme si des années d'animosité s'étaient évaporées en un instant, remplacées par une affection profonde et authentique.

Gabriel sentit son cœur faire un bond dans sa poitrine.

— Ça marche ! murmura-t-il, un sourire émerveillé se dessinant sur son visage.

Les chats, comme mus par une nouvelle conscience, se tournèrent vers lui. Ils s'approchèrent et se frottèrent à ses jambes en ronronnant bruyamment. Il se pencha pour les caresser, savourant ce moment de triomphe.

— Vous en voulez encore ? demanda-t-il, son sourire s'élargissant. Les ronronnements s'intensifièrent en réponse.

Il se reprit rapidement, la réalité de sa situation lui fit l'effet d'un coup de tonnerre dans un ciel d'été.

— Non, c'est tout, dit-il tendrement. Chaque mot pesait lourd dans l'air chargé d'une tension soudaine. Je dois essayer sur des humains maintenant.

À l'instant où ces mots quittèrent ses lèvres, l'atmosphère bascula, comme si un voile invisible avait été brutalement déchiré. Le calme paisible du jardin se transforma en un champ de bataille miniature, les chats au cœur de cette métamorphose stupéfiante.

Leurs yeux, autrefois doux et bienveillants, se contractèrent en deux fentes d'ambre brûlant, reflétant une furie primitive qui glaça le sang de Gabriel. Leurs oreilles, naguère dressées avec curiosité, se plaquèrent en arrière, épousant le contour de leurs crânes comme des ailes repliées avant l'attaque.

En un battement de cils, le premier chat se mua en une tornade de fourrure et de griffes. Ses pattes fendirent l'air avec une précision chirurgicale, laissant sur sa main des sillons écarlates qui brûlaient comme du feu liquide. Presque simultanément, le second félin planta ses griffes dans son bras. Il s'accrocha avec une détermination farouche qui tranchait avec sa douceur précédente.

Gabriel fut stupéfait par cette transformation soudaine et la violence de l'assaut. Il recula instinctivement. Ses pieds, soudain maladroits, s'emmêlèrent dans les hautes herbes du jardin. Le monde bascula autour de lui, le ciel et la terre échangèrent leurs places dans un tourbillon vertigineux. Il s'étala de tout son long, le souffle coupé, offrant malgré lui aux félins une proie aussi alléchante qu'un festin servi sur un plateau d'argent.

Sans aucune hésitation, les chats se jetèrent sur lui. Leurs corps souples et agiles fendaient l'air comme des flèches vivantes, toutes griffes dehors. Ils ressemblaient à deux ninjas félins en pleine mission secrète, déterminés à atteindre leur objectif coûte que coûte.

Gabriel se débattait avec l'énergie du désespoir, ses bras battaient l'air frénétiquement dans une tentative désespérée de se protéger. Il sentait les griffes et les crocs s'enfoncer dans sa chair, chaque attaque laissant une trace brûlante sur sa peau. Ses vêtements, qui quelques instants plus tôt, étaient impeccables, se transformaient rapidement en un patchwork chaotique de déchirures et d'accrocs, comme si un styliste fou s'était amusé à concevoir une collection postapocalyptique.

Les secondes s'étiraient. Chaque instant de cette bataille surréaliste semblait durer une éternité. Il percevait le battement effréné de son cœur dans sa poitrine, le sang rugissait dans ses oreilles, mêlé aux feulements rageurs des chats et au bruit de tissu déchiré.

Enfin, puisant dans ses réserves d'énergie, Gabriel réussit à repousser les félins. D'un bond, il se remit sur ses pieds, chaque muscle de son corps hurlait de protestation. Poussé par le désespoir, il se précipita vers la maison, ses jambes le portant plus vite qu'elles ne l'avaient jamais fait.

Il atteignit la porte d'entrée dans un dernier sprint et l'ouvrit d'un geste brusque avant de la claquer derrière lui avec une force qui fit trembler les murs. Le bruit retentit dans la maison silencieuse, comme le glas final de cette confrontation inattendue.

Il haletait, le corps couvert de sueur et de fines égratignures. Gabriel s'adossa lourdement contre la porte. Les battements désordonnés de son cœur emplissaient ses veines d'adrénaline. Chaque inspiration était un combat, son corps tout entier tremblait sous le choc de ce qui venait de se produire.

Alors qu'il reprenait lentement son souffle, la réalité de la situation commença à s'imposer à lui. Son corps portait les marques indéniables de cette lutte féline inattendue : des griffures rouges sur ses bras, ses vêtements en lambeaux, ses cheveux en bataille. Mais, au-delà des blessures physiques, c'était le choc émotionnel qui le frappait le plus durement.

Dans le silence de la maison, interrompu seulement par sa respiration saccadée, Gabriel prit pleinement conscience de la leçon brutale qu'il venait de recevoir. Les conséquences de ses actes, de ses manipulations, venaient de lui être démontrées de la manière la plus inattendue et la plus douloureuse qui soit.

Alors qu'il reprenait son souffle, une réalisation le frappa : la tarte avait bien changé le comportement des chats entre eux, mais pas leur nature profonde. Cette révélation lui fit froid dans le dos.

D'un pas décidé, malgré ses multiples égratignures, il se dirigea vers la cuisine. Il saisit la tarte, la regarda un instant, puis la jeta résolument à la poubelle. Son visage se crispa, sa détermination était plus forte que jamais.

— Victor, chuchota-t-il, ses yeux brillaient d'une lueur dangereuse, tu ne perds rien pour attendre, rien n'y fera à part la mort.

Gabriel se remit au travail, fort de sa nouvelle compréhension. Le souvenir du ressenti lors de la réussite de la tarte de réconciliation lui servait désormais de boussole dans cet océan de sensations culinaires magiques.

Il s'attaqua à la recette qui l'obsédait, celle qui promettait de détruire le foie et les reins. Ses mains tremblaient légèrement alors qu'il mélangeait les ingrédients, tentant de canaliser sa rage et sa douleur dans chaque mouvement. Cependant, quelque chose n'allait pas. Le frisson familier, cette profonde connexion qu'il avait ressentie auparavant, lui échappait.

Essai après essai, échec après échec, Gabriel sentait sa frustration monter. Était-ce son manque de puissance ? Ou peut-être son incapacité a plongé au plus profond de lui-même ? Les interrogations tourbillonnaient dans son esprit, aussi amères que les préparations infructueuses.

Dans le tourbillon de ses pensées, une révélation fulgurante lui traversa l'esprit, aussi soudaine et éclatante qu'un éclair déchirant les ténèbres. Les pierres ! Ces artefacts énigmatiques, chargés de mystère et de puissance, devaient être la pièce manquante du puzzle, le chaînon crucial qui lui échappait jusqu'alors. Une certitude s'imposa à lui : ces objets anciens étaient le catalyseur indispensable pour éveiller pleinement son pouvoir latent et donner vie aux recettes. Une nouvelle détermination s'empara de lui, aussi brûlante qu'insistante : il devait absolument en avoir.

Sans hésiter, Gabriel quitta sa maison, le cœur battait d'anticipation. Il serpenta à travers les ruelles étroites du village, s'insinua dans les ombres projetées par les vieux bâtiments de pierre. Chaque pas le rapprochait de son objectif, mais aussi du danger d'être découvert.

Arrivé à la place centrale, il s'abrita derrière un vieux platane, le regard rivé sur la devanture de la boulangerie. « *Les Délices de Julie* », proclamait l'enseigne en lettres dorées. Il sentit son cœur se serrer à la vue de ce nom.

Tandis qu'il cherchait un moyen de s'introduire dans la boutique, le doute s'insinua dans son esprit. Julie avait probablement déplacé les pierres pour contrer une telle tentative.

Ses pensées furent interrompues par l'apparition de Julie elle-même sur le pas de la porte. La vue de son visage, illuminé par le soleil de Provence, le frappa de plein fouet. Elle était toujours aussi belle, peut-être même plus qu'avant. Son rire cristallin résonnait sur la place alors qu'elle conversait avec une cliente âgée.

Une vague d'émotions submergea Gabriel. L'amour qu'il éprouvait pour elle était toujours là, puissant et douloureux. Mais avec cet amour venaient aussi les souvenirs, le poids de sa trahison, la conscience aiguë du mal qu'il lui avait fait.

Des larmes silencieuses coulèrent sur ses joues, traçant des sillons brûlants sur sa peau. Ces gouttes amères témoignaient d'un chagrin si profond qu'il semblait creuser un gouffre dans sa poitrine. Chaque battement de cœur ravivait la douleur de ses regrets, comme une lame s'enfonçant toujours plus profondément dans son âme meurtrie.

Les souvenirs déferlèrent, implacables et cruels dans leur douceur. Il revoyait Julie, son sourire lumineux qui éclairait les jours les plus sombres. Il percevait presque le parfum de ses cheveux, la délicatesse de sa peau sous ses doigts. Chaque instant de bonheur partagé se transformait en une torture exquise, lui rappelant tout ce qu'il avait perdu, tout ce qu'il avait détruit de ses propres mains.

Les promesses chuchotées sous les étoiles résonnaient dans son esprit, des paroles d'amour devenues autant de mensonges. Il revivait leurs projets d'avenir, leurs rêves entrelacés, maintenant réduits en cendres par sa trahison. La culpabilité l'oppressait, serrant sa gorge comme un étau impitoyable.

La douleur transcendait l'émotionnel pour devenir quasiment physique. Son cœur semblait se comprimer douloureusement dans sa poitrine, chaque respiration était une lutte contre le poids écrasant du remords. Ses jambes tremblaient, menaçaient de céder sous le fardeau de ses actes.

Dans cet instant de vulnérabilité absolue, caché dans l'ombre d'un platane centenaire, il n'était plus l'homme en quête de vengeance. Il n'était plus qu'un cœur brisé, confronté à la douloureuse réalité de ce qu'il avait perdu, de ce qu'il avait lui-même détruit dans sa quête aveugle de justice.

— Pardon, monsieur.

Une petite voix le ramena brutalement à la réalité. Il se retourna et vit une fillette blonde, les bras chargés de petits pots de bouture, qui le regardait avec de grands yeux curieux.

— Je peux planter mes fleurs, monsieur ? demanda-t-elle innocemment.

Gabriel réalisa qu'il bloquait l'accès à une jardinière en pierre.

— Oui, pardon, murmura-t-il en reculant, encore ébranlé par ses émotions.

Il observa la petite fille s'agenouiller et enfouir ses mains dans la terre avec enthousiasme. Son innocence et sa joie simple de jardiner lui arrachèrent un sourire, un bref moment de lumière dans l'obscurité de ses pensées.

Ce fut comme un électrochoc. Que faisait-il ? Était-il vraiment prêt à causer encore plus de souffrance à Julie ?

Avec un dernier regard vers celle qui animait son cœur, toujours rayonnante et inconsciente de sa présence, Gabriel fit demi-tour. Il devait se débrouiller avec ce qu'il avait. Il avait déjà causé trop de dégâts, trop de douleur.

Le chemin du retour lui parut interminable ; chaque pas pesait comme du plomb. Mais une nouvelle résolution grandissait en lui : il trouverait un autre moyen, un chemin qui ne le ferait pas sombrer davantage dans les ténèbres.

Finalement, il décida de simplifier son approche. Un seul ingrédient, une seule intention. De retour dans le silence apaisant de la cuisine, il se remit au travail. Il ferma les yeux un instant, laissant ses autres sens prendre le dessus. Ses mains effleuraient délicatement les différents contenants, cherchant cette connexion unique qu'il avait ressentie avec la tarte, cette résonance mystérieuse entre l'âme et les ingrédients.

Soudain, au contact de l'huile d'olive, elle était là. Ce frisson familier, ce lien profond avec la terre qui l'avait vu naître. Chaque goutte semblait raconter une histoire séculaire, empreinte de l'essence même de la Provence : le soleil brûlant sur les oliviers, la patience des cultivateurs, la sagesse des aînés. C'était comme si toute l'histoire de cette région coulait entre ses doigts.

Cependant, la réalité le rattrapa brutalement : une simple huile d'olive, aussi puissante soit-elle, ne suffirait pas à abattre Victor. Cela serait trop simple et il n'existerait pas ce carnet de recette dans ce cas. La colère monta en lui, brûlante et incontrôlable. Ses poings se serrèrent, faisant perler l'huile entre ses doigts.

Alors, une idée émergea dans son esprit torturé : ajouter du poison à l'huile pour en renforcer l'effet. Le datura, l'herbe du diable, était mortel et omniprésent en Provence.

Sans hésiter, Gabriel sortit dans le jardin, un torchon à la main pour se protéger. Ses yeux scrutaient chaque recoin, chaque parcelle de terre. Il ne vit rien chez lui ni chez son voisin. La frustration montait.

Finalement, au milieu du sentier, il l'aperçut. Majestueux et menaçant, le datura se dressait fièrement. Ses grandes fleurs en trompette, d'un blanc immaculé teinté de violet, semblaient l'appeler. Les feuilles larges et dentelées s'agitaient doucement dans la brise, comme pour l'inviter à s'approcher. Les capsules épineuses, renfermant les graines toxiques, étaient un rappel silencieux de la dangerosité de la plante.

Il s'approcha d'elle, presque hypnotisé. Avec précaution, il cueillit quelques branches, sentant le poids de son geste. Chaque feuille, chaque fleur qu'il détachait semblait émettre de sombres promesses de vengeance.

Alors qu'il retournait vers sa maison, les bras chargés de cette moisson mortelle, une volonté farouche se réveilla en lui. Le chemin vers sa vengeance prenait une tournure plus sombre, plus dangereuse, mais il était prêt à l'emprunter, quelles qu'en soient les conséquences.

Gabriel se tenait devant son plan de travail, les branches de datura étalées devant lui comme les pièces d'un puzzle macabre. Ses yeux, assombris par une haine profonde, fixaient les plantes mortelles avec une intensité quasiment palpable. Chaque fibre de son être vibrait d'une détermination froide et implacable.

Le dilemme auquel il faisait face ne faisait qu'attiser sa rage. L'empoisonnement de Victor devait être subtil et indétectable. Une danse mortelle sur le fil du rasoir entre vengeance et prudence.

Ses mains tremblaient légèrement alors qu'il préparait la décoction, ajoutant chaque feuille avec une précision mêlée d'incertitude. La dose précise pour tuer sans éveiller les soupçons lui échappait, mais cette ignorance ne faisait que renforcer sa détermination. Il prendrait ce risque, porté par des années de douleur et de colère refoulée.

Tandis qu'il versait la préparation dans l'huile d'olive, il ferma les yeux, puis infusa ses pensées pour laisser sa haine imprégner chaque molécule du liquide doré. Il visualisait Victor, son arrogance, sa cruauté, tout ce qu'il avait pris à sa famille. Chaque goutte d'huile semblait absorber cette rage et se transforma en un poison bien plus puissant que le simple datura.

L'image de sa mère traversa son esprit, une lueur de doute dans sa détermination. La perspective de la prison, de la voir endurer sa disparition, lui serrait le cœur. Mais cette fois, il avait une chance de s'en sortir, de venger son père sans sacrifier son avenir. Cette pensée renforça sa détermination.

Le résultat final était là, devant lui. Une simple bouteille d'huile d'olive, en apparence inoffensive, mais chargée de tout le poids de sa vengeance. Gabriel la contempla, un sourire froid se dessina sur ses lèvres. C'était le début, la première étape de sa revanche tant attendue.

— Pour toi, mon père, chuchota-t-il, sa voix à peine perceptible, mais empreinte d'une émotion profonde. Et pour nous tous que Victor a anéantis.

Il contemplait la bouteille d'huile d'olive, son esprit en ébullition, cherchait le moyen idéal de se venger. S'introduire dans le domaine de Victor semblait insurmontable, une forteresse imprenable protégée par la méfiance de son adversaire.

L'idée d'appeler Paul lui traversa brièvement l'esprit, mais elle fut aussitôt écartée. Malgré l'aide passée de Paul, Gabriel savait que demander à un fils de participer au meurtre de son père était une ligne qu'il ne pouvait franchir. Une partie de lui respectait même ce lien familial, bien que cela ne faisait qu'attiser sa propre douleur.

Soudain, un souvenir surgit des brumes de sa mémoire. Il se rappelait les dimanches au marché avec Victor et Paul, ces moments où l'homme qu'il haïssait tant baissait sa garde, attiré par les délicieux produits locaux, tandis que Paul affectionnait tout particulièrement les saucissons. Un sourire froid et nostalgique apparut sur ses lèvres, rapidement remplacé par la haine qui consumait son cœur.

— Le marché, se dit-il à lui-même, sa voix à peine plus forte qu'un souffle, mais chargée d'une détermination glaciale.

Et, en tant qu'enfant du pays, il connaissait presque tous les commerçants. Il visualisait déjà les visages familiers, les étals chatoyants et l'atmosphère animée du marché dominical. C'est là, quelque part dans ce tableau idyllique, qu'il trouverait l'occasion idéale pour faire découvrir à Victor son huile mortelle.

Ses doigts se serrèrent autour de la bouteille, comme s'il tenait déjà la vie de Victor entre ses mains. Chaque battement de son cœur résonnait avec une seule pensée : la vengeance.

Gabriel se leva et regarda par la fenêtre, vers l'horizon. Le soleil se couchait, peignant le ciel de teintes sanglantes qui paraissaient refléter ses intentions. Demain serait le jour où tout changerait, où la justice qu'il avait si longtemps attendue prendrait enfin forme.

— Prépare-toi, Victor, murmura-t-il dans le silence de la pièce. Sa voix chargée d'une promesse mortelle. Ta mise à mort approche et elle aura le goût des vies que tu as souillées.

La nuit tomba sur les collines environnantes et enveloppa la maison de Gabriel dans une obscurité complice. Mais, dans cette noirceur, ses yeux brillaient d'une détermination féroce. Le compte à rebours venait de commencer, et rien ne pourrait l'arrêter maintenant.

## 20

## L'Aube des Confrontations

L'aube caressait délicatement le port de Sanary-sur-Mer, ses premiers rayons dansaient sur les eaux calmes, où se reflétaient les silhouettes colorées des pointus, ces barques traditionnelles provençales. L'air frais du matin était imprégné d'une promesse : celle d'une journée qui s'annonçait aussi radieuse que chargée d'émotions.

Julie, Lucas et Sophie arrivèrent sur le quai au moment où le marché commençait tout juste à s'éveiller. Autour d'eux, le ballet des commerçants battait son plein. Le bruit des étals métalliques qu'on déployait avec un grincement harmonieux résonnait comme une étrange symphonie, ponctué par le claquement des caisses en bois qu'on empilait et le froissement des nappes qu'on étalait.

Les effluves se mêlaient dans l'air. Le parfum sucré des fruits d'été, pêches juteuses et melons gorgés de soleil, se mariait à l'arôme plus piquant des herbes de Provence fraîchement cueillies. Un peu plus loin, l'odeur iodée des poissons tout juste débarqués rappelait la proximité de la mer.

Julie aperçut Marielle, sa collègue apicultrice, qui installait déjà ses pots de miel doré. La lumière matinale illuminait le nectar ambré comme autant de petits trésors.

— Julie ! Ça me fait tellement plaisir de te revoir !

— Bonjour, Marielle ! Je te remercie encore pour le coin que tu m'as réservé. Cela va beaucoup m'aider.

— Et comment ! Depuis ton appel d'hier soir, j'avais hâte de découvrir ta nouvelle recette de tapenade. Elle va faire sensation, j'en suis certaine. Elle laissa échapper un rire complice. Tu peux compter sur moi pour mettre de côté un pot avant de partir.

Avec des gestes précis et affectueux, elle commença à disposer ses bocaux sur le petit espace que Marielle lui avait réservé. Chaque pot semblait renfermer non seulement le mélange parfumé d'olives, de câpres et d'anchois, mais aussi une part de ses espoirs et de ses craintes.

Lucas et Sophie, quant à eux, s'affairaient à placer les petits morceaux de pain pour la dégustation. Leurs mouvements trahissaient une nervosité qu'ils tentaient de dissimuler.

Autour d'eux, le marché prenait vie. Les voix des marchands s'élevaient peu à peu, vantant la fraîcheur de leurs produits. Le tintement des cloches de l'église voisine se mêlait au cri des mouettes, créant une mélodie unique, propre à ce coin de Provence.

Julie prit une profonde inspiration, s'imprégnant de cette atmosphère si familière et pourtant chargée aujourd'hui d'une nouvelle tension. Dans quelques heures, Victor allait arriver, et avec lui, le moment de vérité qu'elle espérait et redoutait tout à la fois.

Le cœur battant d'impatience, elle observait Sophie, qui papillonnait d'un étal à l'autre, son enthousiasme aussi contagieux que le rire d'un enfant. La jeune femme s'arrêtait parfois brusquement, comme frappée par l'inspiration, sortait son carnet de croquis et, en quelques traits rapides, saisissait l'essence d'une scène, d'un visage, d'un arrangement de fruits. Son crayon dansait sur le papier, retranscrivant l'effervescence du marché en lignes et en ombres.

Lucas, quant à lui, terminait méticuleusement l'installation du stand. Ses gestes précis et délicats révélaient sa concentration. Chaque pot de miel, chaque bocal de tapenade étaient placés avec un soin presque rituel. Julie ne put s'empêcher de ressentir une vague de gratitude envers son ami, toujours présent, toujours fiable.

Pendant ce temps, l'esprit en ébullition, elle entama une exploration du marché. Ses yeux scrutaient chaque stand, chaque étal, à la recherche d'éventuels concurrents. Le seul autre vendeur de tapenade qu'elle repéra était le stand habituel d'olives qui proposait une tapenade industrielle qu'elle connaissait bien. Un léger sourire étira ses lèvres ; Victor ne s'arrêterait jamais à ce stand-là.

En revenant vers son propre emplacement, Julie sentit un mélange d'excitation et d'appréhension monter en elle. Leur position, vers le fond du marché, était idéale. Victor dégusterait la tapenade juste avant de quitter les lieux, hors de portée des regards indiscrets. Quoi qu'il arrive, les conséquences resteraient discrètes, confinées à cet endroit reculé du marché.

Elle s'arrêta un instant et laissa son regard glisser sur le marché animé. L'astre du jour poursuivait sa montée majestueuse, déversant sur le marché une cascade de lumière dorée. Les odeurs se mélangeaient : le parfum sucré des fruits, l'arôme épicé des herbes, la fraîcheur saline de la mer toute proche. Les voix des marchands et des premiers clients formaient une mélodie apaisante et familière.

Chaque seconde qui s'écoulait les rapprochait du moment décisif. Elle prit une profonde inspiration et s'efforça de calmer les battements de son cœur.

— Tout se déroule parfaitement, se dit-elle intérieurement, comme pour ancrer cette pensée dans la réalité.

Alors qu'elle rejoignait Lucas au stand, elle ne pouvait s'empêcher de penser que ce dimanche matin, en apparence si ordinaire, pourrait bien être le tournant de toute cette histoire. Et, au milieu de tout cela, sa tapenade était là, qui attendait patiemment son heure, comme un acteur en coulisses prêt à monter sur scène.

Julie et Lucas s'installèrent à la terrasse d'un petit bar, leurs yeux rivés sur le stand de miel et de tapenade. Les chaises en fer forgé, patinées par le temps et le soleil, craquèrent doucement lorsqu'ils s'assirent, comme pour leur rappeler le poids de l'attente qui s'annonçait.

Le serveur, un homme d'un certain âge au visage buriné par le soleil et les embruns, leur servit deux cafés fumants. L'arôme riche et réconfortant s'éleva dans l'air, se mêlant aux senteurs iodées de la mer et aux effluves du marché tout proche.

Elle enveloppa sa tasse de ses mains, y puisant un peu de réconfort dans la chaleur qui émanait de la porcelaine. Elle savait que ce ne serait que le premier d'une longue série de cafés.

Son regard erra un instant parmi les allées et venues des passants. Elle ne put s'empêcher de penser à Paul, parti la veille au soir, le visage empreint d'une nouvelle détermination. Le souvenir de son expression, mélange de courage et d'appréhension, fit naître un léger sourire sur ses lèvres.

— Tu crois que Paul s'en sortira ? demanda Lucas, comme s'il avait lu dans ses pensées.

Julie hocha lentement la tête, son regard toujours fixé sur l'horizon.

— Il a une motivation que personne d'autre ne pourrait avoir, murmura-t-elle. Sauver la vie de son père.

Ces mots flottèrent entre eux, lourds de sens et d'espoir. Malgré tout ce qu'il avait enduré, malgré la complexité de sa relation avec Victor, Paul était prêt à tout pour protéger son père. Cette pensée réchauffa le cœur de Julie, lui rappelant que, même dans les situations les plus sombres, l'amour pouvait encore trouver sa place. Comme pour faire écho à cette lueur d'espoir intérieure, le soleil faisait scintiller les eaux du port. La nature elle-même semblait offrir un spectacle réconfortant.

Julie et Lucas sirotaient leur café en silence, chacun perdu dans ses pensées. La douce lumière du matin caressait leurs visages et apaisait leurs âmes tourmentées. Ils étaient prêts, prêts à attendre l'arrivée de Victor, prêts à voir leur plan se dérouler. Ils étaient prêts à affronter ce que le destin leur réservait et à avoir confiance en Paul et en leur plan soigneusement élaboré.

*\*\**

Tandis que les derniers marchands en retard terminaient de dresser leurs étals, Gabriel apparut, un carton de bouteilles d'huile d'olive dans les bras. Son précieux fardeau de vengeance se cachait parmi les autres marchandises.

Son arrivée ne passa pas inaperçue. Enfant du pays, il était une figure familière sur ce marché. Des visages s'illuminaient à son passage, des mains se levaient pour le saluer. L'atmosphère matinale, encore fraîche et pleine de promesses, semblait propice à la bonne humeur et à la convivialité.

— Eh, Gabriel ! Toujours aussi matinal ! lança Marius, le maraîcher, en disposant ses tomates gorgées de soleil.

— On ne change pas les bonnes habitudes, rétorqua-t-il, esquissant un sourire qui trahissait une certaine mélancolie. Ses lèvres s'étiraient, mais son regard demeurait voilé d'une ombre indéfinissable.

Il progressait lentement, s'arrêtant à chaque étal pour échanger quelques mots, une plaisanterie ou un commentaire sur le temps. Chaque pause était calculée, chaque conversation soigneusement mesurée pour paraître naturelle.

— Tu nous as apporté de l'or liquide, remarqua Jeanne, la boulangère, en jetant un œil au carton qu'il portait.

Gabriel hocha la tête, sentant le poids de la bouteille spéciale parmi les autres.

— Une récolte exceptionnelle cette année, sa voix ne trahissait rien de la tempête qui faisait rage en lui.

Alors qu'il continuait son chemin, saluant ici un ancien camarade de classe, là, une vieille connaissance de son père, il ne pouvait s'empêcher de ressentir un pincement au cœur. Ces personnes, ces sourires, ces échanges chaleureux... tout cela appartenait à une vie qu'il était sur le point de bouleverser irrémédiablement.

Mais la pensée de son père, de la justice qu'il cherchait à obtenir, renforçait sa résolution. Chaque pas le rapprochait de son but ; chaque salutation n'était qu'un masque pour dissimuler sa véritable intention.

Le marché bourdonnait autour de lui, plein de vie et d'insouciance. Gabriel avançait, portant son secret comme une charge invisible.

Il s'arrêta devant le stand des Ruchaud, au cœur du marché. L'étal regorgeait de fruits et légumes aux teintes éclatantes, un arc-en-ciel comestible qui ne pouvait manquer d'attirer les regards et le pas des visiteurs. C'était un passage quasi incontournable pour quiconque faisait ses courses au marché, et une étincelle d'espoir jaillit dans son cœur. C'était l'endroit parfait.

Ses yeux se posèrent sur Raphaël, le fils Ruchaud, occupé à arranger des cagettes de pêches juteuses. Les souvenirs de leurs années de collège remontèrent à la surface, mêlés à l'amertume des injustices subies par leurs familles respectives.

— Raph, appela doucement Gabriel, faisant un signe discret à son ancien camarade.

Raphaël leva les yeux, un sourire se dessina sur son visage tanné par le soleil.

— Gab ! Ça fait un bail !

Il l'attira à l'écart, derrière une pile de cagettes en bois. L'odeur sucrée des fruits mûrs les enveloppait, contrastant étrangement avec la gravité de leur échange.

À voix basse, il exposa son plan et ne révéla que le strict nécessaire. Il parla de Victor, de vengeance, de justice longtemps attendue. Les yeux de Raphaël s'assombrirent à la mention du nom de Malbek. Le souvenir des terres volées à sa famille raviva une vieille colère.

— Tu veux lui faire du mal ? demanda Raphaël, sa voix à peine plus forte qu'un souffle.

Gabriel hocha la tête, le regard dur.

— Il doit payer pour tout le mal qu'il a fait à nos familles et à tant d'autres.

Un silence tendu s'installa entre eux, rompu seulement par le brouhaha lointain du marché. Puis, lentement, un sourire glacial se dessina sur les lèvres de Raphaël.

— Je m'en chargerai, sa voix empreinte de résolution froide. Et avec le plus grand plaisir.

Il lui tendit discrètement le carton et lui désigna la bouteille d'huile de la vengeance, leur échange caché aux yeux des passants par les caisses de fruits. Une fois le plan confirmé, il s'éclipsa dans la cohue du marché.

Il trouva un poste d'observation idéal, à l'abri des regards, mais offrant une vue dégagée sur le stand des Ruchaud. Le cœur battant, les mains moites, Gabriel attendait. Il scrutait chaque visage dans la foule, examinait chaque silhouette, dans l'attente de l'arrivée de Victor.

Le soleil montait dans le ciel et la chaleur commençait à s'intensifier, mais Gabriel ne bougeait pas. Il attendait, patient comme un chasseur à l'affût, que sa proie se présente. Le piège était tendu ; il ne restait plus qu'à voir si Victor y tomberait.

***

Le soleil matinal filtrait à travers les grandes fenêtres de la salle à manger du domaine Malbek et projetait des ombres dansantes sur la table dressée pour le petit-déjeuner. Paul pénétra dans la pièce, le cœur alourdi par les secrets qu'il portait, mais l'esprit encore imprégné de la chaleur de la soirée passée en compagnie de Julie et de ses amis.

Victor était déjà là, assis à sa place habituelle, le journal du jour déplié devant lui comme un rempart. À l'arrivée de son fils, il leva les yeux, son regard restait indéchiffrable, comme toujours.

— Bonjour, Paul, dit-il d'une voix neutre. Tu es rentré tard hier soir.

Il s'assit en prenant soin de contrôler chacun de ses gestes.

— Bonjour, père. Oui, j'étais... avec des amis.

Un silence s'installa, seulement troublé par le tintement de la cuillère de Victor contre sa tasse de café. Paul se servit et observa son père du coin de l'œil. Ce petit-déjeuner, en apparence si ordinaire, allait être le prélude d'un événement qui pourrait tout changer.

Les souvenirs de la veille affluèrent dans l'esprit de Paul. Les rires partagés avec Julie et ses amis, la chaleur de leur compagnie, ainsi que la sensation grisante d'appartenir enfin à quelque chose. Ces moments précieux contrastaient cruellement avec l'atmosphère froide et tendue qui régnait ici.

Paul sentit la colère monter en lui comme une vague. Chaque mot de son père ajoutait une couche à sa frustration longtemps contenue. La voix de Victor, froide et méprisante, résonnait dans la pièce.

— Tu aurais pu régler ça tout seul, l'autre soir, si tu avais été un homme. Que je sois obligé de me déplacer pour calmer une gamine, c'est vraiment déplorable !

Les pensées de Paul tourbillonnaient, un mélange toxique de rage et de dégoût envers cet homme qu'il avait un jour admiré. Chaque remarque cinglante, chaque commentaire dédaigneux s'accumulait, formant un poids insupportable sur ses épaules.

Victor en rajoutait, la voix chargée de mépris :

— Je ne peux pas te faire confiance, tu...

Mais, cette fois, quelque chose en Paul se brisa. Il se leva d'un bond, sa chaise racla bruyamment le sol, coupant net la tirade de son père.

— On va continuer comme ça longtemps ? explosa-t-il. Des années de frustration se déversaient enfin. La gamine t'a fait fermer ton clapet ; je te ferai remarquer.

Les yeux de Victor s'embrasèrent de colère, mais il ne lui laissa pas le temps de répliquer.

— Et tu n'es pas venu seul me « sauver », comme tu dis. Tu es venu avec l'autre, cracha-t-il, en faisant référence au garde du corps de Victor. En plus, cette situation, tu l'as créée avec le vol du livre de Julie.

Les mots jaillissaient de lui comme un torrent trop longtemps contenu. Sa voix tremblait d'émotion, mais il ne pouvait plus s'arrêter.

— Qu'est-ce que tu comptes en faire, d'abord ? Voler encore plus de gens ?

Il regarda son père droit dans les yeux, ne laissant plus l'intimidation de son regard l'affecter, comme cela avait souvent été le cas dans le passé.

— Tu es un homme méprisable.

Paul s'érigeait tel un pilier, rempli d'une vitalité renouvelée. Ses mains tremblaient légèrement, mais ses yeux ne quittaient pas ceux de son père, remplis de courage et de détermination. Pour la première fois de sa vie, il ne baissait pas les yeux devant Victor. Il était prêt à affronter la tempête qu'il venait de déclencher, quelles qu'en soient les conséquences.

— Le départ de maman était sa seule issue en vivant à tes côtés ! lança-t-il d'une voix ébranlée par les émotions.

Ces mots, prononcés avec une clarté tranchante, parurent résonner dans la pièce longtemps après que Paul les eut prononcés. Ils flottaient entre eux, tellement d'années chargées de non-dits, de frustrations accumulées et de blessures jamais guéries.

Victor, le grand Victor Malbek, l'homme que rien ne semblait pouvoir ébranler, paraissait soudain fragile et désorienté. Son visage, d'ordinaire impassible, se décomposait lentement. Le choc initial laissa place à une myriade d'émotions qui défilèrent sur ses traits : l'incrédulité, la colère, la douleur et quelque chose qui ressemblait presque à de la peur.

Ses yeux, d'ordinaire froids et calculateurs, s'écarquillèrent, laissant entrevoir une vulnérabilité que Paul n'avait jamais vue auparavant. La mention de sa femme, ce sujet tabou depuis si longtemps, paraissait avoir fissuré le mur que Victor avait érigé autour de lui.

Pendant un instant, Paul crut voir l'ombre de l'homme que son père avait pu être autrefois, avant que l'amertume et l'ambition ne le consument. Une lueur de regret, fugace, mais indéniable, brillait dans son regard.

Le silence s'étirait, lourd de tout ce qui n'avait jamais été dit entre eux. Père et fils se faisaient face, comme deux adversaires sur un champ de bataille, mais aussi comme deux êtres humains qui se regardaient vraiment pour la première fois depuis des années.

Dans ce moment suspendu, imprégné d'une intensité presque insoutenable, quelque chose avait changé irrémédiablement. Le voile de l'illusion s'était déchiré, laissant apparaître la vérité crue de leur relation. Et dans cette vérité, aussi douloureuse soit-elle, se cachait peut-être la promesse d'un nouveau départ.

Il regardait son fils, comme si c'était la première fois, incapable de reconnaître l'homme déterminé qui se tenait devant lui.

Paul, les poings serrés sur la table, ressentait l'adrénaline qui pulsait dans ses veines. Sa voix, empreinte d'une nouvelle assurance, ne tremblait plus lorsqu'il poursuivit :

— Voilà ce qu'on va faire : je vais monter prendre ma douche, tu vas en faire de même, et on va aller faire le marché. On ne l'a pas refait depuis que maman n'est plus là.

Sans attendre de réponse, il tourna les talons et monta dans sa chambre, laissant son père figé dans un silence stupéfait.

Victor Malbek resta immobile, comme pétrifié par les paroles de son fils. Les mots de son enfant résonnaient encore dans son esprit, ébranlant les fondations mêmes de sa compréhension de leur relation. Son corps, d'ordinaire droit et imposant, sembla s'être légèrement affaissé, comme si le poids des révélations l'avait physiquement affecté.

Ses mains, peut-être pour la première fois depuis des années, tremblaient imperceptiblement. Le souffle court, presque haletant, trahissait le tumulte émotionnel qui le submergeait. La mention de sa femme, ce sujet tabou depuis si longtemps, avait ouvert une brèche dans l'armure qu'il avait soigneusement construite. La proposition inattendue de Paul de faire le marché ensemble, une activité banale chargée de souvenirs douloureux, ne faisait qu'ajouter à sa confusion.

Dans ce moment de vulnérabilité inattendue, Victor Malbek, l'homme qui contrôlait tout, se retrouva confronté à une situation qu'il ne maîtrisait pas. Il se retrouva face à un fils qu'il ne reconnaissait plus, et peut-être, pour la première fois depuis longtemps, face à lui-même.

Sous le jet d'eau chaude de la douche, Paul ressentait toujours un battement effréné dans sa poitrine. L'eau ruisselait sur son visage, emportant avec elle la tension accumulée. Il ne savait pas exactement ce qui lui avait pris, mais l'image de Julie flottait dans son esprit, comme un phare dans la tempête. Il lui avait promis de réussir, et pour la première fois de sa vie, il se sentait capable de tenir cette promesse.

Le reflet embué du miroir lui renvoya l'image d'un homme à la fois blême et fier.

— Plus jamais il ne m'écrasera, murmura-t-il à son reflet, scellant ainsi sa promesse envers lui-même.

La douche eut un effet apaisant, ce qui calma peu à peu les battements frénétiques de son cœur. Pendant qu'il s'habillait, Paul sentit une vraie détermination germer en lui. Ce n'était plus le garçon intimidé qui descendrait les escaliers, mais un homme prêt à affronter son destin.

Une luminosité matinale enveloppait le hall, comme pour renforcer l'idée d'un nouveau départ. Paul prit une profonde inspiration, prêt à faire face à son père et à la journée cruciale qui se profilait. Le marché les attendait, et avec lui, peut-être un tournant dans leur histoire.

Le bruit de l'eau qui coulait dans la salle de bain de son père guidait les pas de Paul. Chaque marche de l'escalier paraissait murmurer une invitation, l'incitant à entrer dans le bureau de Victor. Son cœur battait à tout rompre. Il se faufila dans la pièce baignée de la lumière.

Là, sur l'étagère, le livre de Julie l'attendait. Julie s'en approcha avec prudence et respect, comme on s'approche d'une bête sauvage. Ses doigts effleurèrent la couverture, sentant sous leur pulpe le poids des secrets et des espoirs qu'il contenait.

Avec une délicatesse presque révérencieuse, il prit le livre, l'ouvrit. Les pages bruissaient doucement, comme si elles chuchotaient leurs secrets. Paul parcourut rapidement quelques lignes, son cœur s'accéléra à chaque mot déchiffré. C'était irrésistible, tellement irrésistible de le prendre et de le rendre à sa propriétaire légitime.

Mais la voix de la raison, étonnamment similaire à celle de Julie, résonna dans son esprit. Le risque était trop élevé. Si Victor le découvrait maintenant, tout leur plan serait anéanti. Avec un soupir empreint de regret et de promesse, il reposa délicatement le livre à sa place.

Il quitta le bureau avec des pas légers, emportant avec lui le souvenir du livre et la détermination de mener à bien sa mission.

La terrasse l'accueillit, baignée de soleil et caressée par une légère brise qui apportait les parfums du jardin. Paul prit place sur une chaise, son regard perdu dans le paysage familier qui s'étendait devant lui. Les vignes s'étendaient à perte de vue, leur vert profond contrastant avec le bleu intense du ciel.

Chaque seconde qui passait semblait plus intense que les précédentes. Il attendait, son esprit oscillant entre l'appréhension de la confrontation à venir et l'excitation de ce qui pourrait en découler.

Le bruit de la douche avait cessé, remplacé par le silence lourd de la maison. Il savait que son père ne tarderait pas à le rejoindre. Il se préparait mentalement, rassemblant son courage et sa détermination.

Dans l'air du matin, rempli d'espoirs et de dangers, Paul percevait un abîme. Ce qu'il allait vivre pourrait tout changer, pour le meilleur ou pour le pire. Mais pour la première fois de sa vie, il se sentait prêt à affronter ce qui l'attendait, fort de sa nouvelle assurance et de la pensée de Julie qui l'accompagnait.

## 21

## Le Goût Amer de la Vengeance

Quand Paul et Victor arrivèrent sur le marché de Sanary-sur-Mer, le soleil était déjà haut dans le ciel. L'air résonnait d'une symphonie d'odeurs et de sons, un témoignage vibrant de la vie qui battait au cœur de ce rassemblement hebdomadaire.

Une légère brise portait jusqu'à eux les effluves entêtants d'une paella en train de mijoter. Dans la vaste poêle, les grains de riz dorés tourbillonnaient, s'entremêlant aux fruits de mer et aux épices dans une danse culinaire hypnotique. Non loin de là, l'arôme puissant d'encornets en persillade titillait leurs narines, l'ail et le persil frais se mariant parfaitement à l'odeur iodée des fruits de mer.

Paul et Victor déambulaient entre les étals, leurs pas ralentis par la foule dense et joyeuse. Les yeux de Paul balayaient discrètement les alentours, à la recherche du visage de Sophie. Son cœur battait un peu plus vite, conscient de l'importance de cette journée en apparence ordinaire et fier d'avoir accompli sa partie du plan.

À quelques mètres de là, dissimulé derrière un étal de fruits, Gabriel les observait. La présence de Paul ne faisait pas partie de son projet, mais il se rassura rapidement. Après tout, cela ne changeait pas fondamentalement la donne.

Père et fils s'arrêtèrent devant un stand de saucissons. L'odeur épicée et légèrement fumée évoqua chez Paul des souvenirs d'enfance, et un sourire spontané apparut sur ses lèvres. Victor, apercevant la réaction de son fils, sembla se détendre légèrement.

— Tu veux en goûter ? lui demanda-t-il, laissant percer une once de chaleur dans sa voix.

Il acquiesça, et bientôt, ils se retrouvèrent à goûter différentes variétés, ils échangèrent leurs impressions sur les saveurs et les textures. Pour un bref instant, le poids de leurs conflits paraissait s'être évanoui, remplacé par la simplicité d'un moment partagé autour de la nourriture.

— Celui-ci me rappelle ceux que nous prenions lors de nos pique-niques, tu te souviens ? dit Victor, une lueur nostalgique dans le regard.

Paul hocha la tête, surpris par la douceur dans la voix de son père.

— Oui, avec le petit couteau Opinel que tu m'avais offert.

Ils choisirent ensemble un saucisson, leurs doigts se touchant presque alors qu'ils le désignèrent simultanément. Paul ressentit une émotion complexe l'envahir. Malgré tout ce qui les séparait, malgré le plan en cours, il ne pouvait s'empêcher de savourer cet instant de complicité retrouvée.

Alors qu'ils s'éloignaient du stand, il jeta un coup d'œil en arrière, comme pour graver cette scène dans sa mémoire. Il savait que ce moment de paix était fragile, peut-être même illusoire. Mais, pour l'instant, il choisit de le vivre pleinement, conscient que le cours de cette journée pourrait tout changer.

La promenade continuait, ponctuée de découvertes gustatives. Un marchand enthousiaste leur tendit un morceau de fougasse chaude, son arôme d'huile d'olive et de romarin embaumant l'air, tel un appel à la dégustation. Paul et Victor y goûtèrent avec plaisir, savourant la texture à la fois croustillante et moelleuse. Le goût de l'huile d'olive se mêlait subtilement aux herbes de Provence.

Leurs pas les menèrent bientôt au stand des Ruchaud. L'étal regorgeait de produits locaux et biologiques, un véritable festin pour les yeux. Des fraises d'un rouge profond et brillant trônaient au centre, leur parfum sucré attirait les regards et les convoitises. Autour, des légumes aux formes parfois biscornues, mais aux couleurs éclatantes témoignaient de leur authenticité : des tomates multicolores, des courgettes d'un vert tendre, des aubergines luisantes.

Gabriel, le cœur battant, s'était rapproché et se dissimulait derrière un parasol voisin. Ses yeux ne se détachaient pas de la scène qui se déroulait devant lui.

Ce fut Madame Ruchaud qui les accueillit en premier. Son visage, habituellement avenant, se ferma instantanément à la vue de Victor. Ses yeux, d'ordinaire chaleureux, lancèrent des éclairs, comme si elle pouvait, par la seule force de son regard, faire disparaître l'homme qui leur avait causé tant de tort. L'atmosphère était tendue, l'air semblait plus dense et oppressant.

Raphaël perçut le danger et intervint rapidement.

— Je prends le relais, maman, dit-il doucement, posant une main réconfortante sur l'épaule de sa mère.

Il se tourna ensuite vers Victor avec un sourire superficiel et demanda d'une voix faussement légère :

— Et avec ça, monsieur ?

Victor, apparemment inconscient ou indifférent à l'hostilité qui l'entourait, répondit simplement :

— C'est tout.

Paul, mal à l'aise, observait l'échange, conscient du poids de l'histoire qui pesait sur cette simple transaction. Il pouvait sentir la colère contenue des Ruchaud, la froideur de son père et, quelque part au fond de lui, une pointe de honte pour les actions passées de Victor.

L'atmosphère était tendue, comme si le moindre geste pouvait déclencher un orage. Gabriel, de son poste d'observation, retenait son souffle, il attendait le moment opportun pour que son plan se mette en action.

Raphaël, avec des gestes imprégnés d'une grâce presque cérémonielle, saisit un morceau de pain de campagne tout juste tranché. La croûte dorée craquelait doucement sous ses doigts, promesse d'une texture à la fois croustillante et moelleuse. Avec une lenteur délibérée, il versa l'huile d'olive sur le pain. Le liquide doré s'infiltra dans les alvéoles comme un trésor liquide.

— Goûtez ça, dit-il en tendant le morceau à Victor. Sa voix mêlait habilement l'enthousiasme et le défi. J'en ai très peu. C'est une huile d'olive pressée à froid au moulin d'Allauch.

Ses yeux étincelaient d'une lueur particulière alors qu'il continuait, sa voix prenant des intonations presque lyriques :

— Cette huile est vraiment exceptionnelle. Elle provient d'oliviers centenaires dont les racines s'enfoncent profondément dans le sol provençal depuis des générations. Sa teinte est d'un vert doré profond et éclatant. Son parfum est puissant, avec des notes d'herbe fraîchement coupée et une pointe d'artichaut cru.

Raphaël marqua un temps, attentif au moment où il prenait le pain imbibé.

— Au palais, elle développe une amertume délicate et un piquant vif en fin de bouche. C'est le témoignage de sa fraîcheur, de sa richesse en polyphénols. Comme vous le savez certainement, ajouta-t-il avec une pointe d'ironie à peine perceptible, il y en a très peu.

Victor, le visage impassible, prit le morceau de pain. Ses yeux scrutèrent brièvement Raphaël, comme s'il cherchait à déceler un piège.

Sans plus attendre, Raphaël se tourna vers Paul et prépara un autre morceau de pain avec la même attention méticuleuse.

— Autant faire d'une pierre deux coups, murmura-t-il pour lui-même, un sourire énigmatique aux lèvres.

Une atmosphère tendue planait, presque palpable. Paul, mal à l'aise, observait la scène, conscient que quelque chose d'important se jouait sous ses yeux, mais incapable d'en saisir tous les enjeux.

Gabriel, toujours dissimulé, retenait son souffle. Le moment qu'il avait si longtemps attendu était enfin arrivé. Ses yeux ne quittaient pas Victor, il scrutant chacun de ses mouvements, chacune de ses réactions.

Son cœur battant à tout rompre, il vit avec effroi Raphaël s'apprêter à offrir l'huile empoisonnée à Paul. Pris d'une panique soudaine, il fraya un passage dans la foule, sautant par-dessus les étals et les paniers, agitant frénétiquement ses bras pour attirer l'attention de Raphaël.

Ses gestes désespérés, dignes d'un mime en pleine représentation, finirent par capter le regard de Raphaël. Leurs yeux se croisèrent, et en une fraction de seconde, une compréhension muette passa entre eux.

Raphaël, comme frappé par la foudre, lâcha le morceau de pain destiné à Paul. Il tomba au sol dans un bruit mat, pratiquement imperceptible dans le brouhaha du marché.

— Pardon, marmonna-t-il. Son visage trahissait un mélange de confusion et de soulagement.

Avec des gestes rapides et maîtrisés, il ouvrit une nouvelle bouteille d'huile et prépara un autre morceau pour Paul. Ses mains tremblaient légèrement, seul indice visible de l'agitation qui l'animait.

Paul, comme averti par un sixième sens, se retourna brusquement. Ses yeux balayèrent la foule. Il cherchait la source de cette étrange impression. Mais Gabriel s'était déjà accroupi, se fondant dans la masse des acheteurs comme un caméléon dans le feuillage.

Pendant ce temps, Victor, inconscient du drame silencieux qui se jouait autour de lui, savourait son morceau de pain. Il prit une première bouchée, puis une seconde, finissant le pain avec une lenteur quasiment insoutenable pour Gabriel, qui observait la scène, haletant.

— J'admets qu'elle a une tonalité de goût qui ne m'est pas habituelle, commenta Victor, son visage ne trahissait aucune émotion particulière.

— Mettez-m'en une bouteille, s'il vous plaît.

Raphaël, ayant retrouvé son assurance, saisit une bouteille neuve et l'ajouta au panier de Victor. Ses gestes étaient précis et mécaniques, comme s'il cherchait à se raccrocher à la normalité de cette vente.

Gabriel, toujours dissimulé, sentait son cœur battre si fort qu'il craignait qu'on puisse l'entendre. Paul, inconscient du danger qu'il venait d'éviter, croquait dans son morceau de pain, appréciant la saveur de l'huile.

La transaction terminée, Victor et Paul reprirent leur promenade à travers le marché, leurs silhouettes s'estompaient peu à peu dans la foule colorée. Gabriel, le cœur encore palpitant après son intervention in extremis, s'approcha discrètement du stand des Ruchaud.

D'un geste furtif, il récupéra sa bouteille auprès de Raphaël. Leurs regards se croisèrent brièvement, dans une compréhension muette.

— Merci, chuchota-t-il, sa voix à peine perceptible dans le tumulte général.

Raphaël hocha légèrement la tête. Son visage exprimait un mélange de soulagement et d'appréhension.

De l'autre côté du marché, Julie, aux aguets, n'avait pas raté le spectacle impromptu de Gabriel. Ses yeux écarquillés avaient suivi les bonds improbables à travers la foule, un spectacle aussi incongru que préoccupant dans le contexte tendu de leur mission.

— Lucas ! s'écria-t-elle d'une voix urgente, sans quitter des yeux l'endroit où elle l'avait aperçu. Suis-le, s'il te plaît. Va voir ce qu'il fait et surtout, assure-toi qu'il ne tente rien de stupide.

Lucas se leva. Son regard balaya rapidement la foule. Il aperçut Victor et Paul qui approchaient, leurs silhouettes se détachaient dans la masse des badauds.

— Sophie, lâcha-t-il rapidement en passant près du stand de leur amie, ils arrivent.

Puis, tel un détective en mission, Lucas se fondit dans la foule, les yeux rivés sur la silhouette de Gabriel qui s'éloignait.

Julie, restée seule sur la terrasse du café, sentait la tension monter en elle. Le plan qu'ils avaient si soigneusement élaboré semblait soudain fragile, menacé par les actions imprévisibles de Gabriel. Elle observait la scène qui se déroulait devant elle, impuissante, comme une spectatrice d'une pièce de théâtre dont elle ne connaissait pas le scénario.

Une clarté impitoyable inondait la place du marché. L'astre solaire déversait ses rayons sur la scène comme pour mettre en lumière le jeu d'ombres et de mystères qui s'y déroulait. L'atmosphère, imprégnée des effluves de fruits gorgés de soleil et d'arômes épicés, paraissait crépiter.

Elle prit une profonde inspiration pour tenter de calmer les battements effrénés de son cœur. Tout allait se jouer dans les prochaines minutes. Le destin de plusieurs vies, y compris la sienne, dépendait de l'enchaînement des événements à venir.

Sophie fut soudain confrontée à la dure réalité de la situation. Elle se figea un instant, une expression de panique passa brièvement sur son visage. Mais cette hésitation ne dura qu'une fraction de seconde. Comme électrisée par l'urgence du moment, elle se redressa, prit une profonde inspiration et s'élança avec un enthousiasme débordant :

— Tapenade ! Tapenade maison ! Elle est bonne ma tapenade ! Sa voix résonna dans l'allée du marché, claire et joyeuse, attirant l'attention de tous les passants.

Julie, qui observait la scène, ne put s'empêcher de porter sa main sur son visage, partagée entre le rire et la stupéfaction.

— Elle n'est pas possible celle-là, murmura-t-elle, un sourire malgré tout perceptible dans sa voix.

Sophie, complètement immergée dans son rôle, arrêtait chaque badaud qui passait à sa portée. Ses gestes étaient amples, son sourire contagieux, sa voix modulée comme celle d'une actrice chevronnée jouant le rôle de sa vie. Elle distribuait de petits morceaux de pain recouverts de tapenade, et son enthousiasme se propageait à chacune des personnes qui goûtaient.

Pendant ce temps, Victor et Paul approchaient de la sortie du marché, inconscients du spectacle qui se déroulait non loin d'eux. C'est alors que Maxime et Émilie entrèrent en scène, leur timing parfait, comme s'ils avaient répété ce moment des centaines de fois.

Main dans la main, le couple avançait d'un pas nonchalant, occupant stratégiquement l'espace de l'allée. Leur démarche synchronisée, leur proximité évidente, créait une barrière subtile, mais efficace. Victor et Paul, confrontés à cet obstacle inattendu, furent contraints de ralentir, puis de dévier leur trajectoire.

Comme guidés par une chorégraphie invisible, Maxime et Émilie les obligèrent habilement a passer devant le stand de Sophie. Leur danse silencieuse et apparemment innocente dirigeait le père et le fils exactement là où ils devaient aller.

Julie, depuis son poste d'observation, retenait son souffle. Tout se jouait maintenant, dans ces quelques secondes cruciales où le hasard semblait orchestré, où chaque mouvement était chargé d'intentions cachées.

La voix mélodieuse de Sophie s'élevait au-dessus du brouhaha du marché.

— Tapenade, tapenade ! Goûtez ma tapenade ! chantonnait-elle, son enthousiasme aussi communicatif que le rire d'un enfant.

Elle tendit un morceau de pain généreusement garni de tapenade à Victor, ses yeux pétillants d'une excitation à peine contenue. Victor, d'abord réticent, posa sa main sur son ventre dans un geste poli de refus, comme pour signifier qu'il avait suffisamment mangé.

Mais elle n'était pas du genre à abandonner si facilement. Redoublant d'ardeur, elle reprit de plus belle. Sa voix prit des accents presque lyriques :

— Une tapenade, c'est un morceau de soleil qui réchauffe le cœur ! Cela ne se refuse pas, d'autant plus que c'est une recette de ma grand-mère !

Son excitation était palpable, vibrant dans l'air comme une mélodie invisible. Victor, désarmé par tant d'enthousiasme, ne put s'empêcher de sourire. Une certaine douceur, une tendresse profonde se dégageait de l'ardeur de cette jeune femme.

— Bravo, jeune fille, dit-il en prenant finalement le morceau de pain. Vous l'avez très bien vendu.

Le temps sembla se suspendre lorsqu'il Julie suspendit sa propre respiration. Paul, à côté de son père, observait la scène avec un mélange de curiosité teintée d'appréhension.

Victor croqua dans le pain, la tapenade se déploya sur sa langue en une explosion de saveurs méditerranéennes. Ses yeux s'ouvrirent grands, rivés sur Sophie, comme s'il la découvrait pour la première fois.

— Mmmmm ! soupira-t-il de plaisir, sa voix empreinte d'une évidente surprise.

Ce simple son paraissait contenir tout un monde de sensations et d'émotions. C'était comme si, l'espace d'un instant, les masques étaient tombés, laissant entrevoir l'homme derrière le personnage imposant que Victor s'était forgé au fil des ans.

Sophie, rayonnante de fierté, l'observait avec un mélange d'excitation et d'appréhension. Paul, à côté, paraissait partagé entre la surprise de voir son père ainsi et une inquiétude dont lui seul connaissait l'origine.

Le bonheur fugace de Victor se changea soudainement en une terrible souffrance. Une douleur fulgurante traversa son ventre, le pliant en deux comme un pantin désarticulé. Il cracha le morceau de pain et tomba à genoux au milieu du marché. Les spasmes le secouaient violemment alors qu'il vomissait une première fois, puis une seconde. Ses mains s'enfonçaient dans les pavés du marché comme si elles cherchaient à s'ancrer dans la réalité.

La foule s'écartait rapidement, créant un cercle vide autour de cet homme soudainement devenu vulnérable. Julie, horrifiée par la scène, s'était levée et approchée, son visage reflétait une incompréhension totale.

Victor se releva péniblement, essuyant sa bouche d'un revers de manche. Son visage était livide, ses yeux écarquillés de peur et de rage. Il tremblait, non plus de douleur, mais d'une fureur qui semblait émaner de chaque pore de sa peau.

Avec une vitesse surprenante pour un homme dans son état, il se jeta sur Sophie. Avec une poigne impitoyable, il serra le col de la jeune femme et la souleva violemment par-dessus le stand. Les bocaux de tapenade et de miel s'écrasèrent au sol dans un fracas de verre brisé et de miel doré qui se répandirent sur les pavés.

— Qui es-tu ? hurla-t-il, sa voix éraillée par la colère et la frayeur. Que m'as-tu donné à manger ? C'est Julie qui t'envoie ?

Il la traîna sur le sol, son visage déformé par une colère aveugle. Sa main se leva, prête à s'abattre sur le visage terrifié de Sophie.

Mais soudain, comme sorti de nulle part, Gabriel surgit. Son épaule percuta Victor avec la force d'un bélier, ce qui l'envoya rouler sur le sol. Sans perdre un instant, Gabriel s'avança vers lui, ses yeux brûlant d'une rage longtemps contenue.

D'un geste brusque, il ouvrit la bouteille d'huile d'olive. Sa main s'abattit sur la gorge de Victor, le maintenant au sol pendant qu'il versait le liquide doré dans sa bouche. L'huile s'écoulait partout, sur le visage, les vêtements, se répandant sur les pavés du marché comme une offrande macabre.

Paul, enfin sorti de sa stupeur, tenta d'intervenir. Mais Gabriel semblait possédé, comme en transe, déversant l'huile sans relâche.

Le marché, quelques instants plus tôt si vivant et joyeux, s'était transformé en une scène de chaos. Les cris, les pleurs et le bruit du verre brisé se mêlaient dans une cacophonie surréaliste.

La voix de Julie déchira l'air comme un éclair, chargée de peur et d'autorité :

— Gabriel, arrête !

Ces mots parurent briser le sortilège qui le possédait. Il se figea sur place, comme si quelqu'un avait activé un interrupteur en lui. Lentement, il se redressa, son regard balayant tour à tour ses mains tremblantes, puis Victor, étendu sur le sol. L'horreur de ce qu'il venait de faire paraissait le frapper de plein fouet, le laissant hébété et désorienté.

Lucas arriva en courant, saisissant Gabriel par les bras pour le retenir. La scène ressemblait à un tableau surréaliste : Gabriel, figé et choqué, retenu par Lucas ; Victor, étendu sur les pavés luisants d'huile d'olive ; Sophie, tremblante et confuse, encore à terre ; et Julie, droite au milieu de ce chaos, comme l'œil du cyclone.

Victor essaya de se relever, mais une nouvelle vague de nausées l'assaillit. Il se pencha en avant, son corps secoué de violents spasmes alors qu'il vomissait à nouveau. Le bruit de ses haut-le-cœur se mêlait aux chuchotements d'horreur de la foule qui les entourait, créant une symphonie macabre.

Paul s'approcha de son père et l'aida à se redresser. Ses yeux passaient de Victor à Gabriel, remplis d'un mélange déchirant de tristesse, de peur et d'incompréhension. Le jeune homme semblait porter le poids du monde sur ses épaules, tiraillé entre son devoir filial et les secrets qu'il portait.

— Amène-moi vite à l'hôpital, supplia Victor d'une voix rauque, s'accrochant à son fils comme à une bouée de sauvetage.

Sans un mot de plus, Paul soutint son père et ils quittèrent le marché aussi vite que l'état de Victor le permettait. Leurs silhouettes disparurent rapidement dans la foule, laissant derrière eux une scène de désolation.

Le soleil continuait de briller imperturbablement sur le marché de Sanary-sur-Mer, ses rayons illuminaient les morceaux de verre brisé, les flaques d'huile et de vomi, ainsi que les visages stupéfaits des témoins. L'odeur âcre de la bile se mêlait au parfum sucré des fruits et à l'arôme persistant de l'huile d'olive, créant un mélange écœurant qui semblait symboliser la tournure catastrophique des événements.

Julie, immobile au centre de ce chaos, réalisait que leur plan soigneusement élaboré venait de voler en éclats, remplacé par une réalité bien plus sombre et imprévisible qu'ils n'auraient pu l'imaginer.

Elle se tourna vers Gabriel, ses yeux lançaient des éclairs de colère et d'incompréhension.

— Tu es malade ou quoi ? Qu'est-ce que tu as infusé dans cette huile ? Sa voix tremblait, mélange de rage et de peur.

Le revoir, après tout ce temps, après tout ce qui s'était passé, la secoua profondément. Gabriel, encore sous le choc de ses propres actions, bégaya :

— Je... je... Les mots paraissaient se coincer dans sa gorge, refusant de sortir.

— Tu as tout fait rater ! Dégage ! hurla Julie, sa colère explosait comme un orage longtemps contenu.

L'air hagard, il fit un pas en arrière, prêt à s'enfuir, complètement déconnecté de la réalité de ce qui venait de se passer. C'est à ce moment-là que Sophie s'approcha de lui et l'enlaça dans une étreinte forte et inattendue.

— Merci Gabriel, merci beaucoup, murmura-t-elle, sa voix empreinte d'une gratitude sincère.

Il la regarda, perplexe, sans vraiment comprendre ce qui se passait.

— De rien, répondit-il machinalement.

Soudain, Sophie recula et, sans avertissement, elle lui asséna une gifle retentissante. Le coup fit vaciller Gabriel, le son sec résonna dans l'air comme un coup de tonnerre.

— Ça, c'est pour le mal que tu fais à Julie, sa voix aussi dure que l'acier. Dégage, maintenant.

Julie, témoin de cette scène surréaliste, sentait le désespoir l'envahir. Tout était anéanti. Si Victor survivait à ce que Gabriel lui avait fait ingérer, il serait à jamais inaccessible. Et s'il mourait… Cette pensée la glaça jusqu'aux os.

Un hurlement de colère pure s'échappa de sa gorge, faisant sursauter les passants qui regardaient encore la scène. C'était un cri primaire, chargé de toute la frustration, de la peur et de la colère qu'elle ressentait.

— Je te maudis, Gabriel ! cria-t-elle, la voix ébranlée par les émotions. Je te maudis pour avoir tout détruit !

Julie, au centre de ce maelström émotionnel, sentait le poids de l'échec peser sur ses épaules. Tout ce qu'elle avait planifié, tout ce pour quoi elle avait travaillé si dur, semblait s'être évaporé en quelques instants de folie. Et maintenant, elle faisait face à un avenir incertain.

Gabriel s'éloigna lentement dans la foule stupéfaite, sa silhouette se fondant peu à peu dans la masse. Julie s'agenouilla mécaniquement, et commença à ramasser les débris éparpillés sur le sol. Ses gestes étaient lents, presque robotiques, comme si elle cherchait à se raccrocher à cette tâche simple pour ne pas sombrer dans le désespoir qui menaçait de l'engloutir.

Un à un, ses amis la rejoignirent dans ce geste silencieux de solidarité. Lucas s'accroupit à sa droite, ramassant les morceaux de verre brisé avec précaution. Maxime et Émilie, main dans la main jusqu'au dernier moment, se séparèrent pour l'aider, l'un ramassa les pots de miel renversés, l'autre nettoya les traces d'huile qui maculaient le sol.

Sophie, dernière à les rejoindre, ne se contenta pas de ramasser. Elle se rapprocha de Julie et l'enveloppa dans une étreinte chaleureuse et réconfortante. Ce geste simple brisa les dernières défenses de Julie. Les larmes qu'elle avait si vaillamment retenues jusqu'alors se mirent à couler librement, mouillant l'épaule de Sophie.

C'est à ce moment précis qu'un rouge-gorge, peut-être attiré par l'éclat du verre cassé ou l'odeur du miel renversé, vint se poser sur le rebord d'un étal voisin. De son perchoir, il observait la scène avec une curiosité tout aviaire.

Ses petits yeux noirs, vifs et intelligents, parcouraient le groupe agenouillé sur les pavés. Pour lui, ces grandes créatures aux gestes lents étaient un mystère. Il ne pouvait comprendre la tristesse qui émanait de la femme aux cheveux sombres, ni la tendresse avec laquelle la femme aux boucles folles la serrait contre elle.

Le rouge-gorge pencha la tête, intriguée par les gouttes scintillantes qui tombaient des yeux de Julie. Pour lui, c'était comme une pluie étrange et fascinante, si différente de celle qu'il avait l'habitude de voir.

Il observa les mains qui ramassaient, qui nettoyaient et qui réconfortaient. Ces mêmes mains qui, quelques instants plus tôt, s'agitaient dans la colère et la peur se trouvaient maintenant unies dans un effort commun, comme les branches d'un arbre se rejoignant pour former une canopée protectrice.

Le soleil poursuivait sa course dans le ciel, ses rayons caressant doucement le plumage rouge vif de l'oiseau. Pour lui, cette scène n'était qu'un moment parmi tant d'autres dans la vie trépidante du marché. Il ne pouvait savoir que pour ces humains, c'était un instant crucial, un moment de catharsis et de solidarité face à l'adversité.

Après quelques instants de contemplation, le rouge-gorge déploya ses ailes et s'envola, laissant derrière lui ce groupe soudé par l'épreuve. Son chant mélodieux s'éleva dans l'air, comme un rappel que la vie continuait, que, même après les tempêtes les plus violentes, la nature trouvait toujours un moyen de chanter à nouveau.

Et tandis que l'oiseau disparaissait dans le ciel provençal, Julie, entourée de ses amis, sentait la tension s'évacuer avec ses larmes. Dans ce moment de vulnérabilité partagée, elle découvrait une nouvelle force, un espoir ténu, mais réel que, quoi qu'il arrive, elle ne serait jamais seule pour affronter ce qui allait suivre.

## 22

## Catalyseurs d'Âmes

Le soleil émergeait lentement à La Ciotat, ses rayons rasaient les murs blancs de l'hôpital. Dans une chambre du deuxième étage, le temps semblait suspendu, comme si le monde extérieur avait cessé d'exister.

Paul, installé sur une chaise inconfortable depuis plusieurs heures, sentait chaque fibre de son corps protester. Ses yeux, rougis par le manque de sommeil, fixaient les traits du médecin, cherchant le moindre signe qui trahirait une inquiétude dissimulée. La lumière crue des néons accentuait les cernes sur son visage, témoins silencieux d'une nuit passée à osciller entre espoir et crainte.

— Docteur, comment va-t-il ? Sa voix, naturellement pas très assurée, tremblait légèrement.

Il déglutit, conscient que sa gorge était sèche, comme si les mots eux-mêmes hésitaient à franchir ses lèvres.

— Très bien, répondit le praticien. Sa voix était réconfortante, mais Paul perçut un léger doute dans son expression. Le médecin esquissa un sourire, comme s'il essayait de se persuader lui-même de ses propres affirmations.

Un profond silence s'installa dans la chambre, juste interrompu par les bips réguliers des machines. Paul tourna lentement la tête vers le lit sur lequel reposait son père. Victor, d'ordinaire si imposant, semblait avoir rétréci pendant la nuit. Ses traits étaient relâchés, dépourvus de cette tension permanente qui le caractérisait. Ses mains, habituellement si expressives lorsqu'il parlait, gisaient maintenant inertes sur le drap blanc.

Il fut frappé par cette image. Son père, l'homme qu'il avait toujours vu comme une force de la nature, invincible et inébranlable, parut soudain fragile. Les ombres projetées par la lumière matinale creusaient ses rides et révélaient une sensibilité que Paul n'avait jamais soupçonnée. C'était comme si, dans sa cruauté, la nuit avait emporté avec elle le masque d'invulnérabilité que Victor portait en permanence.

Le bruit des feuilles ramena son attention vers le docteur. Ce dernier fronçait les sourcils, le stylo à la main, tapotant nerveusement le bord du classeur.

— Selon nos analyses, commença-t-il en choisissant soigneusement ses mots, vous avez ingéré du datura, mais en petite quantité.

Il leva les yeux, et croisa le regard interrogateur de Paul.

— Ce n'est même pas la quantité que certains jeunes consomment pour expérimenter les effets hallucinogènes.

Une sensation de vide traversa le cœur de Paul.

— Du datura ? Comment était-ce possible ? Son esprit tournoyait et cherchait frénétiquement une explication rationnelle.

Il regarda de nouveau son père, se demanda s'il l'avait entendu, s'il comprenait les conséquences de cette révélation.

Victor se redressa brusquement, son corps tendu comme un ressort. Ses yeux, jusqu'alors voilés par la fatigue, s'embrasèrent d'une lueur féroce.

— Et la tapenade que j'avais sur mes vêtements ? Vous l'avez analysée comme je vous l'ai demandé ? Sa voix rauque et accusatrice tranchait l'air comme un coup de fouet.

Le médecin, pris de court par ce soudain changement d'attitude, recula imperceptiblement.

— Nous n'avons rien trouvé. Ce n'est que de la tapenade ordinaire. Il hésita visiblement mal à l'aise. En fait, vous n'avez rien ingéré qui puisse vous rendre malade à ce point.

Un rire amer, presque animal, s'échappa des lèvres de Victor, ce qui fit frissonner Paul de terreur. Il perçut les prémices d'une colère destructrice.

— Moi, je comprends, gronda-t-il en serrant les draps dans ses poings. On a voulu m'empoisonner, et je sais comment, mais ils sont juste trop faibles pour y être arrivés.

Les mots claquèrent dans l'air, chargés de venin. Il se redressa complètement, arrachant quasiment la perfusion de son bras. Ses yeux, injectés de sang, balayèrent la pièce, comme s'il cherchait un ennemi invisible.

— Ces petits crétins pensaient pouvoir m'avoir, cracha-t-il en haussant le ton. Ils croyaient vraiment que je tomberais si facilement ?

Paul sentit son cœur se comprimer. Il connaissait trop bien cette rage qui dévorait son père, cette fureur qui avait modelé leur vie familiale.

— Papa, tenta-t-il doucement, Julie n'y est pour rien. Apparemment...

Mais Victor ne l'écoutait pas. Son visage se contorsionna en un masque de haine pure.

— Ne me parle pas de cette garce ! hurla-t-il, faisant sursauter le médecin. Elle est comme sa mère, une sorcière qui croit pouvoir jouer avec le destin des autres !

Il balaya d'un geste rageur le plateau-repas posé sur la table de chevet, faisant voler en éclats verres et assiettes qui se brisèrent sur le sol.

— Ils pensaient me piéger avec leurs petites recettes magiques ? Je vais leur montrer ce qu'il en coûte de s'attaquer à Victor Malbek !

Paul, désemparé, regarda son père se métamorphoser sous ses yeux. La vulnérabilité qu'il avait cru apercevoir plus tôt avait complètement disparu, remplacée par une fureur aveugle et destructrice. Il savait que cette colère ne s'apaiserait pas sans effort, qu'elle allait tout consumer sur son passage.

Le médecin, visiblement effrayé, reculait vers la porte.

— S'il vous plaît, monsieur, calmez-vous. Votre état...

— Mon état ? rugit-il. Mon état, c'est la rage ! Et croyez-moi, ils vont tous le sentir passer !

Dans ce moment de chaos, Paul réalisa que les prochains jours seraient décisifs. La colère de son père, tel un orage provençal, allait s'abattre sur le village. Et au milieu de cette tempête, se trouvait Julie, qui ignorait toujours la force destructrice qui se dirigeait vers elle.

— Ils étaient tous là, ce n'était pas un hasard ! La voix de Victor était acérée, comme une lame. Ils ont tramé contre moi, ces petits morveux. Ils verront bientôt qu'ils ont mal choisi leur cible.

— Calme-toi, papa, murmura-t-il en posant une main réconfortante sur l'épaule de son père.

Victor prit une profonde inspiration.

— Une fois dehors, je vais m'occuper pour me calmer.

Le médecin, visiblement mal à l'aise face à cette tension palpable, s'éclaircit la gorge.

— Pour moi, c'est tout bon. Vous pouvez y aller, vous n'avez rien.

Au moment où ils quittaient l'hôpital, Paul sentit le poids du monde s'abattre sur ses épaules. L'air frais du matin contrastait violemment avec l'atmosphère étouffante qui régnait entre lui et son père. Chaque pas les éloignant de l'hôpital les rapprochait d'un avenir incertain, chargé de menaces.

Paul observait du coin de l'œil Victor, qui avait aussitôt redressé sa démarche dès qu'il eut franchi les portes de l'hôpital. Il percevait la tension qui habitait chaque fibre du corps de son père, telle une bête tapie, prête à bondir. Victor Malbek avait retrouvé son port altier, comme si la vulnérabilité entrevue dans la chambre d'hôpital n'avait été qu'une illusion.

Le trajet vers le domaine se fit dans un silence lourd, seulement perturbé par le ronronnement du moteur. Paul sentait que chaque seconde les rapprochait d'un point de non-retour. L'orage qui grondait dans les yeux de son père menaçait d'éclater à tout instant.

La demeure familiale se dressait devant eux, imposante et glaciale. Une fois à l'intérieur, Victor se tourna brusquement vers son fils, ses yeux brillaient d'une lueur que Paul ne connaissait que trop bien. C'était le regard d'un prédateur, celui qui précédait toujours les moments les plus sombres de leur histoire familiale.

— Tu t'es bien comporté hier, dit Victor, dont la voix était inhabituellement douce.

Ces mots, si rares dans la bouche de son père, firent naître chez Paul un mélange complexe d'émotions. Une vague de fierté, mêlée à une pointe de culpabilité, submergea son cœur. Pendant un instant, il se sentit de nouveau comme le petit garçon qui cherchait désespérément l'approbation paternelle.

Victor marqua une pause. Son regard scrutait le visage de son fils, comme s'il cherchait à y lire ses pensées les plus secrètes. Puis, d'une voix devenue plus dure :

— Va voir ce que fait Gabriel et reste à proximité. Contacte-moi dès qu'il quitte sa maison.

L'ordre claqua dans l'air, dissipant instantanément la chaleur éphémère du compliment précédent. Paul sentit son estomac se nouer. Il savait que son père tramait quelque chose et que Gabriel en serait la victime.

Sans attendre de réponse, Victor fit volte-face et se dirigea vers son bureau. Le bruit de ses pas résonnait dans le couloir, suivi de près par celui, plus discret, de son garde du corps. Le claquement sec de la porte retentit comme un coup de tonnerre dans le silence de la demeure.

Paul demeura seul dans le couloir, immobile, le cœur lourd de secrets et de non-dits. Le fardeau de sa double loyauté, envers son père d'un côté, et envers Julie et ses propres convictions de l'autre, menaçait de l'écraser. Il savait que chacun de ses gestes et chacune de ses décisions dans les heures à venir entraînerait des conséquences irréversibles.

Le jeune homme leva les yeux vers un ciel d'un bleu intense, comme s'il riait de la tourmente émotionnelle qui bouillonnait en lui. Il prit une profonde inspiration, sentant l'odeur familière des cyprès et du thym qui entouraient la propriété, et il partit.

***

Le soleil se levait sur le village. Ses rayons dorés effleuraient les persiennes en bois de la boulangerie. Julie, les épaules voûtées sous le poids de ses pensées, tourna la clé dans la serrure. Le cliquetis familier résonna sur la place encore endormie, comme un écho lointain d'une vie normale qui paraissait désormais hors de portée.

Elle poussa la porte. L'odeur réconfortante de la farine et du pain de la veille l'enveloppa comme une étreinte maternelle. Pourtant, aujourd'hui, même ce parfum familier ne parvenait pas à apaiser le tumulte de son cœur.

Ses gestes, d'ordinaire si assurés, étaient ce matin-là empreints d'une lenteur inhabituelle. Chaque mouvement paraissait lui demander un effort considérable, comme si la gravité elle-même s'était alourdie pendant la nuit.

Julie installa la terrasse, puis elle sortit les chaises, une par une. Le frottement du métal sur le pavé résonnait dans son esprit, comme le grincement d'une porte qui se referme sur ses espoirs. Elle arrangea les tables, son regard perdu dans le lointain, se remémorant sans cesse les évènements de la veille.

Le visage de Gabriel apparaissait dans ses pensées, flou et insaisissable, comme un mirage. La trahison qu'elle croyait enfouie dans les tréfonds de sa mémoire, ressurgit aussi vive et douloureuse qu'au premier jour. Elle sentait la colère et la déception qui bouillonnaient en elle, menaçant de déborder à tout instant.

Puis, comme un éclair dans un ciel d'orage, l'image de Victor s'imposa à son esprit. La façon dont il avait traité Sophie... Elle frissonna malgré la douceur de l'air matinal. La peur, insidieuse, s'insinuait dans ses veines, glaçant son sang.

Alors qu'elle disposait les dernières chaises, Julie s'arrêta un instant, submergée par un flot d'émotions qui déferlait en elle. La colère, la peur, la déception et l'incertitude... Tout se mélangeait dans un tourbillon vertigineux, brouillant ses pensées et ses sentiments.

Elle leva les yeux vers le ciel, cherchant une réponse dans l'azur immaculé. Son don, source de joie et de fierté, lui semblait maintenant être un fardeau trop lourd à porter.

Elle retourna à l'intérieur de la boulangerie, ses pas résonnaient dans la salle encore vide. D'un geste automatique, elle retourna la pancarte « *Fermé* » pour afficher « *Ouvert* ». Le monde extérieur allait bientôt faire irruption dans son petit univers, avec son lot de sourires polis et de conversations anodines.

Mais, pour l'instant, dans ce bref moment de calme avant l'ouverture, Julie se tenait immobile derrière son comptoir.

Elle savait qu'elle devait trouver une solution, un nouveau plan. Mais pour l'instant, perdue dans le dédale de ses émotions, elle ne voyait qu'un chemin brumeux devant elle. Un chemin qu'elle devrait pourtant emprunter, pas à pas, guidée par son instinct et son cœur.

Le tintement de la clochette annonça l'arrivée des premiers clients. Elle redressa les épaules, prête à assumer son rôle de boulangère souriante. Mme Lefèvre, une habituée aux cheveux gris et au sourire chaleureux, se dirigea vers le comptoir.

— Bonjour, ma chère Julie. Deux baguettes, comme d'habitude, s'il vous plaît.

Elle sentit un sourire sincère se dessiner sur ses lèvres.

— Bien sûr, Mme Lefèvre. Comment se porte votre petit-fils ?

— Oh ! Il grandit à vue d'œil ! Il m'a demandé de lui rapporter un de vos délicieux chaussons aux pommes.

Julie sourit doucement.

— Dans ce cas, je vous en offre un. Pour votre petit gourmand.

Le visage ridé de Madame Lefèvre s'illumina.

— Vous êtes un ange, ma petite.

Au fil des clients, elle sentit une partie de son anxiété s'évaporer. Monsieur Durand plaisanta sur la météo, Madame Moreau partagea les derniers potins du village. Ces échanges, aussi banals soient-ils, ancraient Julie dans une normalité réconfortante.

Soudain, la porte s'ouvrit avec fracas. Sophie débloula dans la boulangerie, un tourbillon d'énergie et de couleurs éclatantes.

— Coucou ! Je suis venue te remonter le moral ! s'exclama-t-elle, avec son sourire qui illuminait la pièce.

Une vague d'émotion submergea Julie, et, sans réfléchir, elle contourna le comptoir et serra Sophie dans ses bras. L'étreinte de son amie était comme un baume sur son cœur meurtri.

— Sophie... Je suis tellement désolée pour hier, murmura-t-elle, la voix vacillante. Ce que t'a fait Victor...

Elle se dégagea doucement. Son visage rayonnait toujours de cette joie contagieuse qui la caractérisait.

— Ne t'en fais pas. J'ai eu peur, c'est vrai, mais c'est derrière nous maintenant. Et tu sais quoi ? Avec un clin d'œil malicieux, elle ajouta : on va l'avoir, ce Victor.

Elle éprouva une vague de sérénité. L'audace et l'optimisme de Sophie étaient comme une bouffée d'air frais dans l'air lourd de ses inquiétudes.

— Comment arrives-tu à rester toujours aussi positive ? demanda Julie, admirative.

Sophie haussa les épaules et son sourire s'élargit.

— C'est mon superpouvoir : je trouve toujours un rayon de soleil, même dans la tempête.

Julie ne put s'empêcher de rire.

— Tu es vraiment exceptionnel.

— Je sais, je sais, dit-elle avec un faux air modeste. Allez, raconte-moi tout. On va trouver une solution ensemble, tu verras.

Une vague d'énergie traversa Julie, comme si les mots de Sophie avaient ravivé une étincelle en elle.

— Oh oui, on va l'avoir, affirma-t-elle, sa voix retrouvant sa détermination.

Sophie, avec un sourire taquin aux lèvres, enchaîna :

— Tu as vu comment ton preux chevalier est venu me sauver hier. Ses yeux pétillaient de malice.

Julie sentit son cœur se resserrer à l'évocation de Gabriel.

— Celui-là, si je pouvais l'étrangler ! grommela-t-elle, une pointe d'amertume dans la voix.

— Mouais, reprit-elle, le regard espiègle de Sophie en disait long.

Un silence empreint de sous-entendus planait entre elles pendant un instant.

Puis, avec cette capacité unique que Sophie avait de passer du coq à l'âne, elle lança soudainement :

— Tu as vu, avant de tout casser, j'ai vendu plein de pots de tapenade !

Julie ne put retenir son éclat de rire. Le son de son propre rire la surprit, comme si celui-ci provenait d'un autre monde, un monde où les soucis n'existaient pas. C'était un rire libérateur, qui chassait les ombres qui s'étaient accumulées dans son cœur.

Julie, submergée par un flot d'affection pour son amie, l'enlaça dans ses bras.

— Toi, tu es folle, murmura-t-elle, sa voix chargée d'amour et de gratitude.

Dans cette étreinte, Julie sentit quelque chose changer en elle. C'était comme si le rire et l'absurdité de la situation avaient fait sauter un verrou, laissant s'écouler toutes ses craintes et ses incertitudes.

Elle réalisa que c'était cela, la magie de l'amitié : la capacité de trouver de la lumière, même dans les moments les plus sombres. Sophie, avec son optimisme infaillible et son humour décalé, était comme un phare dans la tempête qu'elle traversait.

Alors qu'elles se séparaient, Julie regarda son amie droit dans les yeux.

— Merci, dit-elle simplement.

Elle lui fit un clin d'œil.

— Les amis sont là pour ça, non ? Pour vendre de la tapenade et faire rire dans les moments difficiles.

Elle secoua la tête, amusée.

— Tu es impossible.

— Et c'est pour ça que tu m'aimes, rétorqua Sophie avec un grand sourire.

À cet instant précis, enveloppée par l'odeur du pain frais et le rire de son amie, Julie sentit que peut-être, juste peut-être, tout allait bien se passer. Les défis qui l'attendaient étaient toujours là, mais elle n'était pas seule pour les affronter. Et parfois, c'était tout ce qui importait.

La sonnette tinta, un son cristallin qui semblait suspendu dans l'air, comme une note de musique inachevée. Elle leva les yeux et le temps parut s'arrêter.

C'était Gabriel.

Il se tenait là, sur le seuil, l'air penaud, comme un enfant pris en faute. Julie resta stupéfaite, figée derrière son comptoir. Un tourbillon d'émotions contradictoires se déchaînait en elle, la déchirant entre l'envie de le frapper et celle de se jeter dans ses bras.

Sophie, témoin silencieux de cette scène chargée d'électricité, sentit qu'il était temps pour elle de faire une sortie stratégique. Un sourire malicieux aux lèvres, elle lâcha :

— Oula, moi, je vais vous laisser.

En passant près de Gabriel, elle ne put s'empêcher de savourer le petit écart qu'il fit, visiblement encore marqué par la gifle de la veille. Ce mouvement instinctif fit naître un sourire malicieux sur le visage de Sophie.

Elle se retourna et le regarda droit dans les yeux. Avec une lenteur délibérée, elle porta deux doigts à ses yeux et les pointa vers lui dans un geste universel signifiant « Je te surveille ». Mais son regard pétillant et son sourire en coin transformaient cette menace en une plaisanterie complice.

La porte se referma derrière Sophie, laissant Julie et Gabriel seuls dans la boulangerie. Le silence qui s'installa était lourd, chargé de sous-entendus et d'émotions refoulées.

Elle perçut le battement effréné de son cœur. Elle regarda Gabriel, remarquant les cernes sous ses yeux et la tension dans ses épaules. Il semblait porter le monde sur ses épaules.

— Julie, commença-t-il, sa voix à peine plus haute qu'un murmure.

Ce simple mot, son prénom prononcé avec tant d'émotion, fit vaciller toutes ses résolutions. Julie se retrouva projetée dans le passé, revivant en un instant tous les moments qu'ils avaient partagés, les éclats de rire, les larmes, les promesses.

Mais la trahison était aussi présente, une ombre qui flottait au-dessus de ces souvenirs éclatants.

Elle prit une longue inspiration.

Gabriel s'approcha de Julie, le carnet à la main, tendu vers elle comme une offrande de paix. Sa voix, à peine perceptible, rompit le silence :

— Pardon.

Ce simple mot flottait dans l'air, chargé de regrets et d'espoir. Elle sentit sa colère vaciller, comme une flamme exposée au vent. Elle n'avait pas besoin d'explications. Au fond d'elle-même, elle comprenait pourquoi il avait agi ainsi. Malgré la colère qui la consumait encore, elle ne pouvait pas lui en vouloir, pas complètement.

Presque par instinct, Julie récupéra dans le pot de farine une pierre d'ambre. Dès qu'elle la toucha, elle ressentit ce courant familier qui l'envahit, comme une vague de chaleur qui se propageait dans tout son corps.

Elle s'approcha de Gabriel et observa chacune de ses réactions. L'homme robuste qu'elle avait connu semblait avoir disparu. Il se tenait là, tremblant quasiment, manifestement inquiet de sa réaction. Des larmes brillaient dans ses yeux, prêtes à déborder d'un instant à l'autre.

Julie continua d'avancer, droite et fière. Chacun de ses pas résonnait dans la boulangerie silencieuse, comme le battement d'un cœur. Elle ne quittait pas Gabriel des yeux, son regard profond et intense plongeant dans le sien.

Arrivée devant lui, elle tendit la main. Pendant un instant qui parut durer une éternité, sa main resta suspendue dans l'air entre eux. Puis, avec des gestes lents et mesurés, elle saisit le carnet.

Sans rompre le contact visuel, elle le déposa doucement sur le comptoir. Le bruit léger qu'il émit en touchant le bois parut résonner dans toute la pièce.

Elle fit un pas de plus vers lui, réduisant encore la distance qui les séparait. Son cœur palpitait, mais son visage restait impassible. Elle percevait presque la respiration haletante de Gabriel et sentait la chaleur qui émanait de son corps.

Julie saisit le visage de Gabriel entre ses mains, son regard glacial et intense plongeant dans le sien. L'ambre entre ses doigts parut s'animer, une douce chaleur, qui se diffusa lentement sur sa peau. Les sensations commencèrent à circuler entre eux, l'ambre agissant comme un catalyseur.

Sa voix, à peine plus forte qu'un murmure, mais empreinte d'une puissance inébranlable, brisa le silence :

— C'est la deuxième et dernière fois que tu me mens, Gabriel ! Tu as bien compris ?

Il hocha la tête en signe d'approbation, ses yeux ne quittaient pas les siens. Dans son regard, Julie vit la peur, le regret, mais aussi un espoir fragile, comme une flamme vacillante au cœur d'une tempête.

Puis, avec une tendresse qui contrastait avec la froideur de ses paroles, elle posa ses lèvres sur les siennes. Ce baiser fut comme une fusion de leurs âmes, plus intense et plus profond que tout ce qu'ils avaient vécu jusqu'alors.

Gabriel se laissa aller, il s'abandonna entièrement à cette sensation. Pour la première fois, il n'éprouva plus de crainte du catalyseur, plus de peur face aux sensations exacerbées par l'ambre. Il ouvrit grand son cœur, délaissant toute retenue.

Les flux d'énergie allaient de l'un à l'autre, créant un circuit invisible, mais tangible. C'était comme si leurs essences mêmes se mélangeaient, se fondaient l'une dans l'autre. Dans ce simple baiser, plus puissant que n'importe quelle promesse verbale, Julie sut. Elle ressentit, au plus profond de son être, qu'il ne lui mentirait plus jamais.

Lorsqu'ils se séparèrent enfin, le temps semblait s'être arrêté. La lumière du soleil, qui brillait à travers les vitres de la boulangerie paraissait plus vive, plus dorée. L'air autour d'eux vibrait d'une nouvelle énergie.

Julie garda ses mains sur le visage de Gabriel. Ses pouces caressaient doucement ses joues. Dans ses yeux, elle aperçut le reflet de son âme, mise à nu, vulnérable, mais plus forte que jamais.

Dans ce moment suspendu, enveloppés par l'odeur du pain frais et la douce lueur de l'ambre, Julie et Gabriel réalisèrent qu'ils venaient de franchir un nouveau seuil. Les mensonges et les trahisons du passé semblaient s'être dissous, laissant place à une confiance renouvelée, forgée dans le feu de leurs épreuves.

## 23

## À l'Ombre des Décisions

Le soleil de midi baignait la boulangerie d'une douce lumière qui faisait scintiller les particules de farine en suspension dans l'air. Gabriel, debout près du comptoir, sentait un poids s'envoler de ses épaules. Le fardeau de la trahison, qui l'avait écrasé, semblait s'évaporer comme la brume matinale sous les rayons du soleil.

Julie, d'un geste presque rituel, reposa la pierre d'ambre parmi les autres dans le pot de farine. Gabriel ne put s'empêcher de sourire en voyant ce geste familier. Elle ne les avait pas changées de place, comme si une partie d'elle avait toujours su qu'il reviendrait.

Alors qu'elle servait les clients avec son sourire habituel, Gabriel s'était glissé naturellement dans le rythme de la boulangerie, il l'aidait tout en continuant leur discussion à voix basse. Entre deux baguettes vendues et un pain aux olives emballé, ils échangeaient des idées, pesaient le pour et le contre de chaque stratégie.

— Julie, murmura Gabriel alors qu'il lui tendait un sachet de croissants pour un client, je pense qu'on devrait envisager... une solution plus radicale pour Victor.

Elle le regarda, étonnée par la gravité de sa voix.

Que veux-tu dire par là ?

Il attendit que le dernier client soit sorti avant de poursuivre.

— Je pense qu'on devrait utiliser les recettes pour le neutraliser de façon permanente.

Le silence qui suivit était lourd, chargé de sous-entendus et de questions morales, Julie sentit un frisson la parcourir.

— Gabriel, pas encore, tu ne peux pas être sérieux. Ces recettes sont dangereuses, tu le sais bien.

Il hocha la tête, ses yeux brillaient d'une détermination teintée d'appréhension.

— Tu ne comprends pas, Julie. J'ai vu ce que ces recettes peuvent accomplir. Les chats... ce n'était qu'un aperçu.

Elle s'arrêta net, la main suspendue au-dessus d'une miche de pain.

— Les chats ?

Il prit une profonde inspiration.

— Oui, les chats des voisins qui se disputent tout le temps. J'ai préparé une tarte en utilisant une des recettes, pour qu'ils se réconcilient.

Julie le regardait, suspendue à ses lèvres.

— Et alors ?

— Ça a marché, au début. Ils sont devenus amis comme je le souhaitais. Mais ensuite… Il hésita. Ils ont commencé à agir bizarrement. Ils se sont unis contre moi, comme s'ils avaient fait de moi leur ennemi commun. Leur comportement avait changé, mais pas leur personnalité profonde. C'était... troublant.

Julie sentit un froid s'insinuer dans ses veines. Les implications de ce que Gabriel venait de dire étaient préoccupantes.

— Mais alors, murmura-t-elle, si ces recettes peuvent faire ça à des animaux...

— Imagine ce qu'elles pourraient faire à un homme comme Victor ! termina Gabriel, sa voix à peine plus haute qu'un souffle. On pourrait le neutraliser sans le tuer certes, changer son comportement aussi, mais sans altérer qui il est fondamentalement. Et surtout nous ignorons jusqu'où cela pourrait aller.

Elle leva les yeux vers Gabriel, et chercha dans son regard une réponse, un réconfort, car il avait soulevé un point qu'on ne pouvait pas prendre à la légère. Mais, elle n'y trouva que le reflet de ses propres incertitudes et de ses propres craintes.

Elle secoua la tête, ses yeux reflétaient un mélange de détermination et de tristesse.

— Gabriel, je ne peux pas... nous ne pouvons pas tuer quelqu'un de cette manière, peu importe ce qu'il a fait.

Ses mots flottèrent dans l'air, lourds de sens. Soudain, comme un écho lointain, les propos d'Henri résonnèrent dans sa tête : « Parfois, on doit régler le problème définitivement. » Ce souvenir la fit frissonner, une peur sourde s'insinua dans ses veines.

Elle prit une profonde inspiration, cherchant à retrouver son calme.

— De toute façon, on ignore actuellement dans quel état se trouve Victor. On ignore également comment l'atteindre, donc la question ne se pose pas vraiment, n'est-ce pas ?

Gabriel acquiesça lentement, sans quitter des yeux ceux de Julie.

Elle se tourna vers le comptoir, prit le carnet dans ses mains. Ses doigts caressèrent doucement la couverture usée alors qu'elle le feuilletait distraitement. Puis, comme frappée par une idée subite, elle leva les yeux vers Gabriel.

— Il est l'heure de fermer. On va faire un saut à la librairie pour voir si Lucas peut découvrir un secret dans ce carnet.

Ils fermèrent la boulangerie. Le tintement de la clochette résonna une dernière fois dans le silence de l'après-midi. Ensemble, ils traversèrent la place du village, leurs pas résonnant sur les pavés. Une ruelle, puis une autre. Les ombres des bâtiments anciens les enveloppaient comme un manteau protecteur.

Le petit carillon sonna doucement lorsqu'ils entrèrent. Lucas leva les yeux de son livre, une expression de surprise passa brièvement sur son visage à la vue de Gabriel aux côtés de Julie. Mais cette surprise disparut toutefois presque aussitôt, comme si la présence de Gabriel était finalement la chose la plus naturelle du monde.

Elle s'approcha, le carnet serré contre sa poitrine.

— Lucas, j'aurais besoin de ton aide, dit-elle, sa voix à peine plus haute qu'un souffle.

Elle lui expliqua pourquoi ils étaient venus, lui tendant le carnet avec une certaine révérence.

Il prit le carnet avec précaution, comme s'il manipulait un artefact ancien et précieux. Ses yeux s'agrandirent alors qu'il parcourait les premières pages.

— Julie, s'inquiéta-t-il, ces recettes… elles sont extrêmement dangereuses. Tu n'envisages pas sérieusement de les employer ?

Julie et Gabriel échangèrent un regard lourd de sens.

— Nous examinons toutes les possibilités, déclara Julie, sa voix à peine audible.

Lucas secoua la tête, visiblement troublé.

— Je comprends que la situation est difficile, mais ça… c'est jouer avec le feu.

Alors qu'il continuait d'examiner le carnet, page après page, une discussion animée s'engagea entre les trois amis.

— Et si tu utilisais juste une recette mineure ? suggéra Lucas. Quelque chose qui le rendrait plus... docile ?

Gabriel enchaîna l'air sceptique :

— Même les recettes qui semblent inoffensives peuvent entraîner des conséquences imprévues. Regardez ce qui s'est passé avec les chats.

Julie poussa un long soupir, puis passa sa main dans ses longs cheveux.

— Je sais que c'est risqué, mais que pouvons-nous faire d'autre ? Victor ne s'arrêtera pas de lui-même et je ne veux pas en arriver à éliminer quelqu'un.

Le silence retomba alors que Lucas reprenait son examen minutieux. Chaque page tournée paraissait alourdir l'atmosphère de la librairie.

Finalement, après ce qui parut une éternité, il releva la tête, ses yeux exprimaient une légère déception.

— Je suis désolé, dit-il doucement, mais je ne vois rien. Je ne trouve rien de plus dans ce carnet. Pas de message caché, pas de code secret.

Elle sentit son cœur se serrer. Une partie d'elle était déçue, mais une autre était presque soulagée. Emprunter cette voie aurait été un pas dans une direction dont elle n'était pas certaine de vouloir explorer, même si elle avait tant souhaité que Lucas puisse trouver quelque chose, n'importe quoi, qui aurait pu les aider à prendre une décision.

— Peut-être, dit-il en refermant lentement le carnet, que c'est un signe. Probablement que la solution ne se trouve pas dans ces pages, mais ailleurs.

Julie et Gabriel échangèrent un regard.

Ces mots tombèrent dans le silence de la librairie, comme des pierres dans un étang, tandis que Lucas tendait le carnet à Julie.

— Merci, dit-elle. Garde-le sous la main, au cas où tu aurais une illumination. Il sera de toute façon plus en sécurité ici qu'à la boulangerie.

Lucas fronça les sourcils, le carnet entre les mains.

— Tu n'en auras pas besoin, n'est-ce pas ? demanda-t-il, une note d'inquiétude dans sa voix.

Julie était déjà à mi-chemin de la porte lorsqu'elle se retourna.

— Je passerai prendre une recette si nécessaire, dit-elle d'un ton qui ne laissait place à aucune discussion.

Gabriel lui emboîta le pas, et ensemble, ils sortirent de la librairie, laissant Lucas avec ses pensées troublées et le carnet entre les mains.

Ils s'engagèrent dans les rues étroites, chaque pas échoit contre les vieilles pierres. L'air de l'après-midi portait avec lui l'odeur des lauriers-roses et du romarin. Alors qu'ils débouchaient sur la place, une scène inattendue les fit s'arrêter net.

Paul se tenait devant la boulangerie, immobile, la porte grande ouverte devant lui. Gabriel partit en courant, Julie le suivait, le cœur battant la chamade.

Arrivé devant la boulangerie, Gabriel s'arrêta subitement, le souffle coupé, devant le spectacle qui s'offrait à lui. L'intérieur était saccagé, méconnaissable. Sans réfléchir, il saisit Paul par le cou et le plaqua contre le mur.

— Qu'est-ce que tu as fait ? gronda-t-il, la rage déformant son visage.

— Attends ! s'écria-t-elle, alors qu'elle arrivait, prenant conscience de l'expression médusée de Paul.

Julie entra dans la boulangerie, son cœur se serra à chaque pas. Les étagères, autrefois soigneusement rangées, gisaient au sol, leurs contenus éparpillés comme des feuilles mortes. Les vitrines étaient brisées, des éclats de verre étincelant sur le carrelage comme une cruelle parodie des cristaux de sucre qu'elle saupoudrait sur ses viennoiseries. La farine flottait dans l'air, et recouvrait tout d'un voile blanc fantomatique, comme si un blizzard était passé par là.

Son regard se porta sur le comptoir, ou plutôt ce qu'il en restait. Le bois poli qu'elle avait tant chéri était fendu en deux, comme frappé par la foudre. Et là, au milieu de ce chaos, le pot de farine, qui contenait les pierres d'ambre, était toujours dans son coin, son précieux contenu n'avait pas bougé.

Elle sentit ses jambes faiblir. Chaque recoin de cet endroit qu'elle chérissait tant avait été souillé. L'odeur de pain frais et de douceur qui y régnait habituellement avait laissé place à celle, amère, de la dévastation.

Elle se retourna vers la porte, où Gabriel maintenait toujours Paul contre le mur.

Julie émergea de la boulangerie dévastée, son pas mesuré contrastait violemment avec le chaos qui régnait derrière elle. Son visage, habituellement expressif et chaleureux, s'était métamorphosé en un masque de froideur, comme si toutes ses émotions s'étaient cristallisées en un bloc de glace au cœur de sa poitrine.

Gabriel, ayant remarqué ce changement subit, sentit des frissons lui parcourir le dos. Il connaissait Julie depuis peu, mais, à cet instant, il avait l'impression de se tenir face à une étrangère. Ses poings se serrèrent instinctivement, ses ongles s'enfoncèrent dans ses paumes.

— On doit éliminer ce type, gronda-t-il, sa voix tremblante de colère à peine contenue. Chaque syllabe semblait porter toute la colère et la frustration accumulées au fil des années.

— Nooon ! Le cri de Paul déchira l'air, et brisa momentanément le calme surréaliste qui s'était installé.

Ses yeux, écarquillés par la panique, passaient frénétiquement de Julie à Gabriel, il cherchait désespérément un signe de clémence, une lueur d'humanité dans leurs regards devenus durs.

Elle tourna lentement la tête vers Paul, et ses yeux le transpercèrent comme deux lames de glace.

— Je vais m'en occuper, articula-t-elle d'une voix si dénuée d'émotion qu'elle en devenait presque mécanique. Ces mots, prononcés avec une telle froideur, paraissaient sceller le destin de Victor plus sûrement que n'importe quelle condamnation.

Paul percevait l'urgence de la situation et tenta de plaider la cause de son père. Ses mots se bousculaient, s'entremêlaient, formant un flot ininterrompu de supplications et de justifications.

— Julie, je t'en prie, c'est mon père... Il a commis des erreurs, c'est vrai, mais... On peut trouver une autre issue, n'est-ce pas ? Il y a toujours une autre voie...

Mais chacune de ses paroles paraissait rebondir sur Julie comme sur un mur invisible. Son visage restait impassible, ses yeux perdus dans le lointain, comme si elle contemplait déjà les conséquences de la décision qu'elle venait de prendre.

Un sourire dur se dessina sur les lèvres de Gabriel, qui mêlait soulagement et satisfaction sombre. Enfin, après tant d'années de lutte et de frustration, la balance semblait pencher en sa faveur.

— Enfin, on va l'éliminer, dit-il. Chaque mot était chargé du poids de sa longue attente et de sa détermination inébranlable.

Paul, voyant la détermination dans les yeux de Gabriel et de Julie, sentit la peur l'envahir. Son esprit s'emballa, à la recherche désespérée d'un moyen de gagner du temps, de modifier le cours des événements. Tout à coup, une idée lui vint. Il se tourna vers Gabriel et parla rapidement, presque frénétiquement :

— Avant de venir ici, je suis passé chez toi pour te voir. Je voulais te dire que mon père allait bien, mais qu'il était extrêmement en colère.

Les mots sortaient en cascade ; il espérait que cette information pourrait détourner leur attention, ne serait-ce que pour un moment.

— Je pense qu'en partant d'ici, son molosse a dû aller chez toi.

L'effet fut immédiat. Julie et Gabriel échangèrent un regard lourd de sens. Une conversation silencieuse passa entre eux en l'espace d'un instant. Leurs yeux reflétaient un mélange d'inquiétude et de détermination renouvelée.

Elle fut la première à rompre le silence.

— Vas-y, dit-elle à Gabriel. Sa voix était calme, mais ferme. Ne t'inquiète pas, je m'occupe de Paul.

Dans ces quelques mots, on pouvait sentir toute la confiance qu'elle plaçait en lui, mais aussi une promesse implicite qu'elle garderait le contrôle de la situation ici.

Il n'eut pas besoin qu'on le lui dise deux fois. Sans un mot de plus, il tourna les talons et s'élança. Ses pas résonnèrent sur les pavés alors qu'il disparaissait rapidement dans le dédale des ruelles du village. La vitesse de sa course trahissait l'urgence de la situation, mais aussi peut-être une pointe d'inquiétude pour ce qu'il pourrait trouver chez lui, et surtout pour sa mère.

Tandis que la silhouette de Gabriel s'évanouissait au coin d'une rue, Julie resta immobile, son regard fixé sur le point où il avait disparu. Son visage ne trahissait aucune émotion, mais, intérieurement, elle pesait chaque option ainsi que chaque conséquence possible de leurs actions.

Paul, quant à lui, restait figé, réalisant que sa tentative de diversion n'avait fait que précipiter les choses. Il se retrouvait maintenant seul face à Julie, dont le calme cachait une détermination qu'il n'avait jamais perçue auparavant.

Elle sortit son téléphone. Elle appela d'abord Henri, pour lui demander de passer de toute urgence. Elle contacta ensuite Lucas et lui demanda de venir avec le carnet et s'il pouvait donner un coup de main pour ranger.

Se tournant vers Paul, elle lui dit d'une voix qui ne souffrait aucune contestation :

— Rentre et commence à ranger, s'il te plaît.

Il fut surpris par son ton et son calme apparent. Sans rechigner, il s'exécuta et entra dans la boulangerie dévastée.

Alors qu'elle le regardait commencer à ramasser les débris, Julie sentit quelque chose remuer en elle. Cette froideur qu'elle affichait n'était qu'une façade, un barrage qu'elle avait érigé pour contenir le torrent d'émotions qui menaçait de la submerger.

Elle jeta un coup d'œil aux pierres d'ambre éparpillées dans le pot de farine, leurs surfaces dorées semblant absorber la lumière du crépuscule. Ces petits cailloux, témoins silencieux de tant d'histoires, de tant de secrets, lui parurent soudain plus lourds que jamais.

Dans le silence de la boulangerie, ponctué seulement par les bruits de Paul qui ramassait les débris, Julie prit une profonde inspiration. Elle savait que le moment était venu de prendre une décision. Une décision qui allait tout changer.

Lucas arriva en courant. Son souffle court résonnait dans l'air du soir. Le carnet, cet objet si précieux et dangereux à la fois, était serré contre lui comme un bouclier. Ses pas ralentirent à mesure qu'il approchait de la boulangerie, son intuition le prévenant que quelque chose clochait, avant même que ses yeux ne confirment ses craintes.

Lorsqu'il franchit le seuil, le spectacle qui s'offrit à lui le figea sur place. Ses yeux parcoururent frénétiquement la pièce, d'un bout à l'autre, tentant d'assimiler l'ampleur des dégâts. Les étagères renversées, les vitrines brisées, le sac de farine éventré et répandu sur le sol comme une neige funeste... Chaque détail contribuait à rendre la scène plus effroyable.

— Mais ce que... murmura-t-il à voix basse, comme s'il craignait que ses paroles ne déclenchent l'effondrement de ce qui tenait encore debout.

L'incompréhension et le choc se lisaient sur son visage, mélangés à une pointe de peur face à cette violence inattendue. Julie, droite au milieu du chaos, se tourna vers lui avec un regard las.

— C'est Victor, répondit-elle simplement. Sa voix portait le poids de toute la fatigue et de la frustration accumulées.

Lucas, toujours sous le choc, laissa son regard errer dans la pièce. C'est alors qu'il aperçut Paul, silencieusement occupé à ramasser les débris. La stupéfaction s'empara de son visage, éclipsant temporairement l'effroi.

— Et lui, il est de quel côté ? demanda-t-il, pointant Paul du doigt, incapable de cacher sa confusion face à la présence du fils de l'homme qu'ils tenaient pour responsable de ce désastre.

Julie émit un profond soupir, comme si le monde entier reposait sur ses épaules.

— Le nôtre, mais pourrais-tu le garder avec toi ce soir, une fois qu'on aura fini de ranger, dit-elle, avant de se tourner vers Paul, ajoutant avec une douceur inattendue : Si ça ne te dérange pas, bien sûr.

Paul leva les yeux de sa tâche, son regard croisa celui de Julie. Il acquiesça simplement, sans un mot. Son visage était un masque complexe d'émotions : la culpabilité y était évidente, elle pesait lourdement sur ses traits, mêlée à une résignation qui semblait avoir pris racine au plus profond de son être. Dans ses yeux reflétaient toute la complexité de sa situation : fils d'un homme capable d'une telle destruction, mais qui cherchait désespérément à se racheter, à trouver sa place dans ce conflit qui le dépassait.

Le silence retomba dans la boulangerie, seulement perturbé par le bruit des débris que Paul continuait à ramasser méticuleusement. Lucas, toujours sur le seuil, serrait le carnet contre lui, comme s'il cherchait du réconfort dans ce lien tangible avec le passé.

L'après-midi s'écoula lentement. Le soleil déclinait peu à peu et projetait des ombres de plus en plus longues à travers les vitres. Tous les trois travaillaient en silence, chacun perdu dans ses pensées.

Tout à coup, une silhouette émergea dans l'embrasure de la porte. Henri, tel un gentleman d'une autre époque, se tenait là et observait la scène avec un visage grave. Julie se retourna, sentant sa présence avant même de le voir.

Henri s'assit à l'extérieur et posa sa canne avec une lenteur délibérée. Le contact du bois contre le pavé sembla résonner comme un glas dans le silence oppressant.

Elle sentit son cœur se serrer. La présence d'Henri, qui dégageait une aura de sagesse et d'expérience, rendit soudain la situation encore plus réelle, encore plus grave. Elle savait que le moment des décisions cruciales approchait.

Elle s'approcha de la porte, s'arrêta au seuil. Le soleil couchant inondait la place d'une lumière ambrée, le monde extérieur ignorait le drame qui se déroulait dans cette petite boulangerie.

— Henri, dit-elle doucement, sa voix à peine plus haute qu'un murmure.

Il leva les yeux vers elle. Son regard exprimait une compréhension profonde et une tristesse infinie. Sans un mot, il lui fit signe de s'asseoir à côté de lui.

Elle jeta un coup d'œil à l'intérieur de la boulangerie, où Lucas et Paul continuaient de travailler en silence. Puis, elle prit une profonde inspiration et franchit le seuil. Elle s'assit ensuite aux côtés d'Henri.

Le vieil homme regardait Julie avec un regard qui semblait avoir traversé les années. Ses yeux, d'un bleu délavé par le temps, reflétaient une sagesse acquise au prix de nombreuses épreuves, mais aussi une profonde inquiétude. Les rides de son front se creusèrent davantage alors qu'il scrutait le visage de la jeune femme, cherchant à y déceler les tourments qui l'agitaient.

— Je vois que tu as géré Paul, commença-t-il. Sa voix grave et mesurée brisait le silence de la soirée. Le choix du mot « géré » n'était pas anodin, et laissait entendre qu'il comprenait la complexité de la situation.

— Qu'en est-il de Gabriel ? J'ai entendu des rumeurs concernant le marché. Cette seule phrase révélait l'étendue de ses connaissances sur les récents événements, malgré son apparente distance.

Julie répondit d'une voix à peine audible, comme si le poids de ses récentes actions pesait sur sa gorge.

— Plus de soucis de ce côté-là non plus.

— Parfait, dit Henri, ce mot résonnait presque comme une sentence.

Puis, avec l'élégance d'un homme qui a l'habitude de naviguer dans des eaux troubles, il enchaîna :

— Je pense que tu as quelque chose à me demander. Son ton laissait deviner qu'il avait déjà une idée de la nature de cette question, comme s'il avait déjà vécu cette scène maintes fois au cours de sa longue vie.

Julie hocha la tête et rassembla son courage.

— Oui, je possède quatre ambres, j'ai ce carnet, et je désire... éliminer Victor. Elle marqua une pause, comme si prononcer ces mots à voix haute leur donnait une réalité effrayante.

— Vous m'avez dit que certaines personnes l'ont déjà fait.

Il soupira profondément, le poids des années et des secrets semblait soudain l'écraser.

— C'est bien vrai. Cela remonte à une époque lointaine, en temps de guerre, répondit-il, son regard se perdit un instant dans de lointains souvenirs douloureux. Les ombres du passé flottaient dans ses yeux, évoquant des histoires qu'elle ne pouvait qu'imaginer.

Revenant au présent, Henri posa sur Julie un regard profond.

— Tu veux l'éliminer par vengeance, par intérêt ou par nécessité ? Parce qu'il n'y a pas d'autre porte de sortie ?

Cette question, posée avec une franchise brutale, paraissait sonder non seulement les intentions de Julie, mais aussi explorer les profondeurs de son âme.

Elle resta silencieuse un moment, le poids de cette décision paraissait peser sur chaque fibre de son corps. Elle choisissait ses mots avec soin, sachant qu'ils pourraient tracer les contours de son avenir et de celui de bien d'autres. Finalement, elle répondit d'une voix qui se voulait assurée, mais où perçait une note de doute :

— Parce que c'est nécessaire.

Ces mots résonnèrent dans l'air du soir, empreints de toute la complexité de la situation.

Henri la regarda longuement, comme s'il sondait son âme.

— Fais ce que tu dois faire dans ce cas, dit-il finalement.

Sur ces paroles, il se leva, s'appuya sur sa canne, et entama son départ. Puis il se tourna, son visage grave dans la lueur du crépuscule.

— Julie, dit-il, sa voix teintée de tristesse infinie, prendre une vie, même celle d'un homme comme Victor, ce n'est pas simplement un acte. C'est un fardeau qui te suivra pour le reste de tes jours. Chaque jour, lorsque tu poseras les yeux sur toi-même, tu apercevras quelqu'un d'autre. Est-ce que tu es prête à vivre avec ça ?

Les mots de Henri résonnèrent dans l'air du soir, lourd de sens et de conséquences. Puis, sans attendre de réponse, il s'engouffra dans les ruelles du village, laissant Julie seule avec le fardeau de sa décision.

Le silence qui suivit était assourdissant. Elle resta figée, les yeux fixés sur l'endroit où Henri avait disparu, tandis que le monde tournoyait autour d'elle. Elle prit conscience que la décision qu'elle allait prendre ne modifierait pas seulement le fil de son existence, mais aussi l'essence profonde de ce qu'elle était.

## 24

## Quand les Murs s'Effondrent

L'aube embrassait le village de ses premiers rayons, parant les tuiles anciennes et les façades de pierre d'une douce lumière dorée. Julie avançait d'un pas mesuré vers la boulangerie, son ombre s'étirant comme un fil sombre sur les pavés usés. Ce matin-là serait différent des autres. La boulangerie, tout comme son âme, avait besoin de temps pour panser ses blessures.

Elle poussa la porte, et le tintement familier de la clochette résonna étrangement dans l'espace dévasté. Ses yeux balayèrent la pièce, elle observa chaque détail à ranger, chaque morceau à recoller. Comme si, en remettant de l'ordre dans sa boulangerie, elle pourrait aussi remettre en ordre ses pensées.

La porte grinça légèrement, annonçant l'arrivée de Lucas et Paul. D'abord, leurs regards se parlèrent, empreints de compassion, avant que leurs voix ne s'échangent dans un murmure pour se souhaiter les politesses habituelles. Ces mots, bien que banals, semblaient porter le poids d'une promesse silencieuse d'entraide. Sans plus attendre, ils s'attelèrent à la tâche, et le rythme de leurs mouvements vint peu à peu remplacer le silence accablant.

Julie, reconnaissante de leur présence, se dirigea vers la cuisine. Ses doigts tapotaient nerveusement le plan de travail. Puis, elle saisit la cafetière et versa l'eau avec minutie, prenant soin de ne pas en renverser une goutte. Le parfum rassurant du café fraîchement moulu commença à se répandre, apaisant quelque peu l'agitation qui bouillonnait en elle.

Une fois le plus gros du rangement effectué, Julie les invita à se joindre à elle sur la terrasse pour prendre un thé. Le soleil était maintenant plus haut dans le ciel, il baignait la place d'une douce lumière. Ils s'installèrent, leurs tasses fumantes entre les mains, le regard perdu dans le lointain.

Julie prit une profonde inspiration.

— J'ai beaucoup réfléchi pendant la nuit, dit-elle enfin, sa voix à peine plus haute qu'un murmure. Elle se tourna vers Paul, ses yeux cherchant les siens.

— Paul, je dois te demander une chose difficile. Es-tu prêt à nous aider… à éliminer ton père ?

Un profond silence s'installa. Il baissa les yeux sur sa tasse, comme s'il cherchait une réponse dans les volutes de vapeur. Quand il releva la tête, son visage reflétait un mélange complexe d'émotions.

— J'ai beaucoup réfléchi aussi, dit-il lentement. J'ai pensé à ma mère, partie à cause de lui. À tous ceux qu'il a blessés au fil des années.

Il s'arrêta un instant, le regard perdu un instant dans le vague.

— La manière dont il a traité Sophie... Ça prouve bien que mon père est vraiment une mauvaise personne.

Julie et Lucas écoutaient attentivement, conscients de l'importance de chaque mot.

— Je ne peux pas décemment vous aider à... l'éliminer, poursuivit Paul, qui choisissait soigneusement ses mots. Mais vous aidez à ce que les choses se règlent, ça oui. Je suis prêt à le faire.

Un rayon de soleil passa à travers les feuilles du platane, et illumina leurs visages.

Julie hocha doucement la tête, puis accepta la décision de Paul.

— Très bien, alors, parlons de ce que nous allons faire maintenant. Voici ce que j'ai pensé : pour toi, Paul, ma seule demande est que tu fasses venir ton père à la boulangerie et que tu partes. C'est tout ce que j'attends de toi.

Il prêta une attention particulière à chaque mot de Julie, ses épaules s'affaissant comme si un poids invisible lui pesait. Il inclina légèrement la tête, les yeux rivés au sol, évitant soigneusement leur regard. Un silence lourd de sous-entendus et d'appréhension s'installa alors entre eux.

Tout à coup, une voix familière fit sursauter tout le monde.

— Bonjour !

Carla se tenait près de la terrasse, un panier à la main, son arrivée inattendue apporta avec elle un souffle du village.

Julie se leva précipitamment, un mélange de surprise et de culpabilité sur son visage.

— Carla, je suis désolée, mais je ne pourrai pas ouvrir aujourd'hui, dit-elle, la fatigue se faisait entendre dans sa voix.

Mais elle balaya ses excuses d'un geste de la main.

— Je ne suis pas venue pour ça, ma petite Julie. Son regard parcourut les visages autour de la table, notant leur air grave. Je suis venue voir si je pouvais t'aider. Comme tu le sais, je connais tout le monde dans le village.

Ces mots, prononcés avec une simplicité désarmante, semblèrent tout à coup ouvrir de nouvelles perspectives. Elle sentit une vague de gratitude l'envahir. Elle l'invita à s'asseoir et lui offrit une tasse de thé encore chaud.

— Carla dit-elle, choisissant soigneusement ses mots. Nous sommes dans une situation... délicate. Votre aide pourrait être inestimable.

La vieille dame hocha la tête et ses yeux brillèrent d'une lueur de compréhension.

— Je t'écoute, ma chérie, dit-elle simplement.

Ainsi, sous le soleil matinal qui éclairait la terrasse, Julie commença à s'expliquer. Carla écoutait attentivement. Son visage ridé reflétait successivement la surprise, la compassion et la détermination.

Tous se levèrent ensuite, la conversation encore fraîche dans leurs esprits. Carla partit doucement, s'aidant de sa canne. Chacun de ses pas semblait porter le poids de ses années et de ses secrets. Paul, le visage grave, partit pour le domaine, ses épaules légèrement voûtées sous le poids de sa mission. Lucas, déterminé, retourna à l'intérieur pour terminer le nettoyage.

Julie se fraya un chemin vers les comptoirs arrière. Ses yeux balayèrent rapidement l'espace pour trouver un endroit intact parmi le chaos. Ses doigts effleurèrent lentement le marbre froid, comme pour se reconnecter avec son sanctuaire. Après avoir pris une profonde inspiration, elle ferma les yeux un instant, et laissa le calme l'envahir.

Lorsqu'elle rouvrit les yeux, son regard dégageait une force et une détermination sans faille. Avec des gestes précis et mesurés, elle commença à rassembler les ingrédients nécessaires. Chaque mouvement était calculé, presque sacré.

Le son doux de la farine tamisée remplit l'air, comme un murmure apaisant. Julie se concentra sur ce bruit, elle laissa le monde extérieur s'estomper. Ses mains travaillaient quasiment d'elles-mêmes. Elles pesaient, mélangeaient, pétrissaient. Le cliquetis des ustensiles formait une mélodie familière, une symphonie rassurante qui semblait repousser les ombres de l'inquiétude.

Au fil des minutes, Julie s'immergeait de plus en plus profondément dans sa tâche. Son front se plissait légèrement sous l'effet de la concentration, ses yeux fixés sur ses mains qui dansaient entre les bols et les plaques. Chaque geste était imprégné d'une intention, d'un but.

Peu à peu, une senteur divinement délicieuse emplit la boulangerie. Les premiers effluves de beurre fondu s'élevèrent bientôt rejoints par les notes sucrées du sucre caramélisé. La vanille ajouta sa touche délicate, s'entremêlant aux autres arômes pour créer un parfum envoûtant.

Elle inspira profondément, et laissa ces odeurs familières l'envelopper. L'arôme chaud et réconfortant des petits gâteaux en train de cuire semblait chasser les dernières ombres d'inquiétude, les remplaçant par des souvenirs de moments joyeux et simples.

Alors qu'elle surveillait attentivement la cuisson et ajustait la température avec précision, Julie sentit une vague de calme l'envahir. Dans ce processus de création, dans cette alchimie de saveurs et de parfums, elle retrouvait son équilibre. Chaque petit gâteau qui prenait forme entre ses doigts représentait une déclaration, un acte de résistance silencieux face au chaos qui menaçait de tout engloutir.

L'odeur qui envahissait maintenant la boulangerie était plus qu'une simple fragrance agréable. C'était une promesse, un rappel de tout ce que cet endroit symbolisait : la chaleur, le réconfort, la communauté.

Julie sortit les plaques de gâteaux du four. Leur odeur irrésistible fit saliver Lucas.

— Je peux en goûter un ? demanda-t-il, les yeux pétillants de gourmandise.

— Ce n'est pas pour toi, répondit-elle, un léger sourire aux lèvres malgré la gravité de la situation.

Lucas, exténué par ses efforts, s'affala sur une chaise. Julie le remercia chaleureusement pour le travail incroyable qu'il avait accompli. Elle se mit alors à préparer des sandwichs, ses gestes précis et efficaces.

C'est à ce moment-là que Gabriel fit son apparition.

— J'ai remis de l'ordre chez moi, annonça-t-il, l'air fatigué, mais soulagé. J'ai aussi conduit ma mère chez sa sœur ; elle était encore bouleversée, mais les dégâts dans la maison étaient minimes.

Un sourire teinté d'ironie se dessina sur son visage.

— Ma mère a pris le vieux fusil de chasse de mon père et a visé le « petit merdeux », comme elle l'a appelé. Heureusement, elle a manqué sa cible, mais elle a tout de même pulvérisé une vitre.

Gabriel s'assit avec eux et mordit dans un sandwich. Un rire spontané éclata alors qu'il imaginait sa mère, habituellement très posée, tirer un coup de fusil dans la maison. Pendant un bref instant, la tension sembla se dissiper, laissant place à une hilarité libératrice.

Mais leur rire mourut brusquement dans leurs gorges lorsque trois silhouettes imposantes franchirent le seuil de la boulangerie. En tête, le molosse de Victor, suivi de deux autres hommes tout aussi menaçants. L'arrivée des trois hommes transforma l'atmosphère de la boulangerie en un champ de tension palpable. Julie sentit un frisson la parcourir, chaque brin de son corps en alerte.

Le silence qui régnait fut brutalement interrompu. Ils se levèrent tous d'un bond, leurs chaises raclant violemment le sol, chaque respiration devenant laborieuse sous le poids de l'anxiété.

— Qu'est-ce que vous voulez ? Le cri de Julie retentit dans l'air, sa voix oscillant dangereusement entre la peur et une détermination farouche. Ses yeux, écarquillés, ne quittaient pas les intrus, scrutant chaque geste potentiellement dangereux.

Gabriel, le corps tendu comme un arc, fit un pas en avant. Ses poings serrés tremblaient légèrement, trahissant la rage qui bouillonnait en lui. Ses yeux, assombris par la colère, fixaient le premier intrus avec une intensité meurtrière.

Mais, tout à coup, la main de Julie s'abattit sur son bras, le stoppant net dans son élan.

— Mange d'abord un gâteau, murmura-t-elle à voix basse, mais avec une urgence perceptible.

Ses doigts s'enfonçaient profondément dans son bras, comme pour ancrer sa requête dans sa chair. Il tourna vers elle un regard perplexe, le temps semblant s'arrêter autour d'eux. Les intrus, immobiles, observaient cet échange avec une méfiance grandissante. La tension dans l'air était si dense qu'elle en devenait presque visible, comme une brume épaisse enveloppant la scène.

Lentement, comme au ralenti, Gabriel recula. Ses yeux ne quittaient pas les hommes, tandis que sa main cherchait à tâtons un des gâteaux. Le bruit de sa déglutition résonna étrangement fort dans le silence oppressant.

Les secondes qui suivirent parurent s'étirer à l'infini. Chaque battement de cœur était comme un coup de tonnerre, chaque respiration s'apparentait à un hurlement dans le silence.

Puis, en un instant, tout changea. Le visage de Gabriel s'illumina soudainement, ses yeux s'écarquillèrent sous l'effet d'une métamorphose intérieure. Une nouvelle énergie irradiait de tout son être. Ses muscles se tendirent visiblement sous sa peau, comme animés d'une vie propre. Tous ses sens, subitement exacerbés, percevaient chaque détail de son environnement avec une clarté surnaturelle.

— Waouh, souffla-t-il, sa voix chargée d'une nouvelle puissance. Je me sens capable de les écraser.

Ces mots résonnèrent dans l'air comme une promesse de violence imminente. Les intrus, qui perçurent le changement, échangèrent des regards inquiets. L'atmosphère, déjà électrique, se chargea davantage, comme si l'orage qui menaçait était sur le point d'éclater.

Elle ne put s'empêcher de sourire, le regard empli d'un amour mêlé d'admiration en le voyant ainsi transformé. Dans ses yeux brillait la fierté de voir son art, sa magie culinaire, donner à Gabriel la force dont il avait besoin.

Le temps parut se figer un instant avant qu'il ne se jette sur le premier agresseur. Lucas, jusque-là immobile comme une barrière protectrice devant Julie, profita de la diversion pour se faufiler et s'échapper, laissant derrière lui un vide qui semblait aspirer tout l'oxygène de la pièce.

Le poing de Gabriel fendit l'air, et s'abattit sur son adversaire avec une force surhumaine. Le bruit de l'impact, un craquement sourd et écœurant, retentit dans la boulangerie comme un coup de tonnerre. Les ustensiles sur les étagères tintèrent violemment, leur mélodie discordante se mêlant aux respirations haletantes et aux râles des combattants.

Le sang de Julie se glaça dans ses veines, son corps paralysé par une terreur soudaine. L'atmosphère, alourdie par une tension perceptible, paraissait se condenser autour d'elle, comprimant sa cage thoracique et transformant chaque bouffée d'air en un combat. Son pouls, suspendu l'espace d'un battement, reprit avec une intensité douloureuse, martelant ses tempes au rythme effréné de sa peur.

Le premier homme vacilla visiblement sonné par la puissance inattendue du coup. Mais ce moment de triomphe fut de courte durée. Comme des fauves qui sentaient le sang, les trois hommes se ruèrent vers Gabriel, leurs yeux étincelants d'une lueur menaçante.

Elle voulut crier, les arrêter, mais sa voix resta bloquée dans sa gorge. Elle ne pouvait que regarder, impuissante, alors que la scène se déroulait devant elle comme un cauchemar au ralenti.

Malgré sa force nouvellement acquise, il était submergé. Un poing s'enfonça dans son ventre avec une violence terrifiante. Julie entendit distinctement l'air quitter ses poumons dans un sifflement douloureux. Puis un autre coup. Et encore un autre. Les coups de poing s'abattaient inexorablement sur Gabriel, implacables, chaque impact résonnait dans le cœur de Julie comme une déchirure.

Le deuxième homme, une montagne de muscles, l'agrippa fermement, et l'immobilisa dans une étreinte d'acier. Elle pouvait voir les veines saillir sur les bras de Gabriel alors qu'il luttait en vain pour se dégager.

La peur, froide et viscérale, l'envahit. Elle voyait l'homme qu'elle aimait se faire massacrer sous ses yeux, et elle était incapable de l'aider. Les larmes commencèrent à couler sur ses joues, brûlantes et amères.

— Arrêtez ! Le cri de Julie déchira enfin l'air, chargé de douleur et de désespoir. Je vous en supplie, arrêter !

Mais ses supplications semblaient se perdre dans le chaos du combat. Les coups continuaient de pleuvoir sur Gabriel, dont les mouvements devenaient de plus en plus faibles. Julie sentait que tout son monde s'écroulait autour d'elle, impuissante devant la violence déchaînée.

Chaque seconde qui s'écoulait était une torture, chaque coup porté résonnait en elle comme un coup physique. L'air lui manquait, sa vision se brouillait de larmes alors que son cœur se serrait douloureusement, chaque battement semblant menacer de se briser. La peur pour la vie de Gabriel grandissait en elle, prête à la submerger complètement.

Son esprit criait silencieusement, priant pour une intervention, un miracle, n'importe quoi qui pourrait sauver Gabriel de ce sort terrible.

Soudain, une voix autoritaire trancha l'air :

— Ça suffit ! Victor venait d'entrer, sa présence remplissant instantanément la pièce. Lâche-le ! ordonna-t-il.

L'homme qui le retenait le jeta sans ménagement dans un coin. Gabriel tenta de se relever, mais le monde tournoyait autour de lui. Il renversa une chaise dans sa tentative, le bruit du bois heurtant le sol résonnant comme un glas dans le silence soudain.

Ses yeux, embués de douleur et de rage, cherchèrent ceux de Julie. Leurs regards se croisèrent, chargés d'émotions indicibles : concentré de peur, d'amour et de détermination. Puis, comme si ce dernier échange lui avait coûté ses dernières forces, Gabriel, le visage luisant de sueur, s'affala lourdement sur le sol, ses muscles tremblant sous l'effort. Il expira bruyamment, son souffle irrégulier trahissait son épuisement.

Julie, immobile, sentait son cœur battre à tout rompre dans sa poitrine. Chaque respiration était un effort, l'air chargé de tension presque insoutenable.

Victor se tenait là, dominant la scène par sa présence. Ses yeux balayèrent la pièce et s'arrêtèrent sur Julie.

Il s'avança, chacun de ses pas résonnait comme un coup de tonnerre dans le silence oppressant de la boulangerie. Son regard, froid et calculateur, transperçait Julie comme des lames acérées. Elle sentit son cœur s'emballer, la peur s'insinuant dans ses veines comme un poison glacé.

— Nous avons une discussion à avoir, toi et moi, dit-il d'une voix basse et menaçante qui faisait vibrer l'air autour d'eux.

Elle frissonna malgré elle, sentant la menace implicite dans chaque syllabe.

— Je pense que oui, effectivement ! dit-elle en luttant pour maintenir sa voix ferme.

Ses mains tremblaient légèrement, elle serra les poings pour tenter de les contrôler.

Victor tendit le livre vers elle, un sourire cruel étirant ses lèvres.

— Je t'ai ramené ton livre, sa voix dégoulinante de fausse courtoisie. Il n'y a pas grand-chose d'utile, même si je n'ai pas pris le temps de résoudre toutes les énigmes de cette vieille femme.

Chaque mot était comme un coup de poignard, ravivant la douleur de la perte de son arrière-grand-mère et la rage face à cette intrusion dans son héritage.

Elle tendit la main, un mélange d'espoir et de colère faisait trembler ses doigts. Mais Victor, avec une cruauté délibérée, ramena brusquement le livre vers lui. Leurs regards se croisèrent, celui de Victor brillait d'une lueur dangereuse qui fit monter la bile dans la gorge de Julie.

— Nous allons faire une transaction, souffla-t-il, sa voix à peine perceptible, mais chargée de menace.

La colère envahit soudainement Julie, perçant à travers sa peur comme un éclair dans la nuit.

— Quoi encore ? cracha-t-elle, sa voix tremblante de colère contenue.

Victor fit un pas en avant, son corps massif envahissant l'espace personnel de Julie. Elle recula instinctivement, sentant la panique monter en elle comme une vague. Son dos heurta le comptoir, lui faisant réaliser avec horreur qu'elle était acculée ; elle se déplaça sur le côté.

— J'ai appris par Paul que tu possèdes des pierres et un carnet un peu particulier, dit-il lentement, en savourant chaque mot, comme s'il dégustait un mets délicat. D'ailleurs, en cherchant la mienne, je me suis aperçu qu'elle avait disparu. Ce ne serait pas toi, par hasard ?

La mention de Paul fut comme un coup de poing dans l'estomac de Julie. La trahison, même involontaire, ajoutait une nouvelle couche de douleur à cette confrontation. Mais cette douleur alimenta sa colère, la faisant croître jusqu'à ce qu'elle menace de tout consumer.

Puisant dans sa rage, Julie releva le menton, ses yeux lançant des éclairs de défi, malgré la peur qui lui tordait les entrailles.

— Oui, c'est bien moi, affirma-t-elle, sa voix aussi incisive qu'une lame.

Cette tension croissante, telle une bombe à retardement, menaçait de détonner au moindre mot. Dans la poitrine de Julie, un tumulte faisait rage : son cœur cognait avec une telle violence qu'elle avait l'impression qu'il résonnait dans toute la pièce. Un mélange toxique d'effroi et de fureur bouillonnait en elle, transformant son sang en lave incandescente, prête à jaillir à la moindre provocation.

Victor avança encore, chacun de ses pas lents et mesurés l'obligeait à reculer. L'espace entre eux se réduisait inexorablement, comme s'il cherchait à l'écraser non seulement physiquement, mais aussi psychologiquement.

L'atmosphère de la boulangerie était devenue étouffante. L'odeur des gâteaux, auparavant si douce, paraissait maintenant écœurante, se mêlant à la tension et à la peur. Le temps semblait s'étirer, chaque seconde durait une éternité.

Julie sentit son dos heurter le réfrigérateur au fond de la pièce. Elle était coincée. Ses yeux balayèrent rapidement la pièce, cherchant une issue, une aide, n'importe quoi. Mais il n'y avait que Victor, sa stature dominante remplissait entièrement l'espace.

Le silence qui s'était installé était assourdissant, uniquement rompu par leurs respirations haletantes et le tic-tac inexorable de l'horloge murale. Elle savait qu'elle devait réagir, dire quelque chose, mais les mots semblaient être bloqués dans sa gorge.

Victor se tenait désormais si près d'elle qu'elle percevait son haleine sur son visage. Ses yeux, froids et calculateurs, la dévisageaient, cherchant une faille, une faiblesse à exploiter.

Il s'approcha encore, son ombre sembla engloutir Julie. Sa voix, basse et menaçante, résonna dans l'atmosphère tendue de la boulangerie.

— Il faut posséder une grande force intérieure pour pouvoir se servir correctement de ces pierres, chaque mot soigneusement articulé comme s'il savourait leur impact. Et ce n'est pas une gamine comme toi qui est capable de gérer ça.

Ses yeux, froids et calculateurs, se plissèrent dangereusement.

— Où sont-elles ? demanda-t-il, le ton soudainement devenu plus dur, plus menaçant.

Une vague de courage s'empara de Julie, alimentée par la colère et l'indignation. Malgré la peur qui lui nouait l'estomac, elle releva la tête, défiant Victor du regard.

— Vous pensez vraiment que je vais vous le dire, répliqua-t-elle, la voix tremblante, mais portée par une nouvelle détermination.

Puis, puisant dans une réserve de bravoure dont elle ignorait l'existence, elle ajouta :

— Et vos trois singes, à quoi servent-ils ? Vous aviez peur de venir seul affronter une gamine ?

Les paroles de Julie flottaient entre eux, défiant ouvertement l'autorité de Victor.

Victor demeura immobile pendant ce qui parut une éternité, son visage impassible. Puis, progressivement, un rictus malicieux se dessina sur ses lèvres. Ce n'était pas un sourire de joie, mais plutôt celui d'un prédateur qui vient de repérer sa proie.

— Oh, Julie, dit-il, sa voix suave contrastant avec la sévérité de son regard. Tu as plus de courage que je ne le pensais. Mais tu oublies une chose...

Il se pencha en avant, son visage à quelques centimètres de celui de Julie. Elle pouvait sentir son souffle chaud sur sa joue alors qu'il murmurait :

— Le courage sans pouvoir n'est rien d'autre que de la stupidité.

Le cœur de Julie pulsait avec une telle force qu'elle avait l'impression qu'il était sur le point d'éclater. Elle se retrouvait prise au piège entre le réfrigérateur et Victor, sans issue possible.

Victor se redressa lentement, un sourire mauvais étirant ses lèvres. Ses yeux, froids comme la glace, ne quittaient pas Julie alors qu'il commençait à parler, sa voix basse et menaçante, remplissait l'espace entre eux.

— Vois-tu, dit-il, savourant chaque mot, mes hommes ne sont pas là seulement pour m'escorter. Ils sont là pour faire le ménage.

Julie sentit sa poitrine s'arrêter de battre. La peur lui nouait l'estomac, mais elle s'efforça de maintenir un visage impassible.

Victor continua, et son ton devint presque conversationnel, ce qui le rendait encore plus terrifiant.

— Je me doutais bien que tu ne me donnerais pas ce que je suis venu chercher de ton plein gré, susurra-t-il, sa voix doucereuse dégoulinant de malice. Alors j'ai décidé de chercher... partout.

Il fit une pause, savourant visiblement l'effet de ses paroles sur Julie. Ses yeux, froids et calculateurs, scrutaient chaque micro-expression sur son visage, se délectant de la peur qu'il y voyait.

— Un, va aller chez ton ami le libraire, poursuivit-il, énonçant ses cibles avec une précision glaçante. Un autre chez celle qui a tenté de m'empoisonner au marché.

Ses yeux brillèrent d'une lueur dangereuse à cette mention, promettant une vengeance terrible.

— Et le dernier chez la prof de maths et son petit ami.

Il se pencha encore plus vers elle, son nez effleurant presque celui de Julie.

— Tu vois, je me suis renseigné, murmura-t-il, sa voix chargée de menace. J'ai pris le temps de découvrir chacun de tes amis. Chaque personne qui compte pour toi.

Victor recula légèrement et l'observa avec un plaisir malsain.

— Et devine quoi, ma chère ? Ils vont tous payer pour ta petite rébellion. Chacun d'entre eux va souffrir, et ce sera entièrement ta faute.

Il fit claquer sa langue, feignant la déception.

— Si seulement tu avais été plus raisonnable, si seulement tu avais compris où était ta place... Mais non, il a fallu que tu joues les héroïnes. Et maintenant, ce sont tes amis qui vont en subir les conséquences.

Il laissa ses mots planer dans l'air, chacun d'eux pesait comme une sentence sur les épaules de Julie. Son sourire s'étira davantage, dévoilant une cruauté sans limite.

— Alors, ma petite, que dirais-tu de reconsidérer ta position ? Où préfères-tu voir ton petit monde s'effondrer, morceau par morceau ?

Julie sentit un frisson glacé parcourir son échine. La prise de conscience de ce que Victor impliquait la frappa de plein fouet. Il avait prévu de tout détruire.

— Non, murmura-t-elle, sa voix à peine audible.

Victor souriait, savourant sa victoire. Il se tourna vers ses hommes.

— Allez-y, ordonna-t-il d'une voix tranchante.

Le temps sembla se figer. Elle vit les hommes commencer à se mouvoir, lentement, comme au ralenti. Chacun de leurs pas résonnait dans son esprit comme un coup de tonnerre. Elle réalisa avec effroi que ses amis, sa famille de cœur, allait subir le même sort que sa boulangerie.

L'air de la pièce devint soudain irrespirable.

Julie sentit la panique monter en elle, comme une vague. Ses pensées tourbillonnaient.

Le bruit de la porte qui s'ouvrait résonna comme un glas funèbre. Les hommes de Victor allaient partir, emportant avec eux tout espoir de protéger ceux qu'elle aimait.

Le temps semblait suspendu, attendant que Julie fasse son choix.

## 25

## Quand les Cœurs Battent à l'Unisson

Le bruit du claquement de la porte retentit comme un coup de tonnerre dans la boulangerie, faisant vibrer les vitrines et tinter la vaisselle. L'écho de ce son sinistre semblait marquer le début d'un compte à rebours invisible.

Victor, un sourire cruel aux lèvres, tourna lentement la tête vers Julie. Ses yeux brillaient d'une lueur malsaine, comme ceux d'un prédateur qui savoure la terreur de sa proie.

— Il n'y a rien de compliqué, dit-il en articulant clairement. Donne-moi ce que je veux, et je les rappellerai, chaque syllabe dégoulinant de menace. Son regard ne quittait pas la porte, comme pour souligner l'urgence de la situation.

Julie sentit son cœur battre à un rythme effréné, comme un oiseau piégé dans sa poitrine. Puis, ses yeux rencontrèrent une étincelle d'espoir. Dans un geste désespéré, sa main se tendit vers le gâteau le plus proche, ses doigts effleurant la texture douce et prometteuse. C'était comme si toutes ses chances, tous ses rêves, se concentraient dans ce petit morceau de pâtisserie.

Mais, Victor, tel un prédateur guettant sa proie, anticipa son geste. Sa main s'abattit sur celle de Julie avec la violence d'un piège se refermant. Ses doigts, comparables à des tenailles d'acier, enserrèrent ceux de Julie dans un étau impitoyable.

La pression augmenta, inexorable et cruelle. Le gâteau, symbole de tout ce qu'elle avait construit et espéré, se transforma en une masse informe entre leurs paumes.

Un cri de souffrance, brut et déchirant, s'échappa de ses lèvres. Ce son, mélange de souffrance physique et de désespoir émotionnel, semblait résonner dans chaque recoin de la boulangerie. La douleur irradiait dans son bras ; chaque pulsation était une nouvelle vague d'agonie. Les secondes s'étiraient, transformant ce moment en une éternité de tourment.

Finalement, incapable de supporter davantage cette torture, elle céda. Ses doigts s'écartèrent, laissant échapper les restes pitoyables du gâteau. Les miettes s'éparpillèrent sur le sol carrelé, un triste spectacle qui paraissait symboliser l'effondrement des espérances de Julie.

Julie, qui regardait ces fragments épars, sentit une partie d'elle-même s'effriter avec eux. Dans ce moment de défaite apparente, l'atmosphère de la boulangerie, autrefois chaleureuse et accueillante, paraissait s'être chargée d'une froideur glaciale, comme si l'ombre menaçante de Victor avait englouti toute lumière et tout espoir.

Il relâcha sa prise, mais son regard restait rivé sur Julie, mêlant curiosité malsaine et mépris.

— Tu comptais faire quoi avec ça, franchement ? demanda-t-il, sa voix teintée d'un amusement cruel. Je dois admettre que l'effet sur Gabriel a été assez stupéfiant.

Elle massa doucement sa main endolorie, une douleur lancinante y irradiait. Elle réalisa que le jeu avait changé. Désormais, c'étaient les règles impitoyables de Victor qui dominaient.

Victor saisit un autre gâteau qu'il tourna entre ses doigts avec une curiosité malsaine. Ses yeux, glacials et stratégiques, passaient du gâteau à Julie, un sourire narquois étirant ses lèvres.

— Explique-toi, pourquoi as-tu fait tous ces gâteaux ? rugit-il, son ton menaçant.

Julie, les poings serrés si fort que ses ongles s'enfonçaient dans ses paumes, sentit une vague de colère monter en elle. Cette émotion, brûlante et sauvage, paraissait jaillir des profondeurs de son être, consumant toute peur sur son passage.

Ses yeux se transformèrent en deux brasiers ardents, fixés sur Victor avec une intensité qui aurait pu faire fondre l'acier. Chaque muscle de son corps était tendu, vibrant d'une énergie contenue qui menaçait d'exploser à tout instant.

Lorsqu'elle parla enfin, sa voix était méconnaissable. Elle était basse, rauque, chargée d'une hargne qui semblait émaner de chaque syllabe.

— Pour m'occuper de vous, cracha-t-elle. Chaque mot claquait dans l'air comme un coup de fouet.

Le sourire de Victor s'élargit, révélant des dents qui semblèrent soudainement trop pointues.

— Il y en a beaucoup, tout de même, dit-il, feignant l'admiration. Qu'est-ce que tu as réussi à leur insuffler ?

— Vous le saurez lorsqu'on s'en servira, répondit-elle, la voix tremblante de rage contenue.

Soudain, le visage de Victor se transforma. La moquerie fit place à une colère froide et terrifiante. Dans un geste d'une violence inattendue, il jeta le plateau de gâteaux au sol. Le fracas du métal contre le carrelage retentit comme un coup de tonnerre dans la boulangerie.

Puis, avec une lenteur délibérée, il commença à écraser les gâteaux sous ses pieds. Chaque pas, chaque gâteau détruit, était comme un coup de poignard dans le cœur de Julie.

— Non ! Le cri de Julie déchira l'air, chargé de désespoir et d'impuissance.

Victor s'arrêta et, lentement, il tourna la tête vers elle. Ses yeux brillaient d'une lueur dangereuse.

— À qui comptais-tu en donner ? lança-t-il, la voix empreinte d'une froideur terrifiante.

Elle sentit les larmes monter. Le monde autour d'elle se transforma en un kaléidoscope flou et tremblant. Une tempête émotionnelle faisait rage en elle, mêlant une colère brûlante, une peur glaciale et un désespoir abyssal dans un tourbillon chaotique qui menaçait de la submerger complètement.

Sa voix était maintenant entrecoupée de sanglots. Chaque mot semblait lui être arraché du plus profond de son être.

— À tout le village, avoua-t-elle, les mots s'échappant de ses lèvres comme des oiseaux blessés.

Elle prit une inspiration tremblante, ses yeux brillants de larmes et d'une détermination farouche fixés sur Victor.

— J'avais l'intention de vous rendre visite, poursuivit-elle, sa voix gagnant en force malgré les sanglots qui la secouaient.

Puis, dans un éclat de rage et de désespoir mêlés, elle laissa échapper la vérité dans toute sa brutalité :

— Avec la force et l'exaltation qu'ils donnent, je voulais vous massacrer.

Les mots se déversèrent en cascade, portés par des sanglots déchirants. Julie s'effondra à genoux, entourée par les débris de ses gâteaux et de ses espoirs brisés.

Le silence qui suivit était assourdissant. Victor, immobile, dominait la scène de toute sa hauteur ; son ombre s'étendait sur Julie comme un linceul. Il éclata d'un rire glacial qui résonna dans toute la boulangerie, faisant vibrer les vitres et geler le sang de Julie dans ses veines.

— Tu te crois assez puissante et assez courageuse pour ça ? railla-t-il, les yeux brillants d'un mépris mêlé de curiosité malsaine.

Avec une lenteur délibérée, il porta le gâteau à sa bouche.

— On va voir ça, dit-il, avant de croquer dedans. Le son de sa mastication semblait assourdissant dans le silence tendu. On ne peut pas t'enlever que tes pâtisseries sont vraiment bonnes, commenta-t-il, avec un sourire cruel aux lèvres. Pas comme celles de ton arrière-grand-mère. La moquerie dans sa voix était comme un couteau tournant dans la plaie.

Soudain, le visage de Victor se figea. Une nouvelle lueur apparut dans ses yeux, alors qu'il sentait les effets du gâteau se répandre en lui. La force coulait dans ses veines. Ses sens s'aiguisaient. Une volonté inébranlable s'emparait de lui.

Il tourna lentement son regard vers Julie. Chaque mouvement paraissait lui coûter un effort considérable. Ce qu'il vit le fit tressaillir malgré lui ; un frisson glacé le parcourut.

La jeune femme tremblante et en larmes qu'il pensait avoir brisée avait disparu, comme effacée par une force mystérieuse. À sa place se dressait une créature qui semblait avoir émergé des profondeurs d'un glacier millénaire. Son corps tout entier irradiait une aura de puissance contenue, et chaque trait de son corps évoquait la dureté implacable de l'acier trempé.

Ses yeux, autrefois chaleureux et expressifs, étaient devenus deux lacs gelés, leur froideur pénétrante semblait capable de geler l'âme même de Victor. Son regard, fixe et inébranlable, le clouait sur place avec une intensité presque physique.

Chaque muscle de son corps était tendu à l'extrême, comme un arc bandé prêt à décocher une flèche mortelle. Elle se tenait immobile, mais cette immobilité même était chargée d'une menace imminente. Il sentait qu'au moindre mouvement, elle pourrait bondir avec la vitesse et la précision d'un prédateur affamé.

Lentement, avec une grâce féline qui contrastait avec la tension palpable qui émanait d'elle, Julie se releva. Chaque mouvement était mesuré, délibéré, comme si elle savourait la peur grandissante qu'elle lisait dans les yeux de Victor.

Pour la première fois de sa vie, Victor éprouva une terreur primale s'emparer de lui. Face à cette transformation stupéfiante, il réalisa qu'il l'avait largement sous-estimé.

La compréhension de la véritable puissance de Julie le frappa comme un coup de poing.

— Gabriel en a mangé, murmura-t-il, cherchant frénétiquement à comprendre. Il est impossible que tu aies empoisonné ton gâteau.

Malgré sa peur grandissante, Victor se sentait invincible ; chaque fibre de son corps vibrant d'une nouvelle énergie. Mais, alors que Julie avançait tranquillement vers le comptoir, il saisit son épaule d'une poigne de fer, déterminé à garder le contrôle.

Elle sentit une douleur aiguë irradier de son épaule, mais elle ne broncha pas. Son regard, froid et impitoyable, était toujours rivé sur Victor. Plus une once de peur ne transparaissait dans ses yeux : seule une détermination glaciale y brillait.

Soudain, la prise de Victor se relâcha. Leurs yeux restèrent ancrés l'un sur l'autre, comme deux aimants opposés. Il chancela, s'appuyant lourdement sur le comptoir. Ses jambes tremblaient, menaçant de céder sous son poids.

— Qu'est-ce que tu m'as fait ? cria-t-il, la voix emplie d'une angoisse palpable qui contrastait violemment avec son assurance précédente.

— Rien encore, répondit-elle. Sa voix calme et posée sonnait comme une menace bien plus terrifiante que n'importe quel cri.

Victor, les traits déformés par la surprise et la peur, s'affaissa, incapable de soutenir son propre poids.

Julie se dirigea vers le pot de farine. Elle en sortit les quatre pierres d'ambre. Puis elle en plaça deux dans chaque main, et à l'instant où sa peau entra en contact avec les pierres, une sensation indescriptible l'envahit.

C'était comme si l'univers tout entier s'ouvrait à elle. Chaque cellule de son corps vibrait en harmonie avec une force cosmique invisible. Elle pouvait sentir l'énergie qui pulsait dans ses veines, comme un torrent de pure puissance. Le temps semblait se distordre autour d'elle, les secondes s'étirant à l'infini alors que sa conscience émanait bien au-delà des limites de son corps physique.

Elle s'approcha de lui, chacun de ses pas résonnant comme le glas du destin. Ses yeux, qui brillaient d'une lueur surnaturelle, plongèrent dans ceux de Victor.

— La nourriture ne peut pas changer la nature profonde de l'être, dit-elle, sa voix résonnant d'un pouvoir ancien et terrible. Moi, en revanche, oui.

L'air autour d'eux paraissait crépiter d'énergie. Pour la première fois de sa vie, Victor sentit une terreur viscérale le submerger face à cette femme qu'il avait sous-estimée, et qui se révélait bien plus puissante et dangereuse qu'il n'aurait jamais pu l'imaginer.

Julie s'accroupit devant Victor, son visage à quelques centimètres du sien. Ses mains, qui tenaient des pierres d'ambre, entourèrent le visage de Victor. Au moment où leurs peaux entrèrent en contact, le monde sembla s'arrêter de tourner.

Elle ferma les yeux, se concentrant intensément. Une vague d'énergie pure déferla entre eux, le pétrifiant sur place. C'était comme si un torrent de sensations brutes, de pensées et d'émotions se déversait en lui, le submergeant complètement.

Elle plongea en lui. Leurs essences se mélangèrent dans une fusion vertigineuse. Il tenta de résister, luttant désespérément contre cette invasion psychique. Mais face à la puissance écrasante de Julie, ses efforts étaient vains, comme une bougie qui tentait de repousser un ouragan.

Il percevait l'énergie colossale de Julie, une puissance ancienne et terrible qui le dépassait totalement. C'était être face à une force de la nature déchaînée, implacable et indomptable.

Elle s'imprégnait de l'essence même de Victor, explorant les recoins les plus sombres de son âme. Leurs esprits fusionnaient, ne faisant plus qu'un dans cette danse cosmique de volontés opposées. Mais, dans ce ballet psychique, c'était Julie qui menait la danse avec une autorité absolue.

Victor n'était plus qu'un pantin entre ses mains, sa volonté propre s'effaçant devant la puissance écrasante de Julie. Il sentait son être même se dissoudre, refondu et remodelé par la volonté inébranlable de la jeune femme.

Soudain, elle ouvrit les yeux. Le lien se rompit brutalement lorsqu'elle relâcha son visage. Une énergie diffuse, mais perceptible, imprégnait le lieu.

Vidé de toute force, il glissa au sol tel un pantin dont on aurait coupé les fils. Son regard, autrefois si fier et menaçant, était maintenant vide et perdu. Il gisait là, brisé, son destin entièrement entre les mains de Julie.

Un silence écrasant s'installa, chargé du poids des événements. Julie se dressait, imposante, terrifiante, irradiant de sa nouvelle puissance. L'atmosphère tremblait, comme si elle peinait à contenir l'autorité qu'elle manifestait.

Elle se détourna de Victor, le laissant étendu sur le sol, comme une marionnette abandonnée. Puis elle posa les pierres sur le comptoir. Ses pas résonnèrent dans le silence oppressant de la boulangerie alors qu'elle se dirigeait vers Gabriel.

Elle s'agenouilla près de lui et le prit délicatement dans ses bras. Elle lui tapota doucement la joue.

— Gabriel, murmura-t-elle, sa voix à peine plus haute qu'un souffle.

Les paupières de Gabriel frémirent avant de s'ouvrir lentement. Son regard était trouble, comme s'il émergeait d'un rêve profond et désorientant. Il cligna plusieurs fois des yeux, tentant de faire le point sur son environnement.

Son corps tout entier paraissait être fait de plomb. Chaque mouvement, aussi infime soit-il, lui demandait un effort colossal. Ses pensées étaient comme de la mélasse, lente et confuse. Le monde autour de lui semblait tourner légèrement, avec des contours flous et instables.

— Julie ? croassa-t-il, sa voix rauque et incertaine.

— Je suis là, répondit-elle tendrement. Viens, on sort.

Avec une douceur infinie, Julie aida Gabriel à se relever. Il s'appuya lourdement sur elle, ses jambes tremblantes menaçant de céder à chaque pas. Alors qu'il se redressait, une vague de douleur fulgurante traversa son abdomen, lui arrachant un gémissement étouffé. Les coups qu'il avait reçus se rappelaient cruellement à son bon souvenir.

Lentement, pas à pas, ils se dirigèrent vers la porte. Il pivota doucement, son regard se posant sur la silhouette inerte de Victor. Un mélange complexe d'émotions traversa son visage fatigué alors qu'il contemplait la scène. Après un long moment, il murmura d'une voix rauque, chargée d'un soulagement douloureux :

— C'est fini... Nous sommes enfin libérés de son ombre.

Le silence dans la boulangerie était assourdissant, uniquement brisé par leurs respirations laborieuses et le bruit sourd de leurs pas. Derrière eux, la forme immobile gisait toujours sur le sol.

Julie, qui tenait Gabriel d'un bras ferme, tendit la main vers la poignée.

\*\*\*

La porte de la boulangerie se referma, libérant les sbires de Victor, qui se dispersèrent telles des ombres furtives sur la place du village. Chacun s'élança dans une direction distincte, leurs pas pressés résonnant sur les pavés comme un sinistre compte à rebours. Le village, d'ordinaire si paisible, semblait suspendu dans un silence lourd de menaces. Comme si chaque pierre, chaque brin d'herbe était en alerte, attendant avec anxiété le prochain acte de ce drame qui se jouait en son sein.

Au détour d'une ruelle, le premier homme se retrouva nez à nez avec un barrage inattendu. Carla et Mme Simonati se tenaient là, bloquant le passage étroit entre les vieilles maisons de pierres.

— Poussez-vous les vieilles ! grogna-t-il, la frustration et l'impatience palpables dans sa voix.

Carla, dont son visage ridé était plissé par une détermination farouche, leva sa canne. Avec une vitesse surprenante pour son âge, elle l'abattit sur le visage de l'homme.

Le coup, qui manquait de force, mais pas d'enthousiasme, fit à peine sourciller le colosse. Un sourire narquois étira ses lèvres alors qu'il faisait un pas en avant, prêt à bousculer ces obstacles gênants.

Mais soudain, l'atmosphère changea. Derrière Carla et Mme Simonati, des silhouettes émergèrent de l'ombre. M. Dupont, le restaurateur à la retraite, dont la large carrure occupait presque toute la largeur de la ruelle. Mme Lefèvre, la coiffeuse ainsi que le jeune Théo, apprenti mécanicien, qui avait les mains couvertes de cambouis et serrait des poings menaçants. Et derrière eux, encore d'autres visages familiers, tous arborant la même expression de résolution inébranlable.

L'homme de Victor recula d'un pas, puis d'un autre. La surprise se peignit sur son visage. Ce qui avait commencé comme une simple mission d'intimidation avait subitement pris une tournure inattendue.

Carla, enhardie par ce renfort, brandit à nouveau sa canne.

— Alors mon grand, lança-t-elle avec un sourire malicieux aux lèvres, on fait moins le malin maintenant, hein ?

La tension dans l'air était palpable, mêlée à une étrange excitation. L'homme de Victor, coincé entre les murs de pierre et ce mur humain inattendu, réalisa soudain que la situation lui échappait complètement.

Dans une autre ruelle étroite, pavée de vieilles pierres usées par le temps, le deuxième homme se retrouva face à face avec Sophie. Son sourire éclatant contrastait étrangement avec la situation menaçante dans laquelle elle se trouvait.

— Où tu crois aller, toi ? lança-t-elle, sa voix chantante teintée d'un défi à peine voilé.

L'homme la toisa de toute sa hauteur, les yeux plissés de mépris. Il la dépassait d'au moins deux têtes, sa carrure imposante projetant une ombre menaçante sur la petite silhouette de Sophie.

— Dégage, petite ! grogna-t-il, alors qu'il faisait un pas en avant.

Elle resta immobile, telle une statue vivante au milieu de la ruelle pavée. Ses yeux, rieurs, brillaient maintenant d'une détermination farouche qui semblait embraser l'air autour d'elle. Chaque fibre de son petit corps vibrait d'une énergie contenue, comme un orage sur le point d'éclater.

L'homme massif s'approcha, son ombre englobant progressivement la silhouette menue de Sophie. Puis, en un éclair, elle passa à l'action. Avec la vitesse et la précision d'un serpent frappant sa proie, elle bondit. Sa main fendit l'air, traçant un arc parfait avant de s'abattre sur la joue de l'homme dans un claquement qui résonna comme un coup de tonnerre dans la ruelle silencieuse.

Le colosse chancela, et recula de quelques pas. Ce n'était pas tant la force du coup qui l'avait ébranlé, mais le choc de l'inattendu. Son visage, habituellement impassible, affichait maintenant une expression d'incrédulité totale. Ses yeux écarquillés la fixaient, comme s'il voyait un mirage. Il était incapable de réconcilier l'image de cette petite femme avec la gifle cinglante qu'il venait de recevoir.

Sophie, qui secouait sa main endolorie, ne put réprimer un sourire narquois. Elle se tenait là, minuscule David face à ce Goliath décontenancé, et elle irradiait une confiance qui semblait décupler sa taille.

— Voilà qui est inattendu, hein ? dit-elle avec une pointe de sarcasme dans la voix.

Ces mots, lancés avec une assurance tranquille, flottèrent dans l'air comme un défi. Mais avant que l'individu ne puisse réagir, des bruits de pas résonnèrent derrière Sophie. Maxime émergea de l'ombre, les bras croisés sur sa poitrine dans une posture de défi. Émilie apparut à ses côtés.

Puis, comme si le village lui-même se réveillait, d'autres visages familiers apparurent. L'homme, ébranlé, recula progressivement. Il comprenait soudainement que la situation tournait à son désavantage.

Il réalisa, coincé entre les murs de pierre séculaires et ce mur de détermination, que son intimidante stature ne lui serait d'aucune utilité face à cette force collective.

Le troisième homme de Victor, sur son chemin, se retrouva lui aussi face à un mur inattendu. Devant lui, Lucas se plantait, une lueur de détermination impitoyable dans les yeux. Tout autour de lui, Henri et, comme surgis des pages d'un livre d'histoire, des villageois de tous âges formaient une barrière vivante.

Acculés, les trois individus reculèrent vers le centre de la place. L'espace semblait se rétrécir autour d'eux. Les vieux bâtiments projetaient des ombres menaçantes, et les visages des villageois formaient un cercle de détermination implacable.

Se retrouvant côte à côte, ils sentirent un regain de confiance. Leurs regards se croisèrent, une communication silencieuse passa entre eux. D'un mouvement synchronisé, ils se préparèrent à forcer le passage, leurs muscles tendus comme des ressorts, prêts à s'échapper.

Mais, soudain, un bruit de pas résonna sur les pavés, brisant le silence tendu comme un coup de tonnerre dans un ciel d'été. Tous les regards se tournèrent vers la source du son.

Paul émergea d'une ruelle étroite, son apparition aussi inattendue que lourde de sens. Son visage était maintenant empreint d'une gravité qui semblait avoir transformé ses traits familiers en ceux d'un étranger. Une lueur de résolution sauvage dans son regard jurait avec sa nature ordinaire.

Et, derrière lui, comme une réponse à une prière silencieuse du village, le soleil se refléta soudainement sur des surfaces métalliques. L'éclat éblouissant des insignes officiels annonçait l'arrivée de la police, une présence qui changeait radicalement la donne dans ce conflit qui, jusque-là, semblait confiné au microcosme du village.

Ce reflet, bref, mais intense, paraissait illuminer non seulement la place, mais aussi l'issue de cette confrontation. En un instant, l'équilibre des forces venait de basculer de manière irréversible.

En un battement de cil, l'ambiance bascula. L'atmosphère, déjà électrique, se cristallisa soudain. Les acolytes de Victor, ces fiers-à-bras qui, un instant plus tôt, bouillonnaient d'un élan combatif, virent leur bravade s'évaporer, telle une brume matinale face à l'aube naissante.

Un silence s'abattit sur la place. On aurait pu entendre une mouche voler. Les villageois, tout en restant sur leurs gardes, échangeaient des regards mêlés de soulagement et de fierté.

Les sbires de Victor, pris au piège entre la volonté inflexible des villageois et le poids implacable de la justice, prirent conscience de l'échec cuisant de leur entreprise. La défaite, aussi inattendue que totale, se dessinait devant leurs yeux incrédules. Ce qu'ils affrontaient dépassait largement un simple attroupement de personnes ; c'était l'essence même de la communauté qui se dressait devant eux, un rempart vivant fait de courage et de solidarité.

La brise légère qui caressait la place semblait murmurer le chant de la victoire des habitants. Elle emportait avec elle les derniers vestiges des ambitions brisées de Victor.

## 26

## Le Parfum du Changement

La porte de la boulangerie s'ouvrit lentement, comme si elle hésitait à révéler ses secrets. Julie émergea, soutenant Gabriel, dont le bras reposait sur ses épaules. La lumière du soleil les enveloppa, douce et apaisante, contrastant avec la tension qu'ils venaient de quitter.

Sur la place, une scène inattendue se déroulait. Une foule hétéroclite de villageois se mêlait aux uniformes bleus de la police, créant un tableau vivant et animé. L'atmosphère vibrait de conversations animées, un bourdonnement rassurant après le silence oppressant de la confrontation.

Au milieu de tout ce brouhaha, Lucas se démarquait, sa voix habituellement posée s'élevait cette fois-ci avec une passion inhabituelle. Il gesticulait face aux officiers, réclamant l'arrestation des trois hommes de main. Les policiers, perplexes, semblaient avoir de la difficulté à saisir la gravité de la situation que le village venait de vivre.

Soudain, un cri de joie pure perça l'air. Sophie, apercevant Julie et Gabriel, fendit la foule comme une flèche. Son visage rayonnait d'un bonheur sans mélange, ses yeux pétillant d'excitation. Dans un élan d'enthousiasme, elle se jeta dans les bras de Julie, manquant de peu de les faire tous basculer.

— Je suis tellement heureuse de te voir ! s'exclama Sophie, la voix emplie de bonheur. Puis, avec un rire contagieux, elle ajouta fièrement :

— Tu sais quoi ? J'ai éclaté un de ces mecs à moi toute seule !

Julie ne put s'empêcher de sourire devant l'exubérance de son amie. Elle l'enlaça tendrement et savoura ce moment de légèreté après tant de tension.

— Tu es la plus forte, murmura-t-elle affectueusement à l'oreille de Sophie.

L'étreinte des deux amies semblait dissiper les dernières ombres de la confrontation. Autour d'eux, l'agitation de la place prenait des allures de célébration ; le village tout entier relâchait enfin sa respiration.

Dans cet instant suspendu, baigné par la lumière dorée de l'après-midi, un sentiment d'apaisement se répandait doucement. Les visages crispés se détendaient, les sourires fleurissaient, et l'air lui-même semblait plus léger.

Elle s'avança vers les policiers d'un pas mesuré, son calme contrastait avec l'agitation ambiante. Lucas, le visage empourpré par l'émotion, l'attrapa par le bras.

— Ils ne veulent rien faire ! s'exclama-t-il, la frustration palpable dans sa voix.

Julie posa une main apaisante sur son épaule. Son visage exprimait une tranquillité presque surnaturelle. Elle se tourna vers les officiers, son regard serein captiva immédiatement leur attention.

— Messieurs, commença-t-elle d'une voix posée, je comprends que la situation puisse sembler confuse. Ce qui s'est passé aujourd'hui n'est qu'une partie d'un problème plus vaste.

Elle fit une courte pause avant de reprendre.

— Victor Malbek, que vous connaissez probablement, a utilisé des méthodes... discutables pour exercer son influence sur notre village. Il a fait preuve d'intimidation, de pressions et de pratiques que je qualifierais d'inhabituelles.

Les policiers échangèrent des regards, mais l'assurance tranquille de Julie les incita à l'écouter attentivement.

— Ces hommes, continua-t-elle en désignant les trois individus, sont à son service. Ils sont venus aujourd'hui avec l'intention de nous menacer et d'endommager nos biens, ce qu'ils ont déjà fait à ma boulangerie.

Sa voix restait calme, mais chargée d'une conviction qui rendait ses propos difficiles à ignorer. Elle parlait avec la clarté de quelqu'un qui avait vécu ces événements, sans exagération ni dramatisation inutile.

L'un des officiers fronça les sourcils et demanda :

— Et, où est ce fameux Victor Malbek ?

Un silence lourd s'abattit sur le groupe. Puis, la voix de Gabriel, chargée d'une émotion contenue, se fit entendre :

— Il est mort.

Un choc collectif parcourut l'assemblée. Des murmures se firent entendre, des regards inquiets s'échangèrent. Mais, au milieu de cette agitation soudaine, Julie resta impassible, comme un rocher au milieu d'une mer agitée.

— Il n'est pas mort, dit-elle d'une voix calme, coupant court aux chuchotements. Et il ne va pas tarder à arriver.

Gabriel tourna brusquement la tête vers Julie. La surprise et une pointe de déception étaient clairement visibles sur son visage. Son regard disait : « *comment est-ce possible. Pourquoi est-il encore en vie ?* »

L'atmosphère de la place changea subtilement. L'excitation de la victoire laissa place à une tension expectative. Julie, au centre de cette tempête émotionnelle, restait sereine.

Victor apparut soudain à la porte de la boulangerie. Sa silhouette se découpait dans l'encadrement, semblable à une ombre imposante. Pendant un court instant, encore déboussolé, une lueur de confusion traversa son regard, mais elle fut vite remplacée par son assurance habituelle. D'un pas déterminé, il se dirigea vers les policiers, son aura de pouvoir paraissant précéder chacun de ses mouvements.

Voyant son père, Paul sentit son cœur faire un bond dans sa poitrine. Une vague d'émotions le submergea, mélangeant le soulagement de le voir en vie et une espérance qu'il n'osait s'avouer. Toute une vie de moments manqués, de mots non-dits et de gestes retenus paraissait se cristalliser dans cet instant.

Sans réfléchir, mû par un instinct profond, il s'élança vers Victor. Ses pas résonnaient sur les pavés de la place ; chaque foulée le rapprochait non seulement de son père, mais aussi de l'enfant en lui qui avait toujours espéré ce moment.

— Papa, s'exclama Paul, sa voix tremblante d'émotion. Les mots paraissaient insuffisants pour exprimer tout ce qu'il ressentait. Je suis tellement content que tu ailles bien. Cette simple phrase portait en elle des années de désir de connexion et d'amour filial réprimé.

Victor s'arrêta net. Son regard se posa sur son fils avec une nouvelle intensité, comme s'il le voyait vraiment pour la première fois. Ses yeux, habituellement froids et distants, s'animèrent d'une lueur de compréhension et de regret. C'était comme si un voile épais s'était soudainement levé, lui permettant de voir clairement l'homme remarquable qu'était devenu son fils.

Dans un geste qui surprit tout le monde, y compris lui-même, Victor attira Paul vers lui. Ses bras, qui n'avaient que trop rarement enlacé son fils, l'enveloppèrent dans une étreinte puissante et protectrice. C'était comme s'il tentait, dans ce geste, de rattraper toutes les années perdues, tous les câlins non donnés, toutes les marques d'affection retenues.

Paul, d'abord figé par la surprise, sentit une chaleur se répandre dans sa poitrine. Les barrières qu'il avait érigées au fil des années pour se protéger de la froideur de son père commencèrent à fondre. Il s'abandonna à l'étreinte, enfouissant son visage dans l'épaule de Victor, comme il l'avait fait, enfant, dans ses rêves les plus chers.

Des larmes silencieuses coulèrent sur ses joues, larmes de soulagement, de joie, et d'un amour longtemps réprimé qui pouvait enfin s'exprimer. Il sentit l'épaule de son père se mouiller, réalisant que Victor pleurait aussi.

— Je suis désolé, murmura Victor, sa voix vibrante d'émotion. Je suis tellement désolé pour tout, mon fils.

Ces mots, simples, mais sincères, étaient comme un baume sur des blessures anciennes. Paul serra son père plus fort, sentant que quelque chose de profond et de merveilleux était en train de naître entre eux.

Autour d'eux, le temps semblait s'être arrêté. Les villageois, témoins silencieux de cette scène poignante, sentirent leurs propres yeux s'embuer. C'était comme si, à travers cette réconciliation, une guérison plus large commençait pour tout le village.

Dans cette étreinte, père et fils trouvaient enfin ce qu'ils avaient cherché toute leur vie : l'acceptation, le pardon, et l'amour inconditionnel qui lie un parent à son enfant. C'était un nouveau départ, la promesse d'un avenir avec lequel ils pourraient enfin être une vraie famille.

Julie, immobile au milieu de la foule, observait la scène avec un mélange de fierté et de compréhension. Elle détenait la clé de ce changement soudain.

Dans ce moment suspendu, où le passé et le présent paraissaient se fondre, une nouvelle réalité prenait forme.

Victor s'avança vers les policiers, son bras toujours enroulé autour des épaules de Paul. Une sérénité inhabituelle émanait de lui, comme si une tempête intérieure s'était soudainement apaisée. Son pas était mesuré, son regard clair et déterminé.

En passant devant Julie, il s'arrêta un instant. Leurs regards se croisèrent, et, dans les yeux de Victor, une nouvelle lueur apparut, mêlée de regret et de gratitude.

— Julie, dit-il doucement, sa voix dénuée de toute menace, je suis désolé pour ce que j'ai fait. Merci... pour tout. Nous en reparlerons plus tard, si tu veux bien.

Elle hocha simplement la tête, reconnaissant la sincérité dans ses paroles.

Victor se tourna ensuite vers les policiers, le visage empreint d'une gravité sereine.

— Messieurs, commença-t-il, je pense que nous avons des choses à nous dire.

L'officier en chef, perplexe devant cette situation inattendue, prit la parole :

— Monsieur Malbek, nous avons entendu des accusations assez graves vous concernant.

Il acquiesça.

— Je comprends. Et je suis prêt à assumer les conséquences de mes actes.

Un murmure de surprise parcourut la foule. L'officier, intrigué, poursuivit :

— Vous seriez donc disposé à nous accompagner au poste pour une déposition ?

— Tout à fait, répondit Victor avec un calme déconcertant. Je pense qu'il est temps de mettre les choses au clair. Ce sera à vous de juger ce qu'il convient de faire.

Les policiers échangèrent des regards étonnés, peu habitués à une telle coopération.

— Très bien, dis finalement l'officier. Dans ce cas, si vous voulez bien nous suivre...

Victor serra une dernière fois l'épaule de Paul avant de le lâcher.

— Ça va aller, fils, murmura-t-il avec un sourire rassurant.

Alors qu'il s'éloignait avec les policiers, un silence stupéfait s'abattit sur la place. Les villageois, témoins de cette scène surréaliste, peinaient à croire ce qu'ils venaient de voir.

Julie, immobile au milieu de ce tableau, sentit une vague de soulagement teintée d'appréhension la traverser. Le changement qu'elle avait provoqué semblait aussi profond qu'elle l'avait ressentie.

Elle observa la voiture de police s'éloigner, emportant Victor vers un avenir incertain. Le soleil commençait à décliner, baignant la place du village d'une lumière rouge orangé. Lentement, les villageois commencèrent à se disperser, leurs voix formant un murmure confus de questions sans réponse et d'espoirs naissants.

Henri s'approcha de Julie. Son visage ridé était empreint d'une curiosité mêlée d'admiration. Ses yeux, brillants de sagesse accumulée au fil des ans, scrutaient le visage de la jeune femme comme s'il cherchait à y lire les secrets de l'univers.

— Julie, commença-t-il doucement, sa voix portant le poids de l'expérience, qu'as-tu donc fait manger à Victor ? Je n'ai jamais vu un tel changement, si profond, si... complet.

Elle tourna son regard vers Henri, un léger sourire flottant sur ses lèvres. Dans ses yeux brillait une lueur de mystère, comme si elle détenait une connaissance ancienne et puissante.

— Henri, répondit-elle d'une voix douce, mais ferme, si vous le voulez bien, nous en parlerons demain. Cette journée a été... intense, pour nous tous.

Il observa Julie un moment, sentant que, derrière ces mots simples se cachait une histoire bien plus complexe. Il hocha lentement la tête en signe d'approbation, comprenant que certaines vérités avaient besoin de temps avant d'être révélées.

— Bien sûr, acquiesça-t-il, un sourire bienveillant illuminant son visage. Le temps est souvent le meilleur allié de la compréhension.

Alors qu'Henri s'éloignait, elle le regarda partir, reconnaissante pour sa patience et sa sagesse. Elle savait que la conversation du lendemain serait importante, peut-être même décisive pour l'avenir du village. Mais, pour l'instant, le calme qui s'installait sur la place était un baume bienvenu après la tempête qu'ils venaient de traverser.

Elle sentit une main se poser doucement sur son épaule. C'était Gabriel, dont le visage portait encore les marques de la confrontation, mais dont les yeux brillaient d'une nouvelle lueur.

— Est-ce que c'est fini ? demanda-t-il tendrement.

Julie secoua légèrement la tête, un léger sourire aux lèvres.

— Non, ce n'est pas terminé. C'est un nouveau départ.

Elle laissa son regard errer sur la place, observant Paul, qui semblait perdu dans ses pensées, Sophie, qui riait avec d'autres villageois, et Lucas, qui remerciait les gens d'être venus.

— Le village ne sera plus jamais le même, murmura-t-elle.

Gabriel acquiesça silencieusement. Ensemble, ils commencèrent à marcher en direction de la boulangerie.

Julie se tourna vers Paul, qui semblait perdu au milieu de la place. Il paraissait flotter entre deux mondes, encore étourdi par l'étreinte inattendue de son père et l'incertitude de ce qui allait suivre.

— Paul ! appela-t-elle tendrement, mais fermement.

Il se retourna, ses yeux cherchant ceux de Julie, comme une ancre dans la tempête de ses émotions.

— Je t'attends demain matin à 7 h, dit-elle, la voix empreinte d'une assurance tranquille. Il y a beaucoup de travail, et les jours suivants aussi.

Paul resta immobile un instant. Ses yeux s'écarquillèrent légèrement alors qu'il essayait de comprendre les paroles qu'il venait d'entendre. Ces mots simples portaient en eux bien plus qu'une simple offre d'emploi. C'était une promesse de normalité, un fil auquel se raccrocher dans le tourbillon des changements.

Lentement, un sourire se dessina sur son visage, illuminant ses traits d'une joie qu'il n'avait pas ressentie depuis longtemps. Julie venait de lui offrir non seulement un travail, mais aussi une place, un but et un sentiment d'appartenance.

— Oui, répondit-il, la voix chargée de gratitude. Sans faute.

Sur ces mots, Paul tourna les talons et s'éloigna, le sourire aux lèvres. Ses pas semblaient plus légers, comme si un poids immense venait d'être ôté de ses épaules.

Elle le regarda s'éloigner, sentant qu'elle venait de poser la première pierre d'un nouveau départ, non seulement pour Paul, mais aussi pour l'ensemble du village. Dans ce simple échange se dessinait la promesse d'un avenir où les anciennes blessures pourraient enfin guérir, où chacun pourrait trouver sa place dans une communauté renouvelée.

L'astre du jour, dans son déclin, nimbait le paysage d'un halo ambré. Il peignait le ciel de teintes chaudes, comme pour célébrer cet instant charnière. Julie, baignée dans cette clarté crépusculaire, sentit une sérénité profonde s'infiltrer en elle, se répandant dans chaque fibre de son être. Cette nouvelle quiétude, bien que teintée de la conscience des obstacles encore à surmonter, s'ancrait dans la certitude inébranlable qu'ils avaient enfin trouvé leur voie. L'horizon, teinté de promesses, s'ouvrait devant eux, porteur d'espoirs renouvelés et d'un avenir qu'ils façonneraient ensemble.

Elle s'arrêta au seuil de la boulangerie, son sanctuaire malmené par les événements récents. L'odeur familière de pain et de sucre l'enveloppa comme une étreinte réconfortante, se mêlant aux parfums plus âpres de la journée tumultueuse qui venait de s'écouler. Elle prit une profonde inspiration, laissant ces arômes emplir ses poumons et apaiser son âme. Dans ce geste simple, elle puisait la force et la détermination pour les jours à venir.

— Demain, dit-elle d'une voix douce, mais résolue, les yeux brillants d'une détermination tranquille, je ferai du pain et des gâteaux. Comme toujours, mais avec ce qu'il reste de matériel.

Ces mots, prononcés avec une simplicité désarmante, portaient en eux le poids d'une promesse. Une promesse de continuité, de résilience et d'espoir. Par ce geste quotidien de création, Julie affirmait que rien, pas même les épreuves qu'ils venaient de traverser, ne pourrait briser l'esprit de la communauté.

Gabriel sourit, comprenant pleinement le poids et la beauté de ces mots simples. Dans ce sourire se lisait non seulement la compréhension, mais aussi l'admiration et l'amour. Il savait que ces paroles signifiaient bien plus que la simple reprise d'une routine. C'était une déclaration de résistance pacifique, un acte de foi en l'avenir.

La vie continuerait, transformée par les épreuves, mais indomptée. Chaque miche de pain, chaque gâteau serait un témoignage de leur force collective, un rappel que, même dans l'adversité, la douceur et la bonté pouvaient persister et triompher.

Les dégâts étaient encore visibles, mais ils ne faisaient qu'ajouter à la beauté de l'endroit, comme des cicatrices honorables. Dans ce lieu chargé d'histoire et de magie, Julie et Gabriel se sentaient prêts à écrire le prochain chapitre de leur vie, et celui du village tout entier.

Alors que la porte se refermait derrière eux, le dernier rayon de soleil illumina brièvement les pierres d'ambre, déposées sur le comptoir. Leur éclat semblait promettre que, quoi que l'avenir réserve, la magie et les mystères du village continueraient à vivre, aussi sûrement que le soleil se lèverait le lendemain.

# Épilogue

Le soleil se levait doucement sur le village, ses premiers rayons caressant les façades anciennes et les pavés usés. À 7 h, Julie et Gabriel arrivèrent devant la boulangerie, leurs pas résonnant dans le calme du matin. Ils furent surpris de voir Paul déjà là, son visage reflétant un mélange d'anticipation et d'une émotion nouvelle, qu'ils ne parvenaient pas à identifier.

Elle s'approcha, le regard empreint de douceur et de curiosité.

— Tu as des nouvelles de ton père ? demanda-t-elle, la voix à peine plus forte qu'un souffle.

Paul hocha la tête, et ses yeux brillaient d'une lueur que Julie ne lui avait jamais vue auparavant.

— Oui, il est rentré à la maison hier soir, mais on doit attendre qu'il passe devant le juge pour en savoir plus.

Il fit une pause, comme s'il voulait rassembler ses pensées, puis continua :

— C'était la première fois que nous parlions autant. Sa voix tremblait légèrement, chargée d'une émotion contenue. Ce matin, il travaille avec le comptable pour restituer tous les terrains qu'il a acquis en utilisant les pâtisseries.

Paul se tourna vers Gabriel, le regard empreint de regret et d'espoir.

— Vous allez bientôt récupérer le vôtre, même si, bien sûr, cela ne remplacera jamais ce qui s'est passé.

Gabriel acquiesça silencieusement, son visage trahissant un mélange d'émotions. La douleur de la perte de son père était toujours présente, mais une lueur de soulagement brillait dans ses yeux à l'idée que la vie de sa mère serait plus simple.

— C'est une bonne chose, dit-elle d'une voix douce, empreinte de compréhension et de gratitude.

Reprenant confiance en lui, il poursuivit :

— Il a aussi dit qu'un architecte allait passer dans la journée. Tu as carte blanche pour refaire la boulangerie, et c'est lui qui finance tout.

Julie sentit une vague d'émotions l'envahir.

— Merci, Paul, pour cette bonne nouvelle. Je vais aller voir Victor au domaine pour le remercier en personne.

Elle ouvrit la porte de la boulangerie. Le tintement familier de la clochette résonnait comme une promesse de renouveau. Paul et Gabriel se mirent aussitôt au travail, leurs mouvements synchronisés témoignant d'une complicité naissante.

Quelques instants plus tard, Lucas franchissait le seuil, son visage illuminé par un sourire chaleureux.

— Bonjour, dit-il, je peux aider à quelque chose ?

Julie observa un instant Gabriel et Paul s'affairer, puis elle se tourna vers Lucas avec un sourire doux.

— Non, je te remercie, Lucas.

Sans prévenir, elle l'attira dans une étreinte chaleureuse. Surpris, il lui rendit maladroitement.

— Pourquoi ce câlin ? demanda-t-il, perplexe.

— J'en avais envie, répondit simplement Julie. Je te remercie d'avoir ramené tout le monde si rapidement hier.

Lucas rougit légèrement.

— Je n'ai pas fait grand-chose, tu sais. Carla était passée la veille pour prévenir et mettre tout le monde en alerte. J'ai juste donné le feu vert, et ça s'est répandu comme une traînée de poudre.

Julie sourit, reconnaissante envers son ami pour sa modestie et sa loyauté.

Soudain, le visage de Lucas se fit plus grave.

— Je dois te parle, dit-il, en prenant doucement Julie par le bras pour l'emmener à l'extérieur.

— Qu'est-ce qui se passe ? demanda-t-elle, avec une pointe d'inquiétude dans la voix.

Lucas prit une profonde inspiration. Une intensité résolue emplissait son regard.

— Julie, je... Je me sens enfin prêt à découvrir le monde comme j'en ai toujours eu envie. Prêt à prendre des décisions pour moi-même. Il fit une pause, cherchant ses mots. Je vais quitter la librairie et le village pour voyager.

Elle sentit son cœur se serrer.

— Oh, Lucas...

— Je voulais te demander, continua-t-il, si tu pouvais demander à Gabriel s'il accepterait de s'occuper de la librairie pendant mon absence.

Julie l'attira de nouveau dans ses bras, le serrant fort.

— Bien sûr, je suis tellement fière de toi, murmura-t-elle, la voix chargée d'émotion.

Lucas se dégagea doucement, un sourire timide aux lèvres.

— Je vais rentrer et préparer mes affaires. Je reviendrai te voir avant de partir.

Elle le regarda s'éloigner. Son cœur était gonflé de fierté et d'une douce mélancolie. Le village changeait, ses habitants aussi. C'était à la fois effrayant et merveilleux, comme l'aube d'un nouveau jour plein de promesses.

En milieu de matinée, la clochette de la porte se mit à tinter doucement, elle annonçait l'arrivée de Carla. Avec la grâce que confèrent les années, elle s'installa tranquillement à sa place habituelle sur la terrasse. Son regard bienveillant parcourait la boulangerie, comme pour s'assurer que tout était en ordre.

Julie s'approcha, tenant une tasse de café allongé et la viennoiserie que Carla appréciait particulièrement. Elle déposa délicatement le café et l'assiette devant la vieille dame, puis, dans un geste inattendu, s'assit en face d'elle.

— Carla, commença Julie, sa voix empreinte de gratitude, j'ai appris ce que vous avez fait.

Sans plus attendre, elle enveloppa Carla dans une étreinte chaleureuse. La vieille dame, d'abord surprise, se laissa aller à ce moment de tendresse, un sourire doux illumina son visage ridé.

L'arrivée d'une petite fille aux cheveux blonds interrompit leur moment. Ses yeux brillaient d'innocence et d'excitation. Elle tenait dans ses mains un bouquet de fleurs fraîchement cueillies.

— Bonjour, madame Julie, dit-elle de sa petite voix fluette. C'est pour toi, continua-t-elle en lui tendant le bouquet. Maman dit que tu as fait du bien à beaucoup de gens, alors, moi, je veux te faire plaisir.

Julie sentit son cœur fondre devant tant de pureté.

— Merci, dit-elle doucement, et accepta le cadeau avec révérence.

La petite, enhardie par ce succès, poursuivit :

— C'est moi qui les ai fait pousser, et je peux t'en faire pousser d'autres si tu veux, madame Julie.

Émue, elle déposa un baiser sur le front de l'enfant.

— Comment t'appelles-tu, ma puce ?

— Garance, madame, répondit-elle avant de repartir en courant sur la place, le cœur gonflé de joie d'avoir fait plaisir.

D'un geste gracieux, Julie se leva, attrapa un verre, le remplit d'eau, y déposa les fleurs avec délicatesse, puis l'installa sur la table de Carla, en souriant d'un air complice.

— Je sais que vous adorez les fleurs, dit-elle simplement.

Carla lui rendit son sourire, ses yeux brillaient d'une émotion contenue. Dans ce simple geste, dans cet échange silencieux, se lisait toute la beauté de leur communauté. Les générations se mélangeaient, s'entraidaient, partageaient leurs joies et leurs peines.

L'odeur du pain frais se mêlait au parfum délicat des fleurs, créant une atmosphère de douceur et de renouveau. Julie regarda autour d'elle, le cœur gonflé de gratitude. Malgré les épreuves, malgré les changements, l'essence même de leur village, cette chaleur humaine, cette solidarité restait intacte, peut-être même renforcée.

Dans ce moment suspendu, entourée de l'affection de Carla et de l'innocence de Garance, Julie sentit qu'elle se trouvait exactement là où elle devait être, au cœur de cette communauté qu'elle chérissait tant.

Au tournant de l'après-midi, la clochette de l'entrée résonna de nouveau, signalant qu'Henri venait d'arriver. Avec la sérénité de l'âge, il prit place dans son coin habituel au fond de la salle, échangeant un regard complice avec Julie.

Elle s'assit juste en face de lui, le regard rempli de respect et de complicité. Le vieil homme l'observait avec attention, les yeux pétillant de curiosité.

— Alors, ma chère, commença-t-il doucement, tu m'avais promis des explications.

Julie prit une profonde inspiration et rassembla ses pensées.

— Le gâteau que Victor et Gabriel ont mangé, dit-elle, sa voix à peine plus haute qu'un murmure. Je l'ai pensé pour qu'il donne une énergie intense pendant un très court instant, puis pour qu'il provoque une sorte de sommeil profond.

Elle marqua une pause, observant la réaction d'Henri.

— Pour Gabriel, c'était une protection, parce que je savais qu'il ne s'arrêterait pas. Quant à Victor, c'était un moyen d'accéder à lui.

Henri hocha la tête en affichant un sourire d'approbation.

— C'est très malin de protéger et d'attaquer en même temps, dit-il, l'encourageant à poursuivre.

— Quand j'étais... en lui, si je puis dire, continua Julie, sa voix douce comme une brise timide, j'ai vu ma mère. J'ai ressenti l'amour qu'il avait pour elle, mais aussi toute la colère qu'il portait depuis leur séparation. J'ai compris la rancœur qu'il nourrissait envers Paul, en raison de son indifférence envers sa femme, parce qu'il ne percevait pas en elle l'amour qu'il avait eu pour ma mère.

Ses yeux se perdirent un instant dans le vague.

— J'ai effacé tout ce qu'il y avait de mauvais, pour qu'il puisse être lui-même, sans ses douleurs qu'il traînait depuis si longtemps.

Elle regarda Henri droit dans les yeux.

— C'est un homme généreux et bon, en réalité. Il était simplement... perdu.

Il resta silencieux pendant un moment, les yeux plissés par la réflexion. Julie pouvait presque voir les rouages qui tournaient dans son esprit, lui permettant d'assimiler chacun des détails de ses révélations. Soudain, son visage s'illumina d'une admiration qu'il ne cherchait pas à dissimuler.

— Ta puissance m'impressionne, dit-il finalement, sa voix empreinte d'un nouveau respect. Par ta façon de faire aussi... C'est remarquable.

Il secoua légèrement la tête, comme s'il avait de la difficulté à croire ce qu'il venait d'entendre.

Puis, avec un sourire énigmatique, il ajouta :

— Tu es prête à en savoir plus sur notre communauté.

Ces mots frappèrent Julie comme un coup de tonnerre par un ciel clair. Ses yeux s'écarquillèrent de surprise et son cœur manqua un battement.

— Notre communauté ? répéta-t-elle, la voix basse.

La surprise se lisait clairement sur son visage. Elle avait toujours su qu'il y avait plus à découvrir sur les mystères qui entouraient sa famille, mais entendre Henri parler d'une « communauté » dont il faisait partie... C'était comme si un voile se levait, révélant un monde entièrement nouveau, caché juste sous la surface de sa réalité quotidienne.

Julie ressentit un frisson d'excitation et d'appréhension parcourir son dos. Elle réalisa que ce moment marquait un tournant dans sa vie, ouvrant la porte à des secrets et des responsabilités dont elle n'avait peut-être pas encore pleinement conscience.

Il se pencha légèrement en avant et baissa la voix.

— Si tu te sens prête, bien sûr, j'aurais bien besoin de ton aide dans une autre affaire.

Elle acquiesça lentement, consciente que ces simples paroles ouvraient la porte à un nouveau chapitre de sa vie.

Dans ce moment suspendu entre le passé et l'avenir, entre le connu et l'inconnu, elle sentit que, quels que soient les défis à venir, elle était prête à les affronter, comme l'avaient fait tous les membres de sa famille avant elle. Forte de ses expériences et de la confiance que lui accordait Henri.

Le soleil commençait à décliner, imprégnant la place du village d'une lumière apaisante. La journée touchait à sa fin, mais l'énergie de renouveau et d'espoir qui avait animé la boulangerie persistait, comme une promesse silencieuse d'un meilleur avenir.

Sur une branche d'un vieux platane qui dominait la place, un rouge-gorge observait la scène qui se déroulait sous ses yeux. Son regard vif captait chaque détail, chaque émotion qui flottait dans l'air du soir.

Il vit Lucas et Julie devant la boulangerie. Leurs silhouettes se découpaient dans la lumière dorée du couchant. Ils s'étreignirent longuement, dans un geste qui semblait contenir à la fois la joie des nouvelles aventures à venir et la mélancolie des adieux. Puis Lucas s'éloigna, son sac sur l'épaule, prêt à partir à la découverte du monde. Derrière lui, une Julie émue, mais fière, le regardait.

À peine Lucas avait-il disparu au coin d'une ruelle qu'apparut Sophie, courant vers la boulangerie avec son enthousiasme habituel. Ses rires résonnaient sur la place, apportant une touche de légèreté et de joie qui paraissait contaminer tous ceux qui croisaient son chemin.

Le rouge-gorge battit des ailes, s'élevant dans les airs. Alors qu'il prenait de l'altitude, la vue s'élargissait. La place devint plus petite, puis le village tout entier apparut, niché au creux des collines provençales. Les toits de tuiles rouges brillaient sous les derniers rayons du soleil, les ruelles sinueuses dessinaient un labyrinthe de secrets et d'histoires.

De cette hauteur, le village semblait paisible, pratiquement inchangé. Pourtant, l'oiseau savait que, sous cette apparence tranquille, une transformation profonde avait eu lieu. Des liens s'étaient renforcés, des blessures avaient commencé à guérir, et de nouveaux chapitres s'ouvraient pour chaque habitant.

Alors que le rouge-gorge s'éloignait, porté par les courants d'air chaud, le village s'estompait dans la brume du soir. Mais l'essence de ce qu'il avait vu, l'amour, l'amitié, le courage et l'espoir, persistait, comme une lueur inextinguible dans le crépuscule.

Le village, avec ses secrets, ses ambres magiques et ses habitants extraordinaires, continuerait à vivre et à évoluer. Et, quelque part, dans une boulangerie au cœur de ce village, Julie continuerait à pétrir non seulement le pain, mais aussi le destin de sa communauté, prête pour de nouvelles aventures et de nouveaux mystères à résoudre.

L'oiseau disparut à l'horizon, emportant avec lui l'image d'un village transformé, mais indomptable, où la magie du quotidien et l'extraordinaire s'y mêlaient dans le plus simple des gestes : celui de partager un morceau de pain tout juste sorti du four.